国家社会科学基金重大项目：
世界战争文学史研究
（项目编号：22&ZD290）

War Literature Studies in the New Era
新时期战争文学研究

主　编　胡亚敏
副主编　黄　川　谷　伟　夏　辉

河南大学出版社
HENAN UNIVERSITY PRESS
·郑州·

图书在版编目(CIP)数据

新时期战争文学研究 / 胡亚敏主编. --郑州：河南大学出版社，2024.2

ISBN 978-7-5649-5810-7

Ⅰ.①新… Ⅱ.①胡… Ⅲ.①战争文学-文学研究-世界 Ⅳ.①I106

中国国家版本馆 CIP 数据核字(2024)第 044615 号

责任编辑	卢志宇
责任校对	时二凤
封面设计	李雪艳

出　版	河南大学出版社
	地址:郑州市郑东新区商务外环中华大厦2401号
	邮编:450046
	电话:0371—86059701(营销部)
	网址:hupress.henu.edu.cn
排　版	郑州市今日文教印制有限公司
印　刷	广东虎彩云印刷有限公司
版　次	2024年2月第1版　　印　次　2024年2月第1次印刷
开　本	710 mm×1 000 mm　1/16　印　张　17.5
字　数	323千字　　　　　　　　定　价　58.00元

(本书如有印装质量问题,请与河南大学出版社营销部联系调换)

前　言

战争是人类文明史中浓墨重彩书写的一部分，是文学呈现和文化反思的恒久主题。在战争中，各种不同的元素，如国家、民族、个人、政治、经济、军事、历史、科技、文化、记忆、自然等，构建成一个复杂的异质性网络，既制造危机，也化解危机，影响着战争与和平的进程。可以说，战争与全球化、解殖民化、生命权力、技术哲学、族裔关系、文化记忆、伦理批评、情感研究、后人类反思等论题密切相关。对战争文学的研究，是观察当今世界各国民族认同、共同体想象、社会阶层结构转变、经济与科技发展和政治变革的重要窗口。

《新时期战争文学研究》是第三届"战争·文学·文化"学术研讨会的会议论文集。战争文学研究是原解放军外国语学院的传统重点研究方向。学校注重从传统外国文学研究向不同国家和地区的民族特质、深层民族心理等文化研究领域拓展，深耕特色鲜明的战争文学与文化研究领域，聚焦战争文学特色主轴，开辟民族叙事、战争书写与共同体建构互动研究等特色学术视域。"战争·文学·文化"学术研讨会则是基于学校特色研究而创立举办的系列学术会议。2016 年 6 月，原解放军外国语学院举办首次会议。更名为战略支援部队信息工程大学洛阳校区后，我校继续举办该系列会议。其中，在 2021 年 5 月举办的第三届"战争·文学·文化"学术研讨会上，来自全国的 180 余名学者就战争、文学与文化的相关议题展开了热烈而深入的讨论。当前，学校经调整，成为国防科技大学的一部分，我们也将把"战争·文学·文化"学术研讨会继续举办下去，持续拓展世界战争文学的相关研究，深化对不同国家和民族的战争文化的认知，以更全面、深刻地认识战争对世界和当今文明的深远影响，促进我们增强忧患意识，始终居安思危。

《新时期战争文学研究》收集了 25 篇论文，论文集选文主要有以下特点：

首先，选题范围广。论文作者来自不同高校和研究院所，从事不同国别和语种的文学研究，分别深入解析了中国、美国、英国、加拿大、俄罗斯、德国、日本、印度等国的战争文学作品，既有对远古时代印度史诗的重新解读，也有对21世纪"9·11"文学的最新探讨，展现了世界战争文学的丰富多彩。

其次，研究视角多。论文从英雄形象、民族建构、战争伦理、文化记忆、族裔关系、女性遭遇、儿童战争、动物书写等角度，探讨了不同国家和民族对战争的认知和表征，展现了国内战争文学研究的最新成果，也呈现出新时期战争文学研究的特点。

再次，现实意义强。本书尤其关注战争对不同民族和文化的深远影响。当前国际秩序正经历新旧交替的转型过渡期，以史为镜，可以知兴替，对战争文学与文化的探讨，也是对人类命运的深度关切，对构建人类命运共同体具有重要意义和启示。

尽管研究视角各异，但论文作者都指出，战争文学虽然描述的是战争，追求的却是和平。在战争导致的种种危机和困境之中，人们不断追求联合和团结，寻求构建共同体和世界和平，战争文学则生动展现了文学如何表征国家认同和民族叙事，如何呈现人类社会和战争中的种种危机，以及人类在危机之中如何追寻共同体的建构，如何探索和平之路。这也是《新时期战争文学研究》结集出版的意义之一。

胡亚敏

2023年8月于河南洛阳

目 录

美国韩裔小说中的历史记忆与文化记忆书写
　　——以安娜贝尔·金的《虎皮》为例 …………… 朴玉明　刘茵（1）
美国战争小说中单独媾和主题的伦理研究 ………………… 胡亚敏（11）
解读《拉合尔茶馆的陌生人》中的哀悼与忧郁症逻辑 ……… 夏　辉（30）
埃德加·爱伦·坡对美国印第安人政策的反思：以《罗
　　德曼日记》和《凹凸山的故事》为例 ………………… 张运恺（41）
阿富汗战争小说《追风筝的人》中的影身人物 …… 张俊萍　李梦雨（52）
《红色英勇勋章》中的英雄伦理身份 ……………… 张金妹　孙艳萍（61）
多克托罗《大进军》中美国南方女性的民族身份建构及
　　对现代性的反思 ………………………………… 刘可心　胡亚敏（71）
英国一战小说与英雄观嬗变
　　——以《英雄之死》为例 ……………………………… 张金凤（83）
童话小说《彼得·潘》中的战争书写 ………………………… 张东燕（96）
战争与政治角度下亨利五世的形象悖论研究 ……………… 许　展（106）
论第一次世界大战期间的英国和平运动 …………………… 崔　瑾（117）
《我们的埃阿斯》对战争神话的消解与重述 ……………… 孙小爱（129）
蒂莫西·芬德利一战小说《战争》中的动物书写 … 宋维汉　黄　川（139）
从全景史诗到生命图腾
　　——论俄罗斯战争文学流变 …………………… 冯玉芝　杨淑华（148）
战争小说的诗意与严谨
　　——论卡扎凯维奇的《星》 …………………………… 曾思艺（161）
人性的救赎与毁灭
　　——论《活下去,并且要记住》中的战争与伦理 …… 徐　冉（170）
谁的巴勒斯坦：《不速之客》的空间与记忆书写 ………… 敬南菲（180）
论克莱谢尔回忆小说三部曲中的大屠杀记忆与创伤叙事
　　………………………………………………………… 唐　洁（192）

七年战争视角下莱辛《斐洛塔斯》中的战争寓言……………………史敏岳(202)
奥斯威辛之后的救赎
　　——《铁皮鼓》中的战争书写…………………………………侯景娟(213)
印度两大史诗中的战争与民族精神…………………………………闫元元(223)
大江健三郎《掐掉嫩芽,杀死坏种》的战争叙事……………………兰立亮(233)
解读大江健三郎文学作品中的文化内涵——"生"……陈宝剑　王　蕊(244)
日本文学作品中的"战争新娘"群像…………………………………余　聪(253)
论岭南革命战争小说创作的艺术自觉………………………………黄明海(264)

美国韩裔小说中的历史记忆与文化记忆书写
——以安娜贝尔·金的《虎皮》为例

朴玉明 刘茵

延边大学外国语学院

摘要：美国韩裔作家安娜贝尔·金的小说《虎皮》，是一部集个体记忆和朝鲜民族历史集体记忆为一体的文化记忆书写。小说采用交替叙述视角和平行叙事结构，以男女主人公的个体苦难经历为线索，以20世纪朝鲜半岛大事件的时间和空间具体"位点"为民族历史的"记忆场"，以民族语言、谚语等作为文化记忆的符号系统，揭示作者通过个体创伤记忆、民族历史集体记忆与文化记忆书写，参与并进行自我民族"集体的认同"的文化记忆建构。作者的文学创作是对朝鲜民族集体记忆建构的一种尝试，对民族集体记忆的连续性、传承性建构的一种尝试。

关键词：个体记忆；历史记忆；文化记忆；同一性；朝鲜民族

Historical and Cultural Memory Record in Korean American Novels:
A Case Study of Annabelle Kim's *Tiger Pelt*

Piao Yuming Liu Yin

Abstract: Korean American writer Annabelle Kim's novel *Tiger Pelt* is a cultural memory record which incorporates individual memories and collective memory of Korean national history. Employing alternant narrative perspective and parallel narrative structure, taking the protagonists' individual sufferings as the storyline, the specific time and space "coordinates" of major events in the 20th century Korean Peninsula as the "memory field" of the national history, and the native languages as well as proverbs as the cultural memory symbol system, the novel unveils the author's participation in the cultural memory construction of the national "collective identity" through recording individual trauma memories, collective memory of national history, and cultural memory. This literary work is an attempt to construct Korean national collective memory, its continuity, and its inheritance.

Key words: individual memory; historical memory; cultural memory; identity; the Korean nation

美国当代韩裔作家安娜贝尔·金(Annabelle Kim)的小说《虎皮》(*Tiger Pelt*,2015),自出版以来,先后获得美国"科克斯书评"2015 年度最佳书目提名、2017 年美国小说中心的首部小说奖、2018 年美国诺提勒斯图书奖金奖等多项殊荣。小说采用男女主人公交替叙述视角以及人物事件平行叙事结构,讲述金永男和李汉娜在朝鲜半岛及美国所经历的战争苦难、移民的艰辛,以及二人与命运顽强抗争、追求自我实现和自我完善的故事。这部小说不仅是一部集创伤、修复和记忆为一体的佳作,它的价值更在于,作者通过对金永男和李汉娜跨度43 年文学回忆的"演示",以 20 世纪朝鲜半岛大事件的时间与空间作为民族历史"记忆场"的具体"位点",以民族语言、谚语等作为文化记忆的符号系统,对朝鲜民族的战争创伤和性暴力创伤等的民族历史记忆书写,参与并进行自我民族"同一性"建构。作者的文学创作是对朝鲜民族文化记忆建构的一种尝试,更是对民族文化记忆的连续性和传承性建构的一种尝试。①

一、人物个体记忆与朝鲜半岛历史的集体记忆书写

法国社会心理学家莫里斯·哈布瓦赫(Maurice Halbwachs,1877—1945)在他 1925 年出版的著作《记忆的社会框架》中指出,记忆在很大程度上受到社会因素的制约。个体只有在他所属的集体中通过与其他成员的交往,才有可能获得属于自己的记忆并进行回忆,即个体记忆专属于某一集体的记忆;而这个集体记忆总是以一个处在空间和时间内的群体为载体,且在空间和时间上是具体的。同时它又是可以被重构的。(阿斯曼,2015:36—37)安娜贝尔·金的小说《虎皮》的叙述以编年体史书的记录形式,即按历史事件发生的时间顺序展开,且以此作为朝鲜半岛历史记忆的"位点"或"记忆的场所",将个体人物

---

① 本文为不混淆概念,将 1945 年解放以前的朝鲜半岛统称为"朝鲜",将战后的南部称为"韩国",将朝鲜半岛南北部和美国等海外朝鲜/韩国群体统称为"朝鲜民族"。

之过去与群体社会之历史融为一体,使个体记忆与朝鲜民族历史的集体记忆在文学回忆的"演示"中交织和被重构,使其不仅具有社会性,同时又具有当下性和延续性特质。

小说《虎皮》作者通过对小说框架和主题的特殊设计,使其具有了哈布瓦赫阐释的集体记忆特质。首先,作者通过对小说章节标题在时间与空间的特殊设计,将两位主人公的个体记忆附着于朝鲜民族的集体记忆框架中,使其具有社会性,成为集体记忆的"位点"。(哈布瓦赫:2002)小说全文共二十七章,均以人物、地点和时间顺序为标题,且纵向排列。小说第一章标题为"一个年轻士兵 韩国某处 1957",其人物和空间地点虽然模糊,但作者却已将彷徨的男主人公金永男在韩国雨季的洪水中救出欲求自杀的女主人公李汉娜的故事情节,以倒叙的文学回忆的"演示"方式,将双方置于一个拥有共同集体记忆的"位点",即满目疮痍的战后韩国这一"记忆的场所"中。与此同时,作者在仅有四页半的章节中,通过只言片语,把两人的个体记忆与20世纪朝鲜民族的创伤历史集体记忆交织呈现在读者面前,并在下面的章节里逐一展开。(Kim,2016:1-5)

小说其他二十六章的题目同样采取"人物、地点和时间"的排列形式,以人物平行交替的叙述视角,将个体回忆与朝鲜半岛大事件发生的民族历史"位点"或"记忆之场所"结合在一起。二十六章的题目以主人公金永男和李汉娜交替的顺序出现,即第二章为金永男,第三章为李汉娜,以此类推,但时空位点却不断切换。第二章至第九章题目的时间维度锁定在日本殖民统治时期(1910—1945)的最后三年,地点则是与时间相对应的被日本统治的朝鲜半岛以及天津和中国其他处的慰安所。第十章至十九章和第二十一章题目的时间维度聚焦在此后的近三十年,即二战结束后因美苏干涉而导致的南北分裂时期(1945—1950)、朝鲜战争时期(1950—1953)以及战后艰难的恢复期(1953—20世纪60年代);地点则为首尔、乡下、前线战场和美军基地等韩国各地。(金允植,2000:206,284,323)第二十章、第二十二章至二十六章题目的时间穿梭于20世纪70年代至1985年,空间地点聚焦在美国韩裔人口密集的加利福尼亚州、北弗吉尼亚和华盛顿哥伦比亚特区等地。小说最后一章的时空框架接续于金永男回国寻根的时间,落脚点为韩国首尔(1985—)。这些人物、地点和时间因作者的有意为之,逐渐具有功能的意义。这些日期和地点已不仅仅是日历和地图上的时间和空间,它们是哈布瓦赫所强调的"与一个民族生活中的重大事件相吻合,或许使社会结构发生变化,人们会感受到社会结构震动的影响"的角色。小说章节标题中的这些时间与空间,在朝鲜民族20世纪的历史长河中,均是能够唤起民族记忆意向的大事件,如从1942年至1985年整个朝鲜民族所经历的日本殖民统治、光复运动、朝鲜战争、战后修复、美国移民潮等系列民族集体记忆"位点"。它们对于朝鲜民族的每个个体而言,展示了"群体生活主体的事件和日期和地点,个体记忆与历史记忆真实的相互渗透",二者之间是无法分割的。这些时间和空间还是皮埃尔·诺拉所称的"记忆的场所",并以一种铭记的意识存活在历史中。(埃尔,2012:114)

其次,作者通过讲述金永男半个世纪的苦难经历,将小说所反映的战争危害及顽强与命运抗争等主题,与整个民族战争创伤的集体记忆相结合,从而使小说具有鲜明的隐喻性,阿莱达·阿斯曼将这隐喻性称为文学回忆的"演示"。(冯亚琳,2003:34)小说对于日本殖民统治时期下朝鲜民族的苦难史建构,主要通过金永男一家经历饥荒、兄弟几人被征兵、被抓劳工、被征粮等系列事件,将日本吞并朝鲜35年来对殖民地人民的肆意欺压、掠夺等恶行串联起来,使历史真实与历史记忆相融合。哈布瓦赫强调,我们的记忆不是我们所学到的历史,而是我们亲历的历史。作者在小说中以文学回忆的"演示"方式,将其父辈所经历的历史通过金永男个体家庭的苦难史,以文字形式"挖掘"属于民族历史记忆的时间隐喻和空间隐喻,并在挖掘过程中立足于当下,让读者仿佛亲历那段历史,从而使个体生命之历史借助整个民族的历史记忆,成为民族集体记忆,从而达到巩固集体的主体同一性和群体的延续性目的。

小说对于朝鲜战争历史记忆的建构,亦是通过金永男的视角将真实的重大历史事件呈现出来。作者通过描写金永男目睹战争爆发和亲历战争大事件,将战争伊始谣言四起的现象、战争给平民百姓带来的骚乱和"大逃亡",以及汉江大桥爆炸等事件,将朝鲜战争诸多事件的时间和场地语义化,从而达到建构一个作为回忆出发点的基础叙述。朝鲜战争爆发,危险紧逼,1950年6月26日首尔居民却因谣言认为"民族的统一时刻即将到来",兴奋地在大街上等着迎接韩军到来。(Kim,2016:103-104)随后这些居民却因李承晚政府出逃和北部大军紧逼,匆忙卷入史上有名的难民"大逃亡"的混乱中。(105)作者把战争初期发生在朝鲜半岛南北大混乱的真实写照书写进文学文本中,从而使这段历史成为文学回忆的"演示"。

为进一步凸显这段历史的具体性和历史性,作者将朝鲜战争初期标志性的历史事件——汉江大桥爆炸,引用于金永男的个体经历。小说借助文字,将事件的混乱和血腥画面"演示"给读者。"巨大的爆炸将他(金永男)震倒在地。他的脸撞在了河堤上,手盖住了后脑。血红色的大火点燃了陆地和天空。大地震动了一次、两次。然后是尖叫声。那些受伤的、将死的、变成寡妇和孤儿的人们发出恐怖的哭喊声,穿透了黑夜。"这段描写再现了6月27日汉江的灾难场面。"军队车辆和百姓把大桥堵得水泄不通",然而,大桥却突然爆炸,约

500—800名士兵和平民被炸死或者掉入江里淹死。(Kim,2016:106—109)此外,作者将朝鲜战争中发生的、具有转折意义的重大事件,如仁川登陆、中国志愿者参战等,皆通过金永男回到乡下后陆续听说的方式,以及金永男被征做侍童、弟弟因饥荒而饿死等,一并书写进小说文本中。《虎皮》作者以历史讲述的方式,将小说的叙事框架与朝鲜战争的历史框架交织,从而将历史叙述纳入民族的集体记忆之中,虚构的故事也因此与之具有了关联性和社会性。

作者将李汉娜的叙述视角聚焦在她个人慰安妇的悲惨遭遇上,使其个体记忆与二战期间慰安妇最耻辱的历史记忆结合在一起,以此披露日本在朝鲜实施性奴隶制度及其对朝鲜女性实施惨无人道的性暴力的悲惨历史。小说对慰安妇的描写篇幅并不长,只有三章(第三、五、七章),但却较为全面地再现了朝鲜慰安妇经历的四个阶段,将文学记忆与历史集体记忆在作品中交融,使诗意的想象和虚构成分与客观事实紧密联系在一起,使之成为埃维阿塔·泽鲁巴维尔所强调的"个人的过去与其社会之历史的融合的'社会生平记忆'"。(雅各布斯、汉拉恩,2012:226)

第一阶段,日军在朝鲜采取诱骗方式征召慰安妇。日本的慰安妇制度雏形可见于中日甲午战争和日俄战争后的日本扩军时期,这一制度在二战中使用于其侵略和占领的诸多国家和地区,而朝鲜半岛是日军强征慰安妇的主要来源地之一。小说中日军在李汉娜所在学校里发表演说,号召被殖民的朝鲜学生要忠诚与顺服日本天皇,鼓吹即将到来的"胜利"。日军选择年仅十几岁、长相出众的女孩子,谎称将送她们到日本工厂工作或是到家中做女佣,"工资待遇不错,并提供食宿"。因此,"第一批不知情的女孩因为被选中还略感骄傲",却不知她们将作为"女子志愿服务团"被派到海外,在慰安所为日军做"性服务"。(Kim,2016:24)

日军征召慰安妇的第二阶段为"募集",即强征适龄的朝鲜女孩。随着日本性奴隶、性暴力的邪恶真相传出,许多朝鲜家庭将家中女孩从学校召回,并急匆匆地随便将她们嫁出去。小说中年仅12岁的李汉娜正是在这一阶段,在逃往乡下亲戚家的路途中,不幸被日军和韩奸所抓,并强行送入日本慰安所,为日军士兵提供性服务。作者不仅对李汉娜如何被抢抓、被运送至不同慰安所的环节进行了较为详细的描写,更将李汉娜及其他慰安妇的性奴隶状态描写得淋漓尽致。例如,这些女孩子如何在每月仅有的一天休息日被日军军医"定期体检";日军如何在门口排起长队,她们又如何在"用木板隔开的狭窄简陋的房间"里每天"服务"四五十个日本兵,甚至更多。据史料记载,慰安妇的这种性奴隶状态,也从日军老兵的回忆中得到证实。他们回忆道:"在条件恶劣的最前线守备队,(一个慰安妇)有时一天要应付七八十人,甚至一百人。换句话说,(她们)每十五分钟要处理一个人。"(苏智良,2014:1—7)作者用这些细节控诉慰安妇的"人间地狱"状态,披露日军性暴力的丑恶历史罪行。

第三阶段则是日军将朝鲜慰安妇作为产品进行分发流转的过程。小说中,作者将朝鲜慰安妇如何被派遣到各地慰安所的环节及过程,逐一呈现给读者。李汉娜及其他被"募集"的慰安妇被当作"新产品",首先派发给驻扎在朝鲜半岛的日军军官,然后流转到下一站中国天津的日军军官营,最后分发到中国其他各地的慰安所,为普通士兵"服务"。(Kim,2016:45—54)李汉娜经历了这一分配过程,并在这个过程中见证了其他慰安妇因受不了非人的虐待而反抗、绝望和自杀。

第四阶段为二战结束前夕日军残杀慰安妇的暴行的过程。作者将此阶段日军暴行的时空"位点"设在1945年的中国慰安所,日本在战败前夕销毁了几乎所有关于慰安妇的档案资料,并大规模地屠杀慰安妇。李汉娜所在营地的慰安妇全部被日军"赶进挖好的坑中",日本人对她们进行机枪扫射,她是唯一从死人堆中侥幸逃出的慰安妇。(Kim,2016:53—54)据史料统计,战时约有20万朝鲜女性被日军强行"募集",并作为"女子自愿服务团"送往中国、东南亚等日本慰安所。这些慰安妇大部分都在日本投降前夕被杀害,仅有25%存活下来。(金成镐,2014:9—20;曹喜胜,2014:21—29)小说中李汉娜的慰安妇遭遇,完整地再现了日军虐待践踏慰安妇的四个阶段。

李汉娜作为民族女性群体历史在文学回忆中的"演示",在作者的小说人物建构中,也经历了一番历程。小说构思之初,作者自述她对本民族慰安妇群体的历史了解甚微,而其最初的创作涌动,则来自父亲的移民经历。作者出生在美国,其父亲自韩国移居美国的经历一直是她的兴趣点。通过父亲讲述过去的历史和许多家庭故事,作者从中获取到朝鲜半岛大半个世纪的历史概貌和民族过去的信息。她认为"家庭纪念自己的过去,是应在更广阔的社会和政治框架内进行"(Erll,Nunning,2010:65)。于是,作者在其小说最初只有男主人公金永男的构架基础上,查阅大量历史文献,尤其是韩国现代史中有关慰安妇内容的资料,并将这段历史记忆以李汉娜的故事写入文本中,使其作为与金永男同等重要的平行叙事线索,展开文学回忆的"演示",以此填补美籍韩裔新生代群体记忆中即将缺失的这段集体记忆。作者认为,"我没有选择,故事中如果没有她,就是假的"。正因为如此,此书自2005年开始创作到2017年正式出版,花费了作者十几年时间。作者虽然在书写一部虚构的小说,但她将民族真实历史中的必要组成部分纳入小说的框架中,力图完成一次虚构与非虚构融合的书写尝试。这是作者作为二代韩裔移民对民族历史记忆重构的一种努力和尝试。

二、民族的"同一性"建构之文化记忆书写

扬·阿斯曼认为,我们将关于社会归属性的意识称为"集体的认同",它建立在成员拥有共同的知识系统和共同记忆的基础之上,而这一点是通过使用同一种语言来实现的。换言之,它是通过使用共同的象征系统而被促成的,因为语言不仅包括词语、句子和篇章,同时也关涉谚语和习俗等符号系统。(阿斯曼,2015:144)小说《虎皮》的作者正是借助这些附着在文化记忆中的符号系统,使之成为民族文化的传承形式,参与并进行自我民族"集体的认同"的"同一性"建构尝试,也是对民族文化记忆的当下性、连续性、传承性建构的一种尝试。

文化是支撑一个民族的内在力量,而谚语是文化的重要载体和传承途径,小说《虎皮》就使用了一句谚语,使朝鲜民族文化无形的传承贯穿始终。在这部小说的扉页上,写着一句韩国谚语:"跌倒七次,站起八次。"在小说开篇处,男主人公金永男像咏唱行军调一样重复着:"跌倒八次,站起九次……跌倒五千六百次,站起……"这句谚语在这里并不是简单地重复被使用,而更似一种仪式,随着数字的增加,对原有谚语进行了连续性的现时化重构,且深刻体现出谚语所蕴含的不屈不挠的民族精神。这种精神不仅是主人公的共有特质,更是小说贯穿始终的主题。

小说中两位主人公的经历可谓是整个民族多灾多难的缩影,他们一次次跌倒之后站起来的坚韧,更是民族精神的体现。小说将这句古老的谚语一次次地展开为故事和回忆,展现出朝鲜民族对待个体创伤和民族集体创伤的态度和解决之道。小说中的这句"跌倒八次,站起九次……跌倒五千六百次,站起……"与文中祖母的"困难不会永远持续下去"的遗训相呼应,不仅暗示民族对世代苦难历程的经验总结和应对策略,展现民族的创伤历史、民族顽强不屈的精神和文化传承的意义,更传达出一个悲怆的民族在经历被殖民、被分裂,跌倒、爬起、再跌倒、再爬起的过程中,所体现出的顽强不屈的精神和文化的传承与延续。

另外,个人的名字是独特文化身份的标志性符号,是认同与归属的象征,也是基本群体认同的标记,而当它与谚语相关联时,则更凸显其所背负的整个民族的集体记忆。小说中金永男最小的弟弟"小猫头鹰"的取名和保存名字的过程,充分体现谚语"虎死留皮,人死留名"所具有的文化记忆功能。"小猫头鹰"是金永男弟弟的小名,直到他因饥饿夭折,家人都未正式为他取名。在他死后,其母亲找到镇上专门负责撰写宗谱的人,用专为去世之人准备的红色墨水将他的姓名"金永日"记入宗谱。(伊罗生,2015:142)哈罗德·伊罗生认为,

名字尽管是个人的，但本质还是群体的。而一个族群如何看待一个个体，以及这个个体如何被人看待，全都写在他们现在的名字上面。(伊罗生，2015：166，170)小说中"小猫头鹰"的名字在宗谱上变成"金永日"，死去的人在此被带入当下话语，遗忘与回忆在宗谱的文化记忆中统一。此时，"金永日"这名字的身份标志作用微乎其微，但作为记忆的载体，已具有超越现实姓名、超越时空的意义。其名字的功能开始发挥作用，并通过小说中的一句谚语表现出来，即"虎死留皮，人死留名"。小说通过对姓名与民族谚语之关联，强化民族文化的回忆之旅，强调对于美国第二代、第三代的韩裔移民来说，它不仅是个人存在的符号记忆，亦是整个群体共同记忆的现时化和连续性表现。

此外，作者通过对本民族语言词汇的使用，将民族文化深深烙印在故事中，并通过寻找同伴的游戏形式，进行民族"集体的认同"的同一性建构。《虎皮》这部英语小说中出现了许多韩国语语义的词汇，这些词汇都以斜体拼写形式突显出来。这些词汇包括表示人名和称谓的词汇，表示朝鲜民族文化特有元素如饮食、服饰、仪式等词汇。如表称谓的"哥哥"*Oppa*（오빠）、"父亲"*Abuji*（아버지）、"奶奶"*Halmoni*（할머니）、"夫妻互相的称呼"*Yuhboh*（여보）等，表身份的"老师"*Seon saeng nim*（선생님）、"美国人"*Me gook sa ram*（미국사람）等，表传统文化和习俗的"两班"*Yangban*（양반）、"萨满教巫女"*mudong*（무당）、"雨季"*Monsoon*（장마）等，表民族服饰的"韩服"*Hanbok*（한복）与表饮食的"泡菜"*Kimchi*（김치）等，亦有常用招呼语的"您好"*Annyong Haseyo*（안녕하세요）、"谢谢"*Komapsumnida*（고맙습니다）等。作者在小说中使用了大量民族语义词汇的拼写，且无附加任何解释，酷似用此符号寻找同伴和同类的游戏，其目的正如哈罗德·伊罗生所说，"靠着它，他发现了自己、家庭、文化与世界观"。在作者笔下，民族语言是唤醒族群个别的存在意识，借此"把自己与其他的群体区隔开来"。与此同时，通过民族语言言说共同体，"把一个民族的内在心灵与内在力量具体化"，以此构建"集体的认同"。

小说《虎皮》以"回忆"为目的，通过将男女主人公的个体创伤记忆与整个民族的历史集体记忆结合在一起，并融入民族的语言、谚语等符号系统，将其牢牢镶嵌在民族文化记忆的坐标上，而这"回忆"的重点又落在对民族文化的传承性和延续性的书写，以此达到群体认同的"同一性"建构。简言之，《虎皮》作者将男女主人公的个体创伤记忆置位于朝鲜半岛民族创伤的集体框架"位点"中，将记忆定位在民族群体的历史框架和社会框架中，并通过系列文化符号系统唤起框架内本民族的互动和共鸣，以便建构消失的主题，并使之参与到民族文化"同一性"建构的"义务"中。自此，《虎皮》作为文学文本对民族历史和文化记忆也就具有了现实意义。

参考文献

1. Kirkus Review. Unfolding against a sprawling canvas, an absorbing tale of characters shedding their identities and reinventing themselves[EB/OL].（2017-07-17）. https://www.kirkusreviews.com/book-reviews/annabelle-kim/tiger-pelt/，2017-7-17.

2. Book Cover for award winning historical novel *Tiger Pelt*. 99 Designs by Vistapoint. [EB/OL]（2017-07-24）https://99designs.com/book-cover-design/contests/book-cover-award-winning-historical-novel-tiger-pelt-625671，2017-7-24.

3. Erll, Astrid, Nunning, Ansgar. *A Companion to Cultural Memory Studies*. Berlin/New York: Walter de Gruyter GmbH & Co. KG, 2010: 65.

4. Kim, Annabelle. *Tiger Pelt*. Ivy: Leaf-Land LLC, 2016.

5. 阿斯特莉特·埃尔:《文化记忆理论读本》,冯亚琳编,北京:北京大学出版社,2012。

6. 冯亚琳等:《德语文学中的文化记忆与民族价值观》,北京:中国社会科学出版社,2013。

7. 哈罗德·伊罗生:《群氓之族:群体认同与政治变迁》,邓伯宸译,桂林:广西出版社,2015。

8. 黄晓晨:《文化记忆》,载《国外理论动态》2006年第6期,第61—62页。

9. 金成镐:《日本军队"慰安所"历史罪责及其显示研究课题》,载《日军慰安妇问题国际学术会议论文集》,2014;曹喜胜:《对日军性奴隶问题的理解》,载《日军慰安妇问题国际学术会议论文集》,2014。

10. 金允植、金宇钟等:《韩国现代文学史》,金香、张春植译,北京:民族出版社,2000。

11. 马克·D.雅各布斯、南希·韦斯·汉拉恩编《文化社会学指南》,刘佳林译,南京:南京大学出版社,2012。

12. 莫里斯·哈布瓦赫:《论集体记忆》,毕然、郭金华译,上海:上海人民出版社,2002。

13. 苏智良:《日本军队"慰安所"历史罪责及其显示研究课题》,载《日军慰安妇问题国际学术会议论文集》,2014。

14. 扬·阿斯曼:《文化记忆:早期高级文化中的文字、回忆和政治身份》,金寿福、黄晓晨译,北京:北京大学出版社,2015。

15. 约瑟夫·古尔登:《朝鲜战争:未曾透露的真相》,于滨、谈锋等译,北京:北京联合出版公司,2014。

作者信息:朴玉明,女,黑龙江东宁人,教授,博士生导师,研究方向为族裔文学和战争文学研究;刘茵,女,黑龙江依兰人,讲师,研究方向为族裔文学与战争文学研究。本文曾刊载于《西北工业大学学报(社会科学版)》2021年第2期,有改动。

美国战争小说中单独媾和主题的伦理研究

胡亚敏

国防科技大学外国语学院

摘要：在美国战争小说中，士兵经常面临是否从战场逃离、达成单独媾和的选择。这一抉择之所以极其艰难，是因为西方哲学和文化传统既强调公共意志的积极意义，也推崇个人自由意志的重要性。两者之间不可避免的矛盾使美军士兵陷入困境之中：士兵们既有服从"公意"、为国作战、参与公共（政治）生活的职责和需求，又有运用个人良知和自由意志在战场上做出正确选择的渴望。美军士兵面临的伦理困境体现了西方文化中自我与社会、个人意志与公共意志之间的对立和冲突。

关键词：美国战争小说；单独媾和；公共意志；个人意志；伦理困境；《追寻卡西艾托》

The Ethical Dilemma of the Separate Peace in American War Novels

Hu Yamin

Abstract: In American war novels, soldiers often have to face the arduous choice whether to reach their separate peace by running away from the battlefield. The choice is difficult because in the western philosophical and cultural tradition, there are emphases both on general will and on individual free will. The inevitable conflict between the two kinds of will results in the dilemma of American soldiers who both shoulder the responsibility of abiding by the general will, fighting for the country and participating in the public / political life, and the longing of making right choices on the battlefield with their individual conscience and free will. The ethical dilemma of American soldiers demonstrates the conflicts between self and society, individual will and general will in Western culture.

Keywords: American war novels; separate peace; general will; individual will; ethical dilemma; *Going after Cacciato*

在美国战争小说中,单独媾和(the separate peace)有其独特的含义。在政治上,单独媾和指某一交战国背着其盟国,单独与第三国签订协约,停止作战。例如第一次世界大战中,俄国单独与德、意签订协议,退出了战争。在美国战争小说中,单独媾和指士兵经过深思熟虑,最终决定逃离军队和战场。在进行是否达成单独媾和的选择时,士兵会对战争的性质进行思考,通常会面临是留在战场,还是逃离战争的艰难抉择。而这一抉择在伦理上的困境通常与美军士兵的战争观紧密相关,常常引发读者的伦理思考。

美国战争小说中,有许多士兵为了不做不义和邪恶的代理人,决定拒绝参战,达成单独媾和。约翰·多斯·帕索斯的一战小说《三个士兵》(John Dos Passos, *Three Soldiers*)中,约翰·安德鲁斯跃入河里,试图远离军队的强权统治;海明威的一战小说《永别了,武器》(Ernest Hemingway, *A Farewell to Arms*)中,弗雷德里克·亨利在己方士兵的枪口下,也选择纵身跳入河中,并最终逃到瑞士;约瑟夫·海勒的二战小说《第二十二条军规》(Joseph Heller, *Catch-22*)中,尤索林梦想追随已逃往瑞典的奥尔,努力摆脱军队和战争的疯狂;蒂姆·奥布莱恩的越战小说《追寻卡西艾托》(Tim O'Brien, *Going After Cacciato*)中,保罗·伯林一直在思考是否要跟随已从战场逃离的卡西艾托,一同前往"光明之都"巴黎;凯文·鲍尔斯的伊拉克战争小说《黄鸟》(Kevin Powers, *The Yellow Birds*)中的丹尼尔·墨菲,在战争的残酷中,痛苦地选择了逃离和疯癫。可以说,"单独媾和"是美国战争小说中一个永恒的主题。

美军士兵在战场上面临的困境也反映了普通美国人在美国社会中的困境。从19世纪开始,美国战争小说就有将军队视为美国社会缩影的传统,尤其关注个人与政府之间的对立。美国经典战争小说通常采取反战立场,注重描写以美军为象征的专制独裁政府如何践踏普通人的人性,以及普通民众和士兵在充斥着谎言和暴力的美军体制中如何艰难地维护自己的尊严。士兵们认识到美军体制的残酷后,会以不同方式进行反抗,其中最极端的抗议形式是从战场逃离,达成自己的单独媾和。

美军士兵要做出达成单独媾和的抉择是极其困难的,究其原因,是西方文化传统既强调公共意志,也推崇自由意志。这两者之间不可避免的矛盾,给士兵带来深重的生存困境和伦理困境。

一、单独媾和的文化溯源：对公共意志的强调

美军士兵在选择是否达成单独媾和时，实则面临着一个本质性的问题：作为人，我需要如何选择？如何面对社会和自我？在西方文化中，对人何以为人，有不同的论述。一种观点源自古希腊文明，认为人之所以为人，是因为人能参与政治生活，人拥有的公共生活使人有别于动物。另一种观点源自莱布尼兹、康德、黑格尔等哲学家的阐释，认为人之所以为人，是因为人拥有违背上帝的自由意志，人有选择自由的自我意识使人不同于动物，而自由也因此成为人的第一本质。这两种观点指出了西方文化中人的两种本质：一是人需要公共生活，二是人是拥有自由意识的个体。而这两种本质之间可能存在的矛盾和冲突也使美军士兵在战场上痛苦不堪。

西方政治哲学一直非常强调公共生活的重要性。在《神圣人：至高权力与赤裸生命》(*Homo Sacer: Sovereign Power and Bare Life*)一书中，意大利思想家吉奥乔·阿甘本(Giorgio Agamben)通过梳理亚里士多德在《政治学》中对自然生命与政治生命的区分，再次强调了西方文明中政治生活的重要性。对亚里士多德来说，只拥有在家庭中单纯的自然生命，人类与动物无异。只有当人类有了城邦生活，人才能被定义为人："人类在本性上，也正是一个政治动物。凡人由于本性或由于偶然而不归属于任何城邦的，他如果不是一个鄙夫，那就是一位超人。"(亚里士多德，1983：7)城邦的组建是为了帮助人摆脱动物的状态，获得人性。因此，政治生活，或公共生活对人的重要性就不言而喻。只有通过参与公共生活，进入公共领域，即只有参与公共政治，"人才获得一种特殊的只属于人的政治生命"(汪民安，2018：90)。人进入公共生活，参与政治，也就意味着他在城邦或某一共同体中获得了公民身份，其权利受到保障和保护。"对人而言，政治共同体值得他栖息其中的原因就是他可以在其中受到政治和法律的保护——这就是现代国家对于人的意义所在。"(90)当人置身于主权国家的框架内，才能享受公民权利，他才可能拥有政治和法律的外套，而不至于赤身裸体，成为赤裸生命。正是由于公共生活对每个人意义重大，人们才不能等闲视之。

西方现代社会政治制度的建立主要基于社会契约论，其经由托马斯·霍布斯、约翰·洛克、让－雅克·卢梭等人的发展，在西方政治生活中产生了重要影响。根据社会契约论，人类最初生活在没有国家和法律的自然原始状态中，由于存在诸多不便，人们便联合起来，签订契约，每人让渡出一部分个人的自由和权利，以便获得社会的保护和更大的利益，因此个人与社会之间存在一种权利义务关系。显然,社会契约论体现了个人意志和公共意志之间的冲突和矛盾,社会的建立是人们相互妥协的结果。这也意味着,即便人们根据社会契约论建立起一个共同体,个人与社会之间的矛盾并没有消失,而是一直存在。当两者之间出现矛盾时,西方社会有强调公共意志的传统。

西方社会对公共意志重要性的强调,从哲学上可以追溯到柏拉图的《理想国》。正义是《理想图》探讨的一个重要问题,柏拉图将正义分为大字的城邦正义和小字的个人正义。柏拉图的城邦正义思想源于古希腊社会。古希腊著名政治家伯里克利在伯罗奔尼撒战争中,为了激励雅典人团结一致,呼吁雅典人要为城邦"慷慨而战,慷慨而死"(修昔底德,1985:133),他强调因为只有在城邦的利益得到最大化时,个人才能从中受益。柏拉图认为理想国应由三种人构成:智慧博学的哲学家统治者、骁勇善战的战士和通过劳作维护社会运转的普通民众。"这三种人在国家里各做各的事而不相互干扰时,便有了正义,从而也就使国家成为正义的国家。"(柏拉图,1986:156)普通的手艺人若想逾越成为军人或立法者,会造成混乱。柏拉图的这种正义可以说是一种秩序的正义,每人各司其职,秩序井然,一片祥和。在柏拉图的理想国中,统治者应该是已经实现了个人正义的人,"一个真正的治国者追求的不是他自己的利益,而是老百姓的利益"(31)。柏拉图的正义,实则是要求普通民众应该完全信任治国者,因为治国者是已经实现个人正义的人,他在为城邦做决定时,首先考虑的是全体人民的利益,他代表着全体民众的公共意志。

柏拉图的政治哲学以抽象的大写的"人"为出发点,认为在必要时,一个个在现实中活生生的个体可以为公共利益做出牺牲。这一传统持续到近代,卢梭提出的"公意"概念较为集中地反映了公共意志在西方政治生活和公共生活中的重要性。在《社会契约论》中,卢梭关注的主要问题是人们在达成社会契约时政治权力的正当性问题。卢梭指出,"每个结合者及其自身的一切权利全部都转让给整个集体"(卢梭,2003:19),"每个人都以其自身及其全部的力量共同置于公意的最高指导之下"(20)。理想的社会契约所创制的,并不是人们所通常说的普通政府,而是"一个道德的与集体的共同体",或者"公共的大我"(21)。卢梭将之称为公意,是国家全体成员的普遍意志或公共意志。公意具有公共性,强调公共利益,倾向于平等。公意既然能够深刻洞察和由衷地关怀全社会的公共幸福,那么它也代表了个人的最高价值。

在书中,卢梭特意区分了"公意"(general will)与"众意"(will of all)这两个概念:"公意只着眼于公共的利益,而众意则着眼于私人的利益,众意只是个别意志的总和。"(卢梭,2003:35)对卢梭来说,公意是人民共同体的意志,而"人民共同体的意志"并不等于"全体人民的意志",因为公意是永远公正的,而

"众意"哪怕是大多数人甚至全体人民意志的总和,也总有可能出现错误。在《法哲学原理》中,黑格尔批评卢梭"所理解的普遍意志不是意志中绝对合乎理性的东西,而只是共同的东西",这些单个人结合成的契约,是以"单个人的任性、意见和随心表达的同意为其基础"(黑格尔,1979:255),因而缺乏权威和尊严,并导致了法国大革命最终的恐怖和残忍。

黑格尔认为,"国家意志不应当仅仅是大多数人甚至哪怕所有人的'共同意志'(因为这是随时可变的),而应当是更高层次上的'普遍意志'(这是永恒不变的,哪怕它还潜在于每个人的自我意识中)"(邓晓芒,2018:79)。邓晓芒指出,黑格尔之所以批评卢梭,是因为对卢梭的"公意"存在误解,将之理解为"一种具体可操作的契约行为即立法行动",但实际上,卢梭的"公意"应该理解为"一套抽象的伦理标准"(82)。卢梭作为社会契约的"公意"与黑格尔的普遍意志一样,都是一种哲学理念,不能直接等同于一种可操作的技术规范。可以说,黑格尔所批评的卢梭的"公意",实为卢梭自己反复澄清的"众意"。

即便是黑格尔这样的哲学大家对卢梭的"公意"都可能存在误解,更不用说其他人了。西方政治生活中,统治者经常会有意无意地混淆"公意"与"众意"之间的差异,将大多数人(有时甚至只是一小部分人)有着私人目的的意志(即"众意")等同于永远公正的"公意"和人民共同体的意志,从精神和道德上施加压力,要求民众服从这种"众意"。

法国政治社会学家阿历克西·德·托克维尔(Alexis de Tocqueville)在考察美国之后,于1835年出版了《论美国的民主》(*Democracy in America*)一书。在书中,他提出"多数的暴政"一词,并对美国可能存在的"多数的暴政"表示担忧。他表示,他之所以挑剔美国所建立的民主政府,是因为"它拥有不可抗拒的力量",因为它"反对暴政的措施太少"(托克维尔,1991:289—290),因为当一个人或一个政党在美国受到不公正的对待时,他无处诉说自己遭遇的不公:

> 他或它能向谁去诉苦呢?向舆论吗?但舆论是多数制造的。向立法机构吗?但立法机构代表多数,并盲目服从多数。向行政当局吗?但行政首长是由多数选任的,是多数的百依百顺工具。向公安机关吗?但警察不外是多数掌握的军队。向陪审团吗?但陪审团就是拥有宣判权的多数,而且在某些州,连法官都是由多数选派的。因此,不管你所告发的事情如何不正义和荒唐,你还得照样服从。(托克维尔,1991:290)

托克维尔一方面讨厌"人民的多数在管理国家方面有权决定一切",但却

"又相信,一切权力的根源都存在于多数的意志之中"。他认为,要保证真正的公道,在制定法律时,不应由一个国家人民的多数来制定和采纳,而应该在全世界范围内,"由全人类的多数来制定和最后采纳,这样的法律才是公道的法律","当我拒绝服从一项不公道的法律时,我并不是否认多数的发号施令权,而仅仅是从依靠人民的主权转而依靠人类的主权"(托克维尔,1991:237—238)。可以看出,托克维尔在《论美国的民主》一书中反对的正是卢梭所说的"众意",他所支持的"人类的主权"已经超越了民族和国家的界限,而是试图站在全人类的共同立场上来考虑问题。

托克维尔对美国"多数的暴政"的担忧并非没有根据。美国社会尽管非常推崇个人主义,但在政治生活中,仍然强调公民需要基于"公意",为社会的公共利益和集体福祉做出一些牺牲。但如同卢梭所说,多数人的"众意"并不等同于永远公正的"公意"。很多美国民众误将所谓的"众意"当作了有责任和义务去遵守的"公意",而陷入了道德困境。美军士兵选择走上战场,很多人也是基于这种对"公意"的认识。在众多美国战争小说中,士兵们没有去质疑战争是否必须,是否正义。他们似乎认为战争的爆发是美国"公意"的展现,体现了国家的公共意志,如果他们将这种公意执行下去,也因此会实现个人的最高价值。由于公意具有完善的道德属性,它就成为每个人的最好代言者。如果个人服从公意,就是自己服从自己,自己支配自己。卢梭的社会契约论坚持个人服从全体,并指出其具有道德依据。因此,士兵们也将奔赴战场杀敌视为展现自己美德的机会。

美国伊拉克战争小说《黄鸟》描述了三个美军士兵——斯特林中士、约翰·巴特和丹尼尔·墨菲——的伊战经历。其中斯特林可以说是一名特别优秀的军人,他沉着冷静、骁勇善战,知道如何克制情感,在战场上懂得尽力保全手下士兵的生命。他之所以在战场上能够英勇奋战,是因为对美国民众公意的理解。巴特感叹:"不相信他会有最喜欢去的地方。他只会等别人派给他一个地方。那就是斯特林。他的人生完全从属于别人……他所做的一切,都是在回应人们事前的期望。"(Powers,2012:187—188)正因为他的人生完全属于别人,属于美国国家的公意,他在战场上才能忘却个人的情感和道德判断,成为一名冷静英勇、称职高效的士官。"斯特林的勇敢很狭隘,却非常纯粹。那是本能的自我牺牲,没有什么理论依据,也无任何道理。"(43)他服从了美国国家的公意,仿照卢梭社会契约论的"个人服从全体"的要求,在战场上展现了纯粹的勇敢。然而,他却没有想到,他所服从的并不真的是美国的公意,而只是一部分人的意志罢了,或充其量是"众意",即大多数人意志的总和。

美国时常以公意之名,来宣扬多数人意志的合理性和正义性。很多民众会认为国家的意志是一种公正恰当的"公意",在社会和舆论的压力之下,很多人会顺从这种意志。有很多美军士兵像斯特林一样,为了国家的公共意志,响应号召,参军入伍。然而,在战场上,士兵们在运用自己的理性、情感和信仰进行判断时,认识到这种被装扮成"公意"的众意存在诸多不足,甚至是不义和邪恶。他们想要奋起反抗时,却发现这需要巨大的勇气,因为要挑战的不仅是个别人的个别意志,而似乎是社会的公共意志;他们要面对的不仅有国家的公共意志,还有他们个人在自然状态下表现出的本能和自由意志。

二、单独媾和的文化溯源:对自由意志的推崇

西方文化中,与强调公共意志相对的另一个传统是对自由意志的推崇。从理论上讲,共同体成员的公共意志应该能代表大多数人的幸福,但无论是柏拉图的正义论,还是卢梭的公意,其实都已经隐藏有潜在的不确定因素。柏拉图对秩序的强调可能会固化等级差异,使得城邦有着极权统治的某些特点。如果统治者确实是已经实现个人正义的人,全身心为城邦全体民众谋利益,那么,普通民众也不会再去纠结和矛盾。但在人类的现实历史和世界中,城邦的统治者是不是真的已实现个人正义的人,作为普通民众,其实是很难判断的。而事实上,很多统治者往往有许多个人的私利。也正因如此,柏拉图的正义论可能被误读为对集权政治的支持,即以社会正义和利益的名义,要求个人服从国家的指令。由此可能出现的一种后果是,普通民众实践了个人正义,而政府却没有实践它的社会正义,从而导致极权主义。

尽管柏拉图的正义论有其不足,但其立足点仍然是道德。到了文艺复兴时期,意大利人尼科洛·马基雅维里在《君主论》中则试图摆脱道德,将政治与伦理道德分离,认为政治的基础不是伦理道德,而应该是权力。君主有两重身份,一是作为一国之君,一是作为普通个人。君主的道德不同于普通民众的道德,君主需要维持国家的利益,在这一过程中,除了运用法律,还要运用武力去对付野兽般的恶人。因此,君主常常"不得不背信弃义,不讲仁慈,悖乎人道,违反神道"(马基雅维里,1986:85)。君主背离的"善良之道"是身为普通人的道德。马基雅维里似乎认为,在国家利益面前,个人权利和伦理道德皆可抛弃。《君主论》强调的为达目的而不择手段的思想尽管遭到很多人的批评,但在19、20世纪的现代欧洲国家有着深远影响,甚至被法西斯分子用作实行独裁统治的理论依据。个人权利和道德在君主的权力面前都变得微不足道。

卢梭的观念同样有着矛盾性。不同于霍布斯,卢梭强调在确立社会契约时,每个人不是将自己的自然权利转让给君主式的个人,而是转让给整个集体。基于此,卢梭成为人民主权的坚定捍卫者。但与此同时,他又不同于洛克,强调每个人让渡出的不是自己的部分自然权利,而是全部自然权利。而这一点又使卢梭饱受批评,认为他忽视个人自由。尽管卢梭提出基于公正的"公意",但这一概念过于理想化,在现实中缺乏保证公意得以实现的渠道和方法,而常被可能会有错误的"众意"所取代,从而无法保证民众的自由意志得以实现。

西方政治思想对公共意志的过分强调,无疑会否定或忽视个人的自由意志和选择。而在西方思想中,自由意志有着特别的意义。在《上帝之城》中,奥古斯丁就开始论述人的自由意志,"人由于拥有自己的自由意志而堕落"(奥古斯丁,2006:552),似乎已经指出拥有自由意志是人的一个基本特征。德国哲学家戈特弗里德·威廉·莱布尼茨在《神义论》中提出"最好的世界理论",认为这一世界是全知、全能、全善的上帝设计方案中最好的世界,并被上帝付诸现实。然而,最好的世界也包含着一些恶,其中道德的恶不是必然的,而是因人的自由意志而产生。上帝明知亚当可能会在伊甸园中滥用自由意志,却仍然给予他自由意志,是因为"当行动者没有判断力的时候,也就没有了自由。倘若我们拥有的判断力没有采取行动的本能冲动,那么,我们的灵魂便是一种没有意志的理智"(莱布尼兹,2007:129)。从这个意义上说,自由对人至关重要。上帝似乎认为:一个有道德的恶但有自由的世界,可能比一个没有道德的恶但也没有自由的世界更好。莱布尼兹已经略为含糊地表示,上帝为了让人有自由,而宁愿承受让人滥用自由而犯罪的风险,这是因为上帝认为,自由更重要。

莱布尼兹的观点被康德和黑格尔进一步发展。康德认为,"道德上的恶必须出自自由"(康德,2003:16),人最初犯原罪,是因为自由。但正因为人可以自由地滥用自由意志,可以背离上帝的善而犯罪,人也恰恰有能力弃恶从善。黑格尔进一步指出恶在人类历史中的重要性,他强调的其实是自由的重要性。人正是通过犯罪而成为人的,人如果永不堕落,永不犯罪,永远留在伊甸园,就与禽兽无异。正是因为人采摘了伊甸园里的禁果,因为人的堕落和罪恶,才展示了自由意志,获得了自我意识,而这恰恰是人之为人的第一步。因此,历史必然是从恶开始,从背离上帝开始。这样一种思想便将自由当作人的第一本质。

西方对自由意志的推崇促使很多人试图对战争的正义性做出独立思考。国家以"公意"(虽然常被乔装打扮的"众意"取而代之)作为评判的标准,而个人则是根据自己的良知。康德认为,"每个理性存在者的意志都是一个普遍立法的意志的理念",而"意志不是仅仅服从法则,而是这样来服从法则,即它也必须被视为自己立法的,并且正是因此缘故才服从法则(它可以把自己看作其创作者)"。(康德,2005:439)康德所说的由个人自己立法建立起来的法则就是我们的良知。黑格尔指出:"良心是在自己本身内的自我的自由"(黑格尔,1997:147),"良心是自己同自己相处的这种最深奥的内部孤独,在其中一切外在的东西和限制都消失了,它彻头彻尾地隐遁在自身之中。人作为良心,已不再受特殊性的目的的束缚,所以这是更高的观点"(139)。当人们从良心来审视世界时,已不再受社会公共意志的束缚,而获得了一种自由。黑格尔认为,精神是"人之所以为人的本质",而"'精神'的实体或者'本质'就是'自由'"(黑格尔,1956:56,55)。人们对良知和精神自由的追求,正体现了人的勇气。卢梭说:"人生而自由,但无往不在枷锁之中。"(卢梭,2003:4)但卢梭所说的自由,并非一种现实,而是一种本质可能性,因此,人有不断追求自由的使命,才能在现实中成为自由人,"一个现实的自由人就是在枷锁中不断追求自由的人"(邓晓芒,2012:66)。

在美国作家库尔特·冯内古特著名的二战小说《五号屠场》中,一名外星人如此评价地球人:"如果我不是花了那么多时间研究地球人,我根本就不知道什么叫'自由意志'。我造访过31个有生命的星球,研究过一百多个星球的相关报告,只有在地球上,人们才会谈论自由意志。"(Vonnegut,1969:86)冯内古特强调自由意志作为人的本质,使人与众不同,但同时,自由意志也使人们在战争中面临更多痛苦。

美军士兵在战场上思考战争的正义性,思考自己的职责,是在通过良知的判断来实现内心的自由。然而,在战场上的普通士兵,要准确判断战争是否正义并非易事,因为他们在战场上面对的可能是邪恶。"恶"是美国犹太裔哲学家汉娜·阿伦特一直关注的问题,她曾提出"根本恶"(radical evil)和"平庸的恶"(the banality of evil)两个概念。在《极权主义之源》(*The Origins of Totalitarianism*)中,阿伦特认为,根本恶与极权主义体制相关。极权统治用其所控制的意识形态和文化机器对一般人进行洗脑,"其最显著的特点是要求其成员展现完全的、无限制的、无条件的、不可更改的忠诚"(Arendt,1968:323),不仅消除一切异端思想,更力图封杀一切可能产生独立思想的社会空间,最关键的是"摧毁人身上的道德性"(451)。阿伦特认为,极权主义作为一种政治之恶,并没有随着纳粹的失败和二战的结束而消亡,相反,它散落在了现代社会的方方面面。

在《极权主义之源》中,阿伦特谈得更多的是极权统治的恶,强调极权统治对个人判断、道德和思考的剥夺,却没有关注个人的责任。如果在特定环境下,制度本身代表着邪恶,这是否意味着个人对自己的所作所为就不负责任?个人就不需再为自己的行为做出抉择?在《耶路撒冷的艾希曼:关于平庸的恶的报告》(Eichmann in Jerusalem: A Report on the Banality of Evil)一书里,阿伦特试图回答这一问题,关注个人责任。她认为,在极权主义体制下,很多人丧失了个人的良知和责任感,表现出平庸的恶,即"无思想,甚至无动机地按罪恶统治的法规办事,并因而心安理得地逃避自己行为的一切道德责任"(徐贲,2002:91)。阿伦特强调了个人良知的重要性。许多西方人认为,基于良知的单独决策先于与他人的约定,这是自然之道。而自然之道被许多西方人视为高于一切的法则。阿伦特显然认为,如果人们放弃做出道德抉择,依然服从罪恶的统治,就丧失了个人的良知和责任感,表现出平庸的恶,这就意味着他失去了追求自由的能力。

在美国战争文学中,一些士兵严肃地思考极权统治和独裁统治下的个人责任,思考如果统治集团不正义,普通人是否有必要依然服从国家的利益这一重要论题。在西方文化中,如果说人第一次运用自由意志,是犯下了原罪,那么,这也意味着,人在第二次和以后运用自由意志时,就有弃恶从善的可能。很多美军士兵在战争中经过艰难抉择,选择逃离,也是在运用自己的自由意志,选择良知,逃离邪恶。在《第二十二条军规》中,尤索林目睹了美军各种荒谬的规定和做法,曾采取各种方式进行反抗。最终他决定从军队出逃,前往瑞典,他坚持认为:"我并没有逃离自己的责任,而是在跑向自己的责任。"(Heller,1985:461)尽管以卡思卡特上校和科恩中校为代表的军队极权体制试图收买尤索林,但他仍然坚持听从自己的良知,摒弃了平庸的恶。

阿伦特对恶的阐释无疑非常深刻,不仅指出极权统治之恶,还强调了人在其中的个人责任。然而,我们可能需要面对另一个问题。如果人们能确凿无疑地判断这是一场非正义的邪恶战争,很多人可能依据自己的良知和责任感,选择摒弃平庸的恶,对抗邪恶。然而,在现实生活中,战争是否正义通常却并不是非黑即白、清晰易辨,并不是每一次战争都像二战屠杀犹太人那样,人们能清晰地判断这一事件是否邪恶(即便是屠犹,处在事件中心的很多德国人当时也并没有意识到其邪恶)。战争正义性的模棱两可,人们对正义的不同理解,可能是很多人在选择时犹豫不决的重要原因。也因此,西方发展了正义战争理论,试图来定义战争是否正义。

正义战争论强调平民豁免原则,即作为非战斗人员的平民在战争中应该受到保护,不应被攻击。但正义战争论又提出"双重原则",指出在战争中,在"最高紧急状态"中,可以暂时偏离平民豁免原则,以保证国家和更多人的生命与自由。正义战争论的"双重原则"将非黑即白、非善即恶的二元对立划分变得扑朔迷离、含糊不清。普通人根据自己掌握的信息,很难判断出战争是否正义。对战争正义性的判断是人类几千年历史里的一个难题。

在战争中，由于普通民众掌握的信息有限，要对之进行一个客观判断，确定战争中确实出现了最高紧急状态就更难了。与之相对，在每一场战争中，平民的死亡和战争的残酷却是实实在在的。普通民众和士兵之所以在战争中犹豫彷徨，难以抉择，是因为他们难以确认在某一场特定的战争中，残酷战争带来的死亡、毁灭和伤痛，究竟是为了不正义的目的而对无辜者施加的暴行，还是人们在为了正义事业的奋斗过程中必须付出的牺牲。正是因为做出这种判断的困难，以及西方传统政治思想对公共意志的强调，最终导致士兵在战场上的生存困境和伦理困境。

三、单独媾和的伦理困境

由于西方文化既重视公共意志，也强调自由意志，两者之间的内在矛盾使战场上的美军士兵陷入深深的困境。有的士兵出于对公共意志的尊重，也为了自我保存，他们在战场上没有去思考这种厮杀是否正义，也没有去思考自己的个人意志，而是单纯地参战杀敌。但是，在战后，即便是像《黄鸟》中斯特林这样勇敢坚强的士兵，也因为发现自己在战场上的邪恶而最终自杀。很多士兵在战场上就在思考美国的"公意"与个人意志之间的关系。当他们认为国家所宣称的所谓"公意"并不能代表真正的民众意志，也不能代表公平和正义时，他们会更多地听从自己的判断，有的则会选择达成单独媾和。美国经典战争小说通常会以同情和赞许的笔触描写选择达成单独媾和的士兵，将他们描述为敢于反抗邪恶体制的英雄[①]。

在战场上决定是否达成单独媾和时，美军士兵的困境在于：第一，作为普通人，士兵有强烈的生存本能，渴望逃离危险的战场，保存自己的生命；第二，作为公民，士兵有着保家卫国的义务，为履行职责，他们需要在战场上奋勇杀敌；第三，作为热爱自由的人，他们渴望用良知在战场上做出正确的选择。因此，他们在战争上面临着生存困境和伦理困境。

在战场上，士兵似乎被抛回了一种自然状态，每个人都要为了生存而努力。霍布斯和洛克对自然状态有不同的理解。在霍布斯的自然状态中，自我保存和追求幸福是人的本性，人们为了私利而争斗，呈现出一切人对一切人的战争状态，任何人都有剥夺任何人生命的权利。"只要每个人都保有凭自己想

---

① 在笔者发表的《美国战争小说中的单独媾和主题》一文里（《英美文学研究论丛》2015年秋季刊，第109—117页），指出选择单独媾和的士兵因为有勇气坚持理想，有勇气表达"公民的不服从"态度，有勇气拒绝"平庸之恶"，不仅没有背离美国的边疆神话，反而体现了边疆神话对英雄的推崇，因而被视为真正的美国英雄。

法做任何事情的权力,所有的人就永远处于战争状态之中。"(霍布斯,1986:98)对于霍布斯来说,自然状态就是战争状态。洛克则认为,在自然状态中,人们遵循自然法(洛克将之等同于理性),强调每个人都有义务保存自己,也都有义务保存全人类,过着平等与自由的生活。因为野蛮人自爱心与怜悯心两种原始情感的和谐关系,人的自我保存与保存他人是没有冲突的。"正因为每一个人必须保存自己,不能擅自改变他的地位,所以基于同样理由,当他保存自身不成问题时,他就应该尽其所能保存其余的人类。"(洛克,1996:6—7)洛克的自然状态是一种和平美好的状态,在理性的引导下,平等自由的人们可以为保存自身和保存他人而努力。

洛克和霍布斯所说的两种截然不同的自然状态,似乎说明人既有自我保存的强烈本能,又有保存他人的天然渴望。然而,在战争中,人却很难做到既保存自我的生命,又帮助他人(敌人)保存生命。由于自我保存和帮助他人保存这两种天然渴望在战场上具有不可调和性,士兵们在战场上常常会质疑自己。出于自我保存的需要,在战场上,士兵需要专注于战争,专注于自我保存,需要抑制自己去思考如何帮助他人保存生命,或思考其中的道德因素和情感因素。在凯文·鲍尔斯的《黄鸟》中,美军士兵为了自己在身体和精神上自保,试图对他人的伤痛和死亡本身表现出冷漠。为美军担任翻译的伊拉克人马里克被炸死时,美军士兵巴特和墨菲并没有为他生命的逝去而悲伤,而是在计算有多少人死亡。他们看到战友死亡时,感到非常庆幸,因为死的不是自己,他们"以为只要别人死了,自己就能活下来"(Powers,2012:13)。另一方面,人又有尽量帮助他人保存的本能。在战场上,士兵并不愿意随意杀害别人,哪怕是对方士兵。在杀戮太多人之后,他们会质疑,思考其中的道德性。然而,即便美军士兵认为这种杀戮可能并不道德,社会对公共意志的强调又会阻碍他们直接进行反抗。

美国所宣称的"公意"将士兵们扔到战场上,使他们回到不得不为了自我保存而与他人厮杀的战争状态。在现实中,士兵发现战场上的血腥和残酷后,有人会因为难以忍受战争中的困难和危险而逃离战场。在《逃兵:二战的隐秘历史》(*The Deserters: A Hidden History of World War II*)一书中,查尔斯·格拉斯(Charles Glass)对二战逃兵进行了深入研究。据统计,二战期间,从战场上逃离的英军士兵约有10万,美军士兵约有5万,还有3.8万美军军人以各种"不名誉的手段"企图逃避执行危险任务。在欧洲战场,从前线逃离的美军人员总数很少超过总人数的1%,"但在参战人员中,这一比例却达到了令人震惊的10%"(Glass,2013:1—2)。此外,一个令人深思的现象是,在太平洋战区却几乎不存在逃兵现象,显然,这是因为美军士兵即便想逃离战争的危险,那里除了日军控制的岛屿,他们也无处可逃。

在美国战争小说中,不乏因恐惧和生存本能而选择达成单独媾和的士兵。在《红色英勇勋章》中,亨利·弗莱明第一次走上战场就因惊恐而逃之夭夭。有不少士兵像弗莱明一样,纯粹是因为害怕在战场上被打死而选择逃离。在海明威的《永别了,武器》中,弗雷德里克·亨利尽管对战争有诸多质疑,但直到他面临着被谋反士兵处决的危险关头时,才选择跳入河中,达成单独媾和,保存自己的生命。在多斯·帕索斯的《三个士兵》中,克莱斯菲尔德之所以逃离军队,是因为他曾枪杀自己的上级军官,因担心谋杀行为败露,内心充满恐惧,最终从军队仓皇逃离。在战场上,士兵们仿如被抛回霍布斯所说的"一切人对一切人的战争状态"。正是出于自我保存的本能,很多人选择逃离战场。

然而,这些士兵也意识到,如果选择逃离,他们可能面临着另一种困境。士兵们选择逃离战场,会因为违背公意、拒不履行自己作为公民的职责,而可能面临失去公民资格、被社会流放的命运。在《神圣人:主权权力与赤裸生命》一书中,阿甘本不仅梳理了人如何从自然生命获得政治生命的外衣,摆脱赤裸生命的困境,还通过分析二战期间犹太人被驱逐、被剥夺国家公民资格和政治生命,任人宰割的经历,指出人是如何被剥夺政治生命而重新退化为动物生命。在现代社会中,人一旦失去民族和国家的框架,处于主权国家的框架之外,就会沦为赤裸生命,自己的权利和生命无从得到保护。西方文化特别强调人权的重要性,认为无论人是否处于某一政治体制内,他都应该享受权利,因为人权是一种天赋权力和自然权力。但是,在《极权国家的起源》中,阿伦特却提醒这些所谓的"善意的理想主义者们",他们所坚持的"不可剥夺的"人权通常是富裕文明国家的公民才能享受的,而这与那些没有国籍的人们的悲惨遭遇有着天壤之别(Arendt,1968:279)。阿伦特指出,人一旦不属于任何民族和国家,他的基本人权就得不到保证,因为没有一个主权愿意给他提供保护。在二战期间,成千上万的犹太人被剥夺了政治生命,沦为赤裸生命,就像古希腊的神圣人一样,"他们可以被杀死,却不会被祭祀"(阿甘本,2016:13),完全失去了人的尊严。

当士兵逃离战场,违背民众的"公意",背叛国家的利益,那么,他们也面临着失去政治和法律外套保护的危险。二战中的犹太人被强制剥夺政治生命,被迫沦为赤裸生命,这是一种极端情况。通常情况下,公民只要履行自己的职责和义务,就会得到国家的保护。但士兵们如果不愿意尽自己打仗作战的职责,恐怕也难以得到相应的保护。即便逃兵们不至于完全沦为赤裸生命,但也无疑会受到国家法律的惩罚。一个令人深思的现象是,尽管美国经典战争小说中的逃兵通常被刻画为英雄形象,但在现实中,很多美国人对逃避服兵役或当逃兵的人会侧目而视。在《胜者与输者：漫长战争中的战斗、撤退、收获、损失和毁灭》(Winners and Losers: Battles, Retreats, Gains, Losses and Ruins from a Long War)一书中，格罗瑞亚·爱默生(Gloria Emerson)对很多越战美军士兵和国内人员进行采访。一位受访者的儿子拒服兵役，逃亡在外，他表示，逃避兵役者及其家人面临着极大困境，被周围人所鄙视，他们的生活可能比阵亡士兵的家人更难过，更难恢复正常(Emerson,1976:126)。

有着强烈生存本能的士兵在战场上面临着一个两难境界。如果不当逃兵，那么自己可能战死沙场；如果当逃兵，那么自己可能会被社会排斥、流放，难以找到立足之地。在现实中，有相当一部分逃兵会声称自己逃离是因为不愿参与一场并不正义的战争。如果说在越战和伊拉克战争中，美军士兵声称是为了逃离不正义的战争这一理由或许有一定说服力的话，那么在二战这场被大多数美国人认为是"正义的战争"中，美军士兵的这个理由就很难让美国民众信服了。尤其是如查尔斯·格拉斯在《逃兵：二战的隐秘历史》中的研究所展示，最危险的地方逃兵最多，有路可逃的地方逃兵最多，而相对安全的地方和无路可逃的地方，则没有那么多逃离现象，这似乎说明大部分逃兵之所以逃跑，恐怕更多的是出于对死亡的恐惧和强烈的生存本能。

然而，这也并不排除有相当数量的美军士兵选择单独媾和是出于他们的自由意志，他们认识到战争的邪恶和不义，经过深思熟虑后，仍然选择逃离。

在战场上，美军士兵除了要面对生存危机，还会面临道德和伦理危机，面临国家利益和个人良知之间的矛盾。国家和民族以民众"公意"之名，要求士兵奔赴战场，暂时忽视个人的需求和喜好，去执行社会的"公意"，为国家和民族的共同利益努力。然而，作为个人，他们会运用个人良知进行判断，以获得精神上的自由。当国家滥用或歪曲"公意"时，士兵会怀疑或认识到战争充满邪恶和不义，渴望与之抗争。这两方面难以解决的矛盾导致了美军士兵的伦理困境。

文学就是人学，非常关注社会生活中的人性，通常会强调对人性和个人的思考。美国文学有着较强烈的自我批判精神，认为作家应该担任社会中"诗人"的角色，富有哲学家的启迪精神，不能附和社会的主流声音，而要先于普通民众思考，批判社会中存在的各种问题，尤其是对美国社会中可能存在的独裁、专制、极权等倾向进行严厉批判，以防止美国可能最终成为那样的政府。与之相对，现实中的美国政府更多地强调公众对社会的责任和义务。由此，也就出现这样的现象，尽管每次战后美国都会涌现大量战争小说，且不少小说也会表达出强烈的爱国情绪，但最终在美国文学史上成为经典的作品却几乎都有强烈的反战主题。一些优秀的美国战争小说生动地展现了士兵的这种矛盾和道德困境。此处主要以越战小说《追寻卡西艾托》为例,来论述士兵在选择时的伦理困境。

《追寻卡西艾托》被誉为一部"最原汁原味的越战小说",也被众多评论家认为是越战小说中最杰出的一部作品,荣获 1979 年度的全美图书奖。小说记录了美军士兵 1968 年在越作战的故事,讲述了两名士兵的单独媾和,一实一虚,一个真实发生,另一个只发生在士兵的脑海里。士兵卡西艾托目睹了战争中的种种残酷,对战争极为厌倦,最终选择逃离战场,达成自己的单独媾和。一天夜里,与卡西艾托同班的士兵保罗·伯林在靠南中国海的一个观察哨里站岗。在六个小时的站岗期间,他一边回忆自己到越南以来的战争经历,一边在想象中跟着中尉,前往追寻逃兵卡西艾托,并跟着他穿越欧亚大陆,一直来到巴黎。小说通过士兵伯林对逃兵卡西艾托行为的思考,以及自己最终的选择,从个人意志和公共意志两个视角审视了单独媾和的伦理困境,对战争中的正义进行了深入思考。

《追寻卡西艾托》实际是对保罗·伯林的记忆与想象的叙述。在现实中,卡西艾托选择从战场逃离,达成了他的单独媾和。而伯林则在想象中,以追寻卡西艾托为名,也与他的战友们一起在事实中达成了单独媾和。但伯林从想象中清醒过来后,却清楚地认识到,在现实生活中,他永远也不可能达成单独媾和。综观全书,无论选择达成单独媾和的卡西艾托,还是选择继续在军中作战的伯林,实则都对"正义""伦理"和"道德"有自己深刻的理解,都通过自己的抉择展现了勇气。

小说主要从士兵伯林的视角来叙述故事,标题人物卡西艾托并没有得到详细描述,读者对他的想法更是无从得知。他与《第二十二条军规》里让飞机掉到海里、划船逃到瑞典的奥尔有很多相似之处。如同大智若愚的奥尔,卡西艾托看起来非常木讷,"傻得令人悲伤"(O'Brien,1978:8)。他似乎还置身于战争之外。马丁中尉总是坚持按"标准操作程序",要求士兵们在发现地道时,先进地道检查,再炸掉,而不是直接炸掉地道,导致多名士兵先后身亡。士兵们深感不满,为是否要炸死马丁中尉展开了激烈讨论,而卡西艾托却独自坐在填满雨水的炮弹坑边,钓他可能永远也钓不上来的鱼。在其他士兵合谋炸死马丁中尉后,他只是淡然地耸了耸肩,微微一笑,说了句"令人难过"后(248),就继续在炮弹坑里专注地钓鱼。

然而,战争还是给这个 17 岁的男孩深远的冲击,马丁中尉的死也在某种程度上促使卡西艾托最终逃离战场。全班人员为追赶他跟过去,可看到的只是他在山中"一张快乐的脸"(O'Brien,1978:11)。同伴们也讨论过他离开的原因,大家都认为他也是个勇敢的士兵,他的离去绝不是因为懦弱。伯林回忆卡西艾托曾经有过的英勇行为,想到:"你不能称他为懦夫,你不能说他逃跑是因为他被吓着了。"(15)后来,伯林意识到,如同《第二十二条军规》中的奥尔,卡西艾托选择逃离并不是因为他懦弱,而是因为他意识到战争的无聊、虚伪和欺骗性。他坚决采取超脱的态度,选择永远地离开战争,而不是听从安排,甘愿为没有意义的战争卖命。卡西艾托的选择不仅是一种"公民的不服从"选择,也是一种"良心拒绝"。他目睹了美军在越南的所作所为,更目睹了美军士兵合谋杀死自己的军官,这些做法不但绝非正义,而且是邪恶的。显然,卡西艾托感到战争的正义原则受到严重侵犯,普通人的人权被忽视,因而最终选择听从良心的呼唤,拒绝执行命令,摒弃了平庸的恶。

卡西艾托并不认同于所谓大多数人的意志,即"众意"。当全班讨论是否要炸死马丁中尉时,尽管其他人都表示支持,但他却不为所动。其他人合谋炸杀马丁后,他也没有转而支持。尽管大多数美国人对越战默许了支持,他也并不认为多数人的支持就代表着正义。最终,他根据自己的良心做出抉择,拒绝邪恶和不义的行为,逃离战场,背离传统文化,选择自由,这需要无比的勇气,因为他对抗的是他所生活的国家、社会和文化。一旦做出这个决定,就意味着他将自我从主流社会中流放,甚至沦为阿甘本所说的"赤裸生命",从此踏上一条孤独的道路。

其他人其实也同样意识到战争的残酷,但他们认识问题的角度却有所不同。奥布莱恩指出:"想象中追寻卡西艾托的旅程不仅是一种精神逃离战争的方法……也是一种自问的方法,'我应该仿效卡西艾托吗?我应该跟他离开丛林到巴黎吗?我这样能保持自尊吗?'"(Schroede,1984:138)在想象中,伯林意识到如果逃跑旨在求得内心的安宁和快乐的话,那么,即使到了巴黎,他也不可能获得这种快乐和宁静。因为尽管他也渴望离开战场,去追寻宁静的生活,但最后却发现"这一切你是甩不开的,现实是不会放过你的"(O'Brien,1978:311)。

通过想象,伯林对自己有了更清醒的认识。卡西艾托义无反顾地选择听从他内心的声音,达成了单独媾和;而伯林却更多地思考他与国家和社会的关系。伯林的痛苦源自内心个人意志与公共意志之间的冲突。他亲历了美国越南战争的残酷,对战争的性质进行了深入思考,也试图去了解美军的敌人(越南人),他认识到越战可能并非一场正义战争。在痛苦地抉择是否要逃跑、达成单独媾和时,他几乎处于一种精神分裂和道德分裂之中。这是他两种身份之间的分裂。一方面,作为个人,他既渴求生存,又渴望能运用良知对事物做出自己的判断。这时,他希望自己能像卡西艾托那样勇敢,听从内心的声音,毅然选择离开,从而获得精神上真正的自由。但另一方面,伯林受制于公意。

他不仅是一个纯粹的个体,还是一个美国人,是美利坚合众国的一个公民,有义务听从这个"公共的大我"的指导;作为社会的一分子,自己受惠于社会,因此需要为之尽自己的职责;"我还欠大草原一些东西。21年来,我在其法律的庇护下生活,接受教育,吃它的食物,饮它的清泉,在夜里安然睡眠,在高速路上驾驶,呼吸着它的空气,沉湎于它的富庶"(O'Brien,1979:27)。虽然他在内心也对美国发起这场战争的性质质疑,但在现实中却难以摆脱公意对个人的制约。这种对社会的责任感,使得保罗·伯林在经过纠结和挣扎后,艰难地选择服从公共意志,留下来继续作战。他可能没有认识到,所谓的美国"公意"其实已被部分人意志的总和"众意"所取代,而众意代表的可能只是部分人的利益,而并非真正的公平正义。

如果美军士兵们选择背离国家和民族的"公意",他们实则冒着沦为阿甘本所说的"赤裸生命"的危险。在现实生活中,当人们从公共意志和国家民族利益的角度来审视逃兵时,他们因为没有履行自己作为公民的责任,没有尽到保家卫国的义务,没有为国家和民族的利益做出贡献,自然就成为千夫所指的懦夫,甚至为人们所唾弃。很多像伯林这样的士兵将自己认同为国家的公民和民族的一分子,他们感到自己已与国家和民族融为了一个共同体,难以背离社会的众意,也难以承受背离后可能面对的困境。尤其是在战争之初,普通民众和士兵难以判断越战的性质,认为这是一场弘扬民主与自由的正义之战,而他们应该去承担自己在其中的责任。因此,奥布莱恩笔下的士兵在犹豫良久后,放弃了单独媾和,选择奔赴战场,说:"我是个懦夫,我去参战了。"(O'Brien,1991:63)他们并非没有个人的诉求和欲望,但却在国家和民族的公共意志面前,选择牺牲个人,忽略和压抑个人的判断,服从国家和社会的需要,这既是出于他们对社会的责任感,也是由于国家以"公意"之名在无形中给他们施加的压力。

结　语

美国战争小说描绘了士兵在面对是否要达成单独媾和时的伦理困境,真实生动地反映了文学中自我与社会、个人意志与公共意志之间的对立和冲突。士兵的不同抉择反映了人们对自我与社会的不同认识。美国战争小说生动描写了士兵在抉择时的犹豫和痛苦,从一个方面展示了普通士兵在残酷的战场上如何艰难地维护自己的尊严和人性,从而体现出美国战争小说的伦理倾向。

参考文献

1. Arendt, Hannah. *The Origins of Totalitarianism*. San Diego/New

York/London: A Harvest Book/Harcourt, 1968.

2. Emerson, Gloria. *Winners and Losers: Battles, Retreats, Gains, Losses and Ruins from a Long War*. New York: Random, 1976.

3. Glass, Charles. *The Deserters: A Hidden History of World War II*. New York: Penguin, 2013.

4. Heller, Joseph. *Catch-22*. New York: Dell, 1985.

5. O'Brien, Tim. *Going After Cacciato*. New York: Delacorte Press/Seymour Lawrence, 1978.

6. O'Brien, Tim. *If I Die in a Combat Zone: Box Me Up and Ship Me Home*. New York: Dell, 1979.

7. O'Brien, Tim. *The Things They Carried*. New York: Penguin, 1991.

8. Powers, Kevin. *The Yellow Birds*. London: Sceptre, Hodder & Stoughton, 2012.

9. Schroede, Eric James. "Two Interviews: Talks with Tim O'Brien and Robert Stone". *Modern Fiction Studies*, Spring 1984: 135—164.

10. Vonnegut, Kurt. *Slaughterhouse-Five*. New York: Dell, 1969.

11. 阿甘本:《神圣人:主权权力与赤裸生命》,吴冠军译,北京:中央编译出版社,2016。

12. 奥古斯丁:《上帝之城》,王晓朝译,北京:人民出版社,2006。

13. 柏拉图:《理想国》,郭斌和、张竹明译,北京:商务印书馆,1986。

14. 邓晓芒:《从黑格尔的一个误解看卢梭的"公意"》,载《同济大学学报》(社会科学版)2018年第2期。

15. 邓晓芒:《什么是自由》,载《哲学研究》2012年第7期。

16. 黑格尔:《法哲学原理》,范扬、张企泰译,北京:商务印书馆,1979。

17. 黑格尔:《精神现象学》(下卷),贺麟、王玖兴译,北京:商务印书馆,1997。

18. 黑格尔:《历史哲学》,王造时译,北京:生活·读书·新知三联书店,1956。

19. 霍布斯:《利维坦》,黎思复、黎廷弼译,北京:商务印书馆,1986。

20. 康德:《单纯理性限度内的宗教》,李秋零译,北京:中国人民大学出版社,2003。

21. 康德:《康德著作全集》(第4卷),李秋零主编,北京:中国人民大学出版社,2005。

22. 莱布尼兹:《神义论》,朱雁冰译,北京:生活·读书·新知三联书店,2007。

23. 卢梭:《社会契约论》,何兆武译,北京:商务印书馆,2003。

24. 洛克:《政府论(下篇):论政府的真正起源、范围和目的》,叶启芳、瞿菊农译,北京:商务印书馆,1996。

25. 马基雅维里:《君主论》,潘汉典译,北京:商务印书馆,1986。

26. 托克维尔:《论美国的民主》,董果良译,北京:商务印书馆,1991。

27. 汪民安:《何谓"赤裸生命"》,载《马克思主义与现实》2018年第6期。

28. 修昔底德:《伯罗奔尼撒战争史》,谢德风译,北京:商务印书馆,1985。

29. 徐贲:《平庸的邪恶》,载《读书》2002年第8期。

30. 亚里士多德:《政治学》,吴寿彭译,北京:商务印书馆,1983。

作者信息:胡亚敏,女,四川都江堰人,教授,博士,博士生导师,主要从事英美文学研究,尤其关注战争文学。本文是作者主持的国家社科基金一般项目"21世纪美国战争小说与民族身份研究"(16BWW053)的阶段性成果。本文主体部分曾收入《战争文学》(外语教学与研究出版社,2021年),有改动。

解读《拉合尔茶馆的陌生人》中的哀悼与忧郁症逻辑

夏 辉

国防科技大学外国语学院

摘要:在《拉合尔茶馆的陌生人》中,主人公昌盖兹向一位来自美国的陌生人讲述了自己在"9·11"事件后从美国返回巴基斯坦故乡的经历。本文以弗洛伊德所论述的哀悼和忧郁症特征为切入点,以列维纳斯所定义的伦理为衡量基准,对文本进行重新梳理,认为小说并非只是有关昌盖兹对美式金融基要主义从笃信到幻灭的线性叙事,而是昌盖兹及其女友艾丽卡两个人,在相似的丧失亲密爱人的场景中,采用不同的应对策略展开行动,并通向不同结局的伦理叙事。艾丽卡围绕"岛"的意象展开小说书写,昌盖兹以"应答"精神向陌生人进行了故事讲述,两人叙事创作所展现的不同伦理逻辑,使《拉合尔茶馆的陌生人》成为探索自我与他人非暴力关系的文本试验场。

关键词:莫欣·哈米德;拉合尔茶馆的陌生人;哀悼;忧郁症;伦理

An Analysis of Ethical Implications of Mourning and Melancholia in *The Reluctant Fundamentalist*

Xia Hui

Abstract: In *The Reluctant Fundamentalist*, Changez, the narrator of the novel, shares with an American stranger his story of returning from the United States to Pakistan after the September 11 attacks. This paper brings Sigmund Freud's theory of mourning and melancholia and Emmanuel Levinas' philosophy of ethics together to review similarities and distinctions between the stories of Erica and Changez. Instead of reading the novel mainly as Changez's one-way journey from a believer in American ways of life to a rebel against such ways, the story could be revisited as stories of both Erica and Changez adopting different strategies to cope with the loss of loved ones, which reveal different ethical implications. While both turn to artistic creation to cope with the loss, Erica's obsession with the image of the island leads her further astray in her melancholia, while Changez's responsive conversation with the stranger demonstrates the ethical implications of mourning. As such, the story of Erica and Changez could be analyzed to explore the dangers of melancholic ethics as well as the hope and uncertainties brought by the ethics of mourning in creating non-violent relationship among subjects and communities.

Keywords: Mohsin Hamid; *The Reluctant Fundamentalist*; mourning; melancholia; ethics

引 言

《拉合尔茶馆的陌生人》(*The Reluctant Fundamentalist*)是巴基斯坦裔英国作家莫欣·哈米德(Mohsin Hamid)发表的第二部长篇小说。该书于2007年出版,在读者和评论界引起热烈反响,被翻译成30多种语言,并入围当年曼·布克奖(Man Booker Prize)决选名单。小说英文标题中的"基要主义者"(fundamentalist)指的是小说的叙述者昌盖兹(Changez)。这位在美国求学的巴基斯坦青年从常青藤名校毕业后,入职薪水丰厚的评估公司,并结识富家女艾丽卡(Erica)。正当昌盖兹的事业和感情看似发展顺遂之际,纽约遭受了"9·11"恐怖袭击。在美国对阿富汗发动战争的背景下,昌盖兹对金融基要主义的态度逐渐从虔信转为拒斥,恋人艾丽卡也因忧郁症复发入住疗养院,随后不知所终。失去工作和亲密恋人的昌盖兹回到巴基斯坦的拉合尔老家,在茶馆中向美国陌生人讲述了这段经历。

跟随昌盖兹的视角对小说内容进行梳理虽然顺理成章,却可能出现过分简化小说中其他主要人物和情节内涵的情况。昌盖兹供职的公司名称缩写与美国相同(Underwood Samson/US),艾丽卡的名字与美国(Am/Erica)相近,艾丽卡逝去男友的名字克里斯与基督相似(Chris/t),这些象征符号似乎非常便利地为昌盖兹的叙事赋予了一种二元对立的色彩:昌盖兹斩断了自己与美国和基督教/欧洲传统的关系(US,Am/Erica,Chris/t),并通过对金融基要主义的拒斥而收获了经验和成长。然而,如果将小说的叙事解读为昌盖兹对美式金融基要主义态度的转变的线性叙事,美国/基督教与非美国/穆斯林之间的等级关系虽然发生了倒转,但两者间的二元对立结构却未被触及。在这种解读视域中,小说结尾处一触即发的杀戮景象似乎只能被理解为敌/我、信徒/异教徒、美式金融基要主义/伊斯兰原教旨主义这些二元对立构造的延续,以及该构造所内含的暴力必然性。

为了避免这种简单化、符号化、陷入二元对立结论的解读,本文以弗洛伊德所论述的哀悼和忧郁症特征为切入点,以伊曼努尔·列维纳斯(Emmanuel Levinas)所定义的伦理为衡量基准,对小说叙事进行重新梳理。在伦理逻辑的解读下,艾丽卡和昌盖兹都以创作为途径试图抵抗丧失:艾丽卡围绕"岛"的意象展开小说书写,昌盖兹以"应答"精神向茶馆中的陌生人进行故事讲述。而两人的叙事创作分别展现出了忧郁症式和哀悼式的伦理逻辑。

一、哀悼与忧郁症的伦理逻辑

在《哀悼与忧郁症》(Mourning and Melancholia)一文中,弗洛伊德从精神分析的角度探讨了正常的哀悼和病态的忧郁症之间的异同。弗洛伊德认为,哀悼和忧郁症都是人在面对所爱之人、事、物等的丧失时所产生的应激反应,而两者的不同之处在于,"在哀悼中,是世界变得贫困和空虚;在忧郁症中,变得贫困和空虚的则是自我本身"(弗洛伊德,2012:5)。就其结果而言,一个哀悼者所经历的是对象丧失(object-loss),即自我与世界关系的断裂,因此,当自我重新找到与世界发生关联的对象时,哀悼便自行完结了。而一个抑郁症患者为了不面对真实世界中的丧失,将丧失的对象内化成自我的一部分,因此经历的是一种不会随着时间自愈的自我丧失(ego-loss)。

弗洛伊德对于哀悼和忧郁症的区分内含了自我与他者关系的伦理逻辑。在《整体与无限》(Ethics and Infinity)一书中,列维纳斯将伦理定义为"由他人的出场所造成的对我的自发性的质疑"(列维纳斯,2016:14)。按照这一定义,在引发哀悼和忧郁症的丧失中,伦理可以被理解为由他人的退场所造成的对"我"的自发性的质疑。在哀悼反应中,自我将他人的退场理解为超出"我"的自发性影响之外的世界的断裂,这种断裂是对他人优先性和支配性的承认,也是对未来与他人发生关联的无限性的希冀。而在忧郁症中,自我拒不承认他人的丧失,于是通过把他人吞噬在自我当中,将他人看作另一个自我,以同一融化差异,最终形成了指向自身/他人的霸权和暴力。

在心理疾病的分析层面,忧郁症或者哀悼行为本身并非一种有意识的选择,因此不具有伦理相关性。正如苏珊·桑塔格(Susan Sontag)在《疾病的隐喻》(Illness as Metaphor)中所写的那样,看待疾病的最真诚的方式,是"尽可能消除或抵制隐喻性思考"(桑塔格,2003:5)。然而,当哀悼和忧郁症的逻辑在"后'9·11'时代"的语境中被应用到政治叙事、文学创作等涉及责任与判断的领域时,其中的伦理逻辑则值得进行审慎考量。在《战争的框架》(*Frames of War*)中,美国学者朱迪斯·巴特勒(Judith Butler)讨论了美国发动"反恐战争"的逻辑及其伦理危害,认为"暴力的根本目的只是为了借暴力来维护狂妄的掌控欲和虚幻的不可侵犯感罢了"(巴特勒,2016:295)。而这种"狂妄的掌控欲和虚幻的不可侵犯感"正是忧郁症逻辑为了逃避直面丧失而采取的自欺策略。只有在与他人相遇的条件下,对丧失的应对才是向世界敞开的、哀悼式的,而不是向内构建的、忧郁症式的。澳大利亚学者乔治安娜·巴里塔(Georgiana Banita)也认为,"如何与他人相遇"这一核心问题是"后'9·11'小说"作为研究对象的独特性所在,"展现出伦理与叙事的复杂交集"(Banita,2012:30)。

沿着哀悼和忧郁症的伦理逻辑,《拉合尔茶馆的陌生人》这部小说可以被解读为一个以"9·11"事件所触发的一系列丧失事件为时代背景,艾丽卡和昌盖兹两个人应对由于爱人(他人)的退场所引发的意义危机的故事。艾丽卡遭遇了青梅竹马的恋人克里斯病逝所带来的意义危机,以"岛"为核心意象进行了叙事创作,并最终在忧郁症逻辑中越陷越深。艾丽卡的去向不明则给昌盖兹带来了意义危机,推动他反思以孤立和隔绝为特征的忧郁症逻辑,面向陌生人/读者展开以"应答"为特点的叙事创作,并在其中实践哀悼式伦理。也正是在现代人(昌盖兹、艾丽卡以及读者)如何应对他人的出场/退场所带来的意义断裂这个层面上,《拉合尔茶馆的陌生人》的故事超越了美国/非美国、西方/非西方的局限关注,可以被视为一部对"现代生活中紧急事件和经历的相互关联性"(Morey,2011:142)进行展示和探讨的世界文学作品,在伦理的规范层面上引导读者参与对世界的想象和重塑。

二、小岛上的艾丽卡

在前男友克里斯病逝后,艾丽卡表现出了典型的忧郁症特征:它在空间上指向内部(内心),在时间上指向过去(怀旧)。为了应对这种亲密关系的丧失所带来的意义断裂,艾丽卡开始了小说创作,又尝试与昌盖兹建立新的亲密关系,这些都可以被视为她为了对抗忧郁症所展开的行动。然而在对"岛"这一意象的痴迷中,艾丽卡沿着忧郁症式伦理逻辑渐行渐远,最终生死不明。如何重新构想一座岛的可能性,成为艾丽卡的故事线所提出的伦理挑战。

艾丽卡的忧郁症特征可以被称作教科书式的。在两人结识之初,昌盖兹就发现社交场合中的艾丽卡常常"沉浸到自我中去"(54),经常需要"和一股将她朝自己内心拉的力量做抗争,怕自己跌进自己的内心深处"(79)。随着病情的反复，艾丽卡觉得"郁结在心的东西"在把她"朝里面拉"（102），最终"消失进了一种强大的怀旧情绪中去了"（103）。而最终入住疗养院的艾丽卡借护士之口告诉昌盖兹，自己在脑子里所体验到的与克里斯的爱和归属感，比她和真实存在的其他人在一起时所能体验到的"更为强烈、更有意义"（121）。护士告诉昌盖兹，他的出现最令艾丽卡感到不安，"因为你是最真实的，所以会让她失去平衡"（122）。从后续的结果来看，代表着异质的、他性的昌盖兹，最终也没能帮助艾丽卡从她同质的、内化的自我世界中走出来，艾丽卡最终还是走向了背弃真实世界的忧郁症结局。

为了对抗忧郁症，艾丽卡开始小说创作，并尝试与昌盖兹建立亲密关系，而这两大治愈力量一直是同时出现在艾丽卡的叙事中的。两人在希腊初遇时时，正值艾丽卡的小说成稿；两人在纽约再见时，是艾丽卡要庆祝自己将书稿投递给经纪公司等待出版。在后续的会面中，艾丽卡的创作问题持续出现在两人的对话中。病情反复时的艾丽卡谈道："看来我再也写不下去了，每次我刚要动笔写，就变得心神不宁。以前如果我要是有什么郁结在心的东西需要释放的话，我就求助于写作。但我现在再也释放不出来了。"（102）当艾丽卡入住疗养院，两人最后一次会面时，艾丽卡坦言："不写了，不再把东西写到纸上了。"（123）在谈到自己的创作动机时，艾丽卡将爱人丧失所带来的后果比喻成砂子混进了牡蛎，"就好比我是一只牡蛎，这个小颗粒在我身体里硌着我已经很久了，我一直想让自己变得舒服一点，所以慢慢地把它变成了一颗珍珠"（48）。这是一个具有忧郁症逻辑的比喻：他人的退场所带来的丧失感被置换成了异质（他人）的在场所引发的吞噬/消化反应，最终导向的是异质的同质化结局（被包裹成珍珠的沙砾）。这种不以他者的在场/缺席所带来的意义断裂和伦理焦虑作为拓展想象和获取新知的契机，却试图以吞噬/消化策略企图恢复同质性安全感的创作起点，可能预示了艾丽卡的小说创作并不能疗愈她忧郁症的结局。

在小说临近结尾处，昌盖兹打开艾丽卡的手稿，向读者展示了她的创作内容："这只是一个冒险故事，讲了海岛上一个小姑娘怎样学会适应环境。"（151）据此回溯，"岛"的意象成为理解艾丽卡忧郁症源头的关键。克里斯病逝后，艾丽卡将他的一幅画作挂在家中。画作的灵感源自《丁丁历险记》里的热带小岛，这幅克里斯在七八岁时创作的画作见证了两人一同度过的"以为美好的事物是永恒的、是不会死去的"（104）亲密时光。也许正是这幅画作赋予了艾丽卡创作灵感，她将自己的小说也设定在了一个抽象时空——没有他人出场的小岛上。完成小说初稿的艾丽卡选择的旅行地是希腊海岛，并对初识的昌盖兹袒露心声："我想一个人留在这里，在这些岛里随便找上一个，租一间房间，然后写点东西。"(18)但艾丽卡随即表明:"我熬不过一个礼拜,我耐不得寂寞。"(18)真实的小岛,正如真实的他人(昌盖兹)一样,由于其不可控制的他异属性,并非艾丽卡的所欲对象。最终,从疗养院消失、生死不明的艾丽卡,仿佛如愿以偿地回到了自己在内心所构建的小岛上,寻找到了虚假却安全的"希望的光芒"(151)。因此,艾丽卡以"岛"的意象留在了昌盖兹的回忆中。当昌盖兹在拉合尔的雨季看到泥泞路面上一摊积水的中央立着一块小石头时,这个"像一座小岛一样"的场景令他不禁想到"若是艾丽卡盯着这幅图景凝视的话,不知会有多么愉快呢"(158)。

艾丽卡痴迷于岛的这一念头源自《丁丁历险记》里《七四一航班》一集中"岛中之岛"的意象。这部讲述劫机和迫降的冒险漫画将场景设定在了"暴风骤雨下的一个热带小岛,岛上有一条小路和一座陡峭的火山,火山口里有一个湖,湖中央又有一个更小的岛——一个岛中之岛——因为受到了很好的荫蔽而风平浪静"(49)。综合评论家对比利时漫画家埃尔热所创作的"丁丁系列漫画"所做的研究显示,丁丁的世界是"以善恶二元对立的形式所塑造的"(Frey,2008:28),从中可以"发现三种地缘政治的含义,即殖民主义话语、欧洲至上,以及反美主义"(Dunnett,2009:583)。在这个意义上,艾丽卡"岛"式忧郁症是对具有欧洲传统的逻各斯中心主义的怀旧,这种怀旧并不独属于"9·11"后的美国或二战后的欧洲,而是在更本源的伦理层面内含于从古希腊的巴门尼德到海德格尔的整个西方哲学的本体论传统,是"以自我为中心、用整体化的逻辑把他人还原为自我,把差异消弭于同一"(胡继华,2005:272)的"逻各斯中心论"在伦理层面的必然逻辑。在雅克·德里达(Jacques Derrida)看来,与其说"逻各斯和集合、爱意本质上同一",不如说"逻各斯与分裂、战争本质上同一"(胡继华,2005:127)。而要走出这种预设了暴力与战争逻辑的形而上学传统,就需要对"岛"的可能性进行重新想象。

由于艾丽卡的名字与美国相似,对这一人物的解读非常容易被符号化设定所误导。而在忧郁症伦理逻辑的视角下,艾丽卡的个人历史展现出纵深层次,她迷失在自己内部的、怀旧的世界的动机得以显现,有可能打破她忧郁症逻辑的关键人物(昌盖兹)和关键事件(以"岛"为核心意象进行创作)及其失败的原因得到检视。在艾丽卡对抗忧郁症的上下文中,昌盖兹面对丧失采取了怎样不同的行动策略,行动进程中的关键人物(茶馆陌生人以及读者)和关键事件(故事讲述)是否以及如何突破了忧郁症式伦理逻辑,这些问题成为以哀悼式伦理逻辑重新梳理昌盖兹的故事线时的关注重点。

三、应答中的昌盖兹

根据弗洛伊德的定义,哀悼和忧郁症的触发既可以是失去所爱之人,还可以是失去某种抽象物,"这种抽象物所占据的位置可以是一个人的国家、自由或者理想等等"(弗洛伊德,2012:3)。与艾丽卡失去克里斯相比,昌盖兹的丧失不仅包括爱人,还包括依附在投资公司上的职业理想,甚至还有对美式生活的幻想。如果说艾丽卡试图凭借小说书写来抵抗丧失,昌盖兹在面对多重丧失所形成的"作品",就是他所发起并主导的这场与茶馆中陌生人的对话。对话所表达的是对陌异性的回应,对话内容中对个人与共同体、个人与自然关系的凸显,都可以看作现代人试图走出忧郁症逻辑、展开哀悼行动、探索自我与他人非暴力关系的伦理尝试。

昌盖兹的讲述在叙事形式上的特色是对茶馆中陌生人的应答,而对陌生人的无条件应答正是列维纳斯所设想的原初伦理场景。列维纳斯认为,当一个人面对他人的面孔时,伦理关系就已经发生了,因为当面孔的出现宣告他人的在场时,"我不能对着这张脸陷入沉思,而是必须回应(respond)它……必须得开口说点什么,谈谈下雨以及天晴,说什么都行,但肯定得开口对他进行应答"(Levinas,1985:88)。由于应答(respond)和责任(responsibility)在构词上的同源性,对他人进行应答便承担起了对他人的责任。这种伦理责任既不以对他者视觉上的辨认为前提,也不以应答的具体内容为基础,因为无论是视觉上对于他人外貌或衣着的捕获,还是内容上信息的沟通,都有生产以个体为中心的知识、将他人的陌异性进行暴力收编的危险。换而言之,个体与他人的伦理责任来源于他者的绝对他异性在场,来源于他者所带来的无限未知的可能,而这其中也包括将自我置身于他人可能带来的暴力或者伤害之中。在哀悼与忧郁症的维度上,这种伦理关系指向无限的外在世界而不指向构建的内在,是敞向异质及其附带的风险的,而不是沉浸在同质的安全的幻象中,因此是哀悼式的而非忧郁症式的。

正如昌盖兹试图通过鼓励艾丽卡创作和阅读艾丽卡的小说对她的忧郁症进行观察一样,昌盖兹的故事讲述也可以作为他在哀悼维度进行疗愈创作的一种见证。小说以"对不起,先生,能帮您什么忙吗?"(1)这样一句言说开场,是昌盖兹对陌生人在场的承认,也强迫这位陌生人(以及读者)对自己的在场做出回应。这位陌生人自始至终是匿名的,正如德里达所言,真正的好客"既不要求回报,也不订立盟约,甚至不询问姓名"(Balfour,2017:217)。与在场的陌生人所进行的持续的言说和倾听,开启了向他人的趋近运动,是把存在伸展到异域的责任性的回应。这段以问候开场的言说和倾听的故事,最后在暴力一触即发的微妙场景中收场,而这也正是哀悼区别于忧郁症的特征之一:自我同一的忧郁症逻辑通向虚假的安全感,向异质的无限敞开虽然伴随(致命)伤害的风险,却是自由得以践行、义务得以履行、尊严得以赢得、生命意义得以生成的真实途径。

在形式方面,言说和倾听展现了哀悼式伦理中自我与他人的关系构建,而在叙述的内容中,昌盖兹还凸显了自我与共同体之间关系构建的重要性。如果说艾丽卡所代表的忧郁症逻辑意味着从世界回撤,以虚构的同质关系替代真实的异质关系,那么昌盖兹在职场上所遭遇的金融基要主义,也遵从着相同的忧郁症逻辑。作为一家资产评估公司,恩德伍德·山姆森公司的业务就是依据同质性构想割裂真实关系:它不关心员工裁撤、部门解散、工作外包、企业并购对企业中的个体所带来的冲击,只关心指标、基准、数据排列、模型构建,最终将一系列真实而复杂的人与人的关系抽象成一目了然的利润数据。与艾丽卡藏身的岛一样的小世界相似,恩德伍德·山姆森公司也有一个由"专注最基本的事"(focus on the fundamentals)这一企业信条所构建的忧郁症小宇宙,并且公司还鼓励员工们都沉浸其中。而当昌盖兹决心从公司辞职时,他对自己同事的看法是,"他那副全身心投入自己职业小天地(his professional micro-universe)的劲头,让我丝毫都无法对他生出敬意来"(132)。

昌盖兹与公司忧郁症式信条的不和在面试时就已经显露端倪。昌盖兹的面试题目是对假想中的瞬时旅行服务进行估价,这种服务可以使人"走进纽约的一个站,然后一眨眼就到了伦敦站"(10)。经过计算,昌盖兹给出了高额估价,却被告知思路有误,因为没有人会愿意"走进一架机器,被分解,然后又在几千英里之外重新组合起来",而客户出大价钱给恩德伍德·山姆森公司,"就是要我们看破这种建立在假设之上的狗屎"(12)。当昌盖兹之后与公司分道扬镳时,这道面试题目显得意味深长。昌盖兹的解题失误在于他没能意识到人的不可化约性,在数字和模型的抽象思维中忘记了人的有机整体本质。面试官对这一点似乎尤其满意,认为他缺乏的只是培训和经验。而昌盖兹后续的工作和生活经历引导他逐步走出了这道面试题的盲区,在对连结、关系和责任的体认中走出了职业小天地的忧郁症逻辑。返回巴基斯坦的昌盖兹在大学里谋了一份教课的工作,课下则忙碌于与充满政治思想的年轻人召开会议。他使用从前任公司学来的技能本领,发展了一批志同道合的伙伴,以哀悼而非忧郁症式的逻辑建立起了愿意直面命运、"毫无畏惧地做事做人"(166)的伦理共同体。

经由对他人的言说和聆听,以及对责任和共同体的回归,昌盖兹"触摸"到了世界的意义。"触摸"(touch)一词是海德格尔(Martin Heidegger)在讨论何谓"世界"(world)时所使用的概念。海德格尔认为,石头是没有世界的,因为石头无法通过触摸去获取存在(accessibility of being)。(Heidegger,1995:198)与之相比,动物是有触觉的,然而由于它们能够获取存在的有限性,它们所经历的是被剥夺的/贫乏的世界。当一个人把手放在另一个人的前额,它"标记着两个'单子'世界互相敞开,互相临近","整个'世界'就在这一刹那共现、共源、共本质和共同存在"。(胡继华,2005:213)在这个意义上,昌盖兹的讲述就是引导陌生人(读者)通过触摸获取世界的共在伦理叙事。以邀请陌生人"喝上一杯好茶"(2)开始,昌盖兹带领陌生人(读者)感受时令变化,"现在这几天,在我们拉合尔人眼里,是春天的尾巴,所以我们都很珍惜"(29);关注昆虫动物,"请注意,先生,蝙蝠开始出现在广场的上空了……它们就跟蝴蝶和萤火虫一样,属于一个更有梦幻色彩的世界"(57);辨认周遭气味,"我看您好像闻到什么味道了,您的感觉简直像是荒野里的狐狸一样敏锐……这的确是茉莉花的味道"(71)。这些对世界活色生香的"触摸"构成了昌盖兹叙事的整体框架和起承转合。然而在饮茶吃饭中所获取的世界,却又不局限于对话当下,而是在更广阔的时空延展中构成昌盖兹的世界。例如,茶馆中弥漫的烤肉香气和茉莉花香气,对昌盖兹而言,代表的是"死亡(我们动物伙伴的尸体)与生殖(完成了交配的花朵)之间的联系——也就是有限与无限之间的联系"(71),这又使昌盖兹回想起年少时外婆葬礼上令人醺醺欲醉的茉莉花香味,继而想起"9·11"后纽约祭奠处的鲜花。因此,这种对世界的触摸是哀悼式的,它在向存在的不断获取中建立世界的关联/关联的世界、探寻生的意义/意义的生成。

结　语

作为应对丧失的抵抗策略,艾丽卡的写作策略以"岛"的意象为核心,因此是隔绝的、具有虚幻自洽性和安全感的,是忧郁症式的;而昌盖兹的言说是哀悼式的,因为他的茶馆陌生人叙事,在形式上的言说和聆听指向他人,在内容上的职业转换指向共同体,在框架上对世界的触摸指向共在的意义。但是两者的差别不应在女性/男性、脆弱/勇敢、西方/东方等标签中进行解读,因为这些二元对立式的差异构建只会固化已有的生产自我与他者暴力关系的结构。正如昌盖兹对艾丽卡的深情追忆所展现的那样,两人并非以逝者/幸存者,或者失败者/胜利者的关系存在于讲述中,而是共同作为需要承受意义断裂的现代人,通过创造和行动来重构自己与世界的关系。在这个意义上,如何重新想象一个岛屿的可能性,是包括小说两位主人公和读者在内的现代人都要直面的一个未完成的任务,而昌盖兹通过应答和承担责任所交出的哀悼式的他者伦理答卷,也远非一劳永逸的解决方案。

与拥抱异质、通向未知的哀悼式伦理相比,忧郁症式伦理逻辑有其显而易见的吸引力。在一封邮件中,从海边散步回来的艾丽卡谈到了她对岩石中小池塘的喜爱,因为"它们完美无瑕,浑然自足,澄澈通明,好似被冰封在时间里一样"(63)。而这看似永恒的完满美好,却与艾丽卡沉迷的虚幻岛屿一样,是忧郁症逻辑的本源。当昌盖兹选择以小岛的形象回忆艾丽卡时,他所经历的就是回返忧郁症逻辑的诱惑。但是在故事的结尾处,昌盖兹没有以岛屿为核心场景追忆艾丽卡,而是以萤火虫的意象定格了两人亲密关系中的珍贵一刻。两人在城市灯火中所见到的,是带着微光却仿佛要飞越高楼丛林的绿色萤火虫,而在昌盖兹后来的回忆中,这一"光芒亮得足以超越大陆和文明的疆界"(165)。当他选择用见证了两人共处时光的萤火虫的形象悼念艾丽卡时,这点悼念的微光则象征着一种向伦理本源场景的回返,一种对自我与世界关系的重新想象。这种回返的希望是渺茫的,因为它意味着向暴力和伤害敞开,但只有通过这种向伦理根源的回返,人们才能回到世界的亲切处,开发意义的活水源头。

参考文献

1. Balfour, Lindsay Anne. "Risky Cosmopolitanism: Intimacy and Autoimmunity in Mohsin Hamid's *The Reluctant Fundamentalist*". *Critique: Studies in Contemporary Fiction*, 2017, 58(3): 214—225.

2. Banita, Georgiana. *Plotting Justice: Narrative Ethics and Literary Culture after 9/11*. Lincoln: University of Nebraska Press, 2012.

3. Dunnett, Oliver. "Identity and Geopolitics in Hergé's *Adventures of Tintin*". *Social and Cultural Geography*, 2009, 10(5): 583—598.

4. Frey, Hugo. "Trapped in the Past: Anti-Semitism in Hergé's *Flight 714*". *History and Politics in French-Language Comics and Graphic Novels*, edited by Mark Mckinney. Jackson: University Press of Mississippi, 2008: 27—43.

5. Heidegger, Martin. *The Fundamental Concepts of Metaphysics World*. Translated by William McNeill and Nicholas Walker. Bloomington and Indianapolis: Indiana University Press, 1995.

6. Levinas, Emmanuel. *Ethics and Infinity*. Translated by Richard A. Cohen. Pittsburgh: Duquesne University Press, 1985.

7. Morey, Peter. "The Rules of the Game have Changed: Mohsin

Hamid's *The Reluctant Fundamentalist* and Post-9/11 Fiction". *Journal of Postcolonial Writing*, 2011, 47(2): 135—146.

  8. 胡继华:《后现代语境中伦理文化转向:论列维纳斯、德里达和南希》,北京:京华出版社,2005。

  9. 莫欣·哈米德:《拉合尔茶馆的陌生人》,吴刚译,上海:上海译文出版社,2009。

  10. 苏珊·桑塔格:《疾病的隐喻》,程巍译,上海:上海译文出版社,2003。

  11. 西格蒙德·弗洛伊德:《哀悼与忧郁》,马元龙译,载汪民安、郭晓彦编《生产》(第8辑),南京:江苏人民出版社,2012。

  12. 伊曼努尔·列维纳斯:《总体与无限:论外在性》,朱刚译,北京:北京大学出版社,2016。

  13. 朱迪斯·巴特勒:《战争的框架》,何磊译,郑州:河南大学出版社,2016。

  作者简介:夏辉,男,河南南阳人,讲师,研究方向为美国文学。本文曾刊载于《解放军外国语学院学报》2021年第2期,有改动。

埃德加·爱伦·坡对美国印第安人政策的反思：
以《罗德曼日记》和《凹凸山的故事》为例

张运恺

国防科技大学外国语学院

摘要：《罗德曼日记》和《凹凸山的故事》是埃德加·爱伦·坡（以下简称"坡"）近七十篇小说里仅有的对印第安人进行书写的两个文本。纵观美国历史，印第安人本是美洲大陆的原住民，但随着欧洲殖民者的到来，他们被驱逐出自己的家园，甚至被屠杀。在欧洲人眼里，他们是野蛮无知的象征，不值得同情。美国在建国后依旧延续这一错误认知，对印第安人不是赶尽杀绝就是把他们迁移到西部贫瘠的土地上，任其自生自灭。印第安人对殖民者既怕又恨，也不时奋起抵抗，但大多以失败告终。坡的两个文本对印第安人的血泪史进行了还原，揭露了美国对印第安人的殖民行径，反思了美国印第安人政策中潜藏的危机。

关键词：埃德加·爱伦·坡；《罗德曼日记》；《凹凸山的故事》；殖民；美国印第安人政策

Edgar Allan Poe's Reflections on the U.S. Policy Toward American Indians
—Taking *The Journal of Julius Rodman* and "A Tale of the Ragged Mountains" as Examples

Zhang Yunkai

Abstract: Edgar Allan Poe (shortened as Poe in the following) wrote about seventy novels in his lifetime, among which only two dealt with the issue of American Indians, that is, *The Journal of Julius Rodman* and "A

Tale of the Ragged Mountains". As we know, throughout U. S. history, American Indians were natives of the Americas; however, they were either driven away from their homeland or slaughtered with the arrival of the Europeans. In the eyes of those foreign invaders, American Indians were reduced to savages, ignorant and cruel and thus no mercy should be shown to them. Even after the founding of the United States, these false views about American Indians were still prevalent. As a result, they were either massacred to the last person of their tribes or forced to relocate themselves in the Wild West with mostly barren land where their life was not secured and death could befall them at any time. Though they were both afraid of and angry with the U. S. government and revolted against it now and then, American Indians ended up in failure most of the time. In these two novels of Poe, the author recounted the tragic history of American Indians, revealed the harsh practices of the U. S. government in colonizing them and reflected the hidden crisis lurking in such a U. S. policy toward American Indians.

Keywords: Edgar Allan Poe; *The Journal of Julius Rodman*; "A Tale of the Ragged Mountains"; colonization; U. S. Policy Toward American Indians

埃德加·爱伦·坡(1809—1949)是一位美学大师,他的诗歌讲求音韵美,小说讲究效果美,似乎在多数人眼中他只注重创作形式,而不在乎其创作的现实关照性,但事实并非如此。坡研究学者厄基拉(Betsy Erkkila)就指出,"坡的美学作品是历史的产物,不是独立于历史之外的"(Erkkila,2001:41)。琼斯(Paul Jones)也认为,"坡不是一个不关心政治的浪漫主义者,而是对其所处时代的重大问题表示深切关注的作家"(Jones,2001:239)。茨瓦格(Christina Zwarg)则更为明确地说:"坡对其所处时代的问题和矛盾很关注,尤其对美国在殖民过程中带给印第安人的伤害感到痛心。"(Zwarg,2010:7)基于最后这一论述,笔者通过梳理坡的小说发现,有两个文本与印第安人有关,即《罗德曼日记》(1840)和《凹凸山的故事》(1844)。在这两个文本中,坡揭露了美国白人对印第安人的殖民行径,反思了美国政府对印第安人的政策。

一、《罗德曼日记》中美国白人对印第安人的殖民行径

《罗德曼日记》是坡唯一一篇未写完的小说,讲述了以主人公罗德曼

(Julius Rodman)为首的探险队沿密苏里河而上,打算跨越落基山脉,往西寻找太平洋出口的历险故事。在这一故事里,坡向读者讲述了主人公罗德曼的身世和他组建探险队的目的,以及他如何招兵买马,组建探险队,购买船只、马匹、探险用的各种装备和沿途所需的各种物资等。一切准备就绪后,探险队便开始沿密苏里河逆流而上,往西边的落基山脉而去。一路上他们欣赏到了各种美景,捕获了不少猎物,收集了大量皮毛,同时也遭遇了各种险境,比如多变的天气、湍急的河流、危险的滩涂、令人生畏的悬崖峭壁以及随时出没的各种野兽。此外,他们还与多个部落的印第安人相遇,有的与之进行交易,有的则兵戎相见。就在这样复杂多变的环境中,探险队不断前行,但尚未到达落基山脉这一精彩的历险故事就突然终结,让人感到疑惑不已。坡对此也没有进行说明,仿佛是刻意为之,抑或是有别的原因阻止了他继续创作。

在这篇小说里,坡批判了美国人心中固有的对印第安人的成见,指责了美国人为了将杀戮、殖民印第安人的行为合法化而将印第安人描述为非人的做法。罗德曼在出发之前对西部探险的最大顾虑就是印第安人,但他自己并未亲眼见过印第安人,对他们的认知都源于殖民地时期美国政府对他们的偏见。早在殖民地时期,当"欧洲殖民者从登上美洲大陆那天起就不把当地土著人——印第安人当成和自己同等的人看待"(张友伦,2005:148),甚至"一场关于新世界的印第安人是真正的人类、是野兽,抑或是人兽之间的生物的议论持续了整个16世纪"(Melvin,1970:xxii)。因此,在欧洲殖民者眼里,印第安人都是"异己的、荒诞的、未开化的另一种人,欧洲人自然就要采取不同态度来对待这种劣等民族。而印第安人作为劣等民族是注定要被征服、被征剿、被奴役的"(小约瑟夫,1979:7)。正是欧洲殖民者的这种歧视和偏见,导致美国在独立后对印第安人产生了同样的看法,认为他们是"劣等民族、野蛮人、杀人不眨眼的魔鬼"(张友伦,2005:149),所以美国在建国之后的领土扩张过程中就把印第安人视为"阻止文明进程的障碍,甚至把他们同野兽、险恶的丛林一样看待,当成西进中危险因素而必须加以清除"(142)。

在《罗德曼日记》中,坡再现了美国人对印第安人长期以来固有的偏见以及攻击行为。比如罗德曼在行前准备时就说:"对那些印第安人,我们除了道听途说便一无所知,而我们有充分的理由相信他们既凶狠残暴又阴险狡诈。"(Poe,1984:1296)所以他认为在组建探险队时"不仅需要招募到足够的人手,而且尤其需要购置充足的武器弹药"(1296)。对于探险队人员的选拔,在罗德曼看来只需满足两个条件即可,一是会打猎,沿途可以捕获猎物,获取皮毛,二是要不惧艰险,这样才能战胜敌人。探险队中的美国队员都符合这两个条件。在购置装备和武器弹药方面,罗德曼可谓费尽心思,他买来运货的船只并对其进行了改造,最后的成品与其说是一条商船,不如说是一条战船,"船舱有道结实的门……船舱部分子弹穿不透……舱壁上钻了好几个小孔,万一遭到敌人袭击它们可作为枪眼,我们还可以通过它们观察敌人的行动"(1300)。随船装载的武器弹药不计其数,"船头甲板下的一个隔间里堆放了十桶优质火药,并有我们认为与火药成正比的足够多的铅弹,其中十分之一是铸好的步枪子弹。我们还在那儿放了一门小小的铜炮及其炮架……还有五十颗铁铸炮弹……除了这门小炮,还有十五支步枪"(1300),让人觉得罗德曼一行不是探险队而是远征军。除了这些杀伤性极强的重型武器,探险队"每个人还配有一柄战斧和一把匕首"(1301)。可以看出,罗德曼一行真不像他所说的是为了追求财富去西部探险,也不像他说的是为了纯粹享受美景而去,倒像是有准备、有预谋地去屠杀印第安人。

在随后的西行过程中,探险队对印第安人也极尽诋毁,"我们早已从所听所闻中得知,印第安人是一个刁滑奸邪的种族,我们人少,同他们打交道完全没有保障"(Poe,1984:1303)。当他们刚刚进入苏族印第安人的领地,尚未与之接触时,探险队员们就一致认为,"根据一般的传闻,我们现在已进入了最容易遭到印第安人袭击的河段。……这一地区居住着苏族人,他们是一个好战而残暴的部族,已多次表现出对白人的敌意"(1317)。他们还毫无凭据地丑化和贬低苏族人,认为他们"就相貌而论,一般都长得非常丑陋,照我们对人类体形的概念来看,他们的四肢与身体相比显得太短小——他们的颧骨很高,眼睛突出而且目光呆滞"(1321)。毫无疑问,这是对印第安人的一种"非人化"描述,认为他们与野兽无异。虽然探险队刚开始并未发现有苏族人的迹象,但罗德曼宣称"非常清楚那些野蛮人的伎俩,所以我不会误以为我们没有受到严密的监视"(1322)。待到探险队在与苏族人的交涉过程中得知后者并无恶意,而只是希望同队员们做生意,帮他们划船和弄清楚船上的大炮为何物之后,罗德曼仍旧对这些印第安人心存芥蒂,"我认为几乎没有可能与这些苏族人友好相处,他们在本质上就是我们的敌人,只有让他们确信我们的厉害才能保证我们免遭他们的劫掠和屠杀"(1325)。就是在这样的恶意偏见驱使之下,他下令探险队朝印第安人开火,而探险队明知"对方除一名头目带有一支老式马枪之外,其他野蛮人手中都没有火器;而当时双方相距太远,他们的弓箭没有多大的威胁"(1325),却依旧执行罗德曼的命令,结果"六个印第安人当场毙命,大约有十七八人被炸成重伤。其余的都吓得魂飞魄散,乱作一团,争先恐后地掉转马头向大草原逃去"(1327)。在残忍地伤害了这些印第安人之后,罗德曼还大言不惭地对一个受了重伤躺在河边的印第安人说:"白人对苏族人和所有印第安人都是友好的;我们拜访这一地区的目的仅仅是为了捕捉河狸,并看看上帝赐予红种人的这片美丽土地;待我们获得了我们想要的皮毛,看到了我们想看的一切,我们便会返回家乡。"(1327)而且罗德曼还向那个印第安人许诺说:"只要我们不再受到骚扰,他们将受到我的保护。"(1328)

显而易见,坡在此借用罗德曼之口讽刺了白人的无耻行径,白人对印第安人的许诺根本就是空头支票,他们来到印第安人的土地,将其据为己有,把印第安人赶到贫瘠偏僻的保留地,还美其名曰是对印第安人的保护。纵观美国历史,美国政府曾多次向印第安人许诺不再侵占他们的土地,但却一而再再而三地食言,"美国政府曾经向印第安人保证,只要他们离开自己的土地,迁移到密西西比河以西就不会受到政府军队的驱赶和攻击。但是随着移民步伐的前进,这一承诺一再被撕毁,印第安人也一再后退。一旦白人需要哪块土地,印第安人就只能放弃。在白人眼中,只有他们才是土地真正的主人,印第安人只适合居住在贫瘠的保留地内"(厉文芳,2007:316)。早在坡创作《罗德曼日记》的十年前,美国政府就颁布了《印第安人迁移法》(Indian Removal Act,1830),该法案强迫印第安人离开自己东部的故土,大规模地迁移到遥远西部的荒凉地带,许多印第安人在西迁的路上不幸死去,他们所走过的迁徙之路被后人称为"血泪之路"(Trail of Tears)。所以,罗德曼的探险队对印第安人的暴行就是当时美国社会上下对印第安人态度的缩影,而坡对此行径给予了极大讽刺和强烈谴责。罗德曼的探险之旅并未结束,坡也不打算再继续写下去,而这一文本的残缺就如同雷所指出的那样,是坡出于对美国殖民行径的不满而从话语层面将其终结,不希望人间惨剧继续发生。

二、《凹凸山的故事》中美国白人对印第安人的殖民行径

《凹凸山的故事》讲述了一段奇遇。主人公贝德尔奥(Augustus Bedloe)相貌奇特,饱受神经病痛的折磨,幸得坦普尔顿(Templeton)医生对其进行催眠疗法才使他的病痛缓解不少。于是,贝德尔奥便请坦普尔顿担任他的私人医生,随时为他诊疗。其间,医生不断对他进行催眠治疗,竟达到了出神入化的地步:无论医生身在何方,只要动用意念,贝德尔奥便会陷入催眠状态。此外,贝德尔奥还经常服用吗啡来进行辅助治疗。一天早上,他前往凹凸山漫步,返回后向医生和作为好友的"我"讲述了一段离奇的经历。他说自己穿越到了18世纪的英属印度,并参与了驻印英军对当地印度起义军的镇压,但不幸中箭而亡。随后他感觉灵魂出窍,意识模糊,醒来后发现自己又回到了凹凸山中,并且安然无恙。医生对贝德尔奥的奇遇并不惊讶,仿佛一切在他掌控中。原来,医生曾在英属印度打过仗,他的好友奥尔德贝(Oldeb)在战场上不幸中箭身亡,当初他之所以答应贝德尔奥的请求,是因为贝德尔奥与他死去的

同伴长得非常相似。医生向贝德尔奥展示了奥尔德贝的画像,两人长得竟然一模一样。不久之后,贝德尔奥在医生的放血疗法中不幸被一只毒蚂蟥吸住太阳穴而身亡。令人不可思议的是,这只毒蚂蟥与之前射中奥尔德贝的毒箭几乎一模一样。更让人惊讶的是,当地报纸在刊登他的讣告时,错把他的名字写成了奥尔德贝,即医生那位死去的战友。

不难看出,小说主要为我们讲述了一个殖民地人民反抗殖民者暴政的故事。贝德尔奥在凹凸山中遭遇了时空并置,从19世纪的美国穿越到了18世纪的英属印度,看到当地正处于骚乱与战斗之中,"一名扮着英军装束的绅士"(Poe,1984:116)正在指挥战斗,"以寡敌众地与潮水般的街头暴民交战"(116)。贝德尔奥随即加入其中,协助英军对印度起义者进行镇压,他"用一名倒下的军官的武器疯狂地与不认识的敌人进行战斗"(116)。最后,贝德尔奥被起义者射出的一支毒箭击中太阳穴,倒地而亡。

坡在这里引述了一段真实的历史事件。1780年印度贝拿勒斯邦(Benares)邦主辛格(Cheyte Sing)叛乱,起因是时任英国驻印总督哈斯丁(Warren Hastings,1732—1818)强迫辛格征用印度当地百姓来充实英军,还要求他源源不断地为英属印度当局提供钱财。辛格断然拒绝,并号召当地民众起来反抗英国殖民者的残暴统治。于是哈斯丁下令逮捕辛格,引发了印度民众的不满和抗议,他们自发组成起义军,同英军英勇作战,并取得了最终胜利。

表面上,坡通过还原这一历史事件,表达了对英属印度殖民地人民的同情,颂扬了他们的抗争精神,谴责了英国的殖民主义行径。实际上,他借此影射美国对印第安人的殖民。虽然英国对印度的殖民属于外部殖民,但英美两国在推行殖民主义政策方面却一脉相承。早在美国建国之前,印第安人是美洲大陆的主人。英国殖民者到来之后,原属于印第安人的土地被他们据为己有。美国建国后延续了英国的殖民政策,开始不断扩张其领土。其间,印第安人的土地被大肆掠夺,印第安人也几乎被赶尽杀绝。在这篇小说里,坡用英属印度下的殖民反抗表达了他对英国殖民主义的不满,同时,经由贝德尔奥的言行反思了美国印第安人政策,并通过贝德尔奥的暴亡发出警告,希望美国政府重新审视对印第安人的殖民行径。

坡在小说一开始对贝德尔奥的相貌进行了详述,影射美国殖民主义思维由来已久。贝德尔奥虽然年轻,但会让人"不安地想象他已经活了一百岁"(Poe,1984:111)。这样的描述似乎自相矛盾,因为青春年少和老态龙钟不可能同时出现。有意思的是,坡着重强调了贝德尔奥相貌老态的一面。"他弯腰驼背,瘦骨嶙峋,面容没有一丝血色,眼神空洞,目光呆滞,使人联想到一具早已埋葬的僵尸的眼睛。"(112)不难看出,这是坡有意为之。一方面,他通过描写贝德尔奥的年轻来影射美国仍是一个新兴的、年轻的、富有生命力的国家,因为自美国建国到这篇小说出版时还不足七十年,相比世界上具有千百年历史的国家来说还显得太年轻。另一方面,坡通过刻画贝德尔奥相貌老态的一面影射了美国殖民主义思维悠久的历史渊源,即脱胎于英国的殖民主义。与此同时,年老的形象也影射了美国殖民主义者及其先辈对印第安人由来已久的剥削与压迫,如同嗜血的僵尸,用印第安人的鲜血来换取自身的生存空间。

此外,坡通过描写贝德尔奥在凹凸山中的经历影射了美国对印第安人土地的垂涎和觊觎。凹凸山是一座"荒凉而沉寂的小山"(Poe,1984:113),贝德尔奥"兴致勃勃地穿行于其中,山谷间有一种荒凉之美,似乎从未经过人的踩踏"(113),于是他便认为自己是"第一个也是唯一进入其幽深之处的探险者"(113)。众所周知,印第安人才是北美大陆真正的主人,他们世代居住在此,贝德尔奥从未涉足过的这一峡谷曾经就是印第安人的领地,但他却以发现者自居,认为自己才是当之无愧来这里的第一人。

这种心理折射了美国人及其先辈对印第安人土地的一贯认知。欧洲殖民者来到美洲大陆后,宣称印第安人对这片土地没有合法的所有权,只是通过占有而获得土地,所以白人入主北美后就迫使印第安人让出他们占有的土地,把对其土地的夺取和占领视为天经地义。因而就有了马萨诸塞湾殖民地初期总督温斯罗普所提出的"印第安人不能有效地开发和改良土地,所以没有理由阻挠白人取得土地的正当权利"(Hoffer:33—34)。

为了心安理得地把印第安人的土地据为己有,美国政府不断妖魔化印第安人。贝德尔奥在峡谷中入之越深,他之前那种初到世外桃源般的兴奋感以及对周围景色的浓厚兴趣逐渐荡然无存,取而代之的是"难以形容的不安,一种神经质的踌躇和恐惧"(Poe,1984:113)。他想到了"传说中讲的那些居于林间洞中的可怕的野人"(113)。这种情绪的迅速切换和过激的反应一方面与陌生的环境有关,另一方面则与美国人及其先辈为合法夺取印第安人的土地而进行的舆论宣传有关。他们用自己的标准来衡量印第安人的文化,认为其处于尚未开化的野蛮状态,因此需要借助他们的"文明"对印第安人进行改造,消灭他们的原始野性。

从18世纪末开始,白人文化中有关文化与社会发展的观点逐渐成为一种主流社会思潮。这一思潮认为,人类社会的发展和文化的变迁都经历了从低级到高级、从原始到现代、从野蛮到文明的过程,且每一个后起的阶段必然优于前一阶段,每一种先进的文化必然战胜落后的文化。人们对进步抱有绝对的信念,只要趋于进步,就必定具备正义。正是这种思维定式让白人殖民者心安理得地把对印第安人的每一次剥削都说成是文明战胜野蛮的表现。到了

19世纪,民族学和生物学的研究提出白种人最为优越的论点。《创世的足迹》(*Vestiges of the Natural History of Creation*,1843)中所描绘的人类进化顺序是"从最初的黑人,经过马来人、印第安人、蒙古人各个阶段,最后才发展出高加索人种"(Gossett:68)。其他一些以科学名义发表的著作则认为"印第安人在体质和智力上均不及白人发达"(Berkhofer:55)。基于此,普利茅斯殖民地总督布拉德福德曾说:"美洲找不到任何文明居民,只有一些野蛮残暴的人出没其间,而这些人与这里出没的野兽并无多大差别。"(Jacobs,1971:10)

美国建国后,历任总统对印第安人的描述也充满了敌视和丑化。华盛顿称印第安人为"野蛮人"和"豺狼",认为"二者皆掠食性野兽,仅在形体上有所不同"。(Weeks,1981:23)他还幻想用一道"中国长城将两个种族(白人和印第安人)分隔开"(Satz,1975:6)。杰斐逊则主张把印第安人迁到西部去,"在人类改善的脚步不断迈进之下,野蛮生活一直在退缩,我相信终有一天要从这个地球上消失"(Sheehan,1973:26)。门罗执政时,明确指责了印第安人生活方式的野蛮落后,"狩猎或野蛮的状态,需要用广阔的地域来加以维持,超出了进步和文明生活的正当要求所容许的限度,因而必须让路"(Moquin,1995:109)。门罗的继任者亚当斯当政时已将印第安人的迁移作为首选办法。1829年,以征伐印第安人起家的杰克逊入主白宫时,印第安人被迫西迁的命运已无可摆脱。《印第安人迁移法》的出台使得印第安人最终只得忍辱含悲告别故土,正如印第安人的后裔回忆说:"我们的父辈被一步步驱赶出来或者被杀戮。我们作为他们的子孙,只不过是那些一度强盛的部落的残余,被拘留在大地的一个小小角落里。"(Armstrong,1971:118)

最后,贝德尔奥在凹凸山中无意间穿越到18世纪的英属印度,这一情节也是坡精心设计的。在英语里,"印度人"和"印第安人"皆被称为"Indian",这是哥伦布所犯的一个错误。这一错误在小说中使美洲和亚洲的两支民族彼此产生了关联,英国殖民印度给当地民众造成了巨大伤害,而美国殖民印第安人所造成的伤害程度与前者无异。贝德尔奥仇视由印度平民百姓组成的起义军并称其为"暴民"(Poe,1984:116),相反,他对英军却非常同情,并与他们一同镇压印度起义军,从侧面反映了美国人及其先辈对印第安人的仇视和迫害。

美国建国前,其先辈为了在新大陆立足,就对印第安人展开了屠杀,其罪行罄竹难书。1637年,佩克特大屠杀(Pequot Massacre)就是一个典型的例子。讨伐队指挥官宣称,"400人的印第安村寨被烧杀一光,幸存者不过四五人,村寨内血流遍地,尸骨成堆,难以通行"(Shannon,1957:100)。殖民者把印第安人看成自己生存发展的障碍,对他们赶尽杀绝。

美国建国后,对印第安人的掠夺和屠杀变本加厉。华盛顿命令将印第安人尽数消灭,"在所有印第安人居留地被有效摧毁前不接受任何和平建议"("罗斯福")。杰斐逊指示战争部,"要是约束自己向这些部落举斧,那么在这些部落灭绝前我们将无法平静地倒下"("罗斯福")。1784 年,一位到美国旅行的英国人发现,"白种美国人对印第安人整个种族抱有很强的厌恶感,随处可以听到这样的议论:要将他们从地球表面全部铲除,男女老幼一个不留"(Hoffer,1988:312)。到了 19 世纪中期,印第安人和白人的冲突达到了顶峰,白人中甚至传出"只有死了的印第安人才是好的印第安人"(Moquin,1995:106)的叫嚣之声,话语中透露的自私残忍和血腥无耻之气令闻者毛骨悚然。

面对殖民迫害,印第安人并未屈服,他们奋起抵抗,如同小说中的印度起义军一样。抗英的印度起义军虽然刚开始"节节败退"(Poe,1984:116),但接着"他们重整旗鼓疯狂反扑,用一阵阵乱箭压得我们抬不起头"(116)。坡借此影射了印第安人必将对美国殖民者进行反击。

印第安人对殖民者的反抗早在欧洲移民刚踏上美洲大陆之际就开始了。1609 年,阿尔冈钦人最大部落联盟首领波瓦坦(Chief Powhatan,1550? — 1618)就警告英国殖民者史密斯(John Smith,1580—1631):"收起你们那些刀枪吧,否则你们也会同样遭受灭亡。"(Armstrong,1971:i)美国独立后,许多印第安部落也曾毫不犹豫地拿起武器抵抗殖民者。1835 年,在"黑鹰战争"中,印第安人曾多次重创白人。苏族人坦率地承认:"我们杀白人是因为白人杀我们。"(Armstrong,1971:126)印第安酋长坐牛(Sitting Bull,1831—1890)也说过:"我不喜欢战争。我从未当过侵略者。我战斗只不过是要保卫我的妇女和孩子们。"(126)言语真切,所说也确属实情。

贝德尔奥在经历了这次奇遇后,庆幸自己还活着,但他却最终难逃一死且死得蹊跷。贝德尔奥从凹凸山漫步回来后不久便染上风寒,发烧并伴有脑出血,医生在采用水蛭局部吸血疗法时,盛水蛭的罐中意外混入一只毒蚂蟥,结果贝德尔奥被毒蚂蟥吸住太阳穴而中毒身亡。在此,坡特意提醒美国人注意该毒蚂蟥与蛇酷似。从小说中我们得知,奥尔德贝之前在对印作战中死于起义军的一支毒箭,而这支毒箭恰好是"模仿毒蛇蹿行时的身形而制作的"(116)。坡在小说结尾处设计的这一离奇而巧妙的情节意在暗示,如果美国政府不改变其对印第安人的迫害政策,继续对印第安人滥杀无辜,最终会导致印第安人的猛烈反扑,从而自食恶果。正如肯尼迪(J. Gerald Kennedy)所说:"如同英国在印度的行径一样,美国对其印第安人的压制同样会产生致命的后果。"(19)

结 语

综上所述,坡在《罗德曼日记》里谴责了美国白人的野蛮、无知和残忍。他们对印第安人的偏见深入骨髓,将其视为相貌丑陋、阴险狡诈、凶恶残暴的野蛮人,对其施以残忍的屠杀。他们的种种恶劣行径早已出离一个文明人应有的做法,所以坡在小说副标题中所写的"文明人首次翻越北美大陆落基山脉之记载"充满讽刺意味,从侧面反映了坡虽然和同时代的人一样为西部探索的领土扩张感到兴奋,但并没有一味赞扬,而是冷静客观地去审视这一过程,并从中发现了美国人暴露出的问题,他希望通过小说警醒美国政府不要一味迫害印第安人。此外,坡在《凹凸山的故事》里通过时空并置和穿越,让美国人贝德尔奥从19世纪的美国穿越到了18世纪英国殖民统治下的印度,借助英国殖民者对印度人民的残酷统治以及印度人民揭竿而起并最终取得胜利的史实反观了美国对印第安人的殖民政策,揭示了英美两国在殖民思维和行径方面的相似性并谴责了这一非人道的做法,表达了他对印第安人不幸处境的同情,同时也希望美国政府改变殖民思维,摒弃对印第安人的固有成见,反思其一直以来对印第安人的严苛政策,并用贝德尔奥的死鸣钟示警。透过这两个文本,坡对美国政府的印第安人政策进行了深刻反思,并希望借助他的文字让美国民众,尤其是白人对自己的行为能有所警醒。

参考文献

1. Armstrong, Virginia I. *I Have Spoken: American History Through the Voices of the Indians*. Athens: Swallow P, 1971.

2. Berkhofer, Robert F., Jr. *The White Man's Indian: Images of American Indian from Columbus to the Present*. New York: Random House, 1978.

3. Erkkila, Betsy. "The Poetics of Whiteness: Poe and the Racial Imaginary". *Romancing the Shadow: Poe and Race*. Edited by J. Gerald Kennedy & Liliane Weissberg, Oxford: Oxford UP, 2001.

4. Gossett, Thomas F. *Race: The History of an Idea in America*. Dallas: Southern Methodist UP, 1975.

5. Hoffer, Peter Charles. *Indians and Europeans: Selected Articles on Indian-White Relations in Colonial North America*. New York: Garland Publishing, 1988.

6. Jacobs, Paul, et al. *To Serve the Devil: Natives and Slaves*. New York: Vintage, 1971.

7. Jones, Paul Christian. "The Danger of Sympathy: Edgar Allan Poe's 'Hop-Frog' and the Abolitionist Rhetoric of Pathos". *Journal of American*

Studies 35 (2001): 239—254.

8. Kennedy, J. Gerald. *A Historical Guide to Edgar Allan Poe*. Oxford: Oxford UP, 2001.

9. Melvin, Steinfield. *Cracks in the Melting Pot: Racism and Discrimination in American History*. Dover: Glencoe P, 1970.

10. Moquin, Wayne. *Great Documents in American Indian History*. Boston: Da Capo P, 1995.

11. Poe, Edgar Allan. *Poetry and Tales*. Edited by Patrick F. Quinn, New York: Library of America, 1984.

12. Satz, Ronald N. *American Indian Policy in the Jacksonian Era*. Lincoln: U of Nebraska P, 1975.

13. Shannon, Fred A. *American Farmers' Movements*. New York: D. Van Nostrand Company, 1957.

14. Sheehan, Bernard W. *Seeds of Extinction: Jeffersonian Philanthropy and the American Indian*. New York: W. W. Norton & Co., 1973.

15. Weeks, Philip. *Subjugation and Dishonor: A Brief History of the Travail of the Native Americans*. Malabar: Robert E. Krieger Publishing Co., 1981.

16. Zwarg, Christina. "Vigorous Currents, Painful Archives: The Production of Affect and History in Poe's 'Tale of the Ragged Mountains'". *Poe Studies: History, Theory, Interpretation* 43 (2010): 7—33.

17. 阿尔文·M. 小约瑟夫:《白人—土著美国人冲突的历史文化渊源》,载《印第安史学家》1979年第2期。

18. 厉文芳:《论西进运动对美国民族性格的影响》,载《陕西师范大学学报(哲学社会科学版)》2007年第S1期。

19. 《罗斯福:只有死了的印第安人,才是好的印第安人》(2014-11-17) [2020-6-30]. http://www.qulishi.com/news/201411/21148.html.

20. 张友伦:《美国西进运动探要》,北京:人民出版社,2005。

作者信息:张运恺,男,四川内江人,讲师,博士,研究方向为英美文学与文化。

阿富汗战争小说《追风筝的人》中的影身人物

张俊萍　李梦雨

江南大学外国语学院；国防科技大学外国语学院

摘要：文学文本中的"影身人物"指拥有相似特质，在外貌、性情、身世、命运等方面具有相互映照作用的人物。卡勒德·胡赛尼在其处女作《追风筝的人》中，以主人公阿米尔为中心，建构了几对影身人物。通过影身人物的设置，作者让主人公完成了个人身份和内在自我的追寻。影身人物与主人公的关系也在某种程度上构成了文本动力，定义和驱动了情节发展，形成了独特的叙事结构。

关键词：《追风筝的人》；胡赛尼；影身；阿米尔

The Doubles in the Afghan War Novel *The Kite Runner*

Zhang Junping　Li Mengyu

Abstract: The "double" in literary texts refers to characters sharing similar traits and reflecting each other in their appearances, dispositions, life experiences, fates and other aspects. Khaled Hosseini, in his first book *The Kite Runner*, constructs several pairs of doubles mirroring the hero Amir. By creating these doubles, Hosseini enables the hero to fulfill his pursuit of individual identity and develop cognition of his inner-self. The relationship between the hero and his doubles, to some extent, also provides a textual drive that helps to advance the plot and thus creates a unique narrative structure.

Keywords: *The Kite Runner*; Khaled Hosseini; the double; Amir

引　言

当代阿富汗裔美国作家卡勒德·胡赛尼(Khaled Hosseini，1965—)的作品虽然数量不多，却部部堪称经典之作。无论是其处女作《追风筝的人》(*The Kite Runner*,2003)，还是稍后的《灿烂千阳》《群山回唱》等，在国际文学批评界都引起极大反响。特别是《追风筝的人》，一问世就获得多个奖项，并位列亚马逊排行榜达131周之久。

胡赛尼曾说:"作为一名作家，我希望读者能够从小说中发现我在读小说时所要寻找的东西:感人的故事、参与的人物。"(尚必武、刘爱萍,2007:9)《追风筝的人》讲述了阿富汗男孩阿米尔和仆人哈桑之间发生的感人的故事。他们虽是主仆，却也是童年玩伴。哈桑时时处处为阿米尔着想，但阿米尔却常常因为父亲"飓风先生"对哈桑的宠爱心生嫉妒。一次风筝大赛后阿米尔主仆与恶霸同学阿塞夫发生争执，哈桑惨遭凌辱，而阿米尔却置哈桑于危难中不顾。从那以后，阿米尔倍感愧疚，梦魇缠身，百般挣扎下又心生恶意，他诬陷哈桑偷盗，致使哈桑及其父亲搬离他家。不久后，战争爆发，阿米尔与父亲逃往美国，哈桑与其父及妻均死于战乱。多年后，阿米尔得知哈桑是他同父异母的兄弟。经过再三考虑，他选择重做"好人"，并勇敢踏上"成为好人"的道路。他不顾自身安危重返水深火热中的阿富汗，千方百计从塔利班手中救出哈桑的儿子索拉博。

此作一经出版，便引起国内外学界的极大关注。评论者主要从原型批评、精神分析法、流散文学、文化身份、创伤等角度探讨小说中的风筝意象、成长主题、种族矛盾等。众多批评中，对人物形象的探讨，特别是对主人公阿米尔成长经历的研究较为突出。例如，斯图尔将该作视为典型的成长小说，认为小说讲述了阿米尔从童稚到成熟的身心发展特征(Stuhr,2009:1)。尼娜·法琳娜在分析阿米尔这个人物形象时强调阿富汗文化，特别是普什图族文化对他的影响(Farlina,2008:1)。朱于和王跃洪则强调小说中的人物关系问题，指出阿米尔和哈桑这一对人物关系类同于圣经中的该隐和亚伯。圣经中该隐因为嫉妒亚伯得到父母和神的偏爱将亚伯杀害，因而也受到了上帝的诅咒，漂泊在外(朱于、王跃洪,2013:251)。也有学者指出，阿米尔的父亲是阿米尔人格构成中"超我"的体现(范建迪,2013:22,35)。

本文对该小说人物形象的研究另辟蹊径，着重揭示小说中的"影身"现象，探究小说中错综复杂的人物关系，阐明作者在人物之间构建"影身"关系的"重复"叙事技巧。小说中哈桑、飓风先生、索拉博、阿塞夫均与阿米尔构成影身关系。作者设置这些影身人物，使得主人公完成了个体生命的体验和个人身份的追寻。不仅如此,对影身人物关系的书写也正是作品叙述的主要情节。这种交替出现的、主人公与其影身间的对抗或重合在某种程度上构成了文本动力,既形成了悬念,又推动了情节的发展。

一

"影身人物"(doppelganger)最早出现在德国民间传说中,指每个活着的人都有一个相伴的"影子似的自我",德语单词"doppelganger"即表示"跟随的影子"。在《韦伯斯特大辞典》里,单词"doppelganger"意为"活着的人的可怕相似者"。"影身人物"的设置在早期民间传说、神话,18、19世纪西方哥特小说,现代主义文学,特别是当代流行的恐怖小说、科幻小说、魔幻小说或电影等中,都较普遍。

"影身人物"作为批评术语,最早由小说家让·保罗(Jeal Paul)带入使用。其意为"人们看到了他们的另一个自我",后来的一些研究就按照"人们看到了他自己"的定义把"如镜像、肖像、雕像、影子、彼此相像的人、梦中的形象等等"(Ziolkowski,1998:208)都归结为影身关系。因而"影身人物"问题通常与兄弟、双胞胎、影子、镜子、替身、长相相似的人等联系在一起。在现代文学批评中,"影身人物"指"文本中拥有相似特质,具有相互映照作用之人物,人物与人物之间的联系包含外貌、性情、身世、命运等方面"(杨婕,2012:157)。影身人物总是成对出现、如影随形,而他们的影身关系往往定义或驱动了作品的情节发展。

学界已有一些学者对"影身人物"理论作了一些研究。兰克(Otto Rank)著有《替身:一种心理分析学研究》,斯莱索格(Gordon E. Slethaug)著有《美国后现代小说中的影身》,韦伯(Andrew J. Webber)著有《德国文学中的影身人物现象》。韦伯用"双重幻觉""双重话语""身份表演"等界定了"影身人物"(Webber,1996:2—4),使"影身人物"这个概念在文学批评中发挥重要作用;斯莱索格则提出,一般作家设置"影身人物"的目的是以"分裂的符号、分裂的自我以及分裂的文本"来取代并破坏笛卡尔式的自我观念(Perkins,1994:869—870);而兰克则从"自恋""手足之争"等方面(Rank,1971:73)对"影身人物"的现实社会渊源作了探讨。

一般认为,文学文本中的影身人物分为显性影身人物和隐性影身人物。显性影身人物,往往具有相似的外表或人生经历;而隐性影身人物,外貌截然不同,却有相似的内在品性或气质。

二

在《追风筝的人》中，有众多人物与主人公阿米尔构成显性影身人物关系。阿米尔与哈桑互为显性影身。他们虽然在外貌上并不十分相像，但都有兔唇的身体特征。哈桑出生便是兔唇，他五官中最引人注目的就是那永远"燃着微笑的兔唇"。小说开篇阿米尔回忆哈桑时就提到兔唇："突然间哈桑的声音在我脑中响起：为你，千千万万遍。哈桑，那个兔唇的哈桑，那个追风筝的人。"(1)在哈桑的一次生日时，阿米尔的父亲"飓风先生"请来医生，为哈桑整容去除了兔唇。与哈桑天生的兔唇不同，阿米尔的兔唇是后天形成的。他为拯救他的侄子，与法西斯分子、种族主义者阿塞夫，也即童年时曾欺负过哈桑的恶霸同学展开了一场恶战。虽然阿米尔赢了并救出了侄子，但身体受到极大的摧残，嘴唇严重受伤，满是淤血和缝线，后来留下了兔唇一样的疤痕。如果说哈桑的兔唇是外形残疾，那么，阿米尔则是由于嫉恨而内心残缺。如果说哈桑是经过手术去除兔唇才得到治愈，那么，阿米尔则必须经历与种族主义者的搏斗，如当初哈桑曾经为他"千千万万遍"那样为哈桑的儿子奋斗"千千万万遍"，才能医治他内心的残缺。对哈桑来说，去除兔唇意味着病愈，而在阿米尔这里，留下"兔唇"一样的疤痕则是他内心疾病治愈的标志。兔唇是隔世兄弟情谊的见证，兔唇也使兄弟俩变得十分相像，成为彼此的影子。

阿米尔、"飓风先生"和索拉博形成一组显性影身关系。首先，他们三人都经历了童年丧母或丧父的悲痛。其次，他们三人都因为战争逃到美国，有相同的海外流亡经历，而且同样在异国他乡生活。此外，阿米尔与"飓风先生"，阿米尔与索拉博又分别形成显性影身关系。由于阿米尔一直以父亲为榜样锻造自己，因而阿米尔与"飓风先生"父子之间的相似之处不言而喻，而阿米尔与侄子索拉博之间则是在天性上十分相似。

主人公阿米尔是个分裂的、矛盾的个体，既有魔鬼的一面，又具天使的一面。当魔鬼占了上风，邪恶的阿米尔出现，他显得残忍冷酷；当天使占了上风，他则既善良又勇敢。阿米尔的内在分裂，使阿米尔又与不同的人物形成隐性影身关系。

邪恶的阿米尔与阿塞夫组成一对隐性影身人物。童年时期的阿米尔，在其内在品质方面与冷酷残忍、充满种族仇恨的阿塞夫有颇多相似。童年时期的阿塞夫就是一个名副其实的恶棍。作为阿富汗的普什图人，阿塞夫总是欺负哈桑这样的哈扎拉人并时时企图压迫他们。成年后的阿塞夫近乎疯狂地崇拜希特勒，后来他自然就加入了塔利班，参与了非人道的种族清洗。邪恶面的阿米尔与阿塞夫一样，也是种族歧视者、阶级压迫者。作为阿富汗的普什图人，他也有强烈的种族优越感，内心瞧不起哈桑这样的下层仆人、哈扎拉人。虽然哈桑对自己忠心耿耿，可以为自己做一切事情，但阿米尔从来不承认哈桑是自己的朋友。阿米尔故意给哈桑读他读不懂的故事书，他明知哈桑对知识世界十分好奇，却认为哈桑只是一个哈扎拉人、仆人，目不识丁就是他的宿命。当哈桑发现阿米尔读的故事中情节有破绽时，阿米尔的反应是："这个目不识丁、不会写字的哈桑……他懂什么，这个哈扎拉文盲！他一辈子只配在厨房里打杂。他胆敢批评我？"(30)当哈桑为了保护阿米尔的风筝而被阿塞夫伤害时，阿米尔并没有挺身而出并出手相救，而是躲在一边旁观，生怕自己受到伤害。在逃离现场时他安慰自己道："他只是个哈扎拉人，不是吗？"(76)在那件事后，阿米尔由于难忍愧疚和嫉恨企图劝父亲赶走哈桑和哈里。他知道父亲最恨盗窃，因此故意将手表和钱放在哈桑的房间，栽赃陷害哈桑，结果如他所愿，哈桑被迫离开。

善良的阿米尔则与哈桑互为隐性影身，他们同样勇敢且善良。哈桑是勇敢的，他多次保护阿米尔。在阿塞夫想要伤害阿米尔的时候，哈桑用弹弓保护他逃脱阿塞夫的魔爪。在风筝大赛中，哈桑为了保护阿米尔的风筝，勇敢地与阿塞夫作斗争。成年后的阿米尔也是勇敢的，虽然他明知"再次成为好人"的路艰险异常，却只身回到战火纷飞的阿富汗，历经千辛万苦找到哈桑的儿子索拉博，并想方设法从塔利班手中将他救出。为救索拉博，阿米尔与阿塞夫决一死战，身负重伤。同样，阿米尔与哈桑也都非常善良。哈桑的善良不仅表现在他愿意为阿米尔"千千万万遍"，还表现在他明知阿米尔栽赃陷害，却始终没有说出实情。而在阿米尔这边，也正是他天性的善良，使他常年受到良知的摧残，一直愧疚痛苦；正是他天性的善良，使他历经千辛万苦，愿意为哈桑的儿子做一切事，同样"千千万万遍"，哪怕付出生命的代价。

三

在《追风筝的人》中，"飓风先生"、索拉博、哈桑、阿塞夫等人都是主人公阿米尔的"影子"，他们与阿米尔或外表、经历相似，或气质、品行类同，但作者不是单纯地为了演绎人物关系而设置影身人物，作者真正的目的是在影身人物的相似与不似之中，在影身人物的追寻与对抗中，让主人公完成个人身份和内在自我的追寻。这些影身人物均是打开主人公阿米尔心灵的钥匙，是其自我认知道路上的"分身"，是主人公欲望和经验的外在编码。影身人物往往暗示着主人公潜意识中黑暗的、未知的那部分，表达了自我认知之中的模糊地带，其中每一部分都表现出自我的一个方面(Connolly，2003：407—431)。

父亲是童年时期的阿米尔仰望崇拜的对象，是阿米尔想象中完美的"自我"。"飓风先生"身材魁梧、孔武有力、见识广博,在当地德高望重。阿米尔为有这样的父亲而感到骄傲。即便得到替当众演讲的父亲捡帽子的机会,阿米尔都会感觉"高兴""自豪"(14)。而父亲这个"影身"也让阿米尔痛苦和焦虑:阿米尔认同父亲,希望父亲也认同自己,但作为儿子他与父亲距离太大,阿米尔不仅身材相对弱小,性格也显得懦弱,因此从小就得不到父亲的称赞。阿米尔一直努力接近这个完美的"自我",他渴望像自己的父亲,即便成年后阿米尔也从未放弃这种努力。逃亡美国后,他与父亲一起在异国他乡拼搏,他学着与父亲一样勇敢、一样仁慈、一样自尊,努力证明"有其父必有其子"。成年后的阿米尔还发现,"我和爸爸的相似超乎原先的想象。我们两个都背叛了愿意为我们付出生命的人"(219)。因为父亲也曾背叛他自己儿时的好友、他的仆人阿里,与阿里的妻子偷情生下了哈桑。这位向来最恨盗窃的父亲也盗取过本不属于自己的东西。可见,主人公阿米尔和"影身"父亲似乎如两条直线,渐行渐近,最后合二为一。当阿米尔回阿富汗救索拉博时,他意识到,此行"不只是为了洗刷我的罪行,还有爸爸的"(219)。因为,父亲,这个阿米尔想象中完美的"自我",其实也如阿米尔本人一样不完美。

而侄子索拉博,在很大程度上则是阿米尔的翻版。首先,索拉博与童年时代的阿米尔一样敏感、寡语、懦弱,就像小时候阿米尔受到邻居欺负只知后退不懂反击一样,落到塔利班手中的索拉博也一味忍受。其次,阿米尔的精神成长几乎与索拉博的同时发生。小说描绘了这一对影身人物抛开懦弱、奋起反抗、合二为一的场景:索拉博与阿米尔一起与塔利班分子阿塞夫搏斗。当时,阿米尔虽然肋骨断裂、牙齿跌落、眼睛流血,但为救出索拉博继续勇敢地与阿塞夫决斗;而索拉博则取到铜球,拉满弹弓,"将弹弓瞄准阿塞夫的脸……接着阿塞夫惨叫起来,用手托着片刻之前还是左眼所在的地方"(280)。可以说,在这个场景中,两人一起战胜了邪恶的阿塞夫。这一场战斗富有象征意味:在这场与邪恶的战斗中,成年版的阿米尔和童年版的阿米尔互相鼓励,成为勇敢的斗士并互相拯救了对方。对阿米尔来说,只有克服懦弱,救出索拉博才算真正走上"好人"的道路,才能彻底驱逐内心的黑暗;而对索拉博来说,只有克服懦弱才能自救并成全成年的阿米尔做成"好人"。正如索拉博通过阿米尔获救,阿米尔也必须通过索拉博才能让灵魂获救,索拉博就是阿米尔的另一自我。

"影身人物"哈桑、阿塞夫则与阿米尔心灵中的黑暗面相关联,构成阿米尔"破坏性的自我的一部分"(Seligman,1997:50—52)。他们都是童年时期阿米尔的竞争对手。面对这样的影身,一般人会采用两种防御机制:一是"对自己的影像表现出'恐惧和反感'",二是"使自己的影像或镜像从眼前消失",而阿米尔正是采用了这样的防御机制。(于雷,2013:102)

阿米尔与阿塞夫的敌对状况是显性的,无论是童年还是成年,他们都从未是朋友,但在对待哈桑的态度上他们则是遥相呼应,内心契合,阿塞夫就是阿米尔黑暗内心的化身。阿米尔一直受到良心的折磨,这与他对阿塞夫这个影身人物既恐惧又反感的态度是契合的。最终阿米尔在决斗中战胜了阿塞夫,才算彻底消除了这个黑暗的影身。在决斗中,阿塞夫伤了眼睛,这也意味着阿塞夫这个阿米尔的邪恶影子从此失去光明之眼,永堕黑暗中,将永远不再缠扰阿米尔。

阿米尔与哈桑的敌对状况是隐性的,在对待哈桑的态度中暴露的也是阿米尔内心黑暗的一面。童年时期的阿米尔尽管得到哈桑的百般呵护,但由于父亲时时要把爱分给哈桑,阿米尔便嫉恨万分。同时,由于自幼不擅长运动,阿米尔得不到看重勇武精神的父亲的宠爱。相反,父亲十分关心体格相对强壮并更具男子气概的哈桑。为了得到父亲的赞赏和全部的爱,阿米尔希望自己在风筝大赛中大显身手,他拿着哈桑为自己抢回来的风筝,如愿以偿赢得了父亲的表扬与拥抱。最关键的是,为了争夺这种至高无上的父爱,阿米尔"'合乎情理地'产生一种置其替身于死地的'意愿和冲动'"(于雷,2013:102)。在阿米尔看到哈桑为帮自己抢回风筝而被阿塞夫欺辱时,他一边逃跑一边安慰自己道:"为了赢回爸爸,也许哈桑只是必须付出的代价,是我必须宰割的羔羊。"(77)正是由于这种意愿和冲动,阿米尔见到哈桑被阿塞夫欺负而不顾,随后又设计将其赶出家门。因为唯有让哈桑消失,阿米尔才得以夺到全部的父爱。不顾一切、不计后果的争宠暴露了阿米尔内心黑暗的一面。

无论是"飓风先生"、索拉博,还是哈桑、阿塞夫,这些影身人物身上映射着阿米尔丰富的"自我",因而是阿米尔的自我追寻,是对自我之谜的探索。阿米尔战胜阿塞夫的场景富有象征意味,这表明阿米尔心中的善最终战胜了恶,他不再精神分裂,不再承受精神苦难,此刻的他不仅实现了自我救赎,也同时完成了自我认知。小说中的影身人物就如镜子一般,是主人公灵魂的映射,"镜子与灵魂的反映有着古老悠久的联系,镜子是其主人公实现自我追寻的手段"(Maslenikov,1957:42-52)。在描写决斗后伤痕累累的阿米尔时,作者富有意味地写到了"镜子":我"望向镜子,看到它里面那个硬说是我的脸的东西,我还是差点窒息……我双眼青肿。最糟糕的是我的嘴,那一大块青紫红肿的东西,满是淤血和缝线"(293)。阿米尔的嘴唇留下了与哈桑治愈兔唇后一样的疤痕,这表明阿米尔最终认同了哈桑并与其合一,他通过善良、勇敢、忠诚的影身人物——哈桑这面镜子实现了完整的自我追寻,找回善良、勇敢和忠诚等美德。

结 语

影身人物形象意义与主人公内在精神存在如上所述的种种复杂联系,使得他们如一个个棱镜,折射出主人公具有丰富色彩的自我。不仅如此,他们与主人公的影身关系也影响了作品主要情节的设计。影身的存在,在某种程度上对主人公造成了一定的压力和威胁,使主人公陷入一种焦虑的困境,这种对影子和困境的焦虑和反抗,这种交替出现的主人公与影身的对抗或重合,在某种程度上构成了文本动力,定义和驱动了情节发展,形成了独特的叙事结构。主人公与影身人物内外在的相似、重合,行动上的呼应、对抗,既形成了悬念,也推动了情节的发展。小说中,无论是父亲、侄子,还是兄弟哈桑、同学阿塞夫,都对阿米尔的生存构成一种压力,主人公与他们的对抗或对他们的认同构成了小说的主要情节。情节的起点是阿米尔父亲对哈桑的偏爱,阿米尔由此产生的对哈桑的嫉妒和对得到父亲认同的渴望,伏笔和悬念也在此埋下。随着阿米尔对自己、父亲和哈桑及三人关系的进一步认知,父亲偏爱哈桑这一悬念才得以解决。情节的高潮则是阿米尔为了向已故的哈桑赎罪而拯救侄子索拉博并与敌人阿塞夫的战斗,结果是阿米尔与索拉博战胜了阿塞夫并互相拯救了对方。

由此可见,影身现象不仅与小说主题相关,也是小说情节结构的依托,是作家有意为之的一种叙事"设计"。小说中到处存在的影身关系,实际上是一种人物形象的"重复";影身人物身上发生的故事的相似性,也构成了情节结构的"重复"。小说中,不仅阿米尔性格的很多面与众多其他人物形成对称或对照,众多事件之间也存在反复和对称。例如,小说以主人公兼叙述人阿米尔提到哈桑这个为他"追风筝的人"开始,以阿米尔自己为哈桑之子索拉博"追风筝"结束;哈桑、阿米尔遭受阿塞夫欺负这一情节则与阿米尔、索拉博奋起反抗并击败阿塞夫对称;阿米尔的父亲对哈桑的父亲阿里的背叛与阿米尔对哈桑的背叛对称;等等。"各种重复现象及其复杂的活动方式,是通向作品内核的秘密通道。"(米勒,2008:7)。作家的艺术技巧体现在设计这些"重复"时的平衡感和对称感,作品的丰富意义也往往来自这类"重复"。

参考文献

1. Connolly, Angela. "Psychoanalytic Theory in Times of Terror". *Journal of Analytical Psychology* 48.4 (2003): 407−431.

2. Farlina, Nina. "The Issue of Cultural Identity in Khaled Hosseini's *The Kite Runner*". MA Thesis. State Islamic University, 2008.

3. Maslenikov, Oleg A. "Russian Symbolists: The Mirror Theme and Allied motifs". *The Russian Review* 16.1 (1957): 42—52.

4. Perkins, Priscilla. "Reviewed Work(s): *The Play of the Double in Postmodern American Fiction* by Gordon E. Slethaug". *American Literature* 66.4 (1994): 869—870.

5. Rank, Otto. *The Double: A Psychoanalytic Study*. Trans. Harry Tucker. Chapel Hill: U of North Caroline P, 1971.

6. Seligman, Adam B. *The Problem of The Trust*. Princeton: Princeton UP, 1997.

7. Stuhr, R. *Reading Khaled Hosseini*. Englewood, CO: Libraries Unlimited Inc, 2009.

8. Webber, Andrew J. *The Doppelganger: Double Visions in German Literature*. Oxford: Oxford UP, 1996.

9. Ziolkowski, Theodore. "The Doppelganger: Double Visions in German Literature (Review)". *Modern Philology* 96.2 (1998): 208—213.

10. 范建迪:《阿米尔的归国之旅》,硕士论文,吉林大学,2013年。

11. 卡勒德·胡赛尼:《追风筝的人》,李继宏译,上海:上海人民出版社,2006年。

12. 尚必武、刘爱萍:《卡勒德·胡赛尼访谈录》,载《外国文学动态》2007年第5期。

13. 希利斯·米勒:《小说与重复》,王宏图译,天津:天津人民出版社,2008年。

14. 杨婕:《〈红楼梦〉肖像描绘考察——以"影身人物"为核心》,载《红楼梦学刊》2012年第3期。

15. 于雷:《替身》,载《外国文学》2013年第5期。

16. 朱于、王跃洪:《原型批评理论视角下的〈追风筝的人〉》,载《上海理工大学学报(社会科学版)》2013年第3期。

作者信息:张俊萍,浙江诸暨人,博士,副教授,硕士生导师,主要研究方向为比较文学与世界文学,特别是小说理论;李梦雨,河北廊坊人,博士研究生,主要研究方向为美国文学。本文曾刊载于《当代外国文学》2018年第3期,原文题目为"《追风筝的人》中的影身人物",有改动。

《红色英勇勋章》中的英雄伦理身份

张金妹　孙艳萍

浙江大学外国语言文化与国际交流学院

摘要：斯蒂芬·克莱恩的《红色英勇勋章》往往被认为是一部歌颂战地英雄的成长小说，然而主人公远望自然的结局实际上是对英雄伦理身份的舍弃。尚武的伦理环境宣扬浪漫的荷马式英雄，感召青年奔赴疆场，但战争的疯狂致使英雄身份错位，引发其陷入追逐荣誉和坚守人性的两难。关注战争中错位的英雄伦理身份，有助于揭示士兵的普遍困境，厘清文本反战的伦理价值。与同时代为战争歌功颂德的作品不同，克莱恩看似讴歌英雄，实则反讽战争，揭露其对人性的戕害。

关键词：《红色英勇勋章》；斯蒂芬·克莱恩；伦理身份；英雄

Ethical Identity of the Hero in *The Red Badge of Courage*

Zhang Jinmei　Sun Yanping

Abstract：Stephen Crane's *The Red Badge of Courage* tends to be interpreted as an initiation novel praising the war hero, yet this reading misses the point that the ending of the hero's return to nature is in fact a manifestation of abandoning his ethical identity as the hero. The martial ethical environment summons teenagers to the battlefield with the romantic image of Homeric heroes, yet the crazy nature of the war distorts the ethical identity of the hero, thus trapping soldiers into the ethical dilemma between chasing the hero title and defending their humane nature. The focus on the distorted identity of the war hero, therefore, is conducive to unveiling soldiers' universal plights and making clear the anti-war value of the novel. Different from his contemporaries who eulogize the war, Crane satirizes the war and discloses its brutality.

Key words: *The Red Badge of Courage*; Stephen Crane; ethical identity; hero

斯蒂芬·克莱恩(Stephen Crane, 1871—1900)在创作生涯中一直表现出对战争伦理的关注,主要作品《红色英勇勋章》(*The Red Badge of Courage*, 1895)、诗集《黑骑士》(*The Black Riders*, 1895)、《战争是仁慈的》(*War Is Kind*, 1899)等均展现了对战争本质的深入考量,是"对人类行为规范的深刻探索"(杨金才,1999:94)。在战争的宏观背景下,英雄身为战场秩序宣扬的道德榜样,一直是普通士兵梦寐以求的荣誉身份。而战争英雄的成长历程作为宏观景象下士兵个体生存状况的缩影,缠绕着真实人性的纠葛,也承载着作者对战争伦理道德的深刻思考。因此,对战争英雄的考察尤为重要。《红色英勇勋章》是自然主义的扛鼎之作,小说从小人物的叙事视角出发,伴随主人公亨利从新兵、逃兵到英雄,最后舍弃英雄转向自然的成长经历,呈现出复杂的英雄伦理观,是一部"早于一战幻灭的一代诗人之前就揭示战争沙文主义和爱国主义骗局"(Sufrin,1992:69)的经典作品。

针对小说主人公亨利的英雄身份,国内外研究不一而足,但多聚焦于对传统英雄主义的继承或颠覆,对于人物伦理道德的考察不多:切斯特·L.沃尔福德认为,主人公接连卷入史诗般规模的情境中,即使当他自认面对现实展现出了英雄主义气概时,其实仍是自欺欺人,克莱恩通过贬低传统英雄主义观念,重新书写了西方文化历史(Wolford,1987:119);胡亚敏把亨利的战场经历置于美国英雄神话的故事模式,发现亨利难以适应美国文化空间,认为他回归了一个"荒谬、混乱的社会"(胡亚敏,2014:99),以此揭示克莱恩解构美国英雄神话的意图;郑丽认为克莱恩以主人公"非英雄"的形象重新阐释了史诗中的英雄主义,借此改写传统所推崇的英雄信念(郑丽,2005:279—283)。可见,以往对于主人公英雄身份的研究普遍着眼于对英雄神话和传统英雄主义的阐释,对其伦理研究还有待发掘。而"文学在本质上是关于伦理的艺术"(聂珍钊,2014:13),战争英雄更因其伦理环境与伦理身份的特殊而蕴含复杂的伦理意义,因此极具伦理研究价值。

此外,从文学伦理学的批评视角出发,已有学者聚焦小说的成长主题,这也与英雄主题的阐释相辅相成。蒋天平把小说解读为"个人成长的道德寓言"(蒋天平,2015:93);主人公通过伦理选择完成了从个人英雄主义到集体英雄主义认识的转变,体现出现代战争伦理意识;李丹阳从异化的伦理环境入手,分析主人公士兵和社会人的双重伦理身份，凸显其伦理选择的艰难，而亨利最终回归了战场，这一"弃恶扬善的伦理选择"（李丹阳，2020：30）标志着从无知到成熟的转变。在这些阐释的基础上，本文进而考察亨利重新认识英雄主义之后所呈现出的英雄观和战争观，关注结尾主人公将目光投向自然背后的反战诉求，以揭示战争对英雄人性的折磨，厘清小说在讴歌英雄的同时也反讽战争的伦理价值。总之，本文聚焦战争秩序下的错位的英雄伦理身份，通过勘测致其错位的伦理环境，探究身份错位的表现及其导致的伦理两难走向，笔者发现克莱恩有意对传统的英雄形象先立后破，以此揭露战争的虚伪面目，还原真相。正是因为小说对战争英雄的本质不加矫饰的真实反映，哈罗德·布鲁姆才盛赞小说为"迄今为止一位美国作家所能写出的最具荷马史诗风格的散文作品"（Bloom，1987：6）。

一、从感召英雄到驯化英雄：尚武的伦理环境

伦理环境与伦理身份密切相关，探讨战争英雄首先需要关注战争期间尚武的伦理环境。文学伦理学批评要求"回到历史现场，在特定的伦理环境和伦理语境中分析文学作品"（聂珍钊，2014：9）。小说《红色英勇勋章》的历史背景为美国南北战争，彼时内战刚刚打响，美国的新一代青年尚未亲历战争。尽管如此，弥漫在南方农村的战争气氛并非紧张慌乱，而是对浪漫英雄事迹的憧憬。英雄主义是影响美国文化的重要元素，"美国一直流行英雄神话……作为个人，美国人推崇英雄，以展示自己的英雄气质为自豪"（胡亚敏，2014：94），而战场无疑是展现英雄气质的绝佳环境。通过编织英雄神话，战争感召了无数青年奔赴战场追求英雄梦想。身处尚武的伦理环境，主人公亨利一直有着浓厚的英雄情结，"想象中的流血战斗，以及他们那横扫一切的炮火，曾使他浑身激动"（克莱恩，2012：2），刻在文化中的个人英雄主义让他对荷马史诗描绘的浪漫英雄神话推崇至极，他理想中的英雄以传统神话故事模式为模板："英雄从日常生活的世界出发，冒着种种危险，进入超自然的神奇领域。他在那里获得奇幻的力量并赢得决定性的胜利。然后，英雄从神秘的历险地带着能为同胞们造福的力量回来。"（坎贝尔，2011：20）在亨利的构想中，这里的超自然领域就是战场，他希望经历战争的洗礼后自己也能成为英雄，让"乡亲们在他鹰一般厉害的保护下安然无恙"（克莱恩，2012：2）。而与浪漫的战争环境形成鲜明对比的，却是日复一日往返于学校和农场之间的枯燥生活，整日与牲口和书本为伴。显然，在传统伦理环境中，亨利的英雄理想被压抑，难以施展自己的抱负。因此，当开战的消息传来时，许多青年主动逃离传统的伦理环境，奔赴战场，渴望见识"一场希腊式的战斗"（3），亨利便是此类人物中最为典型的代表。

浪漫的神话故事在鼓动新一代青年成就英雄梦的同时,却也导致他们对战争产生认知偏差,为之后伦理身份的错位埋下伏笔。参军之前,亨利想象中的战争"一定是打着玩的"(克莱恩,2012:3),士兵的生活也不过是无休止的训练。在远离战场中心的农村青年眼中,战争不过是建功立业、大展身手的途径之一。加之舆论环境的影响,"报上几乎天天都有取得决定性胜利的报道"(3),更让亨利坚定了英雄主义理想。然而,等真正抵达战场,士兵们才发觉真相与预想相去甚远,实则是"无敌的恶龙""血腥的畜生""嗜血的妖怪"(54)。随之,新兵的人性因子和兽性因子也陷入对峙:是遵循自然意志、保全生命还是奉行理性意志的约束、冒险迎战?结果,战争的残酷激发了亨利的求生本能,理性意志被压制,青年果断触犯了战争秩序下的叛逃禁忌,"大步流星照直往后奔"(32)。此前感召他的英雄梦早已被战场无情打碎——战争并非浪漫传奇,而刀枪不入的英雄也只是神话。此时,英雄主义理想被求生意志压制,士兵们纷纷叛逃,企图回归传统伦理环境。

当浪漫的英雄幻想被残酷的战争场面打碎,士兵意欲逃离时,战争便通过宣扬伦理禁忌和弱肉强食的丛林法则来规范伦理秩序,将叛逃的新兵拉回战场。在暴力横行的战场,伦理禁忌与丛林法则联袂出手,驯化新兵留在军营,舍生报国。一方面,战争伦理法则对士兵产生潜移默化的影响,使其认同叛逃就是屈辱。逃离战场之后,屈辱感深深拷问着亨利的内心。一想到用身体阻挡长矛的勇士们纷纷倒下,自己却临阵脱逃,亨利恨不得以死来摆脱内心的屈辱:"真妒忌阵亡的战友。"(52)另一方面,战场上的死亡气氛笼罩着士兵,通过敌人和战友之死,战争将弱肉强食的法则深深印刻在士兵的伦理观念中。在逃亡中,亨利目睹战友"高个子"在树林中悲壮地死去,这一事件激起了他的满腔仇恨,使其认同弱肉强食才是生存之道。违反叛逃禁忌的屈辱感和战友死亡激起的仇恨感交织在一起,重燃了亨利心中的英雄主义,让他意识到战死沙场是多么"庄严悲怆"(50)。"高个子"巧合地起到了扮演道德榜样的重要作用。通过塑造道德榜样,战争又一次召唤着摇摆不定的新兵。至此,青年做出伦理选择,带着对弱肉强食的生存法则的认同,他坚定地重返战场。

然而,当士兵放弃人类社会伦理而屈从于丛林法则这一动物界伦理时,他已悄然把自己当成了野兽的同类,这一退化也注定了其后伦理身份的错位。正如聂珍钊所言,"丛林法则是维护动物界秩序的法则,它同维护人类社会秩序的法则完全不同。人类虽然在许多方面有着同动物类似的特点,但是人的理性使人把自己同动物区别开来,并形成自己的生活伦理"(聂珍钊,2014:211—212)。因此,对丛林法则的僭越势必会引发伦理身份的混乱。带着对敌人的仇恨,亨利大开杀戒:"疯马似的"扑向敌人,"兀鹰"一般"你死我活的争斗"。(克莱恩,2012:99)在他英勇杀敌,跃升为战斗英雄时,人性的抹杀却因身处无暇思考的战场而被忽略。可见,丛林法则一旦被认同,战争便迅速强化人的兽性因子,利用血腥残酷的场面和紧张的战斗进程激发士兵非理性意志,在引导他们构建英雄身份的同时,也达到了兽化士兵的隐含目的。再者,丛林法则对人的兽化还体现在对死亡的冷漠,对方的军旗在新兵眼中成为唯一的荣誉符号,这一"令人向往的神秘宝贝"引领士兵"豹子扑食般扑向那面旗帜,"生拉硬拽""嗷嗷狂叫"(100),与此同时,敌方的护旗兵僵硬地痉挛着,"龇牙咧嘴"(100),却无人问津。在胜利的荣誉之下,士兵面对战场死亡的景象变得麻木不仁。动物界的丛林法则越位,管控着战场伦理秩序。尽管青年此时已经从懦弱的逃兵跃升为战斗英雄,却也悄然从伦理的人退化为丛林野兽。

尚武的伦理环境从最初利用个人英雄主义感召士兵到宣扬叛逃禁忌约束士兵,再到借助丛林法则驯化士兵,最终悄然达到激发士兵上阵厮杀的目的。伴随着从参军、叛逃到重回战场的经历,亨利一步步落入丛林法则为士兵设计的圈套。在以仇恨为伦理动力,像兽类一样弱肉强食之时,尽管亨利构建起了战地英雄的伦理身份,而这一身份实为兽类伦理法则的嘉奖,这场伦理越位也预示了亨利英雄身份的畸变。

二、人兽之间:错位的英雄伦理身份

正如文学伦理学批评所言,"身份是同道德规范联系在一起的,因此身份的改变就容易导致伦理混乱,引起冲突"(聂珍钊,2014:257)。经过丛林法则的驯化,亨利认同了士兵的伦理身份,敢于上阵厮杀,逐步建构起战地英雄的身份。然而身份与道德规范休戚相关,身处伦理秩序复杂的战场,亨利"战争英雄"的称号实则与传统英雄行为、英雄品质背离,这一错位致使亨利陷入了更深层的伦理困囿,背负起"荣誉的棺材"(克莱恩,2012:91)。

伦理身份的第一重错位表现为亨利的英雄头衔名不副实,实为逃兵谎言捏造的"假英雄"。在传统伦理的认知中,英雄典型当如荷马史诗中的阿喀琉斯、奥德修斯等出身高贵、勇猛善战,而且最重要的是光明磊落、重荣誉、讲义气。亨利在参军前就渴望成为此类凶猛可畏的典型人物,希望"乡亲们在他鹰一般厉害的保护下安然无恙"(克莱恩,2012:2)。然而当他面对狂暴的现代战争而选择叛逃时意外挂彩,却被误认为是战斗负伤,象征着"红色英勇勋章"的伤口让他在一众新兵中一跃成为大英雄。亨利将错就错,享受着英雄光环带来的荣誉,但虚假的称号又导致亨利陷入自我认知的紊乱。他尽情享受其他新兵的羡慕眼光,说服自己把谎言当作现实:他扬扬得意于自己"跑得又慎重又体面",甚至"想起有些人如何临阵脱逃,想起那些恐慌的面孔就鄙视"(68)。在自己构建的英雄世界中,他幻想给乡亲们"吹一通战斗故事",沉浸于众人"惊讶与赞叹的表情"(69),不亦乐乎。尽管如此,亨利的内心始终难逃叛逃的耻辱与良心的拷问,生怕自己的谎言被戳穿,下一秒就原形毕露。在英雄与逃兵之间,逃兵亨利不安地沉迷于自己编造的英雄神话,他的叛逃行为与英雄品质的错位折射出了这位假英雄自我的迷失。

再者,英雄伦理身份自身的属性也彰显了矛盾的错位,表现为英雄品质背离了荷马式英雄的荣耀,转而与兽性的趋同。当亨利终于摆脱恐惧,冲锋陷阵,捍卫自己"战斗英雄"的称号后,才发现英雄与自己理想预设相去甚远。克莱恩对亨利厮杀场面的描写并不似传统小说讴歌英雄为荣誉和正义挺身而战,相反,士兵在战场上更多的是展现冲动的杀戮。首先,英雄的兽性体现在理性意志的缺失:神志模糊不清,参战士兵集体对于战争的正义性认知模糊,并不似肩负民族利益在身,反而只是"绵羊"(103)或是"笤帚"(80),任人摆布。当亨利战斗到忘我的地步时,却落入非理性意志的操控,感到"野蛮宗教狂的勇敢"(98)。足以见得,激战之时的英雄反而处于无暇思考的激情厮杀:"纯粹的冲动统治着一切,所有人都不能支配事件的发生或他们自己的行动。"(埃利奥特,1994:438)这让读者意识到英雄举动实为野兽之举。此外,英雄伦理的错位不仅是英雄品质的兽化,还体现在地位上趋同于兽。这一点亨利自己深有察觉,从"羊群""野马"到"骡子",甚至作为"笤帚",作为人的主观能动性一步步丧失,他的战场地位也可见一斑:被将领们呼来喝去,无端咒骂。战争过后,人性因子逐渐复苏,亨利也陷入了沉思:厮杀到底是英雄身份下的理性意志体现,还是一头"牲口"的兽性被激发的恶果? 曾经引领逃兵亨利返回战场、冲锋陷阵的理想英雄身份终于名副其实时,亨利却恍然发现这一身份与理想之间有着天壤之别。无疑,这一重身份错位直接让亨利长久以来的信仰发生崩塌,对英雄产生彻底的质疑。

英雄伦理身份经历多重畸变之后,早已面目全非。就其后果而言,士兵陷入伦理混乱已是在所难免。战争英雄是战争秩序之下的产物,而成就英雄的杀戮行为在传统道德伦理观中却属于禁忌之一,这就注定英雄会因打破传统的杀戮禁忌而陷入混乱。当亨利奉行丛林法则,最终获得英雄头衔之后,却难逃传统伦理道德的拷问,斯芬克斯因子中的人性因子和兽性因子陷入对峙,将他推向伦理两难。酣战过后的战场景观令人触目惊心:战败的敌人"瘫坐""跪着扭动""仿佛遭到天打五雷轰"(克莱恩,2012:100),而诡异的是,一旁的蓝兵热烈地欢呼喝彩。当战争将丛林法则这一动物界秩序推广到了人类社会后,传统道德伦理观中人性因子悄然泯灭。然而,人性的烙印并不会完全被抹杀,青年回望"横遭蹂躏、残渣遍野"(103)的战场,坠入沉思,难逃人性的审判。"战争让他们认识了世界,也改变了自己。"(张放放,2005:132)在无暇思考的战场上大开杀戒,此刻他才意识到自己被兽化的处境,认识到战争的恶心。因此,青年从一开始渴望战争逐渐转向了仇恨战争,逃离战场;过去他对自己的英雄身份极力标榜,如今内心深处却希望与之背离,企望回归温柔和平的自然家园。至此,亨利对英雄伦理身份的认识完成转变:从最初盲目崇拜英雄,到成为公认的战争英雄后渴望用死来建功立业,再到最后只想逃离战场,摆脱"荣誉的棺材"(克莱恩,2012:91)——"英雄"称号,这一转变折射出大多数参战青年的内心经历。在看透了战争秩序下英雄的本质后,亨利将成就英雄的战争归结为"一场狂暴的噩梦"(105),足以窥得主人公此时对英雄身份早已嗤之以鼻,战争的荒谬也已然暴露无遗。

当激情厮杀结束,迷失的人性回归后,错位的伦理身份势必会引起更深层的伦理混乱,致使亨利被夹在英雄和"牲口"之间苦苦挣扎,陷入伦理两难。既然在亨利的伦理意识中,战争已经从荷马英雄的浪漫传奇显示出本来的面目——"狂暴的噩梦"(105),但他正在辗转下一战场的行军途中,走向另一个噩梦,又该何去何从?显然,克莱恩并未止步于歌颂英雄的成长,而是通过其两难处境更深层次地反讽战争:当英雄都对战争产生怀疑,意欲逃离这一伦理环境时,战争的虚伪早已昭然若揭。

三、越位之后:悲剧的伦理两难

针对《红色英勇勋章》的成长主题,已有研究借助文学伦理学批评进行解读,全面分析了小说中人性因子与兽性因子的博弈,认为主人公历经战争洗礼完成了"弃恶向善的成长过程"(李丹阳,2020:24)。此种解读不乏创见,也为亨利英雄观的转变提供了强有力的支撑。若进一步考察亨利成长为一名成熟士兵之后所呈现出的战争观,则更有助于彰显小说反战的伦理诉求。无疑,比之肉体的折磨,战争之于一个善恶意识觉醒的成熟士兵,其心灵承受的拷问有加无已,因而一位成熟的英雄所面临的伦理两难值得深究。"伦理两难由两个道德命题构成,如果选择者对它们各自单独地做出道德判断,每一个选择都是正确的,并且每一种选择都符合普遍道德原则。但是,一旦选择者在二者之间做出一项选择,就会导致另一项违背伦理,即违背普遍道德原则。"(聂珍钊,2014:262)小说结尾,亨利的英雄身份已经扭曲错位,导致他深陷两难无法自拔:背负着英雄身份这一荣誉的棺材,亨利已经没有了逃离战场的可能性;然而人性因子的觉醒让他对战场上兽性的厮杀亦是深恶痛绝,在英雄与人双重身份的抉择之间,以亨利为代表的战争英雄早已不堪其害。最终,他通过把目光投向自然,传达对静谧生活的渴望:"转而以情人的焦渴向往着静谧的天空、新鲜的草地、清凉的小溪——温柔而永久和平的生活。"(克莱恩,2012:105)然而,真正的结局并未止步于此,克莱恩通过两个普通士兵的闲谈暗示血雨腥风才刚拉开序幕:"大仗还没开始呐,宝贝儿。咱们得从这儿下去,拐个弯,绕到敌人后头去。"(克莱恩,2012:104)此时,战争英雄的出路又在何方?

克莱恩最后将笔墨推向自然,意在暗示亨利打破伦理两难的出路就是回归自然。小说中,大自然蕴含复杂的伦理意义。一方面,克莱恩用自然的静谧来反衬战争的喧嚣,"自然母亲在这天翻地覆的恶作剧中,竟如此安详宁静地继续她金色的里程"(克莱恩,2012:29),凸显大自然对人类伦理混乱的无动于衷;另一方面,大自然也隐喻和平的家园,"静谧的天空""新鲜的草地""清凉的小溪"象征"永久和平的生活"(105),这也是为何千疮百孔的"高个子"在奄奄一息时仍然挣扎着投向路边的树林,"盲目地踏上路旁的青草"(44),"那高高的身材扯得笔直……正像一棵往下倒的大树"(45),最后"留在青草丛中,笑着"(47)。对于"高个子"之死,无论是场景转换到自然,还是用树来比拟"高个子",作者都借此传达士兵对和平的向往。耐人寻味的是,"高个子"回归自然的代价却是战死沙场,这似乎也预示了亨利的悲剧性结局。陷于英雄身份的桎梏,他已经无法通过逃离战场来回归自然,只得继续厮杀,而最后远望自然,似是感知到了自己的结局——想要回归自然与和平,战死是必由之路。正如文学伦理学批评所言:"一般情况下,伦理两难是很难两全其美的。一旦做出选择,结果往往是悲剧性的。"(聂珍钊,2014:263)通过对走出伦理两难的悲剧性暗示,克莱恩更加深刻地揭示了英雄的悲惨处境:在战场上麻木厮杀,任凭兽性发作却无能为力;走下火线后接受人性审判,面对良知的拷问也只能束手无策,而要想结束无尽的恶性循环,回归和平,却只有战死沙场。至此,作者深刻地鞭笞了深入战争肌理的虚伪与吊诡:以丛林法则兽化英雄,致其伦理身份错位,最终落入两难僵局,让所谓的"战争英雄"深陷身体和心灵的双重折磨,至死方休。

在狂暴的战争中,并非只有英雄身处两难,普通士兵更是难逃其害,亨利建构英雄伦理身份的经历实为士兵普遍困境的缩影。从最开始的普通士兵到逃兵、英雄,直至最后舍弃英雄的枷锁,每一重伦理身份都深陷对应困境,揭示了战争暴力对士兵人性登峰造极的操演。作为"既恐怖又具有英雄气概,既令人厌恶又让人激奋,最受谴责又最受颂扬的人类行为"(Collins,2008:1),暴力对荣誉的推崇和对人的迫害缠绕紧密,本身就已经被压缩进战场伦理环境的内在肌理。普通士兵阶段的亨利隐忧自己在战场上会临阵脱逃,但又不舍"英雄"诱人的荣誉称号;逃兵阶段的亨利畏惧自己的可耻行径被揭穿,却也痛恨自己无法向英雄一样赴汤蹈火;而成为英雄的亨利又恍然大悟,察觉到英雄与兽类的趋同,却早已执迷于荣誉的美名无法逃脱;直至看透战争英雄的本质之后,方觉为时已晚,此时静谧的生活在战争的重重枷锁之下可望而不可即。久居战争樊笼,想要回归温柔而和平的生活等同于奢望。从踏入战争伦理环境开始,亨利就一步步深入黑暗险恶的丛林,没有退路。克莱恩在小说中对人物的称呼很少用姓名,以"青年""高个子""大嗓门"等特征化词语指代,甚至连双方军队名称都未出现,只是用"蓝色部队""灰色部队"含混代替,可见作者并非要特指某个或某些具体的人,而是暗示战场上所发生的这一切具有普遍性,意在揭露士兵的普遍困境。(胡亚敏,2014:99)由此观之,从普通士兵到战争英雄,战争对人性的戕害恐怖至极,小说的伦理价值也因此浮出水面:克莱恩表面是讴歌英雄,实则反讽战争,抨击其借英雄的虚名引诱战士奔赴沙场、舍生取义,却暗中摧残人性,令战士深陷泥淖不自知,最终殒命黄泉以成就战绩。通过青年亨利从伦理混乱逐步被逼向伦理两难,小说暗含了对战争英雄的伦理关怀,同时也表达了对战争秩序下普遍人性遭遇的无奈。

结　语

在小说出版四年之后,克莱恩于1899年发表诗歌《战争是仁慈的》,此时他已经奔赴过美西战场,看清了战争的吊诡与疯狂之后,再次以反讽痛斥其虚伪:"战士们是为训练和死亡而生/只要告诉他们杀戮的意义/和死亡的美名"(克莱恩,2009:277),揭露了战争英雄主义对士兵人性登峰造极的操纵表演。而与《红色英勇勋章》不同,克莱恩同时代的文学作品对战争极尽矫饰,"有关内战的浪漫记忆建立在莎士比亚作品和《伊利亚特》之上。这些传说给了民众一种身份感和共有的成就感,增强了他们对美国过去和未来的信心"(Sufrin,2008:69),却也导致士兵在个人英雄主义感召下,贸然参军,从此坠入战争深渊。

克莱恩敏锐地察觉到时代动向,坚持揭露战争隐秘的罪恶,拒绝为统治者歌功颂德,显示出作为一名小说家高度的伦理责任。他将笔端触及战争的虚伪和人性的挣扎,由此形成了具有批判性的讽喻力量。借助主人公对英雄身份从渴望到逃离的转变,克莱恩犀利地指摘战争异化士兵、陷人性于两难的扭曲本质,其反战的伦理诉求也得以彰显。

参考文献

1. Bloom, Harold. "Introduction". *Stephen Crane: Modern Critical Views*. New York: Chelsea, 1987.

2. Collins, Randall. *Violence: A Micro-sociological Theory*. Princeton: Princeton UP, 2008.

3. Sufrin, Mark. *Stephen Crane*. New York: Macmillan, 1992.

4. Wolford, Chester L. "The Anger of Henry Fleming: The Epic of Consciousness and *The Red Badge of Courage*". *Stephen Crane: Modern Critical Views*. By Harold Bloom. New York: Chelsea, 1987.

5. 埃默里·埃利奥特主编《哥伦比亚美国文学史》,朱通伯等译,成都：四川辞书出版社,1994。

6. 胡亚敏:《〈红色英勇勋章〉与美国英雄神话》,载《外语研究》2014年第4期。

7. 蒋天平:《战争小说中个人成长的道德寓言——〈红色英勇勋章〉的文学伦理学解读》,载《华中学术》2015年第2期。

8. 李丹阳:《向善的成长历程——〈红色英勇勋章〉的文学伦理学解读》,载《广东外语外贸大学学报》2020年第4期。

9. 聂珍钊:《文学伦理学批评导论》,北京：北京大学出版社,2014。

10. 斯蒂芬·克莱恩:"Do not Weep, Maiden, for War is Kind",载黄家修编《英美诗歌鉴赏》,武汉：武汉大学出版社,2009。

11. 斯蒂芬·克莱恩:《红色英勇勋章》,黄健人译,桂林：漓江出版社,2012。

12. 杨金才:《评〈红色英勇勋章〉中的战争意识》,载《外国文学研究》1999年第4期。

13. 约瑟夫·坎贝尔:《千面英雄》,朱侃如译,北京：金城出版社,2011。

14. 张放放:《〈红色英勇勋章〉中英雄典型弗莱明的心理解读》,载《外国文学研究》2005年第5期。

15. 郑丽:《对英雄主义的重新阐释——斯蒂芬·克莱恩〈红色英勇勋章〉的主题探析》,载《外国语言文学》2005年第4期。

作者简介：张金妹,浙江大学外国语言文化与国际交流学院2020级硕士研究生,研究方向为英美文学；孙艳萍,浙江大学外国语言文化与国际交流学院副教授,研究方向为英美文学。本文曾发表于《华中师范大学研究生论丛》2021年第2期,有改动。

多克托罗《大进军》中美国南方女性的民族身份建构及对现代性的反思

刘可心　胡亚敏

国防科技大学外国语学院

摘要：《大进军》是美国著名小说家 E. L. 多克托罗所著的有关美国内战的小说。内战时期是美国民族身份建构的黄金时期。小说中的四位美国南方女性，马蒂、珀尔、埃米莉和威尔玛的形象颇具代表性。以马蒂为代表的传统女性无法适应战争的变化，最终被战争所击垮。但战争使更多的年轻南方女性冲破男权社会和奴隶制的束缚，打破传统置于她们的刻板印象和标签，解决了她们的生存问题和自由问题，使她们能够以"美国人"的身份展开新生活。与此同时，在现代性日臻成熟的19世纪，多克托罗赋予了三位年轻南方女性以反拨现代性隐忧的独特品质，站在历史的新纪元给现代性问题提供了答案。

关键词：《大进军》；美国南方女性；民族身份；现代性

The Construction of National Identity of American Southern Female and the Reflection on Modernity in E. L. Doctorow's *The March*

Liu Kexin　Hu Yamin

Abstract: *The March* is an American Civil War novel written by E. L. Doctorow, a famous American novelist. The age of the Civil War can be called a golden age for the construction of American national identity. Four American southern females in the novel, Mattie, Pearl, Emily, Wilma, are all representative figures. During the war, traditional women like Mattie cannot bear the war, while young ladies, such as the latter three females are able to successfully break the shackles of the patriarchal society and slavery as well as the stereotypes and labels that tradition has given them. They have solved the problem of survival and freedom, and begin their new life as "Americans". At the same time, in the 19th century, with the development of modernity, Doctorow has endowed the three young American southern females certain qualities to counter the malaises of modernity. He has provided a solution for modernity in the beginning of the 21st century.

Key words: *The March*; American southern female; national identity; modernity

《大进军》(*The March*)是美国著名后现代小说家 E. L. 多克托罗(1931—2015)于 2005 年发表的有关美国内战的小说。多克托罗成长在大萧条时期,在参军之前学习过哲学和戏剧,此后担任过编辑,也曾在大学任教,他丰富的人生经历最终沉淀为其佳作的深度和广度。在他的作品中,真实历史与虚构故事融为一体,后现代主义和现实主义浑然天成。在《大进军》之前,多克托罗曾创作过多部堪称经典的著作,如《但以理书》(1971)、《拉格泰姆时代》(1975)、《鱼鹰湖》(1980)和《比利·巴思盖特》(1989)等。他的小说结合新历史主义的写作手法、后现代风格的拼贴艺术和独特多变的叙事技巧,巧妙地反映出特定历史时期的整体风貌。对于自己的身份,多克托罗"认为自己首先是一个小说家,并且拒绝'政治小说家'这样的标签"(Parks,1991:456)。

《大进军》讲述的故事发生在美国南北战争末期。1864 年,谢尔曼将军率领北方军队乘势而上,火烧亚特兰大,穿越佐治亚州,"向海洋进军"。最终,北方军队攻入南、北卡罗来纳州,结束了这场历时四年的内战。全书根据进军线路,划分为"佐治亚""南卡罗来纳"和"北卡罗来纳"三章,塑造了大大小小四十余名人物,其中既有历史上享有盛名的谢尔曼将军,也有无名小卒威尔和阿里,既有出身名门的南方小姐埃米莉·汤普森,也有年轻美艳的美女玛丽·布泽,既有寂寂无名的黑人奴隶罗斯科,也有雷德·萨特里厄斯这样以高超医术闻名的军医。小说采用了全知全能的第三人称视角,其中又穿插以第一人称展开的细腻心理活动,使读者不仅能够对"大进军"这一历史事件有所了解,还可以深入人物内心进行细微探察。小说伊始的章节是单个人物或者一组人物的独立刻画,随着情节的展开,本来看似毫无关联的人物却因为战争走到了一起,章节也便不再按照人物划分。"南北战争小说发展中最突出的是以历史重建的方法探寻分裂的根源和治愈战争创伤的良方"(罗小云,2019:39),《大进军》一书便是以一种虚构与真实相结合的历史重建方法探究美国社会状况。

南方女性神话中有身份各不相同的女性形象,除了最规范的南方淑女叙事之外,还有虔诚的农妇、穆拉托女人和黑人保姆等不同的形象。(平坦,2010:19)多克托罗在小说中就塑造了这样四个颇具代表性的南方女性形象,她们是种植园主夫人马蒂、有着洁白皮肤的混血儿珀尔、出身贵族的南方淑女埃米莉和黑人奴隶威尔玛。多克托罗的写作,正如在内战时期发展起来的摄影技术一样,暗示着"历史依赖于对构成历史记录事件的积极选择和权衡"(Seymour,2009:66)。通过她们的经历,多克托罗向读者展示了内战对于身份认同的冲击以及对美国民族身份建构的影响,同时也表达了对于这场战争所体现的"现代性"隐忧的反思。

正是在内战的大背景下,性别、种族、阶级、职业、地域身份各不相同的美国人逐渐对他们共同的身份有了更加清晰的认知。塞缪尔·亨廷顿在《谁是美国人?——美国国民特性面临的挑战》中提到美国国民身份认同的四个演变阶段。第一个阶段为17世纪和18世纪初到独立战争前的二三十年,这时美洲大陆上的人们将忠诚感局限于其所在地域。第二个阶段是美国独立后,此时人们的地方观念仍旧很突出。第三阶段自19世纪70年代始,即内战结束后,美国国民对国家高度认同,是"美国国民身份和国家特性的胜利时代"(亨廷顿,2010:81)。第四阶段从20世纪60年代和70年代起,美国国民身份的最高地位受到了挑战。内战时的社会政治经济环境,为人们构筑"想象的共同体"提供了必要条件。

现代性在19世纪日臻成熟,南北战争的战火中不仅燃起了美国国民身份认同的热潮,现代社会的种种特征也渐渐明晰,这在小说《大进军》描绘的战争进程中有明确的体现。北方军所到之处,黑奴获得自由;在炮火的冲击下,人口大范围流动;医学科技的进步使肢体残缺的伤兵也能得以生存;对个人主义的推崇使人们做出各样利己的选择。《大进军》中的主要人物,大多因战争而受创,多克托罗试图以此提醒他的读者,"散播开来的暴力会粉碎人与人之间的连接,留下的将是异化和痛苦,而这些是难以治愈的"(Hales,2009:152)。汪民安将现代性总结为"疆域固定的民族国家、自由民主政制、机器化的工业主义、市场化的资本主义、主体-中心的理性哲学、权力和理性巧妙配置的社会组织,以及所有这些之间的功能联系"(汪民安,2012:6)。在现代化的过程中,"发展变革、实用主义、理性自由逐渐成为启蒙现代精神"(黄丽娟,2017:16)。对现代性负面意义的反思则始于20世纪。正如加拿大哲学家查尔斯·泰勒所言,个人主义、工具理性和政治自由作为现代性的主要特征,在某种意义上带来了"社会进步",但它们也同样成为现代性的三大隐忧。小说不仅反映了这些"现代性"对当时美国人身份建构的进步意义,同时多克托罗站在历史的新纪元,超越了内战时期的历史局限性,赋予了三位坚韧的年轻南方女性以消解现代性隐忧的独特品质,向读者揭示了"现代性"给个人和社会带来的种种忧思,体现了个人选择对现代性的反拨。

一、马蒂:被战争击垮的脆弱灵魂

《大进军》描绘的第一个场景是种植园主约翰一家因战争逃亡的情形。这场战争带给主妇马蒂无法愈合的创伤。当战火还未烧到家门,她的表现就已经预示出她的脆弱。"她感到那是被烟熏黑的自己的生命正在天空中飘散而去。"①战争迫使她离开昔日的家园,使她失去顶天立地的丈夫和她疼爱的儿子,家破人亡的她无法开始新的生活、获得自由、重构身份。最终,她在战争中忧思过度,精神失常。她的悲剧在于多年来父权制、家长制和奴隶制思想对她的侵蚀,以及在原子化个人主义影响下成长出的自利性格。

作为一名种植园主妇,马蒂把自己圈定在这一身份的牢笼之中。社会把第一性给予男人,而女人则属于第二性,她屈从于社会赋予她的第二性。她一直过着一种未经审视的生活,没有思考过自己的命运和未来。马蒂一味服从丈夫约翰的安排,生活的目标是使他过得舒心,对自己的人生却没有任何规划和展望。战乱之中,她因为丈夫去世、两个儿子在战场上生死未卜而丧失理智。按照南方前现代的传统,她是一个成功的女人,"一个很有本事的人,一个忠诚的妻子,一个精明、有眼光的母亲,她很会算账,知道怎么管理一个家"(92)。流亡的路上,她重新衡量自己的一生和与丈夫约翰的关系,自我意识有了一定程度的觉醒,但是她此刻仍然没有意识到丈夫已经"疯了",仍然选择继续听从他的决定。她人近中年,社会和家庭长期的重重束缚使她丧失了重构新身份的能力。

马蒂是一个"原子式"的个人,事不关己,便视而不见。她并不在乎种植园中有多少人正饱受虐待。对于丈夫约翰和女奴南希·威尔金斯的私生女珀尔,她也压抑心中的善良,"在这么多年里,有多少次她曾想要摸摸这个漂亮的孩子,有多少次她曾想要使她的生活更容易些。但是约翰根本不想和她有关系,而顺着他是很容易的"(94)。面对被搬空的家、卖掉的奴隶,她感到心灰意冷,"没有佐治亚的世界提供给她和她家人的身份所要求的一切,她该怎么过活"(6)。战争的车轮滚滚而来,历史的巨变悄然发生,而她却仍然只在乎自己原本平静的生活会怎样天翻地覆,个人主义在她的观念中根深蒂固。对此,

---

① 多克托罗:《大进军》,邹海仑译,北京:人民文学出版社,2007,第6页。本文后文凡出自同一著作的引文,只在文后标明引文出处页码,不再另行做注。

查尔斯·泰勒指出,在现代性包裹着的社会中,在个人主义的指导下,"他们的生命中不再留有任何抱负,只有'可怜的舒适'"(泰勒,2001:4)。马蒂的目光局限于个人和家庭的一时得失,她只在乎生活中的舒适与安宁,对战争的触动毫不关心,她的生活"既平庸又狭窄",在战争面前也就变得不堪一击。

二、珀尔:对种族身份的不断探索

面对战争,与"继母"马蒂的慌乱形成鲜明的对比,珀尔显得十分平静,但是她的内心却无比激动,她"感到热泪在她的嗓子里翻腾"(7)。珀尔是种植园主约翰和一个黑人女奴的私生女,她洁白的皮肤使人常常误会她混血儿的身份。她在亲生母亲的墓前低语,请求上帝"教会"她自由,但珀尔寻求自由和构建身份的道路不是一帆风顺的。她曾将自己"出卖"给白人,依恋和怀念昔日生活的种植园,面对爱情主动思索自己的种族和性别身份,这一切经历使她最终成长为一个能够正视自己身份的女性,并且以对他人的善意和关怀消解了现代性下个人主义带来的困惑。

在私有制的秩序中,"文明社会对自由加以摧毁,而向奴役和枷锁迈进"(汪民安,2012:153)。南北战争破坏了传统南方社会种植园中的奴役和枷锁,但是此时的珀尔只获得了身体上的自由。在粮秣征集队克拉克中尉的帮助下,她进入北方军队成为一名鼓手,在克拉克牺牲后受到谢尔曼将军的保护。一次偶然,她在医院获得了埃米莉的帮助后,留在了军医雷德·萨特里厄斯的医疗队当中,成为一名护士。这段时间里,她"麝香石竹花一样白"的皮肤是她的通行证,可是她不标准的发音却成为她的阻碍。因此她努力学习和模仿白人的发音、谈吐和行为举止,使自己能够受到保护。"作为一名少年鼓手,尽管她的技术差强人意,但是她鼓手的身份意味着她获得了安全。"(Gajda,2018:89)但无论如何,她与白人之间的差异无法消除,她始终是被北方军队白人男性凝视的"他者"。后殖民理论家霍米·巴巴曾论述少数族群通过伪装自己进入主流话语以使其内在谬误暴露的理论,但是对于珀尔而言,她对白人的模仿却不带有化解"他者"身份的目的。在一次和男友斯蒂芬·沃尔什的谈话中,她终于发觉自己"在卖掉我自己"。自离开种植园以来,她一直使自己依附于白人,"她的活动都是作为一个白人,和白人们生活在一起,有一个白人后妈,并且身穿白人北方军的制服掩饰起自己的黑人本质。哦,上帝呀,这样一种深深的羞耻压倒了她"(216)。自此,她决定她只属于她自己,不再依附任何人生活,由此获得了精神上的自由。在黑与白之间的不断探索中,她选择坦然接受混血儿身份。她告诉男友,自己会给他生一个黑孩子,她无私地帮助黑人小男孩儿戴维,更多地转向对黑人文化的认同。男友斯蒂芬·沃尔什曾想到:

> 如果南方占了上风,在理论上可能会有一个时期,仅仅是白皮肤将不能保证一个自由人的身份。
>
> 任何人都可能受到契约束缚,被戴上脚镣手铐,在拍卖场被卖掉,黑色只是个暂时的权宜之计,奴隶阶级的思想则是最基本的前提(159)。

他的想法与霍米·巴巴的观点不谋而合,改变"他者"的地位,获得自由,不能以一种宏大叙事对抗另一种宏大叙事,那样带来的将是另一种文化自我中心主义。对于珀尔,作为一个美国人,她无须模仿白人,也无须固守在故乡,她可以进入文化交流的"第三空间",和白人男友开创幸福的未来。

在追寻自由的道路上,珀尔不止一次怀念起自幼成长的南方种植园和永远埋葬在那里的母亲:

> 那里有她所热爱的田野和树丛。她从小生长在那块土地上,熟悉那里的每一寸土地。她熟悉那里的每一条溪流,每一块石头,每一个灌木丛。但是,最让她担心的是如果她不在那里,她母亲的坟墓就会被人们忘记,就会没有人关心和照顾。奴隶们的住所依然矗立在那里。(37)

对于故乡,珀尔有着强烈的地方依附和"恋地情结",这里的"地方"与具体的区域是分不开的,在人文地理学家段义孚看来,这里是价值的中心,人和"地方"的感情是复杂而具有伦理意义的。然而战争带来的现代生活却生生拆散了珀尔与她的"地方",使珀尔始终生活在流动不定的空间之中。"现代人在动荡中被反复地抛向了无家可归的状况。人们仿佛置身于一个劈风破浪的船上剧烈地晃荡,他不知道自己什么时候到达风平浪静的港湾。"(汪民安,2012:29)对于未来,珀尔知道的仅是她会把克拉克中尉写的信转交给他的家人,而后的生活,即使如愿就读了医学院,也仍然充斥着不确定性。西美尔和波德莱尔都认为现代生活或都市生活充满瞬间性,这与前现代的乡村生活形成强烈的对比。对于珀尔来说,战争中的流动使她频频回想起故乡生活的安宁,但追随自由的代价就是随之而来的都市生活中的变动不居与碎片化的、瞬间的、易逝的现代生活。她需要始终铭记她的地方,即她成长的种植园所承载的厚重历史和情感,如此反拨现代生活的碎片化和人情淡漠。

多克托罗笔下的珀尔为人善良、乐于助人,不计较个人得失。在现代社会,人们有权利选择自己的生活方式,"人们不再受到超越他们之上的所谓神圣秩序要求的侵害"(泰勒,2001:2)。世界的祛魅带来的是更高的目标感丧失,进而导致个人主义的黑暗面凸显,人们表现出以自我为中心的狭隘化。这不仅会使个人的生活丧失意义,更导致对他人关心的缺失。然而,珀尔却坚决摒弃了这一现代性的弊端。面对曾经对自己来说高高在上的"继母"马蒂,她以德报怨,主动承担起照顾她的责任。如果说在战争中照顾马蒂,珀尔仍带有一定目的性与功利性,因为她需要马蒂教她读书认字,那么她将自己仅有的两枚金币之一交给她的哥哥和马蒂,则是出于不求任何回报的善意。作为一名护士,她学着像埃米莉一样给予病人呵护。在和斯蒂芬相遇时,"她曾经握着他的手腕把他的手放在一桶凉水里,然后给他抹上药膏。在她完成这些任务的过程中施展了个人行为的魔力"(158)。遇到黑人小男孩戴维后,她选择用自己的另一枚金币来保证他的平安。在个人主义崛起的年代,珀尔的视野没有局限在自己身上,她选择帮助和她一样处于困境之中的人们,不管他们是黑人还是白人,珀尔以她善良的胸怀给现代性发端的美国社会她力所能及的人文关怀。

三、埃米莉:对现代理性的有力回击

南北战争冲击了父权社会对女性的束缚,伴随战争而来的社会流动赋予南方淑女埃米莉·汤普森成长为一名独立女性的机遇,使她可以在战争中独当一面。战争前后,埃米莉虽然受到法官父亲和军医雷德的保护,但同时也被他们牢牢束缚。早在卷入战争之前,她就对男权社会充斥着的男性气质产生了反感,并保留有自己生活的意识:"他们令人压抑的男人气息使她身心交瘁。她意识到这是一种熟悉的感觉——一种对他们的性、对其动物性的反感。"(23)即使是她亲爱的哥哥也"常常促使她脱离自己的生活"。但是"战争之伟力和它所做的事情似乎就是要抹掉直到此刻之前的她的全部过去"(28)。对于失去了父亲庇护的埃米莉来说,战争的逼近意味着新生活的开始,"她的那双眼睛中有一团火,这火并没有被她的悲哀所耗尽"(28)。

她在战争之初追随雷德这一选择,没有在一开始就帮助她挣脱男性气质的牢笼。她对雷德的追随看似并非盲目,因为雷德"置身在周围的这场大屠杀当中,看起来却那么神圣"(25)。埃米莉被这名医生的善意打动,并且"坚定了她对于自己应当干什么的期望"(25)。她加入雷德的队伍,学习护理知识,开始照顾伤员。但是这种依附于男人的决定是不体面的,在后来也被证明是不明智的。在行军途中,埃米莉被一名老妇人误认为是妓女。在北方军面前,这个老妇人是"一个哭泣的恳求者",但是当她看到埃米莉时,"她端起肩膀,猛地向后一仰头,摆出一副傲慢的表情"(49)。从前,埃米莉是一名南方淑女,受过良好教育,母亲去世后,她总是充当女主人的角色,而此时的她却感到自己仿

如"一个厚脸皮的荡妇在行军中发现了雷德·萨特里厄斯,并且和他结合在了一起"(47)。被一个身份低微的老妇人蔑视,让埃米莉的自尊心受到严重打击。但真正促使她离开雷德,成为一名孤儿院负责人的,是她对雷德所代表的工具理性的抗拒。

理性是现代性的核心观念之一,现代性的过程即是一个理性化的过程,并且理性"几乎是不可置疑地相信自己在不断地进步"(汪民安,2012:6)。人们笃信,越是新的,就越是现代的,就越是进步的。在小说中,这种对理性的推崇在医学专家雷德·萨特里厄斯身上体现得淋漓尽致。他相信"我们拥有文明所定义的一切"(51)。雷德一直期盼着技术的进步,并且为之不懈努力。但是当一个黑人妇女遭受了不堪的肉体折磨,雷德为她医治的场景却使埃米莉感到十分不适。"即使是任何人类身体最私密的地方也不能逃过这位医生的毫不客气的探察。"(160)埃米莉反思,"现代世界由于科学的进步是幸运的,但是她在此刻却不禁感觉到这种男性入侵的不恰当"(160)。"理性的人摆脱了上帝和自然的双重阴影。"(汪民安,2012:5)雷德笃信科学,以理性为全部生活的指导,却对埃米莉所提的人文关怀不以为意。他称精神失常的马蒂患上了痴呆症,然而现有的医学知识并不能探察马蒂的脑部损伤,雷德因此将马蒂的病症归为无解。埃米莉则认为马蒂遭受的痛苦源自其"灵魂的折磨",但雷德对此不以为意,他甚至对埃米莉使用"灵魂"这个词感到失望。以雷德为代表的人之所以热衷于理性,是因为理性可以提高效率。在现代社会,人们为"工具理性"所支配,即为了达到最经济划算的目标而考虑行事的合理性。所有标准都被"效益"这一唯一的标准所取代,并且它"使我们相信,我们应该寻求技术上的解决"(泰勒,2001:7)。

雷德的这种工具理性不光体现在工作之时,即使在生活中,他也将这种理性运用到了极致。在和埃米莉初次结合时,他为她"动了一台小手术"以减轻她的疼痛,那时埃米莉不幸看到了他认真严肃因而显得十分没有人性的面孔,"使她感觉自己更像是一个病人而不是被爱的人"(121)。埃米莉逐渐改变了她对雷德的看法,"他是一个一心要损害既成的世界的魔术师"(177)。离开时,她对雷德说:"你是他们的门面,靠着这个门面他们使自己相信他们是文明人。"(177)

在《现代性之隐忧》中,泰勒引用了帕特里莎·本纳的论证,恰好说明了雷德的医术和埃米莉的护理之间的关系。现代医学和护理是相互配合的,医学更注重科学性,而护理则更注重人文关怀,倾向于将病人看作一个完整的人,而不是"一个解决技术问题的场所"(泰勒,2001:7)。比起医学技术专家,护士反而更能提供具有人情味儿的护理。埃米莉始终用自己女性的关怀力量面对战争带来的创伤和灾难。埃米莉背叛了对南方的忠诚,可是她却对此不抱有负罪感,因为她同医生一样在阻止灾难的泛滥。

女性主义学者提出关怀伦理学,以反拨长期以来占据西方伦理形态主要地位的自由主义和正义理论。自由主义和正义理论以个体是理性的为前提,强调将公平正义作为选择的准则,而女性主义关怀伦理则质疑这一伦理形态的根基,认为不是所有的人都具备理性思考的能力,他们需要的是"照顾、责任、护理、同情和需求被满足的状态"(Robinson,2011:25),而这些是工具理性无法提供的。面对源源不断被送来医治的伤员,埃米莉"尽可能用温和的言语安慰他们的伤痛",甚至连崇尚医学技术的雷德也承认,"一个女人的护理对于使男人们安定下来的意义绝不仅仅限于表面那么多"(47)。她的关怀不仅治愈人,还能够感染人。埃米莉将第一次来月事的珀尔从企图强迫为她检查身体的医护中解救出来,带领珀尔走向从女孩儿向女人的转变。她的关怀也成功感染了珀尔,珀尔接替她照顾伤员。当埃米莉再次出现在读者的视野当中,她正在为孤儿院采购物资。作为一个传统意义上需要被保护的对象,她挣脱了男性对女性的束缚,也挣脱了现代社会工具理性的支配,正如埃米莉自己所言,"我并不把生活贬低为只限于它的感情,我是把生活扩大到包括它的情感"(177)。她以关怀的力量感化世界,作为一个独立的美国人对抗现代社会对理性的极度推崇。

四、威尔玛:获得解放的黑人身份

小说对威尔玛的叙述并不多,但作为一个黑人奴隶,她正是这场战争解放的对象,她的身份理应在这场战争中建构起来。威尔玛在小说中第一次发出声音,她的台词是"是,遵命"(21)。她自幼就在埃米莉·汤普森家干活儿,和小姐一同成长,她学会了读书写字,可是和埃米莉的阶层和种族差距却始终无法跨越。在处理好原主人家的善后事宜之后,她毅然告别了这个将她视为奴隶的地方,加入获得解放的黑人队伍,去寻找她的自由。在行进途中再次遇见曾经的主人埃米莉时,她的内心再次掀起波澜,这说明"那个奴隶依然在我的心中"(104)。男友科尔浩斯·沃克提点她:"你自由了,你忘了吗?"(79)此刻的威尔玛不禁热泪盈眶,她又一次向自己确证了自己的自由身。

威尔玛和在行进途中遇到的黑人男友沃克都具备养活自己的本领。威尔玛在汤普森家做事,家务活儿娴熟,又会读书写字。她"总是习惯于照顾人,即使在向自由的进军中,她也发现自己很有用"(58)。沃克知道如何种地,还非常有音乐天赋。在行进路上,依靠沃克的捕捞技术和威尔玛的烹饪本领,他们将生蚝变成了美味的食物,获得了自由路上的第一桶金。对于未来,这两个拥有不同能力的人有相异的看法。威尔玛曾经从原主人大法官那里听到过关于大城市的传奇,向往在那里展开新生活,而沃克则认为在城市中,他们依旧只能为他人服务,无法获得真正的自由。最后威尔玛选择听从男友的建议,接受政府为他们提供的土地,成为农民。沃克总是"对他们俩的未来有各式各样美好的理想"(80)。在二人的关系中,威尔玛看似占了上风:她负责管理二人赚的第一桶金。在展望未来时,她说:"一个是你,作为家长,一个是我,作为真正的家长。"(108)可是事实上,对于重大的决定,威尔玛则把选择的权利交给了沃克,这说明她的独立意识还不够强大,但是对于一个刚刚脱离奴隶的生活环境的黑人女孩儿来说,她的想法已经代表了她挣脱了前现代社会对她的束缚,她和男友正在朝着现代美国人的身份转变。

  小说并没有点明威尔玛的结局,而是停留在了她和沃克的美好幻想之中。事实上,南北战争并没有使这些黑人获得完全的自由和平等。美籍德裔政治哲学家汉娜·阿伦特曾关注过"解放"和"自由"的区别。"政治解放虽然无疑是一大进步,但绝不是人的解放的最后形式。"(王福生,2012:64)自由不单是与解放联系在一起的政治事件,更应该是公民在公共领域的积极参与。对于美国黑人,在往后的历史长河中,他们始终受到歧视和不公待遇。对于威尔玛来说,获得自由已经是不可想象的进步,她或许目前还没有能力思考如何保护自己的权利。她和沃克选择接受政府的安排,从此只专注于自己的家庭,不免让人担心。在现代社会中,个人"封闭在自己的心中"会导致忽视公共生活,丧失政治控制,从而导致政府的温和"专制主义"。对于威尔玛来说,这种"政治自由"可能是内战为她构筑的民族身份所缺失的一部分。

  在威尔玛烹制生蚝之前,她发现了一个厨房,里面有几个黑人,他们欢迎她使用那里的炉子。生蚝出炉之后,威尔玛也非常乐于和黑人弟兄们分享。在充满苦难的行进路上,黑人们始终保持着乐观向上的精神和互帮互助的传统,这也为黑人群体在构建民族身份时提供了出路。他们需要团结,而不是成为一个个互不相交的原子,才能保护自己的政治自由。

结　语

  一个特定的身份能够充当一个人的行为指导,而民族身份是身份的一个关键维度。在小说《大进军》中,多克托罗塑造的诸多南方女性,在同一个民族身份的指导下展开了新的生活。马蒂人近中年,多年来作为种植园主夫人,对丈夫的不忠忍气吞声,对黑人奴隶的态度却居高临下,战争带来的翻天覆地的变化已经超越了她的承受能力,因此她在其中感受到的更多的是精神刺激和创伤。从某种程度上讲,以马蒂为代表的早一辈女性受到传统生活方式和思维模式影响过深,难以适应新生活,多克托罗将更多希望寄托在另外三位年轻女性身上。在战火纷飞的年代,她们得以冲破男权社会和奴隶制的束缚,打破传统置于她们身上的刻板印象和标签,以"美国人"这一身份展开新的生活。身份不是个人一成不变的定义,而是一个不断建构的过程。在内战中,珀尔、埃米莉、威尔玛三位年轻的南方女性突破了重重限制,不断建构起她们作为"美国人"的民族身份,她们自由、独立、平等,充分享有"美国人"这一民族身份带给她们的权利,同时也担起自己民族身份的责任,在民族身份的统领下,展现个人的能力和魅力。多克托罗在消解美国内战宏大叙事的同时,对于"美国人"的民族身份建构提出了美好的愿望,使读者更加清晰地认识到南北战争对美国国民身份的塑造,感受到战争对个人身份的建构力量。

参考文献

1. Gajda Marek. "The Role of Military Music in E. L. Doctorow's *The March*". *Silesian Studies in English* 2018. Ed. Crhova, Marie & Weiss Michaela. Opava: Silesian University, 2018.

2. Hales, Scott. "Marching Through Memory: Revising Memory in E. L. Doctorow's *The March*". *War, Literature and Arts*. (2009): 146-161.

3. Parks. John G. "The Politics of Polyphony: The Fiction of E. L. Doctorow". *Twentieth Century Literature* 4 (1991): 454-463.

4. Robinson, Fiona. *The Ethics of Care: The Feminist Approach to Human Security*. Philadelphia: Temple University Press, 2011.

5. Seymour, Eric and Laura Barrett. "Reconstruction: Photography and History in E. L. Doctorow's *The March*". *Literature & History* 18 (2009): 49-69.

6. 多克托罗:《大进军》,邹海仑译,北京:人民文学出版社,2007。

7. 亨廷顿:《我们是谁:美国国家特性面临的挑战》,程克雄译,北京:新华出版社,2010。

8. 黄丽娟:《永恒的变奏曲:西方现代性的动态机制》,载《外国语文》2017年第33期。

9. 罗小云:《分裂与疗伤:美国南北战争小说的发展》,载《外国语文》2019年第35期。

10. 平坦:《"南方女性神话"的现代解构——以韦尔蒂、麦卡勒斯、奥康纳为例的现代南方女性作家创作研究》,2010。

11. 泰勒:《现代性之隐忧》,程炼译,北京:中央编译出版社,2001。

12. 王福生等:《革命、解放与自由:阿伦特与马克思》,载《东岳论丛》2012年第7期。

13. 汪民安:《现代性》,南京:南京大学出版社,2012。

作者信息:刘可心,女,河北石家庄人,硕士研究生,研究方向为美国文学;胡亚敏,女,四川都江堰人,教授,博士,博士生导师,主要从事英美文学研究。本文是国家社会科学基金项目"21世纪美国战争小说与民族身份研究"(16BWW053)的阶段性成果,曾刊载于《外国语文》2023年第2期,有改动。

英国一战小说与英雄观嬗变
——以《英雄之死》为例

张金凤

浙江工商大学外国语学院

摘要：英国文学拥有悠久的英雄塑造传统，从古老的英雄传说《贝奥武夫》到维多利亚时代历险小说中的征服者英雄，其英雄观并未发生根本性变化：为了荣耀、正义而冒险征战，充满浪漫、崇高而神圣的意味。一战文学改变了英国的英雄书写，传统的爱国—英雄式书写模式虽未销声匿迹，却被抗议—反英雄式书写所遮蔽甚至解构。诸多一战叙事确实质疑、改变了传统的英雄概念，但也同时重新界定、建构了一种新英雄观：在现代战争中，浪漫的个人化英雄主义几无用武之地，坚忍、尽责、忠诚等品质更为可贵，奥尔丁顿的《英雄之死》便见证了英雄观之嬗变。

关键词：一战小说；英雄观；理查德·奥尔丁顿；《英雄之死》

British WWI Novels and the Evolution of Heroic Values
—A Case Study of *Death of a Hero*

Zhang Jinfeng

Abstract: The heroics in the long tradition of English literature had remained unchanged in principle: romantic and individual honor, loyal and noble patriotism, until the outbreak of the First World War changed many people's concept of a hero. A new protest-antiheroic mode emerged. This thesis takes Aldington's *Death of a Hero* as an example to demonstrate that even though some WWI narratives undertook to subvert and deconstruct the traditional patriotic-heroic mode to a large extent, they are redefining and reconstructing a new set of heroic values at the same time, with duty and comradeship serving as the basis.

Key words：WWI novels；heroics；Richard Aldington；*Death of a Hero*

引　言

英雄概念比较宽泛，可指代狭义的战争英雄，也可更广泛地指涉某一领域的杰出人物，拥有非凡勇气和自我牺牲精神。英雄作为民众期望的投射，有时几乎被提升至神祇的地位。本文首先概述英国文学传统中的战争英雄形象，之后探寻一战文学对于这一英雄观的解构，最后以英国20世纪印象主义诗人、小说家奥尔丁顿(Richard Aldington)的《英雄之死》(*Death of a Hero*)为案例，探究当时的作家对于英雄观的重构所做出的努力。

一、英国传统文学中的英雄形象

西方国家有着悠久的战争文学传统，荷马(Homer)的《伊利亚特》(*Iliad*)无疑是最早进行战争叙事的文学经典，阿卡琉斯、赫克托尔等英雄形象也因此深入人心。早期英国文学史上的英雄形象，或多或少带有荷马式英雄的影子：在英雄行为中寻求个人价值的实现，而不是仅仅追求物质满足。敌人越强，危险越大，荣誉越大。在英国文学传统中，从民族史诗《贝奥武夫》(*Beowulf*)到基督教传说中的屠龙手圣乔治，从中世纪的传奇国王亚瑟到莎士比亚笔下的霍茨波，英雄形象始终如一，为了荣誉，为了正义，去冒险，去征战，自带崇高而神圣的光环。英雄观一直未发生根本改变。

时至19世纪，传统英雄观继续占据人们的文化想象，人们对亚瑟王传奇的兴趣复苏便是一个例证。不过随着大英帝国的迅速扩张，英雄的概念开始更多服务于一种民族主义和帝国主义的道德体系，无论是司各特的历史小说，哈格德、亨蒂、史蒂文森等的历险小说，还是广泛流行的战争诗歌，其英雄人物均承载了厚重的帝国使命感，借以宣扬荣誉、责任、忠诚和爱国等价值观。19世纪初，诗人拜伦(George Gordon Byron)的《唐璜》(*Don Juan*)第一句便开宗明义："我需要一位英雄。"(Byron，1837：1)这似乎昭示了英国人的英雄情结。金斯利(Charles Kingsley)的《向西去啊》(*Westward，Ho!*)结尾时主人公憧憬着英国下一步要进行的海外扩张："那个时代的英雄们再次出航去殖民其他民族，憧憬着建立更壮大的英格兰，憧憬着响彻天际的喊声'向西去啊！'"(Kingsley，1960：591)。桂冠诗人丁尼生(Alfred Tennyson)创作多首爱国诗歌，颂扬英军的英勇无畏，渲染爱国情怀，英雄主义情绪流淌在字里行间。死于苏丹起义军之手的将军戈登,成为民众想象中的英雄,在媒体的演绎之下,俨然成为史诗级的传奇人物。可以说,从19世纪到第一次世界大战前的英国文学中,最不缺少的形象便是白人英雄,他们跨越边境,探索新领域,成为帝国的开拓者、西方文明的传递者,这些探险者其实代言了白种人的优越感与对有色人种的殖民征服。男孩—英雄不断通过展示勇气证明自身的男子汉气质,其最终目的无非就是:要么征服和统治,要么消灭世界上的非白人种族。

19世纪英国人的这种英雄崇拜,与卡莱尔(Thomas Carlyle)推波助澜式的影响有关。卡莱尔的"英雄崇拜"是贯穿维多利亚时代的主旋律之一:"没有一个伟大的人物是虚度终生的。世界历史不过是英雄人物的传记。"(Carlyle,1964:266)为了塑造这样的英雄,在公学教育体制中,教育者们(尤其是针对精英阶层的教育者)有意识地在学生中培植爱国者—勇士的形象,成功地给孩子们灌输了一套崇尚武力的爱国主义价值观和英雄观。此种教育经常被称作"强健派基督教"(Muscular Christianity)运动,旨在强化基督教式的生活准则,强调勇敢愉快地从事体力活动,通过大量体育比赛和游戏,塑造身体强健、道德正直的青年,为帝国事业培养接班人。

19世纪是一个崇拜英雄、创造英雄的时代,也是"英雄""英雄主义"等词汇最大程度占据文化想象的世纪。大英帝国不仅仅是男性的一项事业,也是考验与锻造英雄主义的场域。在流行文学中,战争就是冒险,帝国英雄们的取胜是轻松迅捷的,他们的死也是干净利落的。至一战爆发前,在公众意识中,英雄形象大致维持了维多利亚时期的英雄理想。不过,从一战叙事中,一种截然不同的英雄形象初现雏形并日渐清晰,传统的英雄观逐步被遮蔽甚至解构。

二、传统英雄观之解构

作为人类史上的第一次现代战争,第一次世界大战带来了整个战争意象的转变,也为人类带来再现与表征战争的新问题。虽然许多人都曾论及战争经验的不可言说性,但从战争爆发之初到战后二十多年里,战壕作家们再现战争经历与战争体验的努力却一直在进行着。

早期的一战文学带有明显的官方宣传性质。战争爆发之初,英国政府需要向民众提供参战的可信理由;随着战争范围扩大、伤亡人数剧增,政府则需要为人员的大规模牺牲和物力的消耗提供合理化解释。英国政府组建"战争宣传局",发动浩大的宣传攻势。局长、作家马斯特曼(Charles Masterman)召集由著名作家组成的委员会,发表了著名的"作家声明",号召"以理想主义为基调,助力战争宣传"(Wallaeger,2006:17)。在这种氛围中,爱国诗歌如井喷般面世,诗人中最具代表性的莫过于布鲁克(Rupert Brooke),其诗集《1914》

中那些慷慨激昂的诗歌，如《士兵》《和平》《死者》等，表达了对战争热情洋溢的支持及甘愿为国捐躯的乐观精神，名句"如果我死了，只要这样想：在异乡田野上的一角有一处，永远是英国的土地"（Brooke：The Soldier）传诵一时。布鲁克颂扬大无畏的英雄行为与爱国主义情怀，但出师未捷身先死的他并未亲历战争，因而其眼中的英雄形象始终带有浪漫主义的个人英雄色彩，延续了传统的英雄观。这里需要提及的是，布鲁克本人英俊潇洒、多才多艺，死后被国人视作为国捐躯的青年典型和战争诗人的典范，一名殉道者、战争英雄。

1916年的"绞肉机"索姆河战役构成了许多士兵和民众心目中第一次世界大战的转折点。虽然索姆河战役之后依然有人致力于书写传统的爱国诗歌与小说，但是，更多一战文学作品的基调更加阴郁，甚至以《以战了战》（*The War to End All Wars*）这本小册子闻名、为战争宣传做出巨大贡献的威尔斯（H. G. Wells），都不可避免地在其小说《布里特灵先生看透了》（*Mr. Britling Sees It Through*）中探讨了战争之必要性及牺牲之意义这一沉重话题。

与布鲁克不同，战壕诗人欧文（Alfred Owen）、格雷夫斯（Robert Graves）、萨松（Siegried Sassoon）、罗森堡（Issac Rosenberg）等人的战争体验书写无法继续融入传统英雄塑造模式，不再有浪漫的英雄主义理想。奠定此基调的诗歌便是欧文的《甘美且合宜》：

  毒气！毒气！快，兄弟们！……
  如果你能听见，那颠簸而出的鲜血
  从破碎的肺，汩汩涌出，
  如顽疾般肮脏，如呕吐物般酸苦，
  无辜的舌头生了不治之疮，……
  我的朋友们，不要兴高采烈地
  告诉那些胸中燃烧着荣誉欲火的孩子们，
  那句古老的谎言：为国捐躯，
  甘美且合宜。

           （Owen：*Dulce et Decorum est*）

欧文斥责将"为国捐躯"描述成"甘美且合宜"的宣传话语，称其为"古老的谎言"，告诫胸中充满"荣誉"理念的年轻人，战争远非浪漫与理想之所在。

格雷夫斯的诗《大话》将"为国捐躯"视为一句大话。这首诗歌是一名普通士兵的自述，他坚定地表示"准备去死"，"如果死亡终结一切，如果明天必须去死"，自己将不会有一丝一毫的软弱和迟疑。诗歌的最后两行突然换成第三人称叙事，准备越出战壕冲锋之时，他开始后悔之前的那些大话："可是，站在防火梯上，等待进攻之时，/他诅咒、祈祷、流汗，暗自希望收回那些骄傲之言。"

(Graves:Big Words)这两行的语气与上文几十行的自述形成巨大反差,短促有力地将上文的大话加以否定,颠覆了传统的英雄主义叙事。

以欧文、格雷夫斯等为代表的战壕诗人,不仅揭露了为国捐躯这一"古老的谎言",而且共同打造了一个有关一战的著名比喻:"蠢驴带领雄狮。"一批纯真无辜的年轻人,头脑中充斥着荣耀、光荣、帝国等抽象概念,为了世界和平与民主而远赴欧洲战场,可是,在愚蠢将军策划的愚蠢战役中,年轻人被成批屠杀,充当了炮灰。幸存者由震惊、苦闷、失落、幻灭,而终于觉醒:敌人并不是德国人,而是对自己撒谎的老一辈人。这样的文学书写颠覆了传统的战争意象,改变了人们的战争认知,"是欧文的诗歌打动我们那一代最深,从此之后我们对战争的看法就是,残酷、也许必要的恶,再无其他"(Day-Lewis,1965:12)。多年以后,欧文诗歌的编辑者如是说。

1920年代末,战争结束已十年,在德国雷马克(Eric Remarque)的《西线无战事》(*All Quiet on the Western Front*)巨大成功的鼓舞之下,幸存的战壕诗人转而以回忆录或小说的形式书写战争经历,更全面、更深刻地揭示战争对英国社会和个人的冲击,也进一步颠覆了对于士兵与战争的浪漫化和英雄化的再现,质疑、解构了英国文学传统的英雄观。一战文学研究专家波尔贡兹在其命名贴切的论著《英雄薄暮》中指出:这场战争"意味着英雄主义与英雄的传统神话,霍茨波式的自主进攻,已然难以为继,尽管英雄式的行为可能,也确实大量存在"(Bergonzi,1980:17)。

个人英雄的消失,其实是一战现实的忠实反映:无论是现代化远距离射击武器与大口径大炮的使用,还是大规模集体冲锋与长时间战壕守卫相结合的战术,都使得参战者被剥夺了展示英雄行为所必需的个体责任。技术侵蚀英雄行为,小说家萨缪尔·巴特勒(Samuel Butler)曾评论:"自从大炮发明以来,不再有真正的战斗英雄,炮弹拉平了所有人的能力。"(Onions,1990:2)斯彭格勒同样指出战争新技术"消减了纯粹的个人英雄主义、高贵的道义感"(Frayn,2014:21)。现代武器的发明成为导致英雄消逝的一个原因。此外,残酷的战场状况、战友接连不断的伤亡、对高级领导层的失望,催生了士兵的幻灭情绪,促使诗人重新思考战争的意义。许多人丧失了对传统英雄观的认同,不再信仰牺牲、勇气、荣誉等理念。参加过一战的海明威(Ernest Hemingway)在《永别了武器》(*Farewell to Arms*)中评论:"在战争中我观察了好久,并没有看到所谓神圣、光荣的事物。所谓牺牲,那就像芝加哥的屠宰场。只不过这里屠宰好的肉不是装进罐头,而是就地掩埋。""抽象的名词,像光荣、荣誉、勇敢或者神圣,倘若跟具体的名称——例如村庄的名称、路的号码、河名、部队的番号和重大日期等等——放在一起,就简直令人厌恶。"

(Hemingway,1995:144)这样的情绪在英国一战书写中更是难以历数。勇气、忠诚和自我牺牲等英雄主义的传统元素,在一战战场上变得毫无意义。对愤懑的人来说,生存是第一要务,大多可以称之为英雄主义的行为,也更多的是一种为了集体生存的努力。由于在作品中如实反映个体士兵的情绪,诸多一战作家常被冠以"幻灭派"的头衔,欧文的诗歌,萨松、格雷夫斯的诗歌与回忆录,蒙塔古(C. E. Montagu)、布兰顿(Edmund Blunden)、曼宁(Fredric Manning)等人的小说通常被归入此列。

在公众的集体意识中,一战造就了"现在与过去的突然断裂感"(Hynes, 1990:ix),标志着一个时代的终结。时人多提及这种历史断裂感,如英国外交大臣格雷(Thomas Grey)一语成谶的哀叹"欧洲的灯火熄灭了。我们将再也看不到它们点亮"(弗格森,2013:125),让人不禁联想到文明之光的暗淡;小说家詹姆斯在给友人的信中悲悯"文明堕入了鲜血与黑暗的深渊……如此的悲剧性,任何语言都无力表达"(James,1920:398)。在英雄形象塑造方面,一战也预示了某种割裂感。费德勒认为一战意味着"英雄神话之死"(Fiedler, 1971:225),一战文学中不再有咄咄进攻、身体强健、得意凯旋的战斗英雄,而多是幻灭失望、被动无助的受害者形象。他指出了一战文学中的一个重要方面,传统英雄形象的消失。确实,泥泞寒冷的战壕、寒光凛凛的铁丝网、死亡丛生的无人区、密集炮火下的集体冲锋,西线战场远非传统的个人化的、浪漫化的个人英雄的温床。在残酷战争经历的震撼冲击之下,每日面对随时而来的死亡,面对伤者的苦痛和濒死者的孤寂,参战者对战争的原初热忱消失殆尽,对"光荣""荣誉""牺牲"等信仰破灭,愤怒、悲悯、幻灭、抗议等情绪油然而生。此外,由于仅靠志愿兵已经不能满足战场对兵力的大量需求,1916年9月,英国开始实行征兵制。强制征兵制在一定程度上消减了参战者身上的爱国、英雄主义色彩。在许多人的意识深处,肮脏、血腥的一战战场已经不再是个人获得荣光之地,而是不得不咬紧牙关忍耐坚持的炼狱。

这种新现实、新境遇并不意味着在战场中不存在英雄行为,英国第一次世界大战文学也远非简单的反英雄性质,大多数作品游移于对英雄行为的肯定与对战争的道德谴责、对参战士兵的表扬与对战争的摒弃的中间地带。"英雄"一词频频出现在叙事文本中,如"英雄是能够控制恐惧的人,而不是不感到恐惧的人"(Frankau,2010:335),"极端的英雄主义,与绝望没有区别,这对敌我都是一样的"(Manning,2013:8),等等。在此类对英雄概念的讨论中,不乏质疑或讽刺,比如福特将进攻前的炮火轰鸣比作"战地交响乐队";"歌剧交响乐的渐强有多滑稽这就有多滑稽。渐渐渐强! 一定是英雄就要登场了! 他没有!""英雄来了。自然,他是个德国佬。"(福特,2017:95)作家们对英雄概念是如此纠缠与痴迷,反映出他们对于传统英雄观之不再适用的本能洞察。

为了应对新体验,文学中的英雄塑造必然不同以往,构成英雄的元素会重新配置。英雄主义并未被摒弃,而是被剥离其原有的浪漫的光彩。考虑到面对战场上难以忍受的苦痛与恐怖时所需要的坚毅、勇气和忍耐力,不仅理想主义消亡,英雄主义也需要重新界定,为此,英国一战文学中的英雄形象发生嬗变。下文以奥尔丁顿的《英雄之死》为例,考察战争英雄形象如何被重新建构。

三、《英雄之死》:英雄形象之重构

奥尔丁顿是英国诗人、小说家、评论家,一战爆发前,他是意象派运动的重要一员,与美国现代主义诗人希尔达·杜利特尔(Hilda Doolittle)有二十多年的婚姻关系。一战爆发后,他立即报名参军,但因身体原因被拒,两年后,在征兵制正式实施前几天,他再次报名并获准。在战场上,奥尔丁顿先后任连队通讯员、团信号员和情报官。《英雄之死》主人公温特伯恩的战争经历大致等同于奥尔丁顿本人的经历,因此小说被一些论者视为"虚构化的自传"(Bergonzi,1980:174)。战后,奥尔丁顿努力回归文学圈,20世纪20年代,他以文学评论为主,也几次试图书写自己的战争经历,均未告完成。1928年,雷马克的《西线无战事》引起轰动,这也促使奥尔丁顿重拾旧稿,1929年,《英雄之死》出版。

小说以乔治之口吻,追溯战友温特伯恩短暂的一生:家庭情况、求学经历、作为青年艺术家的生活和婚姻、他的参军动机和战争经历,一直到他迎着敌人密集的机枪扫射走出战壕,终结生命。小说面世之初,便引起巨大反响,迅速成为畅销书,给作者带来国际声望,不过来自界内的评论则毁誉参半。叙事者对英国社会激烈愤慨的批判引发保守评论者的不满,而小说形式上的松散也经常被诟病,但即使是批评者也对小说后半部分的战争呈现不吝赞美,譬如,同为战壕作家的布兰顿对这一部分赞不绝口,认为是"至今为止最接近、最有力的西线战场叙事"(Frayn,2014:219)。实际上,小说被许多人视为"英国最好的战争小说"(Morris,1976:185)。

一战文学研究专家波尔贡兹认为《英雄之死》"野蛮拆穿了整个英雄主义的概念"(Bergonzi,1980:182),对此笔者并不完全同意。小说确实没有塑造传统的英雄形象,推翻了诸多传统概念,包括浪漫化的、理想化的传统战争英雄观,但小说同时也塑造了一个新的形象,重新建构了新时代的英雄观。

小说前言以漫画般的笔触描写了温特伯恩的父母听到儿子死亡消息后的反应,不同寻常的反应促使乔治追溯温特伯恩的生平,探寻其自杀根源。小说前两部分是对温特伯恩战前经历的回溯,塑造了一个与传统社会格格不入的、

具有艺术气质的青年形象,充满叛逆意味。由于其敏感内向的特质,少年时代的温特伯恩,无论在家庭还是在学校里都备感压抑。维多利亚时期的帝国冒险氛围、扩张主义思维和英雄崇拜,学校鼓励的"强健派基督教"运动及其引发的体育热,社会对中产阶级家庭男孩的期待,便是成长为帝国构建必需的军事或行政人员,这在小说中多有体现:教师批评他时满嘴皆是"帝国的中流砥柱"(Aldington,2013:69),礼拜堂最后一首赞美诗"冲锋,基督战士们"(70)更是直截了当。这种社会话语对一个敏感男孩的压抑性力量不难理解。

中学毕业后,温特伯恩没有遵循传统进入军事学院,而是来到伦敦,试图以绘画谋生,并认识了妻子伊丽莎白。小说对维多利亚社会伪善性的抨击从学校教育、帝国意识,延伸到文学艺术、两性关系等多个层面,言辞激烈,这里仅列举几处温特伯恩对待战争的态度。他批判战争爆发前的民众好战狂热氛围,尤其是吉卜林和他的"公学方案":"利用人们的原始本能为一个群体、一个国家服务,而不是为个体服务。任何为帝国所做的事都是对的。"(148)他讽刺那种认为通过战争可以实现"宗教复兴"(178)、消除长久和平带来怠惰的观点,他更讽刺"我们的国王和祖国需要我们"(199)式的爱国主义宣传,他将战争比喻为"最大、最具悲剧性的维多利亚式空话":

> 如果你想评判一个人,一个事业,一个国家,那么问自己"他们讲空话吗?"如果这次大战果真是诚实的事业,它就不需要那么靠那些荒唐的空话来支撑。诚实的人,如果他们存在的话,就是说这番话的人:"这纯属暴行,我们尊崇暴行,我们承认自己就是野兽,实际上,我们做野兽还挺自豪",好吧,这时我们才能评判。"战争是地狱。"是的,谢曼将军,战争是血腥、残暴的地狱。谢谢你的诚实。你至少是个高尚的谋杀犯。(198)

温特伯恩看透了政府宣传背后的战争实质远非"全世界的自由"(199),看透了掌权者动员年轻人时那一套话语背后的逻辑不过是"罪恶的空话"(199),他丝毫不相信"那些为之发动战争的所谓事业"(200),而将战争视为"可怕的灾难,甚至是罪恶"(200)。他报名参军,不是出于"热情的理想主义",不是为了追寻传统的英雄主义,而是因为他不想成为自己这代人里的例外(200),他觉得自己这代人注定受此劫难。

温特伯恩以列兵身份而非军官身份踏入战场,此时的他已看到许多人需要经历索姆河等战役的洗礼才能认清的战争真相,比如野蛮的屠杀、政府的欺骗、高层的无能等。即使如此,出于责任和对战友的忠诚,他依然全力投入战事,也就是在这个意义上,温特伯恩成为作者眼里的"英雄"。小说质疑现代战争中传统英雄主义的可能性,没有描绘公学体系及历险小说所倡导的浪漫而激情四射的骑士精神,也未呈现理想主义的、冲锋陷阵的个人英雄,相反,他嘲弄"远方的人们认为战斗是英雄般的,令人激动的,呐喊着的刺刀冲锋,几位勇士誓死血战到底,等等"(240)。小说描绘的战场情形也远非骑士版英雄场景的再现,不过,从小说标题到行文的字里行间,都不缺乏"英雄"一词,这不仅表明作者对此议题的痴迷,也促使读者反思,一战中的英雄主义究竟意味着什么?新情境之下的英雄观究竟如何?笔者认为,奥尔丁顿眼中的英雄主义,其最重要的构成要素便是:在认清现实、失去对战争正义性与有效性的信仰之后依然坚忍,明知生还可能性微乎其微却依然尽责、忠诚。

小说第三部分被公认为《英雄之死》最精彩的部分,奥尔丁顿不仅真实再现了战场实景,更塑造了诸多忠于责任、忠于战友的军人形象。初到战场的温特伯恩似乎对战斗尚抱有一丝浪漫主义的想象,他失望于士兵们谈话"琐碎而无趣",觉得"他们应该以莎士比亚式的无韵体诗谈论重大事情"(229)。当然,他迅速彻底丧失了这一丝浪漫主义的余韵,与周围战友一样,对战争抱有更加实际、冷峻、清醒的认知。在如同"世界的坟墓"(242)、"新式地狱"(279)的战场上,他们远离陈词滥调:"老天保佑,不要谈什么爱国!"(230)他们也不幻想胜利,只是尽力做好眼前的一切:"他们坚持着。"(231)叙述者多次强调坚持的必要性:"必需的素质是决心与坚持,非人的坚持"(240);"唯一要做的就是坚持下去,尽全力"(329)。受教育程度有限的士兵们如此,基层军官们更是如此,他们彼此鼓励最多的便是平实的短语"咬牙坚持"(276)。

温特伯恩尤其敬佩中尉埃文斯,他是成千上万基层军官的代表。这些年轻的排、连级军官,大多是公学体制的产物,战争爆发后参军,有些推迟入大学,有些则已是大学生。浸染于传统的公学教育氛围,他们大多抱着为荣誉、为正义、为国家而战的信念,即使看清了战争的实质,他们依然抱着尽责的信念,坚守岗位。他们意志坚定,兢兢业业,坦率诚实,对手下坦诚,也绝不欺骗自己。叙述者如此描写埃文斯中尉:"埃文斯是那种典型的英国公学学生,令人惊讶的无知,令人惊讶的拘谨,不过他'体面'且好脾气。他性格坚强,能够完成别人赋予他的责任。他接受和遵从英国中产阶级的每一条偏见与禁忌,中产阶级的是与非。他鄙视所有外国人。除了吉卜林,他没有读过任何东西。"(258)

如果身处伦敦,埃文斯中尉本是温特伯恩嘲弄的那种人:有各种偏见与刻板印象,信奉白人的优越性,无知而自满。但是,他却是个好军官,诚实、善良、尽责,富有同情心,尽力照顾手下。他遵从每一条命令,也获得手下本能的顺服和信任。面对日复一日的炮火和身边战友的死亡,他不是没有恐惧,但他坚持着,不断与自己的神经系统作战,就是为了身体力行,做士兵的榜样。这样的指挥官无疑带给手下安慰和安全感。"在无望的攻击中,在绝望的守卫中,他可以被信赖。这里有成千上万个这样的人。"(259)愤世嫉俗如温特伯恩,也对埃文斯这样的基层军官表达了由衷的钦佩与赞扬。他们痛苦的忍耐与坚持被提升至英雄主义的高度。

令温特伯恩感动与钦佩的另一个英雄品质,是险境之下战友之间的忠诚和责任感。在温特伯恩眼中,士兵们是一个"极具男性气概"的群体,"他们是真男人"(原文中"男人"用的是大写)。虽然对战争和导致战争的一切极度厌恶,但温特伯恩对战友表现了最真实的爱:"你们是男人。我才不关心你们的事业是什么,它总归是腐烂肮脏的东西。但我知道你们是我见过的第一批真正的男人。……我发誓,我宁可与你们一同赴死,也不愿生活在没有你们的世界里。"(228)"他同之前一样憎恨战争,憎恨那些战争空谈,怀疑战争鼓动者的动机,憎恨军队。不过,他喜欢士兵们,战场上的士兵们,不是作为士兵,而是作为男人。"(232)士兵之间、官兵之间凝结成深厚的战友情,也正是对于注定成为炮灰的战友们深沉的爱拯救了温特伯恩,他不再是那个从事现代主义绘画的艺术家,那个与周围环境格格不入的愤世嫉俗者,他憎恶战争,但他更多地投入自己的职责,和战友一起构成这一共同体,依靠"基本的人性与男子气"(232),"从废墟中拯救出来某种东西,极其重要的东西,那就是男子气与同志情,生而为人的尊严,人之间基本的友情"(233)。叙述者自始至终对这种友情充满赞颂:"战场上士兵们之间的友谊是真正的、美好的、独一无二的友谊。"(19)

受过良好教育的温特伯恩不愿意成为军官,更愿意作为普通士兵尽义务。后来,在埃文斯中尉的劝告与推荐下,他同意回国接受军官培训。本就与战前社会氛围疏离的他,在经历了战争之后,与旧时相识之间的隔阂愈深,无论是与文艺界的相识,还是与亲戚朋友,都更加难以沟通。社交聚会上,人们依然重复着老掉牙的"帝国需要每一个人"(313),戏院里充斥着"战争歌曲,非常爱国,爱国的战争场面"(319),人们赞美他为国打仗,却无耐心听他讲述战争,而他也无法告诉他们真相,这让他失望、厌恶,更加盼望与战友们的生活。

培训之后,温特伯恩以军官身份重返战场,越发珍视战场上的友情。他决心成为埃文斯那样的军官,保护下属,忠于职守。这里并没有惊天动地的英雄叙事,有的只是日复一日坚忍地尽职尽责。可惜,连日生活于炮火之中,连月的劳顿对他的身心都造成难以弥补的伤害,"战争歇斯底里症",即弹震症,开始折磨温特伯恩。他时常感到"筋疲力尽,难以遏制的恐惧,几乎要发疯,如果不是意志力和自尊,他几乎要垮掉。他差不多是个废人了"(334),他感觉自己逐渐到达"忍耐力的尽头,用尽了最后一丝精力和体力"(339),直到1918年11月初的一天,他感觉再也无法履行职责了,"头脑中有什么东西似乎破碎了。他觉得自己发疯了,跳了起来。排排子弹像钢鞭抽打在他的胸口。宇宙爆裂,一切归入黑暗"(340)。

温特伯恩跳出了战壕,他并非那种胸怀为理想、光荣、荣耀而战,甘愿为国捐躯的英雄,他对战争没有丝毫的幻想,只是出于职责和对战友的责任而忍受战争,他的死并非英国文学中传统的英雄之死,而是无法忍受之后的自我毁灭。在小说大部分叙述中,他更像是一个反英雄形象,可是,在叙述者眼里,他和诸多历经战争的年轻人一样,成为真正的英雄。自始至终,《英雄之死》无情批驳维多利亚式的虚伪:宗教、体面、学术圈、性道德,也将传统英雄的形象不可逆转地碎片化,但同时,通过对温特伯恩短暂一生,尤其是其战争经历的追溯,小说重新定义和重新建构了新的英雄观。标题《英雄之死》便更加意味深长:英雄之死,同时也是英雄的再生。这一主题在一战参与者的回忆录里得到了应和,战地记者菲利普·吉布斯曾指出大战中的冲锋带有强烈的英雄意味,"与大战中冲向现代炮火呼啸中的地狱的人们相比,神话中的英雄黯然失色"(Gibbs,2010:463)。另有论者指出:"这次战争的英雄不再是'进攻型'的,而是'防守型'人物。"(Leed,1979:105)温特伯恩成为叙述者和读者眼里的英雄,预示了一套不同于以往的英雄价值观的诞生。

结　语

第一次世界大战改变了许多,包括英国的英雄书写,尽管之前爱国-英雄式的书写模式依然存在,但抗议-反英雄式的模式开始显现。不过,不能简单化地认为,一战文学仅仅摧毁、解构了英雄主义这一概念,许多一战文学确实质疑,甚至颠覆了公众的英雄观,但同时,一战文学也重新界定、建构了新的英雄观,奥尔丁顿的《英雄之死》便见证了这一点。

第一次世界大战中,现代科技塑造的新式武器大量运用于战争,再加上堑壕与铁丝网构成的坚固防御体系,令个人的力量变得十分渺小,这是助推解构传统英雄观的技术因素。而从总体上讲,资本主义发展到帝国主义阶段后,对殖民地等分赃不均导致世界大战,这是一场非正义战争,战争的非正义性导致底层官兵对战争的思想认知发生显著变化,这是导致解构传统英雄观的主要因素。

参考文献

1. Aldington, Richard. *Death of a Hero*. London: Penguin Group,

2013.

2. Bergonzi, Bernard. *Heroes's Twilight*: *A Study of the Literature of the Great War*. London: Macmillan, 1980.

3. Brooke, Rupert. "The Soldier". https://www.poetryfoundation.org/poetrymagazine/poems/13076/the-soldier. [2019-11-11]

4. Byron, Gordon. *Don Juan*. https://www.gutenberg.org/files/21700/21700-h/21700-h.htm. [2019-11-11]

5. Carlyle, Thomas. *On Heroes and Hero-Worship*. London: Dent., 1964.

6. Day-Lewis, C. *Introduction to Collected Poems of Wilfred Owen*. London: New Directions Books, 1965.

7. Fiedler, Leslie. "The Antiwar Novel and the Good Soldier Schweik". *The Collected Essays of Leslie Fiedler*. New York: Stein & Day Pub, 1971: 224—234.

8. Frankau, Gilbert. *Peter Jackson-Cigar Merchant*. Whitefish, Montana: Kessinger Publishing, 2010.

9. Frayn, Andrew. *Writing disenchantment*: *British First World War prose*, 1914—1930. Manchester University Press, 2014.

10. Gibbs, Philip. *Realities of War*. Charleston: Nabu Press, 2010.

11. Graves, Robert. "Big Words". https://allpoetry.com/Big-Words [2019-10-29]

12. Hemingway, Ernest. *Farewell to Arms*. New York: Scribner, 1995.

13. Hynes, Samuel. *A War Imagined*: *The First World War and English Culture*. New York: Atheneum, 1990.

14. James, Henry. *The Letters of Henry James*. Ed. Percy Lubbock. Gutenberg Ebook, 1920.

15. Kingsley, Charles. *Westward Ho*! London: J. M. Dent & New York: E. P. Dutton, 1960.

16. Leed, Eric. *No Man's Land*: *Combat and Identity in WWI*. New York: Cambridge UP, 1979.

17. Manning, Fredric. *Her Privates We*. London: Serpent's Tail. 2013.

18. Morris, John. "Richard Aldington and Death of a Hero-or Life of

an Anti-hero?" *The First World War in Fiction*. Ed. Holger Klein. London: Macmillan, 1976.

19. Onions, John. *English Fiction and Drama of the Great War*, 1918—1939. Basingstoke and London: Macmillan, 1990.

20. Owen, Wilfred. "Dulce et Decorum est". https://www.poetryfoundation.org/poems/46560/dulce-et-decorum-est. [2019-11-11]

21. Wallaeger, Mark. *Modernism, Media and Propaganda: British Narrative from 1900 to 1945*. Princeton: Princeton University Press, 2006.

22. 尼尔·弗格森:《战争的悲悯》,董莹译,北京:中信出版社,2013。

23. 福特·麦多科斯·福特:《挺身而立》,肖一之译,上海:三联书店,2017。

作者信息:张金凤,女,河北唐山人,教授,博士,主要研究方向为英国文学与文化。本文为杭州市常规性规划课题"20世纪英国一战书写研究(1914—1939)"(Z21JC072)的成果,曾刊载于《唐山师范学院学报》2021年第4期,有改动。

童话小说《彼得·潘》中的战争书写

张东燕

武汉大学外语学院英语系

摘要：自 20 世纪 80 年代以来，受精神分析法和历史文化批评的影响，经典儿童文学作品《彼得·潘》持续得到重新阐释，小说主题的复杂性与多重性受到国内外学者的关注。本文结合小说创作的历史文化背景，从故事场景、情节内容和人物形象三方面展开文本细读，指出《彼得·潘》的创作与彼时欧洲战争局势之间的密切联系，挖掘梳理其中蕴藏的战争元素，通过对小说中战争书写的分析进一步拓展《彼得·潘》的丰富内涵。

关键词：《彼得·潘》；战争元素；战争书写

The Writing of War in the Fairy Tale Novel *Peter Pan*

Zhang Dongyan

Abstract: Ever since the 1980s, *Peter Pan*, the children's novel classic, has been receiving incessant reinterpretations in the light of psychoanalytical as well as sociohistorical criticisms, and the ambiguity and multiplicity of its meaning have brought increasing critical concerns. Based on the historical and cultural context in which the book was completed, alongside a close textual analysis of the setting, plot and characterization of the fairy tale novel, the essay will disclose how the writing of the book is associated with the European military situation in the early 20th century and how the concern of social crisis was turned into hidden war elements in the children's novel. By suggesting its potential war narrative, the essay attempts to add a new understanding of *Peter Pan*.

Key words: *Peter Pan*, war elements, war narrative

苏格兰作家詹姆斯·马修·巴里(James Matthew Barrie)的代表作《彼得·潘》(Peter Pan)自1911年出版以来，不断受到世界各地读者的喜爱，成为20世纪儿童文学的经典作品。不会长大、顽皮机灵的彼得·潘带领达琳一家三姐弟在缥缈岛（the Neverland）经历的冒险故事被广为传颂，为成长中的孩童带来许多欢乐和启迪。然而，《彼得·潘》并非普通读者心目中所认为的那样是一本单纯表现天真烂漫、纯洁无瑕儿童形象的童话小说，在看似轻松愉悦的笔调下，该小说在故事场景、情节内容及人物形象上都潜藏着深刻沉重的现实元素，超越了一般幻想类儿童文学作品表现的思想深度，具有诸多有待发掘的主题意义。1984年，英国学者杰奎琳·罗斯(Jacqueline Rose)从精神分析角度撰写著作《〈彼得·潘〉个案研究：儿童虚构文学的不可能性》(The Case of Peter Pan, or the Impossibility of Children's Fiction)，对将《彼得·潘》仅仅视作儿童文学提出不同看法，在儿童文学界引发热议。《彼得·潘》一书的复杂性与多义性逐渐受到国内外学者的关注，开始从精神分析角度法剖析小说蕴含的人类原始欲望等主题，其后又从社会文化角度揭示其内在的帝国、殖民意识或者性别意识。本文将从小说出版时期的历史文化背景出发，指出《彼得·潘》的创作过程与彼时欧洲战争局势之间的密切联系，并通过文本细读，挖掘小说蕴藏的战争主题，借此进一步拓展《彼得·潘》的丰富内涵。

事实上，《彼得·潘》在主题和人物形象上经历了近十年的演变，在1911年出版以主人公命名的这部小说前，巴里曾先后创作过童话小说《小白鸟》(The Little White Bird, 1902)与《肯辛顿花园里的彼得·潘》(Peter Pan in Kensington Gardens, 1906)。与后来问世的《彼得·潘》相比，这些童话作品更具典型的儿童文学特征，彼得·潘还只是出生仅一周就从自己窗口飞走的小婴儿，降落在肯辛顿花园旁的一个鸟岛上，在鸟王的帮助下，成为半人半鸟的精灵，不时来到花园与仙子嬉戏。巴里以超越人类文明、具有反叛性的鸟精灵形象和仙子形象刻画人类幼儿时期的原初心理，挑战成人的道德规训，与以《爱丽丝漫游奇境》为代表的荒诞型儿童小说同声相应。1904年，巴里创作童话剧《彼得·潘》，该剧在伦敦首演后获得巨大成功，在大受欢迎的童话剧基础上，巴里于1911年出版了《彼得与温迪》(Peter and Wendy)，进一步增补修订后最终出版《彼得·潘》。与前期的相关小说相比，《彼得·潘》在叙事上更加多元，在早先精灵和仙子故事的基础上，吸收了当时甚为流行的针对男孩读者的冒险故事与针对女孩读者的家庭故事；内容也不再是纯粹对抗成人世界的儿童故事，在保留儿童文学特质的同时，巴里在体现人物形象、故事背景和情节等诸多细节中暗示身处的社会情境,在貌似荒诞童真的游戏精神背后注入自己对严峻现实的深刻反思,使小说在很大程度上体现了严肃的成人意识。细读《彼得·潘》,可以发现战争元素在小说的现实潜流中时时浮现,彼得的顽皮精灵形象逐渐让位于手握强权的军事领袖形象,缥缈岛也远非肯辛顿花园那般任顽童恣意玩闹的理想乐园,而是危机四伏、杀戮不断的血腥战场。包含在小说温馨浪漫家庭叙事框架之中的冒险叙事在相当程度上不啻战争叙事。战争这一现实元素的渗透构成巴里改写彼得·潘故事的一个重要层面,这应当与小说成书时的历史背景有着直接的联系。

一、《彼得·潘》创作的战时历史文化背景

一战前的英国社会状况可谓内忧外患。一方面,伴随工业经济的发展,英国经历了几十年的经济繁荣和社会稳定时期,但是贫富不均等一系列社会问题也随之产生并不断激化,到了 19 世纪末和 20 世纪初,社会矛盾达到尖锐化程度,英国进入一个动荡不安、危机四伏的时代。另一方面,19 世纪末英国人的海外殖民扩张也面临来自其他欧洲国家的挑战,为争夺和瓜分殖民地,英国与欧洲他国的殖民战争日益激烈。1899 年至 1902 年,为争夺南非的自然资源和地区霸权,英国人与南非荷兰人后裔布尔人之间爆发了英布战争。这场帝国主义战争历经两年多时间,是"从美国革命以来一次最大的英国殖民战争"(李衡,2006:78)。布尔人以弱胜强,利用对地形的熟悉,采取游击战争方式,使原本强大的英军疲于奔命,陷入了前所未有的困境,英国统治者们对此焦虑万分。"对英国来说,这是第一次世界大战之前 400 多年里发动的 230 次殖民战争中,出兵最多、拖延时间最长、最残酷的一场战争。"(78)此外,英国与欧洲大陆的殖民争夺也不曾停歇。在 19 世纪最后 30 年中,英国殖民争霸的主要对手是法国和俄国,自 90 年代开始,势力扩张的德国取代上述两国,成为英国的首要对手,英德关系开始恶化。德国把英国商品从许多国家中排挤出去,并在各处对抗英国的殖民政策。到第一次世界大战前夕,德国野心勃勃地提出重新分割世界的要求,并积极扩军备战,欧洲的战争已迫在眉睫。在欧洲形势异常紧张的情况下,英国自由党的两届政府为了准备战争和稳定国内统治,进行了一些重要的社会改革,并放弃长期孤立的政策,寻求盟友,积极备战,使英国走上了战争的轨道。为了准备战争,英国政府把以前散布在各地的英国海军都集中于北海,并在英国东海岸建立了许多新的海军基地。1905年,英国试制成功了无畏舰的新型主力舰。次年,英国政府又决定建造八艘主力舰,还采取了以两艘军舰对付德国每一艘新造军舰的海军政策。(王铭,1988:31)

风起云涌、大战将至的历史处境对维多利亚中后期的英国文学带来重大影响。以青少年冒险为主题的历险小说如雨后春笋般涌现,深受青少年读者欢迎。除了出版单行本外,还有很多历险小说发表在当时的青少年报纸上,在英国社会引起巨大的反响,英国牛津大学教授艾勒克·博埃默(Elleke Boehmer)就曾指出,英国维多利亚时代最典型的两大文类是三卷本小说和历险小说(转引自陈兵,2012:103)。维多利亚中后期,随着宗教热情的退潮,英雄崇拜、"超人"理论、社会达尔文主义等社会思潮的风行,英国的海外扩张已脱去教化土著的宗教外衣,变成赤裸裸的土地占有和财富掠夺。英国民众也更加世俗而功利,普遍认可英国对弱小民族的殖民掠夺。弥漫的战争意识直接影响了这一时期英国历险小说的内容和主题,相比《尼尔斯骑鹅旅行记》《奥兹国的巫师》等同时期表现童真童趣和道德训诫的奇幻型冒险故事,这一时期英国历险小说具有明显的现实主义倾向,以青少年远航及参加战斗为主要冒险内容,字里行间透露出浓烈的英雄情结乃至帝国意识。历险小说名家 G. A. 亨蒂(G. A. Henty)(1832—1902)、亨利·赖德·哈格德(H. Rider Haggard)(1856—1925)均在作品中直接表现殖民战争,以十五六岁的少年为主人公,宣扬帝国主义式英雄主义、爱国主义和男子汉气概,极受当时青少年读者的欢迎。在历险小说的推波助澜下,青少年们纷纷成立"青少年旅""少年侦察兵"等各种团体,"热衷于各种战斗游戏,阅读殖民征服和帝国英雄的冒险故事,陶醉于帝国的辉煌战功"(陈兵,2012:105)。此外,表现少年英雄在孤岛勇斗海盗的历险故事也蔚然成风,流行一时。R. M. 巴兰坦(R. M. Balantan)的小说《珊瑚岛》(*The Coral Island*)(1857)讲述的少年英雄互助团结、智胜海盗、帮助土人的故事,罗伯特·路易斯·史蒂文森(Robert Louis Stevenson)1883年问世的《金银岛》(*Treasure Island*)中少年英雄独自战胜海盗团伙的故事都深入人心,受到儿童读者的热烈欢迎,甚至博得广大成年读者的喜爱。

巴里在《彼得·潘》的后期创作中明显吸收了19世纪后半期盛行的少年历险故事体裁,在最终定型的彼得·潘的故事中,冒险情节集中体现在缥缈岛上各方势力之间的武力冲突,尤其是以彼得·潘为首的男孩团队与以胡可为首的海盗集团之间的残酷战斗,彼得·潘超然物外、半人半鸟的精灵形象有所淡化,令读者印象更为深刻的是他本领高超、智勇双全的少年英雄形象。巴里对彼得·潘形象的重塑再造反映了维多利亚晚期崇尚武力争霸与男性英雄气概的社会风潮和文学旨归,也由此深受好评。1904年童话剧《彼得·潘》在伦敦首演,剧情表现的战斗场面和少年们无畏生死的爱国主义精神即刻引发强烈的社会反响,英国《泰晤士报》对此剧给予全面报道和评论,认为"它正表现了伤心的孩子们走跳板(walk the deck)的当今时局"(Feldmeyer,2017:63)。

《彼得·潘》童话剧的轰动效应产生了持续影响,继首演后连续十年在英国的剧院上演。1905 年,该剧又漂洋过海,被搬上美国舞台,同样深受欢迎。1911 年,在童话剧基础上创作的同名小说也迅即成为一代经典,被广为传诵。一战爆发后,彼得·潘英勇机智的少年英雄形象和他视死如归的呼喊"死亡是场大冒险!"(To die will be an awfully big adventure!)激励热血少年奔赴战场,"视参加一场'伟大战争'为一次伟大冒险"(Feldmeyer,2017:58)。《彼得·潘》的极大成功使其顺理成章成为英国政府的战争宣传工具,以彼得·潘的故事激发参战青年的战争热忱,克服恐惧心理。例如,一篇登载于 1918 年 9 月 27 日《泰晤士报》上的军事报道便以轻松诙谐的笔调展现空军形象,将惨烈的空战比作飞向永无岛的奇幻旅程:"我们英国人都多少明白,男孩们当上飞行员就像迈克和温迪跟随彼得·潘飞向缥缈岛那般轻而易举。"(Feldmeyer,2017:58)《彼得·潘》对英国民众的参战情绪产生强烈影响的同时,也将巴里本人间接卷入战争。1914 年 9 月,宣布参战一个月后的英国政府秘密成立了"战时宣传局"(Wartime Propaganda Bureau,简称 WPB),将巴里在内的英国知名作家召集一处,指示他们配合英军作战,以手册、演讲和新闻报道等形式开展战时宣传。巴里还被特别派往美国会见西奥多·罗斯福总统,游说美国政府参战(63)。

无论是作为战前鼓舞斗志的冒险故事,还是战争时期为官方代言的宣传工具,《彼得·潘》都与战争有着千丝万缕的联系。特殊历史和文化背景催生的这部儿童小说在戏谑诙谐的表层文本下涌动着战争叙事的暗流,诸多文本细节都透露出作者本人对战争局势的观察与思考。

二、《彼得·潘》小说的战争叙事

《彼得·潘》中的战争叙事集中体现在小说中段,从篇幅上说,占据了小说的主体部分。总体而言,小说内容的战争性质可从文学空间、情节和人物形象三方面得以体现。首先,缥缈岛这一远离尘世的岛屿空间是小说中数次战斗的发生地。在较早的小说《肯辛顿花园中的彼得·潘》中,彼得·潘生活的小岛只是伦敦肯辛顿花园一侧的河中小岛,为鸟群所居,从自家窗口飞出的彼得·潘在这里跟随鸟王所罗门掌握飞行技艺,了解鸟类习性。小岛位处城市之中,是公共园地的组成部分,本质上是儿童发挥天性、尽情玩耍的游乐场所。而在小说《彼得·潘》中,岛屿空间的性质和功能发生了明显的转变,缥缈岛是无法在地图上标识、远离文明世界的蛮荒之地,岛上一切生命均遵循着原始的生存法则。作为拒绝长大、自得其乐的彼得·潘选择的居住地,缥缈岛在一定程度上仍是抵抗成人规训、释放人类天性和原欲的游戏场域,彼得·潘参与的蛮力游戏从某种意义上体现着人类"本能的游戏精神的原始力发泄","旨在保留和张扬人类的原始力,反抗社会性成长"。(谈凤霞,2018:189)不过,小说对战斗逼近前紧张气氛和血腥杀戮场面的描述十分真切,令人胆寒,完全超越了儿童军事游戏的程度。从达琳姐弟在彼得·潘的劝诱和帮助下飞离育儿室,朝向缥缈岛的空中旅途开始,小说就渐渐摆脱达琳一家家庭生活呈现的轻松愉悦的气氛,开始显得沉重不安。巴里用了一整章的篇幅描述了三个孩子艰难而漫长的飞行过程,在经历最初的兴奋激动后,孩子们很快陷入一段极为不确定和危险的旅途:长路漫漫、不知方向、忽冷忽热、饥饿困倦。引路者彼得·潘只顾炫耀高超的飞行技巧,将他们抛之身后,他们没能体验自由飞翔的潇洒快乐,却一次次满怀惊恐地与云朵相撞,稍一打盹就坠向大海,"在经过多次月出之后",终于飞临岛屿(詹姆斯,2009:89)。岛屿的出现只带给孩子们片刻的激动,夜色随即降临,陷入黑暗的缥缈岛气氛肃杀,他们的飞行"又慢又吃力,仿佛在穿越敌军阵地"(93)。而岛屿似乎对他们抱有天然的敌意,"不想他们降落",彼得·潘卖力地用拳头开路,远处传来食人野兽的舔水声和印第安人的磨刀声,发现了袭击目标的海盗朝着他们开炮,而彼得·潘交代他们的第一个冒险任务便是与凶恶的海盗开战。孩子们仿佛一群奔赴沙场的新士兵,旅程尚未结束,已猝不及防地感受到战争的恐怖,他们被海盗的炮击抛向高空,四下分散;温迪更遭满心嫉妒的仙子婷咔陷害,降落时被不知就里的男孩用飞箭射中胸口,不省人事。充满惶恐的空中旅途和还未降落便经历的惨烈空袭在相当程度上为孩子们的冒险活动赋予战争形式。

巴里在行文中特别强调了岛屿环境的真实性:孩子们在家中一遍遍幻想的有趣且惊险的游戏王国当然是假的,"但现在是真的了"(詹姆斯,2009:91)。这一真实性在后一章"小岛成真"中则更为凸显,缥缈岛上的四方势力——身裹熊皮的小男孩、杀人不眨眼的海盗、剥战俘头皮的印第安人和食人野兽——均崇尚武力,个个"都想杀人害命"。他们各自为营,相互敌对,一旦相遇,即刻厮杀,他们的生存方式体现的已非单纯的游戏精神,而是你死我活、强者为王的丛林法则。在达琳姐弟到来的那个夜晚,他们脚下"真实"的缥缈岛已然进入战斗前夜:"这天晚上,岛上的各主要力量部署如下:无家可归的小男孩们正在寻找彼得,海盗们正在追寻小男孩们,红皮肤印第安人正追踪海盗,野兽们在追逐红皮肤印第安人。"(106)彼此追逐时,"大家都敏锐地注意前面,谁也没想到危险正从后面袭来,这显示这个岛是多么真实"(117)。巴里显然以残酷的战争环境来显示缥缈岛真实的一面,以此隐射当时英国社会一触即发的战争局势。相比之下,达琳一家维多利亚中产阶级的生活场景反倒显得梦幻,在大战逼近的紧张情形下,达琳夫妇一味关注家庭、醉心社交活动的生活方式已经显得不合时宜了。

不难看出,巴里在缥缈岛的建构中吸收了英国荒岛小说的叙事手法。荒岛文学是英国传统文学流派,作品中虚构的荒岛并非用来"寻求逃避社会的处所","只是一种载体,是表达主题的一种手段"(魏颖超,2004:78)。从莎士比亚的《暴风雨》、莫尔的《乌托邦》、笛福的《鲁滨孙漂流记》到戈尔丁的《蝇王》,历代作家往往以荒岛为蓝本,或对理想世界寄予希望,或对现实世界进行讽喻,书写乌托邦或反乌托邦式的社会寓言。《彼得·潘》在情节上借鉴了珠玉在前的荒岛小说《珊瑚岛》和《金银岛》,但与采用现实主义手法的这两部小说不同,巴里的幻想小说全然抽离了现实情境,缥缈岛上每天发生的杀戮都缺乏明确起因,群体之间的冲突对立仿佛是天意设计,不言而喻的。由于超越了具体背景和明确动机,缥缈岛自发而不受控制的战争形态便有了抽象性和形而上学意味,喻示了维多利亚晚期社会英国人对外部世界的普遍焦虑与危机感。从这个意义上说,《彼得·潘》中的荒岛叙事具有上述两部儿童小说不具备的寓言性质,缥缈岛这一荒岛"成了现代作家反思人类生存危机的参照地"(薛家宝,2014:114)。

除了对战争紧张气氛的烘托,巴里在《彼得·潘》中还着力描摹了海盗与土著、海盗与男孩、胡克与彼得·潘之间的战斗场面,这些对战争行为的正面描写既展现了截然不同的战争形态,又表现了不同形态的英雄形象。红皮肤印第安人的作战方式体现了原始的部落战争的基本特点,他们骁勇善战,身体灵活,总在夜间侦察巡逻,白天主动出击。战斗中,他们恪守部族不成文的战争法则:必须主动出击,并且"在遭遇白人时,永远不许显得惊慌失措"(詹姆斯,2009:161)。不容动摇的行为模式使他们遭遇海盗突袭时贻误战机,惨遭屠戮,但彰显了"高贵的野蛮人"特有的英雄情结。胡克率领的海盗集团拥有船坚炮利的现代武器装备,成员是来自欧洲各国的头号海盗,战斗实力虽强,但作战手段卑鄙狡诈,常常背信弃义,他们的战争行为体现了殖民列强强盗式的近代战争模式。彼得·潘率领的男孩们手持的武器是刀剑、匕首和弓箭等冷兵器,他们,尤其是彼得·潘的战斗行为体现了欧洲中世纪的骑士作战模式。彼得·潘击剑本领高强,以弱小身躯斩断胡克船长的右手,并在两人终极对决中令胡克丧命。他虽顽皮机灵,常用计谋,但严格遵守"公平格斗"(fair play)原则,以乘人之危、胜之不武为耻,为此险因胡克的反击淹死湖中。他还一再不顾个人安危,保护仙子婷咔,营救虎百合和温迪,尽显英勇高贵的骑士风范。此外,男孩们和温迪也表现出可贵的英雄品质,在他们被海盗掳掠到船上,被迫走跳板的章节中,男孩们抗拒胡克船长的诱降,誓做国王臣民,高喊

"大不列颠统治万岁!"(201)温迪则视死如归,代表"英国的母亲们"对男孩发表"临终致辞":"我们希望我们的孩子像一个英国绅士那样死。"(203)在当时的社会局势下,彼得·潘和孩子们的战斗行为和英雄形象无疑起着激励国民、鼓舞士气的作用。

最后,巴里对彼得·潘形象的重塑也大大增强了小说叙事的战争色彩。在《彼得·潘》中,彼得·潘已摆脱了早前小说里以小鸟为伴、为仙子吹奏短笛、骑着小山羊这一小精灵形象,转而拥有男孩、武士、领袖和"父亲"的多重含混身份,一方面仍保留无拘无束、顽皮可爱的精灵属性,是"青春""快乐"和"刚出壳的小鸟"(詹姆斯,2009:227);另一方面又趾高气扬、唯我独尊,甚至冷酷残暴,性格中隐含阴暗乃至邪恶的一面,具有亦正亦邪的双重人格。彼得·潘的阴暗面与缥缈岛的战争形态有着直接的关联。首先,在某种意义上,他是将男孩们推上战场、引向死亡的战争引领者。彼得·潘这一形象其实有着现实、神话和民间故事等多种来源,除了寄托了作者本人对夭亡兄弟的思念之情以及对友人幼子的宠爱之心,隐含神话人物潘神所代表的突破理性边界的狂欢精神外,还与民间故事中引渡亡魂的魔灵相关。事实上,在《肯辛顿花园里的彼得·潘》一书结尾,彼得·潘的魔灵形象已显端倪:他骑着小山羊引领"迷失"的孩童来到仙子在花园中搭造的小屋,如果碰到死去的孩童,就会将其埋葬,搭建坟墓。(Barrie,2007:268)在《彼得·潘》里,达琳太太也曾提起,在关于彼得·潘的种种奇怪传说中,有一种说法是"小孩子死了,他会陪着他们走一程,免得他们害怕"(詹姆斯,2009:17)。彼得·潘将迷失的男孩和温迪姐弟带到充满战争的小岛暗中呼应了这一身份,他实质上充当了一名神秘莫测的战争引路人,有如民间故事中吹奏魔笛,令儿童误入歧途,永远失踪的"花衣魔笛手"(the pied piper)。对此,很多评论者都认为"与当时即将到来的第一次世界大战有关。因为在第一次世界大战中,有很多孩子都离开家并死在了战场上"(白泽平,2011:129)。彼得·潘和男孩们居住的"地下之家"也有坟墓的象征义。其次,彼得·潘还是缥缈岛上战争的启动者,他不在缥缈岛时,岛上居民相安无事,他一旦回归,岛屿立即陷入紧张的对峙局面:"预感到彼得快到家,缥缈岛就苏醒过来,开始活动……整个岛上的生命都在沸腾。"(詹姆斯,2009:105)彼得·潘"讨厌懒散",时刻希望小岛陷入备战状态,以便满足自己的游戏需求,不禁令人联想起嗜血好战的战争狂人。对战争的偏执使他性格狂妄,以统帅自居,对男孩们下达种种禁令——严禁穿跟他一样的衣服,严禁谈论母亲,严禁不参加"装假"游戏等等,一旦发现男孩们"违规"长大,就将他们"清除"(107)。在温迪来到缥缈岛扮演男孩们"母亲"的角色时,彼得·潘自然而然取得了"父亲"身份,成为"地下之家"的绝对权威。

不过,小说中的战争书写并非都指向彼得·潘性格的阴暗面,也着力彰显了他充满正义的男子气概和英雄气质。他与胡克打斗中表现出的高超剑术、足智多谋和骑士风范,拯救虎百合和温迪时表现出的舍己无畏都树立了他有勇有谋的少年英雄形象。他的英雄威望使红皮肤印第安人臣服,尊他为"白人父亲"。彼得·潘征服四方的领袖形象正传达了19世纪英国盛行的卡莱尔式英雄崇拜。巴里的这部小说创作深受苏格兰同胞托马斯·卡莱尔(Thomas Carlyle)的影响。巴里年幼时,母亲时常同他高声朗读卡莱尔的文章,这段经历"对他以后创作彼得·潘也发挥了很大作用"(Tarr,2011:133)。彼得·潘的英雄气概呼应了维多利亚时期英国对"开创时代"英雄的热烈崇拜,也使20世纪初身陷战争危机的英国民众深受鼓舞。巴里的好友,英国著名南极探险家罗伯特·司各特(Captain Robert Scott)就为彼得·潘的英勇无畏所折服,为其子取名"彼得"。(Barrie,2007: *Peter Pan* viii)

结　语

长久以来,《彼得·潘》被多数读者视为一部经典儿童文学作品,然而其创作历程和深层叙事充分表明它有着超越一般儿童文学作品的思想深度和主题意蕴。结合历史和文化语境,发掘潜藏于该小说儿童故事叙事之下的政治话语已成为当今不少学者的共识。除了隐含英国维多利亚时代帝国心态和性别话语外,暗示战争局面、烘托英雄主义和爱国情绪的战争叙事亦是构成小说内在主题的重要层面。在战争局势和英雄主义热潮的感召下,巴里将个人对战争形势和民族命运的关注与思考融入文学创作,为童话故事注入深刻的现实内涵,将小说由最初令人愉悦的儿童故事拓展为同时表现野兽和人类不同族群之间彼此冲突、互相残杀的战争童话,使小说在相当程度上成为隐喻战争危机乃至现代社会人类生存处境的社会寓言。

参考文献

1. Barrie, J. M. *Peter Pan and Peter Pan in Kensington Gardens*. Ware: Wordsworth Edition Limited, 2007.
2. —. *Peter Pan*. London: Harper Collins Publishers, 2015.
3. Feldmeyer, Laura Ferdinand. "Preparing Boys for War: J. M. Barrie's *Peter Pan* Enlists in World War I's 'Great Adventure'". *History Studies* Volume 36 (2017): 57—74. The University of Alabama Press.
4. Tarr, Carol Anita. "The Cock that Crowed and Crowed and Crowed". *Carlyle Studies Annual* 27 (2011): 133—158.

5. 白泽平:《彼得·潘身份的多样性及颠覆性》,载《齐齐哈尔大学学报(哲学社会科学版)》2011年第5期。

6. 陈兵:《帝国意识与英国维多利亚时代历险小说的繁荣》,载《首都师范大学学报(社会科学版)》2012年第1期。

7. 李衡:《论英布战争对20世纪初英国社会改革的影响》,载《乐山师范学院学报》2006年第4期。

8. 谈凤霞:《隐藏的含混与张力:重释〈彼得·潘〉兼论儿童文学的悖论美学》,载《西南民族大学学报(人文社科版)》2018年第6期。

9. 王铭:《二十世纪初英国的社会改革》,载《辽宁大学学报(哲学社会科学版)》1988年第5期。

10. 魏颖超:《论英国荒岛文学源流》,载《西北师大学报(社会科学版)》2004年第1期。

11. 薛家宝:《现代性视野下英国荒岛文学叙事的自然图式》,载《外国文学研究》2014年第5期。

12. 詹姆斯·马修·巴里:《彼得·潘》,朱宾忠、陈慧荣译,北京:中国国际广播出版社,2009。

作者信息:张东燕,女,武汉大学外语学院英语系,讲师,博士,研究方向为英国文学。

战争与政治角度下亨利五世的形象悖论研究

许 展

洛阳理工学院外国语学院

摘要：莎士比亚时代的英国正逐渐步入早期现代社会。一方面,中世纪神学基础尚存,基督教正义战争观对君主是否应该发动战争和发动什么样的战争才能免受上帝对良心的惩罚有着明确的规定;另一方面,马基雅维利颠覆了宗教的统治地位,提出了世俗政治对君权之道的不同要求。正是由于宗教战争观对君主良心的束缚和早期现代世俗政治对君主"有效统治"之间的观念交锋导致了莎士比亚笔下亨利五世身上出现了矛盾性和悖论性。但这种矛盾并非意在塑造非此即彼的"基督徒国王的镜鉴"或"马基雅维利式君主",而是体现了莎士比亚的第三种君主观:在战争中,理想君主既兼具前基督教时代罗马领袖的古典德性和崇高品质,又能遵循基督教的正义战争观和良心观,还可以领导国家捍卫民族权力。然而,在尚未完全摆脱宗教神学影响的政治现实中,这种理想化的状态终究难以实现。

关键词：亨利五世;基督教正义战争观;马基雅维利;形象悖论

A Study of the Paradoxical Image of Henry V from the Perspective of War and Politics

Xu Zhan

Abstract: In Shakespeare's time, England was stepping into the early modern society. On one hand, the theological foundation of the Middle Ages still existed. The Christian Just War tradition had clear provisions on whether the monarch should wage war and what kind of war can be launched to avoid God's punishment on conscience; on the other hand, Machiavelli subverted the dominant position of religion in politics and proposed different requirements of monarchy by secular politics. It is precisely because of the confrontation between the religious tradition in the Middle Ages and the "effective rule" required by the early modern secular politics that led to the paradoxical image of Henry V in Shakespeare's works. However, this paradox is not intended to create "the mirror of all Christian kings" or a "Machiavellian monarch", but is used by Shakespeare to reflect his ideal King, that is, the King who embodies the noble qualities of Roman leaders in the pre-Christian era, the virtue to follow the Just War tradition and Christian conscience, and the ability to lead the national power. However, in the political reality of early modern society which has not yet completely got rid of religious influence, this idealized state cannot be realized after all.

Key Words: Henry V; the Christian Just War; Machiavelli; the paradoxical image

引 言

莎士比亚的作品《亨利五世》的批评史表明,该剧可能被认为是世界文学史中最矛盾或最模棱两可的作品之一。谈论亨利五世时,经常要涉及对国王的审判,而几乎所有的审判都以惯常的讨论结束:赞成亨利五世者,认为他是所有基督教君主的明鉴,而反对亨利五世者,认为他是一个虚伪的马基雅维利式君主,甚至是一个暴力杀人狂(他曾驱逐并"杀害"福斯塔夫,在哈弗娄城门前演讲时有过暴力行为,在阿金库尔战役后杀害法国囚犯,还把他的老朋友巴道夫送上绞刑架,等等)。保拉•普格利亚蒂尖锐地指出,判决不仅是在亨利五世身上做出的,而且"一部分关键的精力都花在将最著名的英国国王的判决与我们猜测的莎士比亚可能的政治态度联系起来上"(Pugliatti,2010:137)。

美国批评家诺曼•拉布金认为,通过借用贡布里奇在《艺术与错觉》中针对"兔鸭变形"问题上对艺术形象的多义性阐释,人们可以这样理解莎士比亚笔下的亨利五世:正如那幅"兔鸭变形"图一般,塑造的人物形象并非非此即彼,而是反映了"事物不可简化的双面性"。(Rabkin,1977:296)拉布金认为,文本双重性质的关键在于莎士比亚试图呈现一个复调的政治画面,并指出,虽然有人"试图在一部引起如此矛盾反应的戏剧中找到真理",但这个"真理"的"终极力量恰恰指向了两种相反的解释"(279)。因此,他总结道,"在这个看似简单的戏剧中,莎士比亚实验了一种戏剧结构,这个结构就像格赛塔主义者们所熟悉的一只稀有野兽的图形"(279)。拉布金认为,这个稀有野兽的图形是融合两种相反解释的兔鸭双形体。换言之,他认为也许莎士比亚是有意识地用含糊的国王形象来掩盖潜在的不同政治意识形态,因此没有必要非得讨论出一个清晰的亨利五世的形象定位。但拉布金也许没有注意到,莎士比亚赋予了亨利五世一个极具悖论的动物形象:剧中人物弗罗伦本来是想把亨利比作伟大的帝王亚历山大大帝(Alexander the Big),但在莎士比亚的暗示下,亨利五世更像是生于蒙茅斯的"亚历山大肥猪"(Alexander the Pig)。这个弗洛伊德式的口误深刻地映射出了亨利五世身上的多重性和矛盾性。

本文尝试从战争与政治的角度入手,对亨利五世的形象进行分析,指出莎士比亚并没有将亨利五世塑造为非此即彼的基督教君主或马基雅维利式的政客形象,而是对其进行了批判性建构,并在其形象上寄托了他对早期现代国家英君明主的理想。但在残酷的战争与政治斗争中,亨利五世具有其内在的矛盾性,这种矛盾是由宗教神学战争观与早期现代政治哲学在正义和良心上的不同观念之交锋造成的,所以亨利五世只能以扭曲的悖论形象出现。

一、发动不义战争:非基督徒国王的镜鉴

许多评论家认为亨利五世是莎士比亚竭力塑造的"所有基督徒国王的镜鉴"(莎士比亚,2014a:第二幕序曲)。他智勇双全、大败法军,正如第四幕序曲所歌颂的那样"赞美与荣耀归于一身"。但亨利五世同时也是一个战士,在攻占法国城市哈弗娄时,他称自己为"军人",并觉得这个称呼与他自己"最相配"(754),在追求法国公主凯瑟琳时,他反复强调自己只是一名"普通兵士"(833)。既然兼具基督教君主和战士的双重身份,亨利五世就得遵守建立在基督教神学基础上的战争伦理,即正义战争思想。基督教神学家圣·奥古斯丁(Saint Augustine)在《上帝之城》中对正义战争思想进行了详细论述,其观点的前提是战争必须拥有正义的理由,也就是说开战之前需要非常仔细地审查战争的起因是否具备正当性,除非国王出于正当动机发动战争,否则战争就是不正义的。(转引自 Pugliatti,2010:15)

《亨利五世》第一幕第二景中,亨利五世在宫廷议事厅召见坎特伯雷大主教、伊里主教与众贵族。亨利五世就其对法国王位主张权的问题咨询坎特伯雷大主教:"渊博的大主教,我请求你讲一讲——要公正、虔诚地讲——法兰西所奉行的《舍拉法典》究竟应当还是不应当剥夺我们的继承权。"①通过邀请大

---

① 亨利五世的高祖母伊莎贝拉是法国国王菲利帕四世的女儿,但根据法兰西所奉行的《舍拉法典》,女性不能做继承人,那么亨利也就无权继承。

主教向他提供对法战争的意见,亨利五世沿袭了正义战争的传统,即基督教统治者在发动战争之前需要论证战争发动的理由是否正当。大主教也以一段冗长的对《舍拉法典》的分析回应了他。大主教认为,"他们拿不出什么理由来反对陛下对法国提出王位的要求"。但亨利五世还是没有轻易下定论,而是更进一步地逼问:"我提出这要求,可名正言顺,可对得起自己的良心?"大主教不得不孤注一掷,并且引用了《圣经》中的话来证明亨利五世开战要求之正当性:"要不然,让罪孽降临到我头上吧,万众敬畏的皇上!在《民数记》上写得分明:人死了,就把他的产业归给他的女儿。"(莎士比亚,21014a:708—709)在听取了主教的全部论述以及贵族们的恳求后,亨利五世才宣布他的重重疑虑全都消释了:"法兰西属于我们的,我们就要叫她向我们的威力屈服。"(714)

仅从这一幕来看,亨利五世似乎对战争的正义性非常在乎,也力图做一个模范的基督徒国王,但如果结合第一幕第一景来看,他的动机就没有那么明朗了。在亨利五世会见坎特伯雷大主教之前,坎特伯雷大主教就和伊里主教进行了私人会面,他们想要阻止下议院提出的一项待决法案。这项法案一旦通过,教会的大量土地和财富都要被充公,这些财产可以让国王除了供养"十五位伯爵,一千五百位骑士,六千两百个绅士"之外,还可以每年呈交国库"一千个金镑"。(莎士比亚,2014a:700—701)为了阻止法案的通过,他们必须求助于"诚心诚意爱神圣教会"的亨利五世。坎特伯雷随后透露,为了阻止下院提出来的议案,他已经与国王举行了一次私人会议,会议中他们谈得很充分,也提到了法兰西的问题。坎特伯雷向陛下保证,教会"决定要捐献给王室一笔巨款,宗教界哪一次对历代先王提供的金银都没法比"(703)。

这个富有启发性的场景可以帮助我们回过头去看亨利五世与坎特伯雷大主教和众贵族的宫廷大会。亨利五世向大主教寻求咨询,与众人讨论开战的正义性只是个幌子,因为亨利五世在召开宫廷大会之前就已经知道大主教将会给他即将发起的战争提供宗教支持,大主教甚至表示教会将资助战争。事实上,我们可以推断,亨利五世在与大主教私下交涉之前就决定要对法兰西开战。因为不管怎样,亨利都能得到他想要的战争,要么通过法案,没收教会土地和资金用来发动战争;要么利用法案的威胁来获得教会的批准和财政支持。亨利五世确实成功了,作为"诚心诚意爱教会"的"基督徒国王",他知道如何探究和利用教会的关键弱点来实现自己的战争意图。

事实上,无论是亨利五世还是坎特伯雷大主教都清楚,他们继承法国王位的理由并不充分,更遑论发动战争的理由了。《舍拉法典》对于法国王室的传承起着非常重要的作用,一直被法国人视为君主制结构中最主要的法律(Potter,1937:235—253)。即便是女性支系得到认可,伊莎贝拉的儿子爱德华三世的正统继承人也应是理查二世,而亨利五世的父亲亨利四世却篡夺了理查二世的王位。亨利四世临终前向哈尔王子,即后来的亨利五世吐露心声:"天晓得,我是怎样用迂曲诡诈的手段得到这顶王冠。我自己知道,它在我头上惹起了多大的麻烦。传给你之后,风波可能会少一点,群众的意见会好些,更显得合法;因为攫夺它时沾染的污点都和我一起埋了。"(莎士比亚,2014a:656)但他同时也教导哈尔王子要用国外纠纷来吸引浮动的人心,以"远离本国的军事行动来消除记忆中的旧账"(657)。这也是亨利五世继位伊始就提出自己继承法国王位之事,并重启停战多年的英法战争的真正原因。但为了能够平定人心,消除众议,同时使自己挑起的战争合法合理,亨利五世迫切需要论证战争的正义性。从这个意义上来说,亨利五世的统治并不取决于基督教君主的神圣性,而是继承于其父亲的野心和暴力。

为了个人和王朝的利益,亨利五世不惜利用宗教发动战争,这显示出其统治"并非建立在圣洁之上,而是建立在恶魔似的暴力之上"(Greenblatt,1994:18—47),而莎士比亚也并没有打算把其塑造为纯粹的基督徒国王。其根本原因在于,莎士比亚生活的英国正在步入早期现代社会,这一时期的政治、社会、思想和宗教不断发生变革,中世纪的宗教观与逐渐兴起的现代价值观之间的冲突不断加剧,体现在国家治理上,就是宗教意义上的"君权神授"和等级机制已经不能够保证社会和政治生活的正常运行。纯粹的基督徒国王难以统治国家,这一点莎士比亚似乎早有体会,他笔下的亨利六世就是最好的证明。最虔诚的亨利六世通过向神祷告祝福来指导国家的温和行为,带给英格兰的却是灾难,连他的妻子玛格丽特皇后都谴责他在"大事上浑然不辨愚忠,善恶不分,对谁都滥施怜悯"(莎士比亚,2014b:187)。最终,亨利六世不仅断送了亨利五世在法国打下的江山,还使国家陷入了内战。所以,一个君主不可能只按照基督教律法推崇的良心、仁慈与怜悯来统治国家。那么莎士比亚是否意在描绘一个残酷无情、为达目的不择手段的马基雅维利式的君主呢?这需要辩证地分析和理解亨利五世的复杂性,结合马基雅维利对其理想君主形象的描述,互文性地解读莎士比亚字里行间的意义。

二、战争暴力中的良心煎熬:非马基雅维利式君主

莎士比亚身处转折时代,在国家政府方面,中央集权不断增强,主权民族国家逐步建立;在宗教方面,亨利八世宗教改革的完成和新教、清教的兴起,加速了宗教世俗化进程;在经济方面,英国资本主义初步发展;在社会生活方面,个人主义兴起,人们在日常生活中更注重个人内心的存在,所有这一切标志着英国正在进入早期现代社会。(胡鹏,2019:5)按照列奥·斯特劳斯的说法,

在现代性的开端处,站着的是政治性的诡计多端的马基雅维利(转引自汪民安,2012:105)。马基雅维利描绘了他理想中的君主是既有狮子的武力(暴力)又有狐狸的狡猾(欺骗),他强调为了维护君权来达到统治目的需要使用计谋和手段。莎士比亚笔下的亨利五世显然深谙此道,除了论证开战的正义性,他还巧妙地规避了自己出兵法国的真实意图,宣称自己发动的对外战争是上帝认可和帮助的"神圣"战争。

《亨利五世》第一幕第二景中,亨利五世召见法国大使,法国大使递交了法国王太子的礼物———一盒网球,意在传达法国王太子对亨利五世的羞辱,即亨利五世更擅长"花天酒地",而不是打仗。收到这样极具挑衅性的礼物,亨利五世不怒反喜,因为法国王太子给了他一个发起战争的绝佳借口。亨利五世很清楚,两国一旦交战就会生灵涂炭,但他并没有抑制自己发动战争的冲动,而是将其归结于上帝的意志:

> 这一切都听凭上帝的意志;
> 我向上帝祈求。请凭着他名义,
> 告诉王太子吧:我就来了,跟他算账来了——
> 在神圣的行动中我理直气壮地来了。(莎士比亚,2014a:717)

在英语原文中,亨利五世将自己将要发动的战争称为"a well-hallowed cause"(Shakespeare,2015:294),即以上帝名义发动的神圣战争。在基督教战争观中,上帝的支持被理解为一种必要的正当因素,即使有一些暴行,也是实现正义不可少的牺牲。① (Mattox,2006:48)亨利五世只有将自己挑起的战争定性为"神圣战争",才能基本摆脱道德的约束。在召见法国大使前,他就清晰地表明了自己的意图——攻占法国领土,赢取更多的权力与荣耀,要治理"法兰西的广大土地和富抵王国的公爵领地",不然就要叫法兰西"玉石俱焚"。不仅如此,他还发狠誓要让历史连篇累牍把自己的武功夸耀(莎士比亚,2014a:715)。亨利五世也确实这样做了,他通过武力威胁、暴力攻打等各种手段占领了哈弗娄城,取得了阿金库尔战役的胜利,成为法兰西的君主。从这里来看,亨利五世既有"狐狸的狡猾",又具备"狮子的武力",但莎士比亚笔下

---

① 例如奥古斯丁认为,旧约中摩西带领以色列人打败亚拉得王和亚摩利亚人,是因为他们阻挡神旨意的执行,摩西在战争中对异族血腥的屠戮行为是为了人民的安全,是在神的旨意和应允之下进行的。详见 John Mark Mattox, *Saint Augustine and the Theory of Just War*, London and New York: Contnuum, 2006, pp.48-49.

的亨利五世还不能算是一个彻头彻尾的马基雅维利式君主。

马基雅维利不仅忠告君主们要冷酷无情,还建议他们将基督教道德与政治行动相分离,因为一位君主不能够去做被认为是好人应做的那些事情,他要统治国家,就不得不背信弃义,不讲仁慈,违背人道,违反神灵(马基雅维利,2014:45)。但亨利五世显然无法将基督教道德与其政治权谋完全脱离。亨利五世在整个剧中煞费苦心地使用国王特权,寻求战争在宗教上的合法化。虽然他一而再、再而三地明知故犯,试图将战争的责任推给他人,但却免不了良心的煎熬。

阿金库尔战役前夜,亨利五世乔装夜行,遇到了几个普通士兵。当谈到即将来临的战争时,亨利五世表示:"我无论死在什么地方,也没有像跟国王死在一块儿那样叫我诚心了,因为他是师出有名的,他的战争是正义的。"(莎士比亚,2014a:784)但他的言论受到了士兵威廉的质疑,威廉认为无论战争是否正义,都不能够抵消它带来的流血和痛苦:"我只怕死在战场上的人很少有死得其所的!人家只想流你的血,还能跟你讲什么慈悲?我说,如果这班人不得好死,那么把他们领到死路上来的国王就是罪孽深重了。"(784)亨利虽然竭力回避这个问题,但他深知这场战争并非正义之战,当兵士和大臣们都离去后,他独自祈祷,恳求上帝不要在这决定性的战役上因为其父篡夺王位来追究他的罪责——"别在今天——神啊,请别在今天——追究我父王当初谋夺王位时,所犯下的罪孽"。其后,他试图通过自己所做敬神之事来安抚上帝——"我还建造了两座礼拜堂",最后,他痛苦地承认他所能做的任何工作都是徒劳的——"这一切并没有太大的价值,因为到头来,必须我自己忏悔,向上天请求宽恕"(莎士比亚,2014a:790—791)。在这最私密、最自我的表露时刻,这些充满痛苦、纠结的台词展现了亨利五世深受良心折磨、寻求恩典和宽恕的内心。

阿金库尔一役,亨利五世率领英军以少胜多,按照中世纪的观点,这就是得到了上帝庇佑的标志。但渴望胜利与荣耀的亨利五世却在庆功时将胜利全部归功于上帝,并要求自己的军队也这样做:"来,集合队伍到村子去;当众宣告,谁要是把胜仗夸耀,或是剥夺了原只该属于上帝的荣耀,谁就要落到死刑的处分。"(莎士比亚,2014a:818—819)亨利五世之所以一丝功劳也不敢认领,就是因为他生怕自己的灵魂需要承担这场战争所带来的灾难性后果而堕入地狱。这里只需将亨利五世与理查三世稍做比较,就能看出两者的区别。理查三世在布华斯战役决战前夕被其所害死的冤魂缠绕,但在发表战前演讲时仍然只诉诸赤裸裸的暴力语言而非宗教,这显示出他是一个不折不扣的马基雅维利式君主:"'良心'是挂在懦夫嘴边的一句话,抬出这词儿,就为了吓退那强者。我们威武的兵力是我们的'良心',我们的刀枪是法律。奋勇前进吧!冲

上去吧,管什么生和死,把性命豁出去!进不了天堂,就手拉手,一起下地狱!"(莎士比亚,2014b:571)

但对莎士比亚这个伟大的人文主义学者来说,纯粹的马基雅维利者显然太过残忍而暴虐。在《亨利六世》第一幕中,莎士比亚就提到了"臭名昭著的马基雅维利"。在第三幕中,他又借葛罗斯特之口说道:"我比蜥蜴更会变色,我比普罗秋斯更会变形,连杀人不眨眼的马基雅维利也要向我学习。"(莎士比亚,2014b:327)可见,在莎士比亚眼里,马基雅维利是邪恶的化身。这样的君主愿意实践"诡计和欺骗",甚至常常通过最公然的犯罪行为来寻求统治,治国的真正目的是统治他人和追求个人利益。由此可见,亨利五世还算不上纯粹的马基雅维利君主。首先,他与莎士比亚笔下的理查三世等只寻求"统治"的统治者不同,他虽用诡计发动战争,但也不全是为了自身利益,更是为了王朝和国家的荣耀。其次,无论亨利五世如何使用权谋,始终受到基督教义的约束和良心的折磨,很难把政治变成纯粹世俗的事务,从而摆脱宗教对其政治秩序的控制。最后,马基雅维利判断君主的最终标准是其是否成功,但亨利五世的成功十分短暂,他所憧憬的世代的光荣在其死后不久就终结了,他的儿子亨利六世不仅丢了法兰西的土地,还使英国陷入了血腥的内战。正如收场白所喟叹的:"到头来丧失了法兰西,血洗英格兰。"因此,亨利五世不是一个彻头彻尾的马基雅维利君主,或者说并非一个成功的马基雅维利式君主。

三、残酷战争与政治斗争下扭曲的君主形象

综上所述,亨利五世既不能算是"基督徒国王的镜鉴",也并非一个成功的马基雅维利式君主。这种既非兔又非鸭的颠覆性和模糊性究竟指向何处?莎士比亚究竟想让我们如何看待亨利五世呢?要获取答案,就必须要思考早期现代社会对战争的"正义性"和政治的"正当性"的追问。事实上,正义战争思想的基本要素和源流可以追溯到古希腊罗马时代。西方文明早期的思想家们,如柏拉图、亚里士多德和西塞罗等,在理论著作中论述了前基督教时代关于国家、正义和法的基本理念。例如,西塞罗判断战争是否正义的标准是发动战争是否为了城邦和国家的最高利益,而城邦和国家的最高利益即为人民的公众利益(Mattox,2006:25)。此外,按照当代德国哲学家哈贝马斯(Jürgen Habermas)的定义,政治的正当性意味着"政治秩序之被肯定之值得性"(转引自石元康,1999:28)。而前基督教时代古罗马的政治传统已经给出了值得被肯定的政治秩序之根基,即个人美德和公共利益。正是这些理念构成了正义战争理论的基本态度和立场,即战争的目的是和平,而秩序、公益、善意和人类正义永远是高于战争的一种必要性。

现在我们可以重新表述最初的二元问题了，莎士比亚并非仅仅想展现戏剧化的基督徒国王或马基雅维利式君主，更是在探索第三条途径，即塑造兼具宗教信仰、古典德性与国家利益的新型统治者形象。那么，亨利五世是不是可以和更具卓越品质和德性的君主比较呢？在第五幕序曲中，致辞者确实把凯旋的亨利五世比作得胜回国的凯撒大帝，但紧接着又把他比作"圣明的女王的将军"。这里的将军指伊丽莎白女王的宠臣埃塞克斯伯爵，但埃塞克斯不但没能像序曲歌颂的那样"不消多少周折，把爱尔兰征讨"，反倒是出征即遭惨败，被迫与爱尔兰军队订约休战。可见这样的比拟不乏揶揄。

同样地，在阿金库尔战役中，亨利五世再一次被剧中人物弗罗伦和高厄拿来与古罗马的亚历山大大帝相比，但结果是，人们更清楚地看到了两者的不同。弗罗伦和高厄的对话发生在第四幕第七景中。"把看管辎重的孩儿们都给杀了！"弗罗伦说，"这分明破坏了战争的规矩。哪儿看见过——你听着——这样卑鄙无耻的勾当！你摸着良心说句话：你见过没见过？"高厄给出了弗罗伦所希望的回答："千真万确，一个孩儿都没能逃过这场屠杀；是那班从战场上脱逃的、怯懦的流氓干的好事。这不算。他们还放火烧了王上的营帐，把帐里的东西搬个空；王上一怒之下，命令每个士兵把他们的俘虏全杀了。啊，真是个有作为的王上！"（莎士比亚，2014a：807）但根据莎士比亚文本中事件先后顺序的安排可以看到，在亨利五世传令杀死所有法军俘虏时（第四幕第六景），他既没有收到法军杀死小兵们的消息，也没有受到法军掠夺辎重的刺激，只是因为听到疑似法军集结部队的"一阵号角"，害怕俘虏们夜间发起反攻而先发制人。与莎士比亚同时期的大学者阿尔贝利科·贞提利（Alberico Gentili）评论亨利五世的此种行为是"可恶和非人道的"，他的"胜利比战争还血腥"（转引自Pugliatii，2010：225）。正因为如此，弗罗伦和高厄对于亨利五世的赞誉更显得荒诞不成立。

弗罗伦本想把杀了战俘的亨利五世比作伟大的帝王亚历山大大帝（Alexander the Big），但却说成了亚历山大肥猪（Alexander the Pig）。此处，许多译者将之翻译为"亚历山大太帝"，与"亚历山大大帝"做对比，来说明弗罗伦的口误。但这种弗洛伊德式的口误，不仅仅是"太"和"大"之间的区别，更多体现的是亨利五世本人竭力塑造的正义、伟大的光辉形象和其实际行为之间的巨大反差。从莎士比亚对亨利五世的描绘中可以看到，亨利五世和亚历山大就像是"肥猪"和"大帝"那么接近。根据马基雅维利的评断标准，马其顿的亚历山大大帝不仅"温和谦让、热爱正义、既人道又善良"（马基雅维利，2014：49），还建立了伟大的军事功绩。然而，他却在酒醉之时误杀了自己的挚友和大将克莱特，这成了高厄为亨利五世辩护的理由，"当今的王上可不像他，他从来没有杀过一个朋友"。但弗罗伦提醒了所有人,"亚历山大杀死他的朋友克莱特是因为喝酒喝醉了;而亨利·蒙茅斯呢,因为他神志清醒,就跟那个挺着大肚子的胖骑士一刀两断"(莎士比亚,2014a:808)。虽然弗罗伦记不起那个挺着大肚子的胖骑士的名字,但所有读者都知道他就是在亨利五世最没落时期一直陪伴其左右,却终因被其抛弃伤心而亡的福斯塔夫。福斯塔夫不是唯一被亨利五世抛弃的旧友,还有被他下令绞死的巴道夫。所有的反讽都揭示了这样一个事实,亨利五世并不具备"诚实""正义"等高贵的古典美德,因此他也只能以"亚历山大肥猪"这一形象出现。

结　语

亨利五世与亚历山大大帝是如此相似又不同,相似之处在于两者都追求卓越的战功与荣耀,不同之处在于前者内在的矛盾与私心。在政治、思想和宗教尚未发生根本性变革的社会中,统治不再是单纯地为了公共利益和最高的人类美德,相反,公共利益却处于最高权威之下。这种权威或是王权,或是宗教,或是宗教控制下的王权。哪里有对王权和帝国的争夺,哪里就一定有战争。而亨利五世对战争的态度让我们看到,所谓"基督徒国王的镜鉴"是镜中水月,即便是最笃信宗教的国王,也必须派遣士兵参战。战争带来罪恶,正如威廉告诉亨利五世的那样,派遣士兵参战的国王把许多人送上战场,让他们不得好死,把他们的灵魂送进地狱,这样的国王罪孽深重。因此,无论如何论证战争的正义性,亨利五世都不能摆脱自己良心的煎熬。他效仿马基雅维利,最终仍然失去了帝国;他追求荣耀,却无法像古罗马时期的人们一样拥有纯粹的品质和德性。最终,成不了"马其顿的亚历山大大帝"的亨利五世,只能以"蒙茅斯的亚历山大肥猪"这样一种扭曲的形象而出现。

参考文献

1. Augustine, Saint. *The City of God (Book Five)*. *The Works of St. Augustine*, ed. Boniface Ramsey. New York: New City Press, 2012.

2. Barker, Simon. *War and Nation in the Theatre of Shakespeare and His Contemporaries*. Edinburgh: Edinburgh University Press, 2007.

3. Greenblatt, Stephen. "Invisible Bullets: Renaissance Authority and Its Subversion". *Political Shakespeare: Essays in Cultural Materialism*, ed. Jonathan Dollimore and Alan Sinfield, 18—47. Ithaca and London: Cornell University Press, 1994.

4. King, Ros. "'The Disciplines of War': Elizabethan War Manuals

and Shakespeare's Tragicomic Vison". eds. Ros King and Paul Franssen, *Shakespeare and War*, Basingstoke: Palgrave Macmillan, 2008.

5. Mattox, John Mark. *Saint Augustine and the Theory of Just War*. London and New York: Continuum, 2006.

6. Meron, Theodor. *Henry's Wars and Shakespeare's Laws: Perspectives on the Law of War in the Later Middle Ages*. Oxford: Clarendon Press, 1993.

7. Potter, John Milton. "The Development and Significance of the Salic Law of the French". *The English Historical Review* 52（1937）: 235—253.

8. Pugliatti, Paola. *Shakespeare and the Just War Tradition*. Surrey and Burlington: Ashgate, 2010.

9. Rabkin, Norman. "Rabbits, Ducks, and Henry V". *Shakespeare Quarterly*, 3(1977): 279—296.

10. Shakespeare, William. *King Henry V*. ed. T. W. Craik. Oxford & New York: Bloomsbury Arden Shakespeare, 2015.

11. 胡鹏:《莎士比亚戏剧早期现代性研究》。北京:北京大学出版社，2019。

12. 尼科洛·马基雅维利:《君主论》,王伟译。北京:北京联合出版公司，2014。

13. 石元康:《天命与正当性:从韦伯的分类看儒家的政道》,载《开放时代》1999年第6期。

14. 汪民安:《现代性》,南京:南京大学出版社,2012。

15. 莎士比亚:《莎士比亚全集·第七卷·历史剧》(卷一),方平主编,屠岸、方平等译,上海:上海译文出版社,2014a。

16. 莎士比亚:《莎士比亚全集·第七卷·历史剧》(卷二),方平主编,覃学岚、方平等译,上海:上海译文出版社,2014b。

作者信息:许展,女,河南洛阳人,副教授,博士,研究方向为英国文学。本文为国家社科基金项目"莎士比亚英国历史剧的历史叙事研究"(17BWW006)的阶段性成果,曾刊载于《解放军外国语学院学报》2021年第3期,有改动。

论第一次世界大战期间的英国和平运动

崔 瑾

中国人民大学历史学院

摘要：第一次世界大战是人类历史上所爆发的第一次世界范围内的大规模战争，其惨烈程度、破坏程度以及给民众和社会所带来的伤痛不仅前所未有且令人触目惊心。一般认为，第一次世界大战的爆发使得发轫于19世纪初的英国和平反战运动陷入低谷。但随着战争的发展，其残酷性和持续性使得愈来愈多的人意识到终结战争的必要性。因此，第一次世界大战中的英国和平反战运动呈现出曲折中发展的态势。这一时期的英国和平反战运动与实践，在战事尚未结束之时就促使了和平的初现，不仅为英国国内和平反战运动在战后的复苏提供了具体范例和依据，同时也为20世纪20年代国际和平运动的再次高潮奠定了基础。

关键词：战争；和平学；和平主义；和平运动

The British Peace and Anti-war Movement in World War I

Cui Jin

Abstract: The First World War was the first large-scale worldwide war in the history of mankind, and its tragedy, devastation, and trauma to people and society were not only unprecedented but also shocking. It is generally believed that the outbreak of the Great War brought the British peace and anti-war movement to a low point, which started in the early 19th century. But as the war progressed, its brutality and continuity made more people realize the necessary to end it. Therefore, the British peace and anti-war movement in the First World War showed a development with twists and turns. The British peace and anti-war movement and practices of this period not only provided concrete examples and bases for the revival of the British domestic peace and anti-war movement in the post-war period, but also laid the foundation for the resurgence of the international peace movement in the 1920s.

Keywords: war; peace studies; pacifism; anti-war movement

战争与和平是人类社会亘古不变的两大主题,二者犹如硬币两面,贯穿于历史始终。追求永恒的和平与稳定,一直是人类的美好愿望与期许。对此,20世纪50年代国外学界逐渐形成了研究和平运动及思想的新兴学科——和平学,现已产生了一些阐明不同阶段、不同组织及国家和平反战运动的综合性研究,但尚未建立系统体系。我国学界对于和平运动和反战思潮的研究始于20世纪前期,在20世纪30年代,就已有反映和平反战运动的专著,但将"和平学"概念引入国内学界却是近十年的事,熊伟民的《和平之声——20世纪反战反核运动》可以看作国内学界第一部在和平学理论基础上论述和平运动研究的专著。(熊伟民,2006:1-210)经过数十年的发展,就目前来看,国内有关和平学及和平运动的考察已逐步形成了以下三种类型:第一类是翻译、介绍和平学理论及和平运动的著作;第二类是梳理某一阶段和平运动的发展的历史;第三类是对特定地区或国家和平运动所进行的探究。以上三类研究虽涌现出一定的成果,但未形成较大的规模。

由此可见,国内外学界对于和平学及和平运动的研究尚处于草创未就的阶段,还有许多亟待说明的问题和需要继续探索与深化的领域。本文在前人研究基础之上,拟探讨学界较少提及的第一次世界大战中英国和平反战运动的发展,站在过往历史的立场上从调整、变革的角度出发,关注其在战前对战争的反思及为和平进行的实践,以期恢复一战中英国和平反战运动的历史原貌,进而充分挖掘其作为两战之间和平运动之嚆矢的作用与意义。

一、第一次世界大战前英国和平运动的历史演进

苏醒于第一次世界大战中的英国和平运动,并非是对突然爆发的大规模战争的应激反应。它不是无源之水、无本之木,其形成过程也非一蹴而就,而是具有一定的历史基础和社会根源,其来源可以追溯到19世纪初。由于新式武器的运用和战术战略的革新,拿破仑战争展现出了极大伤亡,进而催生了英国社会对于战争的反思和新认识。社会中的有识之士着手策划反战活动,并向议会递交了16份有民众签名的和平请愿书,呼吁停止战争,反战文学也被

广泛出版和宣扬。(Ceadel,2006:66)在此基础上,1816 年 6 月 6 日,英国第一个和平反战组织——伦敦和平协会(London Peace Society)成立。该协会由贵格会教徒威廉姆·艾伦(William Allen)创立,成员多为贵格会教徒,持绝对和平主义立场,即反对一切战争甚至自卫战争。(Ceadel,2017:496)受其影响,英国国内相继成立了地方分会和其他和平团体,这些组织多以基督教教义为背书,宗教色彩较浓。至 19 世纪中期,英国的和平运动已初具规模,大量民间和平组织如雨后春笋般涌现,它们大部分与基督教有所联系,反对蓄奴和战争,并注重与世界其他国家和地区和平团体互通有无。1841 年,废奴主义者约瑟夫·斯特吉(Joseph Sturge)向美国和平协会提议,由英、美两国和平协会共同举办和平大会,以加强两国人民之间的和平交流。(Linden,1987:145)1843 年 6 月 22 日,由伦敦和平协会主办、美国和平协会协办的第一届国际和平大会在伦敦共济会大厅开幕。各协会所任命的官方代表共有 334 名,其中有 292 人来自英国,26 人来自美国,6 人来自欧洲大陆。其中还囊括了不少妇女。(London Peace Society,1843:2)大会通过了两项决议,一项是支持通过外交手段解决争议问题,另一项是决定定期召开国际和平大会。(37—41)这场和平大会实际上是国际和平工作发展的先声,之后又有两次国际和平大会分别在布鲁塞尔和巴黎召开。在巴黎国际和平大会上,维克多·雨果当选为主席,他发表了废奴及反战宣言,进一步扩大了和平运动的知名度和影响力。

　　进入 19 世纪下半叶,英国的和平运动曾短暂地受到挫折,缘由是 1853 年爆发的克里米亚战争。这场战争调动了英国社会的战斗热情,使英国的和平运动发生了分裂。一部分激进的和平主义者放弃了原有的反对战争的立场,转而支持政府。他们声称俄罗斯是十分野蛮且热衷霸权的国家,彻底地击败俄罗斯有助于维护中东欧地区的稳定和国际社会的持久和平。不过,仍然有一些人士在终结战争的过程中起到了关键作用。伦敦和平协会的领导人亨利·理查德(Henry Richard)多次为争取和平而奔走呼号。早在战争爆发之前,他就在报刊上撰写文章揭露对俄战争的非正义性;在战争过程中,他组织集会反对扩大战争规模;在战争即将结束之际,他联合其他议员向首相帕麦斯顿递交了一份请愿书,"要求各国政府今后应将分歧与误解提交仲裁,避免兵戎相见"(Appleton,2010:26)。这一诉求最终在 1856 年的《巴黎和约》中得以体现,不啻和平运动的一次重要胜利。此外,这一阶段欧洲工人阶级的力量开始有了显著的增长,工人阶级开始成为英国和平运动中的重要力量。在 1866 年的第一国际第一次代表大会上,代表们就提出了废除常备军的要求,因为欧洲各国"现在保持常备军不是用来进行对外战争,而是用来镇压工人阶级"(王学东,2013:74)。在次年召开的洛桑会议上,又通过了无产阶级对待战争的态度的决议,指出"战争在社会各阶层中给予工人阶级的压力最大,不仅夺去了他们的生活资料,而且首先是逼着他们去流血"(中国人民大学科学社会主义系,1983:359)。这种要求和平、拒绝战争的观念很快就在英国工人群体中传播开来。在普法战争爆发两天后,1870年7月21日,英国工人运动中负有盛名的威廉姆·克雷默爵士(William Randal Cremer)主持了一场工人大会,强调英国应对这场战争置之度外,反对工人阶级加入战争。大会宣布成立工人和平协会(Workmen's Peace Association),以加强工人之间的联合,利用和平来解决国际争端。值得注意的是,在战争结束后不久,英国钢铁工人曾联合向议会发起过一次请愿,主要内容是支持亨利·理查德爵士所提出的赞成国际仲裁和设立仲裁法庭的议案。这场请愿得到了全国钢铁工人总协会(Ironworkers' National Association)以及20余个地方城镇钢铁工人协会的集体署名。(Sager,1979:130)

这说明,自19世纪中后期以来,随着国际法规的成熟和完善,有关国际仲裁的观念至少在英国已被越来越多的人所接受。诚然,很难说这一期间的仲裁体系和国际法准则发挥了什么实质效果,但它们的确迈出了重要一步:用协商的方式来减少暴力冲突,本就是一种进步。"和平"一词逐渐成为国际法体系下公共话语语境中的重要部分。在这一准则下,英、美首先签订了仲裁协定。根据协议仲裁法庭判决,英国要向美国支付赔偿金,理由是利物浦的造船厂曾在南北战争中为南方制造军舰。(Hipper,2015:43)事实上,在1899年的海牙会议决定常设国际仲裁法院,正式使仲裁成为一项普遍性的制度后,对于发生的多格滩事件(Dogger Bank Incident),英国政府也只是选择上诉国际仲裁法院而非诉诸战争。① 而国际仲裁体系的形成,一方面是由于和平势力增长迅速,遏制战争的力量有所增加;另一方面则是因为19世纪末帝国主义间的不平衡日益加剧,有爆发大战的威胁。特别是在世界被瓜分完毕之际,军备竞赛愈演愈烈,列强间的冲突更易擦枪走火,有牵一发而动全身的危险。在如此紧张的局势下,各国政府需要强调仲裁,利用和平活动来掩盖其日趋白热化的争夺。1899年和1907年的两次海牙和平大会,英国政府均积极响应,并派遣使团参会,意图订立对自己有利的规则和条约;面对军备竞赛压力,英国政府广泛制造裁军舆论,与德国多次进行裁军谈判。这客观上推动了英国和平

---

① 日俄战争期间,俄罗斯波罗的海舰队在北海航行时向位于多格滩的英国渔船开火,使英国船只1艘沉没,5艘被重创。尽管英国舆论感到愤怒,但英国政府仍将此事提交国际仲裁委员会。委员会发布调查结果,认为俄国舰队向英国渔船开火是没有道理的,判处俄国赔偿英国的全部损失。

运动在第一次世界大战前获得了最大的公共影响和支持,使其达到了第一个高峰。

二、英国和平运动在第一次世界大战中的新发展

然而事与愿违,隐藏在强烈和平思潮背后的实则是战争的暗流涌动。1914年6月,第一位获得诺贝尔和平奖的女性、和平主义者贝莎·冯·苏特纳(Bertha Von Suttner)去世,就在她毕生试图避免的那场大战爆发前的一个月。第一次世界大战的最终爆发使19世纪英国和平运动在到达高潮时戛然而止,突如其来的战争中断了民众对永久和平的幻想。

战争伊始,各国青壮年在狂热的爱国主义的号召下,纷纷拿起武器奔赴战场。宣传机构开足马力,充分利用绘画、海报、照片等手段,大打舆论战和宣传战。民众的好战热情则被完全激发,要求和平的观点不仅没有市场,甚至成为众矢之的。一些英国的反战组织发起了"检查自我"的运动,要求组织成员对原来提出的反战理论进行检查和修正。其他和平组织或偃旗息鼓,或改换门庭。反战人士罗素不仅失去了他的教职,甚至还被判处了六个月的监禁。但是,高烈度战争很快使人们认清了现实。机枪的普遍应用使阵地战模式下的交战双方承受了难以想象的损失。1914年的马恩河战役,英法联军仅推进60公里就付出了近25万人伤亡的代价;各种非人道武器的应用摧残着士兵的身心健康。伊普雷战役中,德国的化学部队从气瓶中释放了近170吨的氯气,一次就杀死了多达6000名法国、摩洛哥和阿尔及利亚士兵;(Freemantle,2015:5)针对平民的暴行时有发生。从1915年2月开始,土耳其对其境内的亚美尼亚民众展开了有计划的奴役、驱逐和屠杀。《纽约时报》援引美国亚美尼亚救济委员会声明,在头版头条刊登文章称"屠杀是土耳其政府蓄意的结果……近百万亚美尼亚人被杀害或流亡,土耳其的受害者正在成倍增加"(*The New York Times*,1915:1)。

随着战线的扩大,双方的伤亡数字都在攀升,厌战、反战的情绪迅速在各国蔓延开来,英国的和平运动重新抬头,它伴随着战争的持续而发展壮大,出现了新的态势。

首先,反战思想率先在士兵中扩散,作为大战的直接参与和经历者,他们要求停战的呼声愈加强烈。在大战中,普通士兵的生命得不到保障,他们不仅面对死亡的威胁,还要忍受着阵地上恶劣的环境,生存条件极其低下。一首流行于英军战壕、名为《挂在旧铁丝网上》的歌曲唱出了普通士兵的悲惨遭遇。对英国士兵而言,他们远离家乡来到异土作战,许多人都萌生了思乡和厌战的情绪,陆续有人开"小差"或当逃兵。起初这只是个别现象,军方对此采取了严

厉的处罚措施。西约克郡团士兵哈里·法尔(Harry Farr)因严重的神经衰弱而拒绝上战场,经过 20 分钟的审判,战地军事法庭认为这是"怯懦"的表现,判处年仅 25 岁的法尔死刑并对其执行枪决。(Judge Advocate General's Office: Courts Martial Proceedings and Board of General Officers' Minutes, WO.71/509)但随着战事的胶着,战争后期英国士兵的逃跑现象已发展到十分严重的地步,竟演化为大规模的逃亡。一些在法国的部队甚至发生了哗变。哗变士兵成立了士兵委员会,要求停战,宣布拒绝服从进攻的命令。据统计,在整个战争期间,英国军事法庭共判处 3000 多人死刑,其中逃跑是最为常见的罪名,但由于当逃兵的人数越来越多,大部分死刑被改判为监禁或劳役。

其次,前线士兵的反战情绪很快传递到后方,与国内其他和平思潮相交汇融合,形成了一系列新的和平运动,其中最重要的就是拒服兵役运动(consientious objection)。拒服兵役运动,其字面意思是"有良知的拒绝"。根据程度不同,它的表现形式比较多元。拒服兵役者既可以拒绝履行任何有关战争的工作,也可以服兵役或劳役但不作战。它的参与者拥有不同的社会和教育背景,有教徒、工人和知识分子。战争甫始,英国反战活动家芬纳·布罗克韦(Fenner Brockway)就联合罗素等人组建了反征兵联谊会(No-Conscription Fellowship),他们的主要目的是反对政府推行义务兵役制,拒绝参加战争。(Brockway,1947:68)但战争对人力的消耗是难以想象的,政府不得不采取强制征兵的方式来补充兵员。1916 年 2 月,《征兵法案》获得通过,引发了爱好和平人士的强烈不满。尽管在反征兵联谊会的争取下,《征兵法案》在第二条第一款中规定"出于良知而拒服兵役者"可以通过申请"签发不受本法规约束的证明书"而免服兵役,法庭也援引此款声称将给予那些拒服兵役者以豁免,但实际上很少有人能通过拒服兵役的申请。到 1916 年底,英国全境共有 2000 多个特别法庭来处理有关拒服兵役问题的上诉,有 16300 名应征者提出申请,只有 300 名获得批准,还有 1300 名被审判。最初的刑罚是罚做 112 天苦役,一些拒服兵役者在刑满释放后仍然拒绝被征召,因而被再次审判。(Smith,2017:56)

在这种情况下,许多团体对政府施行义务兵役制表示反对。"民主控制联盟"(Union of Democratic Control)要求对法案的正当性展开投票,反对扩大征兵范围;宗教和平团体基督教和解协会(Fellowship of Reconciliation)组织了超过 1500 人的集会,抗议政府对拒服兵役者的迫害行为,要求保障他们的合法权益。(Stevenson,1936:88)反征兵联谊会在法案出台后不久召开了第二次全国代表会议,来自全国各地 198 个分支组织的 2000 多名代表参加了会议,代表们号召青年男子反对战争,拒服兵役。(Smith,2017:51)。然而即便如此,拒服兵役者仍承受了巨大压力,有相当一部分来自民众态度和社会舆论。英国女权运动先驱埃米琳·潘克赫斯特(Emmeline Pankhurst)和其领导的妇女社会与政治联盟(Women's Social and Political Union)支持英国政府参战。她们向那些未参战或者拒服兵役的青年发送白羽毛,以嘲讽他们的懦弱和胆怯;(Purvis,2002:280)还有一些民众要求对拒服兵役者施以重刑并没收他们的全部财产。社会环境使反征兵者的处境变得艰难,但他们的坚持绝非徒劳。他们的行为在战后逐渐得到了世人的理解和认可,许多该运动的参与者日后也成为反战运动的中坚力量,在20世纪20年代,他们一直努力促使英国政府更为人道和公正地对待那些拒服兵役者。

再次,由于大批男性服役而造成的劳动力短缺,使得妇女在生产中发挥着日渐重要的作用,英国妇女解放运动在战争时期获得了长足的进步和发展。它与和平运动不分畛域,相互促进,赋予了女性在和平运动中独特而鲜明的角色。在大战爆发后,一些妇女领袖和组织放弃了争取选举权的运动,转而支持战争。但并非所有人都同意这种转变,许多人,包括埃米琳的次女西尔维娅·潘克赫斯特(Sylvia Pankhurst),仍保有坚定的反战立场。她们认为和平主义和女性主义是并行不悖的,二者相辅相成。在她们看来,大战之所以爆发,就是因为政治家们都是男性,他们带有天生的征服欲与优越感,这是导致欧洲各国政府之间偏见和敌意的元凶,而允许妇女参政恰恰能以女性的特征来弥补男性在这方面的缺陷。由于西尔维娅与其母亲发生了严重的分歧,她退出了妇女社会与政治联盟,另成立了东伦敦妇女选举联合会(East London Federation of Suffragettes),对那些在战场上失去亲人的妇女展开救济,并多次举行示威集会提醒政府应关注士兵妻子所处的贫困境地。1914年圣诞节,另一位英国妇女运动领袖艾米丽·霍布斯(Emily Hobhouse)发表了一封致德国和奥地利妇女的公开信,有101名英国女性和平主义者在信上签名。她在信中写道:"不要让我们忘记是悲伤把我们紧紧团结在一起……我们祈祷你们相信,无论发生什么,我们都将坚信我们对国家间和平与友好的信念。"(Hobhouse,1922:16)1915年4月28日,在荷兰和平主义者阿莱塔·雅各布斯(Aletta Jacobs)的邀请下,来自45个国家的1000多名妇女代表在荷兰海牙举行了首届国际妇女大会,大会所讨论的主题是如何尽快结束战争,以及谋取妇女在战后工作的平等参与权利。此外,还有其他一些妇女解放组织诸如妇女和平军等为实现和平与自身权利而战,它们中的许多成员在战争中从事于人道主义救援和服务,为战争后英国妇女地位的提高奠定了基础。

最后,随着底层人民特别是工人生活水平与条件的不断恶化,在战争初期陷于沉寂的工人运动又重新活跃起来,为终止战争创造了条件。在大战爆发时,英国工党及工联组织与欧洲其他各国的工人党一样,背叛了第二国际1912年通过的《巴塞尔宣言》。但战争使物价快速上涨,而工人的工资却得不到提高,罢工次数开始增多。起初,罢工出于经济原因。1915年2月,克莱德区的机械工人们进行罢工,抗议战时工资过低,迫使工厂同意每小时增加一便士的工资。(Morton,1999:532)但英国政府于同年7月通过了《战时军需品法案》,将许多工业部门列为与战争有关的工业。这项法案规定,所有在这些工厂中的罢工将被视为非法行为。(Chartres,1916:5—6)为了保卫自己的权利,一些工人领袖领导罢工方向向政治层面转变。威利·加拉赫(Willie Gallacher)等人组建了克莱德工人委员会(Clyde Workers' Committee),组织工人抵制《战时军需品法案》。委员会每周出版《工人》杂志,宣传反战思想和工人权益,并成功配合了格拉斯哥妇女发起的"罢租"运动,迫使英国政府颁布《全国租金限制法》以遏制租金上涨。(Macfarlane,1966:41)分批征兵的进行又激起了工人反征兵的斗争。同年11月,因谢菲尔德的一个工人应征入伍,有一万余名工人举行罢工游行要求将其放回,终获胜利。(Morton,1999:534)英国战时规模最大的一次罢工发生在1917年5月,彼时俄国爆发革命的消息已传来,几乎在每一个中心城市都发生了工人罢工,人数达到了25万,他们反对征兵,要求提高工作待遇。(535)

总的来说,战争中风起云涌的工人运动打击了英国政府的战争策略,锻炼了工人群众,为20世纪20年代的工潮和士兵革命做了准备,而终结战争的也正是革命。在俄国因革命退出战争后不久,奥皇、德皇先后退位,历经四年的第一次世界大战终告结束。

三、英国和平运动在第一次世界大战后的持续和影响

第一次世界大战无疑使生灵遭到了巨大的戕害,战争激发的一系列连锁反应,给当时的英国社会留下了极为惨痛的记忆。因此,维护和平、远离战争的思想在战后迅速成为主流,而第一次世界大战中和平力量的增长,是英国和平主义再次兴起的重要因素和条件。战火中成长起来的和平运动历久弥坚,不但使英国和平运动在20世纪20至30年代发展到高峰,甚至一度左右了英国政府的对外政策。

战争教育和磨砺了爱好和平的民众,也使更多人意识到,应当建立起一种稳定、有序、普遍的国际秩序来阻止战争的发生。在战事尚未结束之时,费边社(Fabian Society)和国际联盟学会(League of Nations Society)等团体就开始讨论战后问题,提议建立国际机构处理纷争和施行仲裁。而这一共识的达成需要各国政府所构建的集体安全体系的支持。在构建集体安全体系和确立

国际安全准则的过程中,成立于 1918 年的国联协会(League of Nations Union)发挥了重要作用。在具体主张方面,国联协会继承了战争中费边社和国际联盟学会的提法,另一个在战争初期形成的名为布莱斯小组(Bryce Group)的研究团体则为其提供了理论渊源。布莱斯小组将国际间的无序状态和军事同盟间的形成认定为战争爆发的主要原因,认为只有在未来建立由大国共营的国际组织才是确保和平的有效方式。(Kaiga,2015:1)国联协会在这三者的基础上,就国际裁军问题频向英国政府施加压力,对战后英国和平运动的走向产生了重要影响,引导英国 20 世纪 20 至 30 年代裁军运动达到了顶峰。

与此相对应的是,民间要求限制军备的呼声也愈发强烈,拒服兵役运动有所进展。战后有不少英国人认为,无休止的军备扩张是导致战争爆发的罪魁祸首,那些在战争中拒服兵役的人对和平信念的坚持值得尊敬。1921 年,一个名为 PACO 的国际和平组织在荷兰比尔托芬成立。自始至终,该组织一直以支持拒服兵役者为己任,尤其是为受到迫害的拒服兵役者提供援助,包括为其聘请律师,拜访被收押的拒服兵役者及表达其要求。同时,它也负责记录世界各地的兵役和征兵状况,特别是将那些有侵犯人权行为的征兵过程提请国际法庭处理。在一战期间英国拒服兵役运动中显露头角的布罗克韦等人均成为该组织的成员,布罗克韦还多次担任其国际代表大会的主席,并领导了 20 年代"战争抵抗者国际"(War Resisters' International)在英国的行动——不再战运动(No More War Movement)。不再战运动为拒服兵役者正名,得到了包括爱因斯坦在内的诸多国际爱好和平人士的支持,在英国社会产生了不小的反响。在这些组织和个人的努力下,英国社会对待拒服兵役者的看法有所转变,一战中发展的拒服兵役运动也得到了更多人的赞成。当第二次世界大战来临时,英国政府采取了更为宽容的态度和更为合理的方式来处理拒服兵役者,减少了对他们的迫害,就是这一运动富有成效的最好证明。

大战所引起的另一个较为突出的变化是妇女地位的提高。战争所造就的历史机遇给予了女性更多彰显其价值的机会,无论是在战场还是在大后方,妇女都发挥了不可或缺的作用。在战争结束之后,妇女的社会地位得到相应提升,妇女解放运动欣欣向荣,她们不单争取自身权利和谋求在社会中的话语权,许多战争中的女权主义者在战后继续投身于和平事业,扩大了妇女反战运动的影响。1919 年,第二届国际妇女大会在苏黎世召开,此时国际妇女争取永久和平委员会的英国分部派出了由 25 名代表组成的代表团,规模远超海牙大会时的参会阵容。(Bussey,1980:24)苏黎世国际妇女大会决定改国际妇女争取永久和平委员会为常设理事会,并将其更名为国际妇女和平与自由联盟(Women's

International League for Peace and Freedom)。在两战期间,国际妇女和平与自由联盟的英国分部在维护国际和平、提高妇女生活水平及待遇、改善妇女政治地位等方面做出了不懈的努力。

战后世界无产阶级的革命运动和工人运动也开始高涨,这自然是受到十月革命的影响。列宁的"革命制止战争论"在一定程度上可以反映新兴的苏维埃政权对战争的认识。在革命之初,列宁就主张"苏维埃政府应当立即向一切交战国的人民(即同时向各交战国的政府和工农群众)提出根据民主条件缔结全面和约,马上签订停战协定(哪怕停战三个月也好)"(列宁,2017:53)。在革命过程中,列宁有关战争与和平问题的理论初步形成。他认为,"只有实际打倒进行帝国主义战争、同这次战争有千丝万缕的(甚至千绳万索的)经济联系的阶级,只有真正革命的阶级即无产阶级起来掌握政权。不然就无法摆脱帝国主义战争,也无法摆脱帝国主义的掠夺性的和平"(中国人民解放军军事科学院,1981:502)。列宁的"革命制止战争论"随着革命的浪潮传送到英国,使英国的工人阶级认识到,不能再单纯地凭借罢工来制止战争,因为一战罢工的经验告诉他们,政府往往会采取分化瓦解的方式来削弱其力量,致使罢工归于失败,只有夺取政权才是解决战争问题一劳永逸的方法。1920 年,英国共产党成立,得到了许多社会主义组织和工人委员会的支持;1924 年,在英国历史上第一次成立了工党政府,它的上台正是依靠着对工人阶级解决住房危机、减少军备、提高工资及限制资本家利润的承诺。这至少说明,在战火中锻造的工人阶级作为一支政治力量已拥有举足轻重的能量,而这一点在 1926 年的英国工人总罢工中得到了充分的证实。

结 语

作为缘起于第一次世界大战的英国和平运动,其形成离不开 19 世纪英国民间及官方和平反战实践的积累。在战争中产生的和平运动,与早期的和平运动相比,既一脉相承又独具特色。无论是拒服兵役运动还是妇女和平运动,抑或是工人和平运动,其理念和行动在战后都有所发扬,加深了整个社会对和平运动的理解。然而,就在一战结束后二十年,世界大战再次爆发,且规模远非第一次世界大战可比拟,是对人类和平事业的一次沉重打击。是人类对战争的反思不够?还是对和平的矫枉过正?应该如何处理战争与和平的关系,减少或降低战争爆发的频率和损害?这些问题,是和平学研究者所要继续关注和讨论的。人类在避免战争、维护和平的道路上仍有很长的路要走,只有在探索和平之路上不断摸索前进,才能使永久和平的愿望最终得以实现。

参考文献

1. Appleton, Lewis. *Memoirs of Henry Richard, the Apostle of Peace*. London: Trub, 2010.

2. Brockway, Fenner. *Inside the Left*. London: George Allen & Unwin, 1947.

3. Bussey, Gertrude. *Pioneers for Peace: Women's International League for Peace and Freedom 1915 − 1965*. London: WILPF British Section, 1980.

4. Ceadel, Martin. "The London Peace Society and Absolutist-Reformist Relations within the Peace Movement, 1816 − 1939". *Peace & Change*. Oct 2017, Vol. 42 Issue 4.

5. Ceadel, Martin. *The Origins of War Prevention: The British Peace Movement and International Relations, 1730 − 1854*. New York: Oxford UP, 2006.

6. Chartres, John. *The Munitions of War Acts, 1915 & 1916 (5 & 6 Geo. 5. cc. 54 and 99)*. London: Stevens and Sons, 1916.

7. "Farr. H. Offence: Cowardice", Judge Advocate General's Office: Courts Martial Proceedings and Board of General Officers' Minutes, The National Archives of the United Kingdom, WO. 71/509.

8. Freemantle, Michael. *The Chemists' War: 1914 − 1918*. Cambridge: Royal Society of Chemistry, 2015.

9. Hippler, Thomas. *Paradoxes of Peace in Nineteenth Century Europe*. Oxford: Oxford UP, 2015.

10. Hobhouse, Emily. "To the Women of Germany and Austria: Open Christmas Letter from Manchester Suffragettes". *National Union of Women's Suffrage Societies*, Manchester Public Library, Apr. 5, 1922.

11. Kaiga, Sakiko. "War Against War: The Bryce Group, the Pro-league of Nations Movement in Britain and the Intellectual Origins of the League of Nations, 1914−1918". Doctoral Thesis, King's College London, 2015.

12. Linden, W. H. *The International Peace Movement: 1815 − 1874*. Amsterdam: Tilleul, 1987.

13. London Peace Society. *The Proceedings of the First General Peace*

Convention: Held in London, June 22, 1843 and the Two Following Days: With the Papers Laid Before the Convention, the Letters Read, & C. London: Peace Society's Office, 1843.

14. Macfarlane, Leslie John. *The British Communist Party: Its Origin and Development Until 1929*. London: MacGibbon & Kee, 1966.

15. "Million Armenians Killed or in Exile". *The New York Times*, Dec. 15, 1915.

16. Morton, A. L. *A People's History of England*. London: Lawrence & Wishart, 1999.

17. Purvis, June. *Emmeline Pankhurst: A Biography*. New York: Routledge, 2002.

18. Sager, E. W. "The Working-Class Peace Movement in Victorian England". *Social History*, Vol 12. No 23, 1979.

19. Smith, Lyn. *People Power: Fighting for Peace from the First World War to the Present*. London: Thames & Hudson, 2017.

20. Stevenson, Lilian. *Towards a Christian International: The Story of the International Fellowship of Reconciliation*. London: Internat Fellowship of Reconciliation, 1936.

21. 列宁:《列宁全集》(第30卷),北京:人民出版社,2017。

22. 王学东主编《国际共产主义运动历史文献》(第9卷),北京:中央编译出版社,2013。

23. 熊伟民:《和平之声——20世纪反战反核运动》,南京:南京出版社,2006。

24. 中国人民大学科学社会主义系编《国际共产主义运动史文献史料选编》(第1卷),北京:中国人民大学出版社,1983。

25. 中国人民解放军军事科学院编《列宁军事文集》,北京:中国人民解放军战士出版社,1981。

作者简介:崔瑾,男,内蒙古乌海人,博士,研究方向为英国近现代史。本文为中国人民大学科学研究基金(中央高校基本科研业务费专项资金资助)阶段性成果,项目批准号:21XNH094)。

《我们的埃阿斯》对战争神话的消解与重述

孙小爱

河北师范大学文学院

摘要:汀布莱克·韦滕贝克是英国当今戏剧界少有的具有影响力的女性剧作家,戏剧《我们的埃阿斯》在对索福克勒斯的《埃阿斯》改写基础上传达了后现代战争新知。该剧借用旧有故事框架,从女性视角重新审视既有话语。剧中后现代语境和古希腊正义观念的矛盾层层交织,揭示了阿富汗战争中霸权意识形态将人置于脆弱处境,成为不堪哀悼的生命。本文将从英雄神话的退位、边缘群体的言说赋权(战争创伤者、女性、士兵)和战争伦理等方面进行解读。韦滕贝克对宏大叙事下荣誉、性别、技术作谱系性的追溯,彰显了资本操演的战争所造成的生命损耗与战争创伤,进一步对西方中心话语和从启蒙衍生出的意识形态进行了探察与思考。

关键词:《我们的埃阿斯》;《埃阿斯》;改写;后现代战争

The Elimination and Restatement of the War Myth in *Our Ajax*

Sun Xiao'ai

Abstract: Timberlake Wertenbaker is a rare influential female playwright in British theater today, and the drama *Our Ajax* conveys a new knowledge of post-modern war based on the rewriting of Sophocles' *Ajax*. The drama uses the old story framework from the female perspective of deconstruction. The contradictions between the post-modern context and the ancient Greek concept of justice are interwoven, revealing that the hegemonic ideology behind the war in Afghanistan puts people into precarity and turn them into ungrievable lives. This paper will interpret the play from such aspects as heroic myths, the empowerment of marginal groups (war trauma people, women, soldiers), war ethics, etc. Wertenbaker traces honor, gender and technology under the grand narrative, and thus highlights the life loss and war trauma caused by the war conducted by capital. Wertenbaker has made a further exploration into the ideology derived from the western discourse and the spread of enlightenment.

Keywords: *Our Ajax*; *Ajax*; adaptation; post-modern war

汀布莱克·韦滕贝克(Timberlake Wertenbaker)是英国当今戏剧界少有的具有影响力的女性剧作家,她注重对西方现代性危机的审视,尤其擅长通过改写神话、小说等凸显现实与过去的差异。韦滕贝克的戏剧《我们的埃阿斯》(*Our Ajax*)发表于2013年,这是她第二次直接触及战争的神话改写之作。在这部戏剧的前言中,作家就直陈自己在这部剧中想探究人们投入战争的原因,以及军官和命令到底意味着什么。特洛伊战争(the Trojan War)不会再发生,但世界范围内依然战火频仍。《我们的埃阿斯》(*Our Ajax*)以索福克勒斯(Sophocles)的戏剧《埃阿斯》为底本,将其对城邦民主建制的隐喻化表达,置换为极权社会下不在场之权力对军队上层和士兵的操演;将其对信仰的重拾与个体化倾向的警示,置换为对战争乃政治延续性质的揭露。

《埃阿斯》的创作时间大致稍晚于公元前440年,雅典当时正处于城邦民主政治鼎盛时期,出现了强调主观与个人的智者学派(sophists),除此,以德谟克里特(Democritus)、赫拉克利特(Heraclitus)等为代表的哲人开始科学地认识世界。索福克勒斯在《埃阿斯》中延续了《安提戈涅》(*Antigone*)神法与人法争辩的主题,在剧中对人为立法的限度何在进行质询,对人统治自然的思想倾向传达了道德忧思。正如孙磊理解道,"在希腊神人共处的英雄世界中,自然与礼法之间和谐一致","礼法的神圣性来自人对神的敬畏与崇拜。后来丧失了神圣性的礼法才成为与自然对立的规则和制度,强制人们服从,才使其丧失了原始的生命感与乐感"。(孙磊,2015:9)

罗兰·巴特(Roland Barthes)认为,现代神话已不同于古希腊语境下的神话类别,它已显现为一种言说方式、集体表象、意指形式。① 我们的社会习惯、文化思想也成为神话。而韦滕贝克就以改写古希腊神话来对抗意识形态

---

① 参见罗兰·巴特的《神话修辞术》(*Mythologies*),屠友祥译。上海:上海人民出版社,2016。

所营造的这些虚幻资本神话,在神话形式和神话内容上形成了双重意义的解构。韦滕贝克运用记忆闪回、蒙太奇等艺术策略,大胆嘲讽与揭露西方主导意识形态发动战争的殖民实质。原剧情节与后现代情境并置,韦滕贝克与索福克勒斯的哲思形成对话,在文本互涉下探察与思考永恒的命题——人之生存。

一、英雄神话的退位

古希腊神话史诗主要包括神谱神话和英雄神话。神话作为"自然和社会形态本身",其神及英雄们的斗争多能反映古代生活较为重大、本质的问题。(乐铄,2001:110)这些较早的史诗英雄身体神力、好战且英勇善战,常被称为"战争英雄"。由于这种英雄源自希腊《荷马史诗》和希腊诗人埃斯库罗斯(Aeschylus)、索福克勒斯和欧里庇得斯(Euripides)的悲剧诗,因而又被称为"希腊式英雄"。(吴铃英,2016:146—147)

柏拉图(Plato)申明荷马等诗人刻画神的弱点会阻碍城邦公民道德建立。由此他在文艺创作的三条要求中,指出神是善且美的。神是纯粹、不变的,那英雄也应该是勇敢、节制而高贵、智慧的,所以希腊人存在奉行英雄崇拜的思想。"希腊的英雄崇拜一方面出于对诸神的虔敬与敬畏,另一方面体现了城邦的慎终追远……对神的信仰和对英雄的崇拜构成了希腊城邦的公民宗教。"(孙磊,2015:8—9)他们"构成了希腊城邦的传奇过去,也就是希腊人的家庭、部落和社群所依附的种种根源"(韦尔南,2005:45)。在神话中,英雄是神性(physis)和人性(nomos)的统一,其内在力量的个体释放与外在的规范制约象征性地寓意着英雄的荣耀与衰落,与希腊城邦具有同构性。

在《埃阿斯》和《我们的埃阿斯》这两部戏剧中,故事线纠集于埃阿斯(Ajax)对荣誉的执着追求。在原作中,埃阿斯仅次于阿喀琉斯(Achilles),英勇果敢,但是性格刚愎自用,行事冲动暴躁。雅典娜(Athena)也正是出于惩罚他的自大、不敬神,将武器颁发给了奥德修斯(Odysseus)。埃阿斯总体上象征着个体倾向与意志力量的极度扩张,在否定神(自然)之在场的前提下,强行确立人之主体的绝对合法性。在传统天地人神的四重关系中,人企图打破这种与自然之间的制衡而确立人的中心地位。雅典娜象征着神法与自然的审判官,表面上蒙蔽了埃阿斯的心智使其误杀羊群,实际上是为了维持总体善好的城邦秩序,保护埃阿斯免受更大的折磨,雅典娜的一天之限也意味着埃阿斯得到宽恕的可能。荣誉的被剥夺与误杀羊群的耻辱,使得埃阿斯无法直面这种落差,他最终选择了脱离城邦以自戕挽救荣誉,英雄能力和品格的失衡导致了英雄性格上的悲剧,也暗示了索福克勒斯此时对于希腊城邦人与自然之合理尺度的关切。韦尔南(Jean-Pierre Vernant)表示,"不朽的荣耀在漂亮的死中,这是超出于一个活着的人得以自豪的所有相对暂时的荣誉之上的一种荣誉顶点",因此,"必死性和不朽性不但不相互对立,反而在他身上彼此结合,相互渗透"。(韦尔南,2005:506)"人的自由意志在英雄世界中并不重要,他不需要思虑自己的命运,只要在当下的世界中展现自己的德性……这种高贵体现在人无限逼近神性,却又无法和神一样,人无法避开自己的命运。"(孙磊,2015:20—21)埃阿斯以最终在城邦外的凋亡献祭实现了英雄悲剧的品格。

神与人、自然与礼法之间的叙事思维也对应于《我们的埃阿斯》,但其所指完全颠倒。神成为不在场的政客意志,英雄降格为受操演的普通人,并且受权力运作被任意树立或解除。神与英雄都变为资本意识形态下的傀儡、空洞的符号能指,韦滕贝克在人之本质的否弃中延续着批判与思考。

埃阿斯在一次叙说中自嘲在体制内的无法解脱,"也许我可以自己对付敌人,在死前炸掉一些,守着一个阵地,但那些将领会高兴坏了,他们会说这是他们计划好的行动,拿走荣誉,所以我什么都没做过"(Wertenbaker,2013:37)。国家意识可以随意更改与制造个体形象,荣誉变成虚假的、服务于意识形态的空洞能指。政客凭着塑造英雄获得国民的舆论支持,凭借视觉技术手段塑造群氓感知,观者就在这种景观政治、媒体战争中无意间充当了同谋者。极权国家主导的后现代战争在全球化语境下愈加正义化,其国际形象与地位也愈加坚固,这就是权力塑造出的英雄神话影响力与所得实际利益,战争暴行走向反面——神化的战争。

荣誉是士兵乐于蒙蔽在战争游戏中的安慰,也是士兵在这场日益崩溃的战争中的唯一稻草。"一个士兵会为了头上的花环、胸前彩带奋战很久"(Wertenbaker,2013:15),士兵毕生在战争中追求的荣誉,军官毕生追求的军衔与晋升,都是在这场人为制造出来的殖民战争中编织的谎言与诱饵,个体却注定被缚于网罗的荒谬中无法获取真相。这也正印证了海德格尔(Martin Heidegger)的预测,"政治支配的整全方式:既要严法管制(套住),也要循循善诱(蒙骗)的寓意"(刘小枫,2010:85)。

改写后,特洛伊战争中的英雄埃阿斯俨然成为普通人,不再是神话和史诗极端矛盾抽绎下更具抽象意味的总体人类象征(仅限有话语权的公民)。埃阿斯成为一名英国陆军中校,探测地雷经验丰富(在几米内就可以嗅到是否有雷),执行排雷与巡逻任务时总是冲在前面,他体恤关心下属,时常讲笑话调节下属情绪。在同样的情节框架下,埃阿斯成为血肉丰满、亲和又决断、保守但也接受改变的普通将领,这正是"埃阿斯"变为"我们的埃阿斯"的原因。埃阿斯不再是传统叙事中占据中心的主角,而切实地成为现实中少数群体的代表。雅典娜虽然只有声音在场,却可深入人物意识,实际指导人的行动,类比于不可违抗的权力意志。在剧中,雅典娜不断地对人类头脑施加规训,帮助个体形成思维定式,比如,"人类头脑中易产生像战争、敌人的概念,我是战争的女神,权力即正义"(Wertenbaker,2013:15)。在意识形态的侵袭下,个体即便顽强也无法与之抗衡,埃阿斯也因此深受创伤后应激障碍的困扰与折磨。"士兵只是经济的工具,他们时刻都在以新自由主义方式算计自身的成败得失,而不会计较战争本身正义与否。"(巴特勒,2016:14)处在战争的特定环境下人的原有价值观和精神都被扭曲到难以复原,导向非人化的"框架"①产物。

英雄在后现代战争中已成为资本操控的空口号,失去了古希腊英雄英勇、崇高的内核,荣誉也早已不是古希腊时代精神下城邦居民的共同追求,演化为个体的私利与战争的诱饵。为荣誉而战的战士在战争中浑浑噩噩,完全不知道最终为了什么。

二、边缘群体的言说赋权

逻各斯,在希腊词源中最初指言辞、言说。语言是人最初掌握的一项身体技术,从用肢体动作到口头语言,指称、命名、书面语言,人类文明借以延续和书写。语言总是关涉语法规范、文化规制、阶层习俗,亚里士多德(Aristotle)也曾将言辞视为人与动物区别的根本标志。除此,逻各斯在性别方面也具有区别意义。古希腊的生殖器崇拜文化确立了男性的优越性,从自然生理差异建构了厌女文化,"逻各斯是神拥有的一种能力,因此男性的生殖力量及逻各斯能力或言说、推理能力使人接近神"(肖厚国,2012:156)。《埃阿斯》沿用传统的历史宏大叙事,主要叙事集中于战争女神雅典娜、英雄埃阿斯和奥德修斯这几个中心人物。《我们的埃阿斯》中虽保持基本人物不变(除删去墨涅拉俄斯),但强调众声喧哗,加之神话原型人物的内涵已发生变化。

首先,埃阿斯拥有了跳脱于叙事框架下的见证者与批判者身份。埃阿斯的创伤叙说中充斥着战友、平民、上级等死亡与对峙的画面,显示了战争的残酷。战争所见所感都以梦境式、超现实的电影画面呈现出来,现实与幻想穿插钩织着心理梦魇图景,混杂的逻辑叙说却真实地映射出战争的非人性。结合到戏剧,比如,尚在嬉戏的小男孩手中握的不是玩具,而是偶然拾得的手榴弹;夜里突袭时夜视镜里投射出的是带血色的斑驳人影;将战死的战友的头颅排

---

① "框架"出自朱迪斯·巴特勒(Judith Butler)《战争的框架》(*Frames of War*)。巴特勒在书中提出,框架是区分、选择、划分经验,使之满足战争需求的伎俩。权力框定条件,制造不同生命的处境,塑造感知达到外界认同,塑造本就脆弱的生命,战争则不断强化巩固这种区分。

列与之对话;拼接尸体以自我纾解。诗性与肉体叙述并置、露骨残忍与戏谑的非逻辑性述说并行解构着意识形态下的疯癫定性,解构着传统叙事下的刻板性。此时处于分裂、疯癫的人反而将主流文化建构的工具理性思维打破,直达最清晰的现实本相,受制于规范与机制的身体重新属于人自身。

尽管"当局制定了各类方针指令,似乎试图以此约束人们对暴行的理解方式,管控暴行在公共领域内部的表征方式"(巴特勒,2016:10),但韦滕贝克通过在戏剧空间转置少数群体话语,消解掉了权力运作的虚伪不对称话语。在理性逻辑秩序的批判上,韦滕贝克不仅设置了非线性时间叙事,还塑造了人物情感性、非线性的述说来颠覆西方长期以来颂扬的中心话语。有趣的是,剧作中还插入了一段一群作家前来采访以寻找创作素材的情节,然而士兵们深谙他们的目的,"士兵们的悲剧让他们感觉自己已经尝过了战争的滋味,但怜悯是我们(士兵们)在任何地方或任何时候都不想要的"(Wertenbaker,2013:60)。韦滕贝克以元叙事(meta-narrative)手法指责艺术界的消费性与迎合性,揭露主流媒体不过是为国家意识形态代言的角色。

其次,在原作中,苔珂梅萨的语言始终是恳切柔弱、消极被动的,以此衬托埃阿斯作为家长的威严。确实,在西方强权历史与父权文化价值观的浸染下,以苔珂梅萨为代表的女性历代经受着强权的分配与凌辱,家长制下的男人是她们生活的唯一凭靠,女性越出房门就会被人指责有悖伦常。在西方形而上学传统中历来划分着二元对立的性别关系,男性代表权威话语,而女性声音一直局限于家庭之内,受社会规范定约。韦滕贝克在戏剧中一直致力于恢复女性声音,她发现传统文学中总是男性在求索知识、财富,扮演重要、多元的角色,采取各种行动,而女性却单一化为"消极的牺牲品形象"。(Jozefina,Bush,2013:93)韦滕贝克并不着力于将创作倾向完全倒向女性,重新营造对立,而是跨越性别的边界与区分,恢复女性真正的自主。男性和女性都是被父权文化戕害的客体,都应拥有表达自己的权力。于是苔珂梅萨在新作中变得勇敢独立、有主见、有担当,处理事情时可以从容地独当一面,但面对埃阿斯也会沉溺于感情的宣泄。苔珂梅萨成为多面的女性,有理性的一面,也有非理性的一面。作为救死扶伤的医生,她敢于前往一线进行伤病救治;作为妻子,她及时出面纾解埃阿斯的焦虑和精神分裂;作为女性,她直面控诉自己与家人的悲痛遭遇,揭示战争发动的错误性。苔珂梅萨在战争中重新恢复自身,坚强勇敢,积极争取自己的话语权利,打破了西方传统认知下对女性的刻板印象。

再次,韦滕贝克借用歌队的形式与功能为士兵赋予了言说空间。在古希腊戏剧中,歌队充当旁观者,以第三视角观察评论人物与事件进展。在《我们的埃阿斯》中,歌队转由埃阿斯的战士们充当,实际地参与故事进程,见证权力塑造下的埃阿斯的变化,添加述说自己的经历,印证埃阿斯创伤境遇的集体性。"多少次我们也曾当同伴发疯时,把他绑起来"(Wertenbaker,2013:35),"愤怒的火焰在他胸膛燃烧,我也曾有过一次,空射了 60 发子弹"(Wertenbaker,2013:26)。

> 我做过这种梦,一个人跑过荒凉的街道,和团失散了,极度害怕。跑着跑着,我看到一片战场,人们在狂奔尖叫,手榴弹声、子弹声、照顾好孩子的呼喊声。我看到朋友们的头颅散落一地,重新排成排后又可以和我说话了。……军官,带香气的贵族们说我违反了纪律,于是举枪瞄准了我。(Wertenbaker,2013:19)

这种创伤既是有形的身体创口,更是无形持存着的战争记忆。埃阿斯代表的战士群体言说范围的受制约,决定了其少数和受压制的历史属性。韦滕贝克力在提供一个还原士兵言说权利的场域,观照士兵集体创伤的可言说性。实际上,"一个人只有通过叙述,谈论创伤事件和做一些记忆工作才能从创伤事件中得到肯定,只有当一个治疗过程,一个构建叙事的过程,一个重建历史的过程,以及从本质上说,一个事件的启动时,才能实现愈合过程"(Klein,2012:66)。

从言说中可以看到,身处战争中的每个边缘个体都在压抑中承受精神的极限。创伤回忆在日常生活中多次断裂、闪回。心理时常焦虑,精神也时常无法自控,但记忆重塑的不可能性注定了医学除治愈肉体创痛外的无能为力。个体的战争创伤也寓意着英国社会的文明创伤,以及整个西方走向迷失与歧路的精神创伤,创伤的普遍与深刻必会引起一次次的悲剧与动乱。

三、技术订造的战争伦理

在古希腊语境中,技术最早的形态是技艺(technics)。海德格尔从《安提戈涅》出发追溯了人与自然、人与人之关系的九种技艺,即航海、耕种、狩猎等。在这些技艺中,人与自然界的万物互相看护、照顾,这种关系合乎自然之尺度。但人渐渐地凭借对技艺的掌握,梦想驾驭自然。海德格尔认为,物甚至人呈现出被现代技术解蔽着生产的状态,也即"订造"。渐渐地"知识与信仰的关系失去平衡"(肖厚国,2012:177),"人不再是诸神和命运的玩偶而正日益成为自己——一个强大、智慧而自足的存在"(肖厚国,2012:175),并视技艺为达尔文式的历史进步。海德格尔因此认为,现代技术依然是去蔽与遮蔽统一的,但其去蔽已不再是令存在在存在者中显身的"带出",而是挑起意义上的"预置"。

(吴国盛,2018:349)在这一极端的技术机制中,人类社会的三种关系,人与机器、人与动物、人与人,都为技术统摄与影响,向着冰冷的实践工具理性方向偏离,演化出机械冷酷的战争伦理。

后现代战争形式的一个显著标志即高新技术作战,双方战壕的士兵不需要短兵相接,无须了解对方的人数、具体身份。国土范围内的所有国民都会被图像化地掌握,霸权国家只需编造一个正义的由头,就可以越入对方边境进行打击。所以,在战争中的士兵根本不知道对方为什么是敌人,也因为技术的隔离,战争变成没有任何感情的武器搏杀。《我们的埃阿斯》添加了各种现代武器的名称,剧中士兵对杀戮血腥场面的回忆也少不了战争技术的运用。战争技术要求精准、专业,与此相适应,人也变得麻木冷漠、性情多变,逐渐导向单向度的异化、影像化。计算与预测的有效性提高了破坏力,但也在框架内对生命进行了粗暴区分。自杀式任务(suicide mission)、自杀式炸弹(suicide bomber)、简易爆炸装置(IED)、手榴弹、迫击炮、地雷等装备大规模集中地损耗自然与生命,将人为的法度一一打破。

极具反讽的是,在苔珂梅萨对家人遭遇的诉说中,其家人的丧生竟是因为一枚目的地设置错误的导弹。"我的妈妈和妹妹在一次非正式的火力交锋中,被一颗送错地方的导弹炸得粉碎,对你(埃阿斯)的部队也造成了间接伤害。"(Wertenbaker,2013:38)武器的滥用与人对生命的漠视最终还是倒向自身,施暴者在这场屠杀的狂欢中迷失心智与自我,无法认清自身。"和机器一样,工业化时代的人本身也依赖技术体系,人与其说是利用技术,不如说是为技术所用,因而人本身成了技术体系的职员、附属、辅助,甚至是它的手段。"(斯蒂格勒,2012:28)安稳生活着的生命被迫裹挟到政客的游戏与阴谋中成为"赤裸生命"①。剧中的人物全都围困于战争的叙事与阴谋中。士兵与武器相统一,技术统辖着人的精神与自由,而违背了人当初发明技术的初衷。如列维纳斯(Emmanuel Levinas)所言:一如现代战争,任何战争都使用一些反过来针对其持有者的武器,战争创建出一种没有人能与之保持距离的秩序,因此没有什么东西是外在的。"技术成为仅仅是人造出来的东西,我们不再倾听在技术之本质中说话的存在之诉求。"(Heidegger,1969:34)

《我们的埃阿斯》中还刻意添加了动物在战争中的伦理问题。动物与士兵在战争中拥有了同构性和同质性,在军事训练中作为不可计的实验样品和补给保障,被任意地消耗和使用,相比士兵更加"赤裸"。"训练数年的探测犬探

---

① "赤裸生命",参考阿甘本《神圣人》(*Homo Sacer*),即一个人的生命可以被杀死,但不能被祭祀,被神法与人法双重排斥。

测爆炸物,尖声凄厉,一些张牙舞爪的肢体四处飞溅。"(Wertenbaker,2013:13)"神发出了战争的命令,我听得很清楚,杀了他们,杀了他们……我想伤害,伤害,伤害!看到的都是绵羊。里面有一条狗,那天还救了我一条腿,对不起,小狗,友军还互相开火,这场战争他妈的就是个闹剧。"(34)战场上不可置疑的服从至上法则成为指导士兵坚决执行命令的权威话语,权力施行的绝对窗口,无视是非与对象。阿甘本在《敞开:人与动物》(*L'aperto:L'uomo e l'animale*)中论述了从古至今,人创造了一个人类机制,用来制造动物与人的绝对差异。动物性历来被贬斥、压制,动物如想进入人类世界,就要经过驯化压制其动物性。但在战争中人却沦为动物性的存在,人与动物同样可悲。

战争乃是人对人施行暴力的规模化、集体化事件,所以战争中个体之间的关系折射出资本主义社会的人际缩影。国家机器的命令指示了民族间的绝对对立,于是人与人之间沦为仇敌,甚至同一阵营的军官与士兵关系也只是领导与服从的固化体制关系(除了埃阿斯与下属的关系)。埃阿斯与奥德修斯同为将领,也无法喘息地互相挤压。战争中人与人的关系演化为兽与兽的关系,处处都是对峙与消灭。正如巴特勒所总结的:"人类互相关联,正是这种互相残杀的能力与易受伤害的可能让我们息息相关……你我都是脆弱不安的生命。"(巴特勒,2016:100)战争只有在人与人之间相互关联时才可能发生,但战争的目的却是为了消灭这种关联,走向绝对。

结　语

如列维纳斯的总结,"政治作为借助一切手段以预见和赢得战争的技艺,就成了理性的练习本身,并且成为必不可少的了。政治之对立于道德,正如哲学之对立于幼稚天真"(列维纳斯,2016:1)。韦滕贝克借用神话和对索福克勒斯戏剧的改写,对后现代战争的政客操演本质进行隐晦的寓言式反讽与批判。霍克海默(Max Horkheimer)和阿多诺(Theodor W. Adorno)认为,启蒙与神话具有内在的同一结构,启蒙赖以批判和摧毁神话的原则和精神力量恰是神话自身所具有的统一性和制度化。(郑晓松,2007:49)启蒙原本的目的是摆脱愚昧,崇尚理性与科学,消除神话,但如今却返回权力神话,制造人的愚昧,背离了初衷,形成可怕的闭环。韦滕贝克借用神话回溯与反思人对于启蒙、对于理性、对于形而上学西方传统追逐的两面性,揭露资本主义意识形态神话祛魅后再次构造权力神话的虚妄。韦滕贝克旨在发挥神话"救治现代科学、理性痼疾,弥补技术统治与理性异化所造成的人性残缺和萎缩"的再生力量。(叶永胜,2012:151)

参考文献

1. Heidegger, Martin. *Identity and Difference*. trans. Joan Stambaugh. New York: Harper & Row, 1969.
2. Klein, Hildegard. "Trauma Drama: Victims' Traumatic Memories in Kay Adshead's *The Bogus Woman* (2001) and Timberlake Wertenbaker's *Credible Witness* (2001)". *Gender Studies*, suppl. (2012), pp. 62-73.
3. Komporaly, Jozefina and Sophie Bush. *The Theatre of Timberlake Wertenbaker*. London: Bloomsbury Methuen Drama, 2013.
4. Wertenbaker, Timberlake. *Our Ajax*. London: Faber and Faber, 2013.
5. 刘小枫:《重启古典诗学》,北京:华夏出版社,2010。
6. 让-皮埃尔·韦尔南:《神话与政治之间》,余中先译,北京:生活·读书·新知三联书店,2005。
7. 贝尔纳·斯蒂格勒:《技术与时间 1:爱比米修斯的过失》,裴程译,南京:译林出版社,2012。
8. 孙磊:《自然与礼法:古希腊政治哲学研究》,上海:上海人民出版社,2015。
9. 吴国盛:《由史入思:从科学思想史到现象学科技哲学》,北京:北京师范大学出版社,2018。
10. 吴玲英:《弥尔顿对"史诗英雄"的改写——论〈失乐园〉中"战争英雄"与"循道英雄"的二元对立》,载《中南大学学报》(社会科学版)2016 年第 22 期。
11. 肖厚国:《古希腊神义论:政治与法律的序言》,上海:上海人民出版社,2012。
12. 乐铄:《城邦民主制·英雄神话·严肃剧——对古希腊悲剧成因的一种理解》,载《郑州大学学报》(哲学社会科学版)2001 年第 1 期。
13. 伊曼努尔·列维纳斯:《总体与无限:论外在性》,朱刚译,北京:北京大学出版社,2016。
14. 叶永胜:《神话重述的意义与策略》,载《天府新论》2012 年第 5 期。
15. 朱迪斯·巴特勒:《战争的框架》,何磊译,郑州:河南大学出版社,2016。
16. 郑晓松:《技术与合理化:哈贝马斯技术哲学研究》,济南:齐鲁书社,2007。

作者信息:孙小爱,女,河北张家口人,硕士研究生,研究方向为比较文学与西方文学。

蒂莫西·芬德利一战小说《战争》中的动物书写

宋维汉 黄 川

国防科技大学外国语学院

摘要：蒂莫西·芬德利的一战小说《战争》记录了青年军官罗伯特·罗斯坎坷短暂的一生。在战场的漫天炮火中,罗伯特违反命令,选择带着战马远离战场,拯救无辜生命。他的行为被官方定义为疯狂之举,而真正疯狂的其实是战争中无止境的杀戮和暴力,这些使得人类在战争中沦落到动物的境地。作者在展现书中人物生存处境的同时,也借助书写动物来表达对弱者的关怀与怜悯。小说中有着大量的动物书写,这些动物与小说中的人物有着种种关联。通过动物书写,芬德利表达了对战争的批判和对和平的呼唤。

关键词：蒂莫西·芬德利；《战争》；一战；动物书写

Writing about Animals in Timothy Findley's *The Wars*

Song Weihan Huang Chuan

Abstract: Timothy Findley's WWI novel *The Wars* featured the short and tragic life of the young officer Robert Ross. On the battlefield, Ross disobeyed the commander's unreasonable orders, transferred the war-horses out of gunfire and saved their innocent lives. His behavior was defined as a crazy act in the military report, but the greater craziness lied in the ruthless killing and violence of the war. In the war, the dehumanized human beings were reduced to animals. Through writing about animals, Findley expressed his sympathy and care for the weak. The novel depicted a lot of animals, which were closely related to the characters, and demonstrated their living conditions. By writing about the animals, Findley condemned the war and called for peace.

Keywords：Timothy Findley，*The Wars*，World War I，writing about animals

蒂莫西·芬德利(Timothy Findley，1930—2002)是加拿大著名的小说家和剧作家,他出生在两次世界大战之间,父亲在他八岁的时候加入了空军,给年幼的他留下了较深的童年阴影。在成长的过程中,他观看了许多二战的新闻影视片,虽然二战战场远在大洋彼岸,但是二战深深地影响着他。16岁便高中辍学的他远赴英国进修戏剧,之后"在剧团找到了工作,做起电视剧演员,从此开始他长达十五年的演员生涯"(姜红,1993:44)。在这期间,芬德利一边演戏一边创作,并于1962年成为专职的作家。芬德利成长于二战的背景下,他的作品大多涉及战争题材。小说《著名的定论》(*Famous Last Words*,1981)细致刻画了二战中的诸多场景,全景还原了当时的时代风貌。但他最为著名的作品是一战小说《战争》(*The Wars*,1977)。在这部小说中,年轻的加拿大军官罗伯特·罗斯(Robert Ross)离开家乡,远赴欧洲参加第一次世界大战,并最终客死他乡。在叙事上,芬德利运用采访录音文字稿、日记、战地报道等多种形式讲述了罗伯特短暂的人生旅程(逢珍,2010:313)。芬德利曾经出演过戏剧,当过编剧,因此,他笔下的《战争》给人以很强的画面感,在描写战场环境时,炮火的声音、战马的哀嘶,以及士兵的错愕都能够震撼读者。小说一经发表便引起了国内外评论界的轰动,其人物塑造、叙述风格以及对战争场景富于想象力的再现,让读者,尤其是一战老兵惊叹不已。该小说也为芬德利赢得了1977年加拿大"总督文学奖"和"多伦多图书奖"。

历史上,加拿大虽然参与了两次世界大战,但在两次大战中都是海外作战,加拿大本土未受到战争破坏,战争题材在加拿大的小说中并不多见,《战争》可谓是其中的佼佼者。自发表以来,小说一直受到研究者们的普遍关注。加拿大著名作家玛格丽特·阿特伍德(Margaret Atwood)极为欣赏《战争》独具特色的写作风格,认为该小说的发表是"加拿大文坛的一件大事"(Atwood,1977:290)。戴安娜·布莱顿(Diana Brydon)认为《战争》超脱了战争小说"强调不可言说的恐怖"的"常规设定",主要"侧重战争与和平之间的连续性"。(Diana,1986:64)汤姆·哈斯丁(Tom Hastings)联系英国和加拿大的历史,认为《战争》对一战的解读更偏向于"英国对一战的反应,而非加拿大对一战的回应",从两国关系的角度探究了小说中的身份危机。(Hastings,1998:98)安·钱纳力(Ann Chinnery)关注《战争》中的"叙事伦理"和"历史意识",将它们与"历史教育中的道德责任"相结合。(Chinnery,2014:588)在阅读《战争》时,读者们很快便会注意到书中有着大量的动物书写。这些动物与小说中的人物发生种种关联,在展现书中人物生存处境的同时,作者也借书写动物来表达对弱者的关怀与怜悯。通过动物书写,小说展现了人物在战场内外的悲惨经历,刻画了战争的残酷并表达了对和平的呼唤。

一、战场之外的动物书写

小说虽然题为《战争》,却用较大篇幅讲述了主人公罗伯特青少年时期以及出征前的生活,展现了隐藏于罗伯特家庭之中的暴力关系,以及罗伯特在训练营中的遭遇。在这两处场景中,动物对罗伯特的人生走向都产生了重要的影响,引导罗伯特走向了一条充满坎坷的人生道路。

在罗伯特家中,家庭冷暴力给每个家庭成员都造成了伤害。罗伯特的父母——罗斯先生和罗斯夫人——虽然给家人提供了丰富的物质生活,但夫妻之间以及亲子之间始终存在着隔阂。罗斯夫人准备出嫁的时候,她的弟弟突然因车祸身亡,"自此,她开始戴上墨镜,这样别人就看不见她的眼睛"(Findley,1978:69)①。罗斯夫人的自我封闭,加之罗斯先生整日忙于农产品机械厂的管理和运作,夫妻之间缺少基本的沟通与交流,两人无法相互理解的状况直接造成了家庭冷暴力的产生。由于父母的冷淡、放任、疏远和漠不关心,罗伯特变得性格内向、不善言辞,总是希望隐藏在某个角落,躲开公众的视线。他只想和姐姐罗威娜(Rowena)待在一起,因为"她是自己印象中见到的第一个人……他以为(罗威娜)是自己的母亲"(14)。在这样的家庭中,罗斯夫妇既是冷暴力的受害者,又是冷暴力的施加者。他们不能理解罗伯特的想法,也不愿花时间和子女进行沟通,这种冷暴力对下一代造成了潜移默化的、无以弥补的伤害。

在冰冷的家庭中,罗伯特只能将情感倾注于姐姐和宠物兔子之上,而姐姐的意外身亡和兔子被杀是导致他离家出走的原因。罗伯特家境优渥,父亲的工厂生产着战时的一些物资,母亲不时会参加镇上的慈善活动,在外人看来,这个家庭非常和睦,但是家人合照上却总是少了罗伯特患病的姐姐罗威娜。罗威娜先天患有"脑积水","她无法行走,离不开轮椅",罗伯特虽然要比姐姐年幼,但他是罗威娜的"监护人",负责照顾姐姐,并和姐姐一起养了十只兔子(14)。但有次弟弟斯图尔特(Stuart)将罗威娜推出去时,发生意外,罗伯特深感自责,但接下来更为残酷的是母亲罗斯夫人决定杀死罗威娜生前所养的十只宠物兔子,甚至要求罗伯特亲手杀死这些兔子。似乎一直以来罗威娜都是家里的耻辱,"她从未出现在适合公众观看的相片里。事实上,她并不怎么被

---

① 本文对《战争》的引用皆为笔者自译,小说版本参见参考文献,下文只标注页码。

允许出现在镜头前"(13)。罗斯太太杀死兔子似乎也是为了进一步抹去罗威娜在家中的痕迹,而她让罗伯特亲手杀死那些兔子似乎更是一种残酷,甚至就连父亲罗斯先生求情也无法改变罗斯太太的决定。为了保护这些兔子,罗伯特甚至还和工人打斗,结果不仅自己遍体鳞伤,最终也未能阻止兔子被杀。但罗斯太太仍不时伤害罗伯特,致使高中刚刚毕业的罗伯特参军离开家庭,人生道路从此发生了转变。

一个初出茅庐的青年在成长的道路上需要指导,罗伯特离开家庭在草原上训练时,草原狼对他有着重要影响。"在欧洲人来到之前,草原狼是最具加拿大特色的动物形象,是加拿大动物故事的代表性角色。……草原狼是智者的化身,体现了人类世界的特征和使善恶势均力敌的希望。"(刘捷,2005:80)在新训外出寻找失散战马的过程中,罗伯特遇到了在法国负伤归国休养的战争英雄塔夫勒(Taffler)。罗伯特想以他为榜样,"他需要的是一个榜样。一个可以教授他的人,比如,教会他如何杀敌"(28)。之后,他与战友一起去妓院的时候,罗伯特发现战争英雄是一个同性恋,正在和男妓发生关系,认清所谓的模范是这般样子的时候,罗伯特便放弃了对他的崇拜。此前,草原狼的确给予过罗伯特指点,但很快便消失不见,这似乎也在暗示从欧洲归来的战争英雄并不能很好地作为一个指路人,引领成长路上的青年。(Benson,1986:109)同时,一战的主要战场远在欧洲,对于加拿大而言,它是在宗主国英国的带领之下才卷入一场海外战争的。虽然加拿大人在一战中的英勇表现赢得了国际社会的赞许,但在战争结束之后加拿大依然深受英国影响,自身的独立性也仿佛像曾经的草原狼一样消失不见。可见,小说中的动物书写实际上是人物和国家境遇的隐喻式表现,以动物的行为和命运来为人物未来的人生走向埋下伏笔。

二、战场上的动物书写

在小说中,战马是出现频率最高的动物,也与罗伯特的人生有着重要关联。在一战战场上,战马不只是重要的交通工具,还是士兵们冲锋陷阵的"战友"。罗伯特与战马一直保持着亲密的关系。在启程前往欧洲战场时,战马们像货物一样被吊入船舱。运兵船上空间狭小,居住在上层船舱的军官和下层船舱的士兵等级分明,士兵的船舱脏乱不堪,军官的船舱舒适宽敞。有的军官甚至自始至终未曾下到过下层船舱,对士兵们的生死不闻不问,如此冷漠的军官在指挥时是否会下达合理的命令呢?军官们很少前往下面的运兵舱,更不用说战马们的生活区。战马的居住环境非常不堪,那里堆满了粪便和饲料,二者经常掺和在一起,卫生状况令人担忧。一次,罗伯特被邀请去照看战马,之后他便开始照料这些战马,不时清理马厩,努力为它们营造更好的环境。在一次风浪中一匹战马受了伤,船上医疗条件有限,士兵们只能杀死这匹战马,而身为军官,罗伯特需要亲自执行这次枪决。他很想避免这种做法,但又不得不向那匹受伤的战马开枪。他想一枪就结束那匹战马的痛苦,但却未能击中要害,反而给战马造成了更大的痛苦,使得他不得不补射第二枪。战争机器在开始之时就已经在吞噬生命,罗伯特遭遇的这一创伤事件,也是他后来冒死营救战马的主要动因之一。

当罗伯特所在部队遭遇了德军炮火袭击后,罗伯特拼尽全力去拯救运输车上的130匹马,而他的上级莱瑟上尉却坚持要把马匹留在原处,丝毫不顾战马的安危,并阻止罗伯特营救战马。罗伯特枪杀了莱瑟上尉并带领马匹躲避到一个谷仓中。负责逮捕行动的米克尔少校将罗伯特视为"极端危险人物"(185),下令直接烧掉谷仓,导致罗伯特被严重烧伤。在军事法庭审判中,官方的判决是罗伯特因"精神紊乱"杀害上级并逃逸(189)。罗伯特在英国的精神病院中度过了人生最后的旅程。据此,有评论家认为"罗伯特在一战中经历了尸横遍野、血流成河的惨景,一下子失去常态,从一个淳朴的青年堕落成反叛性格的疯子"(Branach-Kallas, 2015:277)。这种对罗伯特的彻底否定失之偏颇。考虑到罗伯特遭遇的种种暴力行为,加之战争带来的心理伤害,罗伯特确实逐渐走向迷茫。在战争的残酷、血腥与无情中,罗伯特愈来愈意识到生命的脆弱,但他仍保持着对弱者的同情和关切。从他对战友哈里斯的悉心照料和对周围动物的关心呵护中,就可以看出罗伯特心地善良的一面。在战争环境中,人与人的关系大多十分紧张,但是,"人和动物的关系在某些处境下,比人和人的关系更加自然,更加亲密"(汪民安,2008:86)。可见,通过这种动物书写,作者突出刻画了人物的内心情感,也让读者对人物的性格特征有了更加深刻的认识。

除了战马之外,小说还描述了战场上的一些其他动物,从另一角度展现了战争的血腥与残酷。一战最为著名的便是堑壕战,双方士兵相距其实可能只有100多米,但是都躲在堑壕和防御工事中,双方来回的炮火使得战场泥泞不堪,士兵和战马一旦陷入其中便如同跌进深渊。这种泥泞还预示着战事的焦灼和僵局,以至于双方都在努力研究和试验新的杀戮方式。在战场上,罗伯特经历了地雷爆炸、火炮攻击和毒气袭击,结识了在同一个掩体中的战友罗德维尔和利威尔。罗德维尔在掩体中养了刺猬、老鼠、蟾蜍等动物,似乎这些动物比人类更容易在这样的环境中生存。这里需要强调的是,他们经历战争时是冬季,但是炮火使战场的温度升高,使得冬眠中的蟾蜍得以苏醒。在罗伯特暂别战场返回英国休养时,罗德维尔将他所饲养的动物和他的物品都交由罗伯特，并委托他在回到后方后将战争中唯一活下来的蟾蜍放生，而罗德维尔在罗伯特离开后的第二天便开枪自杀了。在战场上，罗伯特等人遇到了一个德国狙击手，但是这个狙击手为了听鸟鸣，不将鸟吓跑，一直没有扣动扳机，并且也没有伤害罗伯特的意思。但就在狙击手想要拿起望远镜看鸟时，罗伯特误以为他要开枪，抢先杀死了那名德国狙击手，罗伯特对此深感内疚。战争中没有赢家，双方都是战争的受害者，"《战争》更加模糊了敌我之间的界限"，不单是英加的士兵厌恶战争，德国士兵也厌倦战争，小说中通过德国狙击手的细节"直接展现了德国士兵充满人性和同情心的一面……这一场景对那些将德军丑化成杀人恶魔的宣传进行了解构"。(黄川，2015：156)读者们也会感受到德军士兵其实也苦于战火，想要自然宁静的回归。在战场上，罗伯特等人的遭遇与动物相差无几，这种恶劣的环境刺激了罗伯特进一步成长，让他成长为一个真正的战士，但是这种成长的代价是惨痛的，导致了其人生悲剧的发生。

三、作者对战争及权力话语的批判

芬德利小说中的战场虽然远在欧洲，但加拿大人民却从未远离战争。从最初欧洲人与印第安人之间的冲突，到之后的两次世界大战，加拿大均未缺席。这在加拿大文学的动物书写中也有所反映。"加拿大动物文学源远流长，从主题到形式的流变上思考，其大致可分为三个阶段：浪漫主义之前的土著加拿大人创作的动物文学、19 世纪末至二战欧洲裔加拿大人创作的动物文学和二战后加拿大人创作的动物文学。"(刘捷，2005：80)这三个阶段的划分有两个都与战争相关，第一阶段主要涉及土著文化，第二阶段囊括一战二战，第三阶段也与二战联系紧密。人民想要远离战争，却无法摆脱战争，但是在战场上，所有人要面临的最大问题便是如何努力生存下去。然而，正如战场上的那些无处躲藏的动物一样，参加战斗的罗伯特及其战友都遭遇了战争的摧残。尤为重要的是，小说还突出展现了叙述者在探寻罗伯特人生经历时遭遇的另外一种战争——挑战官方权力话语的战争。

小说对战争的批判，一方面在于直接展现战争的残酷，另一方面则是通过人物的动物性间接体现。掩体中的另一位战友利威尔被罗伯特视为一只老鼠，他不仅整天躲在战壕里，手中还一直捧着一本书——克劳塞维茨的《战争论》。这是一本如何进行战争的书，而非一本如何终止战争的书，就像一战被称为"一场终结所有战争的战争"。这样的设定，让读者读出讽刺的同时，也增添了无奈。在炮火袭来，掩体垮塌之后，利威尔第一时间想到的是他的《战争论》而非被掩埋的其他同伴。正是用这样的黑色幽默，使战场上士兵的病态和冷漠一览无余。这里的《战争论》不仅呼应了小说的标题，也可以视作文明的象征(Pennee,2006：92),但是这种文明的象征在德军进行火焰喷射攻击时被焚毁,这也在某种程度上象征着人类最后的一丝文明在战场中被破坏,而利威尔努力想要保护的文明火种,最终也无法得以保存。

  罗伯特拯救动物的行为并未得到众人的理解,实际上也反映了当时社会的话语暴力。在最终的炮火袭来之前,罗伯特在战地浴室中遭到几名士兵的侵害,被战争逼入绝境的罗伯特终于开始了他的反抗,他带着战马远离战火。他的所作所为体现出他拯救弱小生命的勇敢和无畏,然而,他的举动并不为战场上其他人所理解。小说最初所写的采访录音中,在医院照顾罗伯特的护士特纳认为罗伯特的所作所为是值得肯定的。如果将小说设想成纪录片的脚本,那么作者一开始就已经借护士特纳之口肯定了罗伯特接下来的行为,他从见证罗威娜的兔子的死亡到枪杀受伤的战马,再到在炮火中转移战马,罗伯特一直想要保护弱者,才使得他最终鼓起勇气进行抗争,芬德利也借助这种方式呼吁人们给予弱者更多的关怀。(傅俊等,2010：235)遭遇暴力伤害后,罗伯特并未得到别人的同情,反而逐渐被边缘化。然而,当小说叙述者采访一些认识罗伯特的人时,他们有的说"我不记得了",有的说"我不知道",也有人说"这个混蛋!"(8)这些人明显是由于一种无法言说的原因而不愿提及往事,以至于叙述者承认,"到最后,你得到的都是些公开信息……有时,有人一时忘乎所以,说出真相,有时你只能从一件小事中追寻整个事情发展的经过"(11)。可见,在权力话语的压制下,罗伯特不仅成为边缘人,还丧失了发声的机会,成为被打压的他者。随着小说叙述者搜集到的信息一点点拼凑完整,罗伯特的人生轨迹才逐渐趋于明朗。叙述者的发现显然与官方记录形成了鲜明对比,揭露了彼时加拿大社会中的话语暴力。

  从某种意义上看,小说叙述者实际上也参与了一场战争——挑战权力话语的战争。小说通过叙述者在文献查阅、人物采访等方式中再现历史,展现罗伯特在官方记录之外的人生经历,在此过程中叙述者实际上也在对人物历史进行着建构(Seddon,1987：213)。芬德利在此有意混淆历史和小说的界限,意在展示被官方记录所忽略的个人生活经历。在小说中,叙述者说道:"过去在你的指尖划过的时候,一部分破碎掉了。还有一部分你甚至永远找不到。这就是历史。"(10)历史,尤其是其中个体与群体之间的关系,是芬德利在小说中想要探究的重点。在一篇采访中,芬德利提及了小说的由来:1974年,当时他还是加拿大国家艺术中心的剧作家,一天晚上,他的脑海中突然浮现出一幅图景——一名士兵走出帐篷离开营地,后来,当人们发现帐篷里放着的一封信时,写这封信的士兵已离开人世。"这个士兵是谁?他为何离开军营,又如何身故?"这些问题一直纠缠于他的脑海之中。(Findley,1990：111)芬德利在小说《战争》中所做的,实际上是将注意力从历史上那些大人物身上移开,转而投向被权力话语压制的他者,展现具体的、有血有肉的个人的人生经历。正如有评论指出,读者必须关注罗伯特这个小人物,因为"他的个人经历实际上代表了整个一代人的故事"(Vance,2003:84)。虽然作者选取的小说人物在性格和经历上有些与众不同,但正是在这种极端个例中,读者可以看到加拿大权力话语对他者的打压。芬德利聚焦于这种被边缘化和被模糊化的人物形象,展现人物对加拿大社会制度的接受和反抗,同时也揭露出历史、神话这些权力话语中隐藏的暴力和压迫。芬德利将个人叙事和官方记录并置,从另一种视角弥补了官方话语在叙事真实性上的失衡。

结 语

和大多反战小说一样,芬德利的小说《战争》栩栩如生地展现了一战的残酷与惨烈,揭示了在战争环境下生存的残酷和艰辛,反映了战争的无情与血腥对参战士兵身体和心理造成的负面影响。在战场的漫天炮火中,罗伯特违反命令,选择带着战马远离战场,拯救无辜生命。他的行为被官方定义为疯狂之举,而真正疯狂的其实是战争中无止境的杀戮和暴力,这些使得人类在战争中沦落到动物的境地。作者在展现书中人物生存处境的同时,也借助书写动物来表达对弱者的关怀与怜悯,表达对战争的批判和对和平的呼唤。

参考文献

1. Atwood, Margaret. "An Important Book for Many Reasons". *The Financial Post*, 1977-11-12.

2. Benson, Eugene. "Interview with Timothy Findley". *World Literature Written in English* 26.1 (1986): 107—115.

3. Branach-Kallas, Anna. "Conflicting Narratives of Obligation: Conscientious Objectors and Deserters in Canadian Great War Fiction". *Journal of War & Culture Studies* 8.4 (2015): 271—284.

4. Brydon, Diana. "It Could Not Be Told: Making Meaning in Timothy Findley's *The Wars*". *The Journal of Commonwealth Literature* 21 (1986): 62—79.

5. Chinnery, Ann. "On Timothy Findley's *The Wars* and Classrooms as Communities of Remembrance". *Studies in Philosophy and Education* 33.6 (2014): 587—595.

6. Findley, Timothy. *Inside Memory: Pages from a Writer's*

Workbook. Toronto: HarperCollins, 1990.

7. Findley, Timothy. *The Wars*. Ontario: Penguin Books, 1978.

8. Hastings, Tom. "Their Fathers Did It to Them: Findley's Appeal to the Great War Myth of a Generational Conflict in *The Wars*". *Essays on Canadian Writing Summer* 64 (1998): 85—103.

9. Pennee, Donna Palmateer. "Imagined Innocence, Endlessly Mourned: Postcolonial Nationalism and Cultural Expression in Timothy Findley's *The Wars*". *English Studies in Canada* 32 (2006): 89—113.

10. Seddon, Elizabeth. "The Reader as Actor in the Novels of Timothy Findley". *Future Indicative: Literary Theory and Canadian Literature*. John Moss. Ottawa: U of Ottawa P, 1987.

11. Vance, Jonathan. "The Soldier as Novelist: Literature, History, and the Great War". *Canadian Literature* 179 (2003): 22—37.

12. 逄珍:《加拿大英语文学发展史》,上海:上海外语教育出版社,2010。

13. 傅俊、严志军、严又萍:《加拿大文学简史》,上海:上海外语教育出版社,2010。

14. 黄川:《战争、文学与国家意识——以加拿大一战小说为例》,载《解放军外国语学院学报》2015年第5期。

15. 姜红:《蒂莫西·芬德利其人》,载《外国文学》1993年第5期。

16. 刘捷:《加拿大动物文学的流变》,载《外国文学》2005年第2期。

17. 汪民安:《人、自然和动物》,载《外国文学》2008年第4期。

作者信息:宋维汉,男,江苏淮安人,助理翻译,硕士,研究方向为战争文学与海洋文学;黄川,男,河南信阳人,讲师,博士,研究方向为加拿大文学。本文为2022年河南省哲学社会科学规划课题"新现实主义视域下的21世纪加拿大总督文学奖研究"(2022BWX026)的阶段性成果。

从全景史诗到生命图腾
——论俄罗斯战争文学流变

冯玉芝　杨淑华

国防科技大学外国语学院

摘要:战争题材的文学作品是文学创作中的重要种类,在各国文学史和文化史中都占有重要的地位。俄罗斯文学优秀的史诗传统在战争题材的作品中绵延不绝,以古代战争为蓝本的《伊戈尔远征记》和《战争与和平》等皇皇巨著,既有战争战役的全景式展现,又将抵御外侮的主题性质阐发至前所未有的高度;进入20世纪后,以《静静的顿河》为标志的俄罗斯战争文学出现了现代性转向,战争文学的诗学诸方面都揭示了历史与人关系的新面目;第二次世界大战之后,俄罗斯战争文学涌现了三次"浪潮",对世界文学范畴的战争文学创作产生了深刻的影响;在当代,局部战争和随之而来的军事文化嬗变激活了战争文学对人类共同历史文化语境的思考和对人类社会伦理的道德期冀。战争文学的流变史是人类世界观和道德观的形象化演绎。

关键词:俄罗斯文学;战争文学;文学史;流变

From Panoramic Epics to Totems of Life: On the Evolution of the Russian War Literature

Feng Yuzhi　Yang Shuhua

Abstract: Literary works with war themes are an important type of literary creation, and occupy an important position in the literary and cultural history of various countries. The excellent epic tradition of Russian literature continues in the works on the theme of war, running through such masterpieces as *Igor's Expedition* and *War and Peace*, which are based on ancient war. Some of the works are a panoramic display of war battles, and some others eulogize the spirit of resisting foreign aggression. After entering the 20th century, the Russian war literature marked by *The Quiet Don* has taken a modern turn, and all aspects of the poetics of war literature have revealed a new face of the relationship between history and people. After World War II, three "waves" emerged in Russian war literature, which had a profound impact on the creation of war literature in the category of world literature. In contemporary times, local wars and the ensuing changes in military culture have activated the writing of war literature and promoted people's reflection on the common historical and cultural context of mankind and the moral expectations of human social ethics. The history of war literature is a visual interpretation of the worldview and morality of mankind.

Keywords: Russian literature; war literature; literary history; evolution

引　言

战争是人类社会生活的极端化表现。千百年来,在不可避免的战争与必须争取的和平之间,人类付出了巨大的牺牲、惨重的代价和艰苦卓绝的探索,其经验与教训时刻都在警示后世,在谬误与真理、邪恶与自由、侵略与正义以及暴力与和平的斗争中,人类的战争观不断进化,除了从政治、经济、军事角度对战争产生、发展、消亡过程以及对战略、战役法和战术的理论原则的理性阐述之外,形象化解释战争中人的意义之战争文学从未缺席。在世界文学史上,书写战争的文学艺术作品不胜枚举。战争文学以反映战争的本质来揭示人类生活中人与历史的关系。

俄罗斯文学的源头是古代史诗,作为一种传统,各种类型的战争,包括侵略战争和自卫战争、正义战争和非正义战争、传统战争和现代战争、局部战争和世界战争等多种战争类型的形象表述都进入了俄罗斯文学。在俄罗斯的战争文学中,既有伟大的文学文本《伊戈尔远征记》,也有"占世界一流位置"的伟大作家、被誉为"人类的良心"的列·托尔斯泰;既呈现了战争战役全景式场景,也涌现了用艺术手段概括"创伤叙事"的"战壕真实派"。在历史文化语境全然多元的今天,当代战争文学以追求和平为己任的神圣使命在文化中的意义不言而喻,越来越多的当代作家不再囿于战场叙事,而是把编年史记录升华为深刻探究战争本质和真相叙事的形象生命史。

在总结辉煌的史诗小说《战争与和平》创作的时候,列·托尔斯泰区分了历史学家和作家对待战争表述的三原则,首先,"史学家注意的是事件的结果,艺术家关心的是事件本身"。其次,"在史学家看来,在达到某一目的上起作用的就是英雄;在艺术家看来,这种和生活各方面都一致的人物不可能也不应该是英雄,而应该是人"。第三,尽管艺术家也应受历史资料的支配,但是艺术家必须甄别出"为军事史家提供材料的军事描写,不可能避免谎言"。(托尔斯泰,1992:1604)这是一种具有"纯洁道德感"的写作态度,它规定了战争文学写作的严肃性和以人为中心的写作意旨,它给战争文学写作者提出了准确的任务——真实;同时,为我们扫描俄罗斯战争文学的流变提供了准绳。

一、史诗文学传统:从《伊戈尔远征记》到《战争与和平》

俄罗斯古代战争文学画廊极为恢宏壮丽。在战争关乎民族命运与民族存亡的时刻,历史的本相从来都不会远离战争和战史。"战争图景"和"战争形象"在思想、文化、意识和伦理层面刻下了深深的印痕,战争文学的叙事范畴囊括了俄罗斯民族全部的历史内涵和时代因素。最早的有明确作者的文学作品是莫诺马赫的《家训》。莫诺马赫是一位与游牧民族作战的军事家,他写了这部"遗训",呼吁结束各公国之间的内讧,要求子孙后代团结一致抵御外侮,这部作品的主题基调和体裁都具有浓厚的基辅罗斯时期的编年史的特点;约1113年,由洞窟神父涅斯托尔编撰的《往年纪事》一书包含了诸多的小标题,大部分是民间英雄叙事诗的形式,如《基辅创立的传说》《奥列格远征王城》《奥列格斯与自己的坐骑》《伊戈尔远征希腊》《奥尔加为伊戈尔复仇》等,"其中处处洋溢着浓厚的爱国激情"(任光宣,2006:5)。

古典史诗《伊戈尔远征记》(Слово о полку Игрове)被誉为欧洲中古的"四大英雄史诗"之一,在1795年被发现之初是作为孤立文本来研究的。但是远征记的史实很快得到了全面的印证,而且不仅如此。德·斯·米尔斯基认为,"《伊戈尔远征记》的情绪,是1146—1154年间编年史中所体现的武士贵族勇敢精神与更为开阔的爱国主义观点之混成,这种爱国主义接近莫诺马赫和爱国僧侣的看法,在他们看来,为俄国献身即最崇高的美德。长诗的情绪又显然是世俗的。基督教又偶然现身,且与其说是诗人内心世界的再现,莫如说是一种当代生活元素。另一方面,对于更为古老的自然崇拜的追忆,也是长诗最隐秘结构的组成部分之一。"(黑格尔,1981:126)《伊戈尔远征记》对俄国文学产生了全面的影响:题材的规模化、体裁的庄严性、人物的成众化和结构的严整性;而更为重要的是它经典性的史诗文本特征——它是一件与一个民族和时代本身完整的世界密切相关的意义深远的事迹。米尔斯基所译的四个片段主要是：(1)号角声中出征；(2)国内纷争回忆；(3)伊戈尔妻子的哭诉；(4)伊戈尔逃出敌营。这四个片段足以说明《伊戈尔远征记》是以对俄罗斯民族和时代意义深远的事迹及其过程为对象，通过描述当时社会的政治生活和家庭生活，显示出民族精神的全貌，民族信仰与个人信仰、个人的意志和情感都具有一致性的特征；伊戈尔这样的远征勇士形象充分体现了英雄人物的荣誉、思想和情感、计谋和行动，既高尚而又生动鲜明，却不乏人性的光辉。而这一切的底色，是对战争的全景式的观照方式。它的题材是战争，"因为在战争中整个民族都被动员起来，在集体情况中经历着一种新鲜的激情和活动，因为这里的动因是全民族作为整体去保卫自己"（黑格尔，1981：126）。战争是《伊戈尔远征记》的情节基础，对外御敌的经历广阔丰富，使书中许多引人入胜的事迹都可以作细节描述，其中起主要作用的是英勇的行为，而环境和偶然事件的力量也还有它的地位，不致削弱其表现功能，民族之间的战争构成了最理想的史诗情境。即使是伊戈尔大公失败的战役，也是以全景回忆展开并容纳进全民族的整个灵魂和精神：

  那时的俄罗斯大地很少听见农人的哭喊，乌鸦却常常聒噪，啄食尸体；寒鸦也喋喋不休，想飞去寻找自己的猎物。这都是往昔，是往昔的战斗，而这样的搏斗却从未听说。

  从早到晚，从夜晚到天明，利箭纷飞，军刀劈向头盔，长矛嘎嘎作响，那无名的原野，在波洛维茨的土地。被马蹄践踏的黑土遍布尸骨，浸透鲜血；俄罗斯大地长出了忧愁。

  什么在轰鸣，黎明之前是什么在耳边轰鸣？是伊戈尔在找回自己的士兵；他可怜自己的兄弟弗谢沃洛德。厮杀了一天，又是一天；第三天正午，伊戈尔的军旗倒下了。这时，兄弟俩在卡亚拉河畔分手。这是鲜血的酒不够了；这是英勇的俄国人结束宴席；他们让亲家畅饮，自己却为俄罗斯大地献身。青草忧伤地低下头颅，树木悲哀地垂向地面。（米尔斯基，2013：18）

这部史诗的主题和对战争的规模及战役性质的详细记录风格具有历史性的意义。该史诗所反映的时代可能已成为过去，但相隔不远——"1238至1240年间，在俄国史书中始终被称为蒙古人的鞑靼人穿越整个俄国，他们征服了俄国东部地区，摧毁了基辅。"（米尔斯基，2013：24）这是俄国的黑暗时代。马克思在1856年致恩格斯的一封信中对《伊戈尔远征记》之主题的归纳如此：

"这部史诗的要点是号召俄罗斯王公们在一大帮真正的蒙古军的进犯面前团结起来。"(马克思、恩格斯,1972:23)

以征战为题材、以抵御外侮为主题的作品为数众多:古代勇士和武士题材的《马迈溃败记》《亚历山大·涅夫斯基传》和《顿河彼岸之战》都产生在这一时期;在蒙古200多年的统治结束后,统一的俄国征战史从未停歇。《普斯科夫攻占记》(1510)和《亚速海防御记》(1641)都是俄国古代军事故事的典范,它们涵盖了"史事诗"和"强盗歌",满是战争诗歌的影子,被文学史家称为"战争叙事传统的微缩版"。

17至19世纪之间,俄国与奥斯曼土耳其双方为争夺高加索、巴尔干、克里米亚和黑海等地区进行了一系列的残酷战争,史称俄土战争,其中重要的有10次之多;1700至1721年间,俄国为了夺取波罗的海的出海口及与瑞典争霸,爆发了持续经年的北方战争。彼得大帝对军事和国防以及领土拓疆的重视超过了以往任何时候。到叶卡捷琳娜二世统治的18世纪末期,俄国已经成为横跨欧亚美的大国(只不过后来被不肖子孙卖掉了阿拉斯加),俄国的军事与战争学说,包括治军原则,都形成了完整的系统性的学科。讴歌苏沃洛夫翻越阿尔卑斯山脉作战的诗歌至今仍被传唱。值得分析的是,俄国文化并未像政治和经济那样受到外来强势文化的奴役,也未受固定的政治和道德教条桎梏,文学创作上自由独立意向受到推崇。普希金在《上尉的女儿》中为暴乱的哥萨克首领普加乔夫正名,莱蒙托夫用老兵回忆形成了《博罗金诺》这首最短的史诗,果戈理用慨然赴死来写《塔拉斯·布尔巴》。而19世纪之初,"全民族的大事"就是拿破仑入侵俄国,史诗创作再次翻开新的一页。列·托尔斯泰是近代"亲历战争"写作者,1825至1856年,他身为经历了塞瓦斯托波尔保卫战的军官,发表了一系列军事小说"塞瓦斯托波尔故事",在思想内容和表现形式上继承和发展了俄罗斯古代战争文学的诗学传统,把民族性和人性的挖掘上升到伟大的高度;托尔斯泰在冒着枪林弹雨和度过九死一生的普通人以及下级军官身上发现了真、善、美,通过对他们的艺术描述,一种对历史和历史进程的省察心理统摄了战争的过程与战役的细节。而以"全民族的客观的观照方式"来复原俄罗斯史诗的作品当推伟大的史诗小说《战争与和平》,它是"人民的史诗",罗曼·罗兰称之为"我们时代的最伟大的史诗,是近代的《伊里亚特》"(罗兰,2003:204)。即使仅用数据来描述这部宏大叙事作品,也让人惊叹:(1)四部八卷;(2)内部时间为1805—1820年;(3)史事情节,包含全部25年间的历史事件——申格拉本阻击战、奥斯特里茨会战、1812年俄法战争爆发、奥斯特洛夫纳战斗、斯摩棱斯科会战、博罗金诺会战、放弃莫斯科、塔鲁奇诺战斗、法军撤离莫斯科、人民游击战、法军溃退和十二月党人早期活动等;

(4)真实历史舞台上的人物系列,如拿破仑、亚历山大一世、库图佐夫、巴克莱·德·托利、拉斯托普钦、斯佩兰斯基和巴格拉吉翁等;(5)群体人物,如彼得堡显贵、俄国军队、保罗格勒骑兵团、俄军高级将领和外交官群体、共济会、法军统帅部、彼得堡官僚集团、游击队官兵、人民大众(民兵、奴仆、猎人、农奴);(6)虚构人物,共504位,包括四大家族全部的亲属与关系人;(7)从战争与和平主题衍生出的军心、正义战争、积极的爱和个人与人民结合的赞歌。尽管"帝王将相、才子佳人"的身影浮动在小说中战争和战役的每一个篇章和细节中,尽管托尔斯泰使用了史诗小说的基本模式,尽管他仍把库图佐夫的故事塑造成英雄神话,但是游击战争和人民战争的思想成为小说的重大主题。当15岁的罗斯托夫家小儿子牺牲在游击战争的前线时,评论家发现,"托尔斯泰在旧瓶里装进了他那个时代的新酒"(王智量等,2006:588)——战争的内在和外在写作规模既超越了史诗,也大大超出了小说。"史"的态度和"诗"的形态都发生了整体的移位:(1)以往的史诗中历史画面与个人命运的关系在于成为背景或巧合的机遇而缺乏内部的联系,托尔斯泰把二者融为一个整体的历史全景图;(2)动态的心理描写原则,相对于西欧众多的心理描写和心理分析大师,车尔尼雪夫斯基指出:托尔斯泰的才华特征在于他并不局限于揭示心理活动过程的结果,他感兴趣的是过程的本身。家庭思想和历史思想的结合完成了从史诗到小说的华丽转身,也把战争叙事统摄为人与历史关系研究的大课题。

二、悲剧小说的整合:《静静的顿河》所标志的现代性转向

战争小说的创作构成了19、20世纪之交社会历史的广阔画卷。

日俄战争发生在1904至1905年间,日本帝国与俄罗斯帝国为了争夺中国辽东半岛和朝鲜半岛的控制权,而在中国东北的土地上进行了一场帝国主义列强之间战争,俄国的溃败标志着帝国的轰然倒塌,革命风起云涌,形成20世纪的政治争斗(内战)与战争的交互模式。大量的亲历者创作以回忆录和历史小说的形式留在了文学史上。费·斯捷蓬的《炮兵准尉书信选》、索·费德罗琴科的《战争中的人民》、瓦·舒尔金的《1920年》、彼·克拉斯诺夫将军的《从双头鹰到红旗》等,这些作品因文学价值较高而颇受文学史家的瞩目。他们对战争的规模、白军的撤退、士兵的角色与心态的描写都非常出色。重大的历史事件或者战争战役的全过程因战争性质的不同而引起了战争观的全然变化。从帝国主义战争转为革命战争,从政治纷争形成国内自己人的战争,"为谁而战"的文学的诘问突出反映在库普林和安德烈耶夫的创作上。库普林的《决斗》是一部真正的"军旅小说",但是库普林是以沙皇军队的批判者面目出

现的。他1880年考进士官学校,后编入驻波多利斯克省步兵团,1894年退伍。作为下级军官服役了15年。小说揭示了沙皇腐败的军队已经不是战斗队,军人们远离前线的战斗和敌我双方的生死搏斗,钩心斗角、纸醉金迷、寻欢作乐,这部小说开启了战争小说的反思潮流。另一位作家安德烈耶夫则直面战争的惨淡,日俄战争是其小说《红笑》主要的背景,其中人物视角独特,为表现战争的残酷与血腥、疯狂和恐怖、梦魇与恐惧,小说用复调的笔触,把战争的亲历者"哥哥"的所见所闻以自然主义笔触写出,满目是大地和天空的呻吟,流血和伤亡使田野到处是血腥的尸首和断腿,隐喻世界已经因战争成为疯人院;而弟弟则通过哥哥的死亡思考互相杀戮、人性泯灭和丧心病狂之症为何蔓延。战争已经不是一种政治,而是人性的大规模堕落。

在两次世界大战之间,国内战争成为文学的题材之源。这一时期文学创作者们要面对的是双重性的历史评判问题。首先,国内战争带来了道德执着和历史郁结以及两者的永恒矛盾,家庭内部的流血斗争、两个阵营的殊死搏斗、敌对双方不人道的残暴行为及其所带来的严重后果,这些对于人,究竟意味着什么;第二,"人的命运,我们这个时代人的命运、未来的人的命运,永远使我不安"(孙美玲,1982:4)。绥拉菲莫维奇的《铁流》、富尔曼诺夫的《恰巴耶夫》、法捷耶夫的《毁灭》和阿·托尔斯泰的《苦难的历程》等都有着史诗中常见的"追寻主题",是历史乐观主义的战争描述;而巴别尔的小说集《骑兵军》则有时代的风暴眼中的"素描和速写"之美誉。小说集在1926年出版,至今影响力不减。评论家认为:"《骑兵军》涉及的主题小到苏联革命时期的战争动荡和内部纷争,中到文化、宗教和种族冲突,大到对人类的基本价值的怀疑和确认、对生命和死亡意义以及宗教的探询等。"(邱华栋,2014:22)

20世纪上半叶战争文学的集大成者当属《静静的顿河》。虽然贯穿这部小说的是哥萨克几个世纪的历史,但处理的仍然是现实问题,既容纳了20世纪头五十年剧变的世界,又将战争与革命的正当性放入如椽的史笔下来衡量。肖洛霍夫对俄罗斯人民历史命运和时代悲剧有深邃的洞察力,他直书全部真实。《静静的顿河》和《战争与和平》一样,洋洋洒洒四部八卷,从1932年发表第一部,历时15年,1940年结局篇发表。从主题阐释上来看,完成了以下任务:(1)恢复已失去的世界的状态——肖洛霍夫的小说是立足为哥萨克这个"族际体"唱挽歌的心态,以哥萨克的心态回溯历史;(2)出现了战争中的多余人的主题;(3)出现了父与子战争阵营的对立;(4)帝王将相在历史中退居次要地位,骂骂咧咧的白丁因战争与革命走上历史的舞台——"历史上没有哪一次内战能够激烈到把全体人民毫不例外地变成相互敌对的阵营的这一方或另一方的狂热的支持者。总有一大群人站在两个阵营之间,犹豫不决,有时同情这一方,有时又同情另一方。这种犹豫不定的态度在危机的实际结果中常常起着决定性的作用"(卢卡契,1982:105)。小说的主人公格利高里及其所代表的哥萨克中间阶层在战争中游荡在"红军"与"白军"之间,不见容于任何政治利益集团。肖洛霍夫所写的战场、战役、后方、杀人、受伤、立功受勋以及死亡都背负着哥萨克的历史积淀,因此,无论是当"红肚子"还是"白乌鸦","格利高里对渐渐南移的战事不闻不问。他明白,真正的、重大的抵抗已经没有了,大多数哥萨克已经失去保卫乡土的斗志,从各方面来看,白军已走上穷途末路,在顿河上守不住,到库班就更守不住了"。(肖洛霍夫,1986:1119)至此古典史诗《伊戈尔远征记》之抵御外侮的主题获得了现代性的转向,即深刻的内在民族矛盾所引发的国内战争所需要的史实性主题。《静静的顿河》解构并匡正了政治史对哥萨克历史的误读,比如,在第二部结尾"行刑之后":

> 过了半个月,小小的坟堆上长出了车前草和嫩蒿,野燕麦在上面吐了穗,山芥菜在旁边开起了好看的黄花儿,草木樨还有垂下一条条绒线一样的穗头,还有薄荷、大蓟和珠果的气味。不久,附近的村子里来了一个老头子,在坟前挖了一个小坑,栽上了一根新刨的橡木桩子,上面钉着一块供牌。在供牌的三角形水檐的阴影里,是圣母的悲哀的面容。在下面的檐板上,写着两行黑黑的斯拉夫体花字:弟兄们,在慌乱的年月里不可苛责自己的兄弟。(肖洛霍夫,1986:987)

在你死我活的国内战争中,"中间状态的人"独特地诠释了"某一个别世界的整体",使历史叙事与人类心理的开掘互为表里,这里对战争与革命的自省,就不再是一般个人的自省,而是融入了更为深广的对历史和时代的省察。从顿河的族际体扩展到俄罗斯民族,再上升到人类在20世纪的生存境遇,因而这个自省的价值也就决定了小说的世界意义。

三、"战壕真实派"推助的三大浪潮:伟大的卫国战争文学

第二次世界大战是人类历史上最为惨烈的战争,史称世界反法西斯战争。战争范围席卷全世界,从欧洲到亚洲,从大西洋到太平洋,先后有61个国家和地区、20亿以上的人口被卷入战争,作战区域面积2200万平方千米。据不完全统计,战争中军民共伤亡9000余万人(其中苏联占2660万),是人类历史上规模最大的世界战争。可以说,这次战争改变了人类历史的进程,直到现在,世界各国的人们都无法忘记这场战争给每一个国家带来的牺牲和苦难,记录这次战争成为战后(20世纪后半叶)文学的神圣使命。

1941年6月22日法西斯德国发动"闪电战"入侵苏联,直到1945年5月,苏联红军直捣法西斯的老巢柏林,有成千上万的普通人走进炮火硝烟,奔赴伟大的卫国战争的最前线。许多作家投笔从戎,以"前线记者"的身份辗转战场,参加报道和采访战役与作战行动。"据统计,苏联作家协会各级组织有一千名作家以各种身份上了前线……有二百七十五名作家战死疆场,其中有著名的儿童文学家盖达尔、著名作家克雷莫夫、斯塔夫斯基和幽默小说家彼得罗夫,肖洛霍夫的好友、农村作家库达绍夫因眼睛高度近视而不能加入正规军,以民兵的身份参加莫斯科保卫战,不幸被俘,在德军战俘营,受尽折磨死去。"(李毓臻,2015:31)战争期间,一切可能形式的文艺作品被创作出来,可歌可泣的英勇事迹激发了大批作家诗人的爱国主义激情,大批的优秀作品应运而生。阿赫玛托娃、伊萨克夫斯基、西蒙诺夫、吉洪诺夫、安托尔科夫斯基和特瓦尔多夫斯基等大诗人都创作了歌唱祖国、讴歌将士、纪念慷慨就义和牺牲的英雄的诗篇,大作家肖洛霍夫、爱伦堡、阿·托尔斯泰、戈尔巴托夫、西蒙诺夫、列昂诺夫、阿斯塔菲耶夫都写出了传世之作。不仅如此,战后三十年间,文学中的战争题材常写常新,经久不衰,有统计数据证实,苏联时期出版了近两万种战争题材的作品。

俄罗斯反法西斯战争文学的发展与演变经历了"三大浪潮"。第一阶段,1941至1956年间,以战争的亲历者即战场豪情派为主要群体,他们的创作主题集中在战场写实,用对战争进程的叙事推进故事,一般性的战斗穿插其间,人物的精神世界是创作者的着力点。代表作品有西蒙诺夫的《日日夜夜》和阿·托尔斯泰的《俄罗斯性格》,是局部性的战争特写;爱伦堡的《暴风雨》和法捷耶夫的《青年近卫军》则不拘泥于战场时空,尽力以众多的线索来展现战争的全貌,追求全景式战争透视。但这两种创作方法都有一个共同的主题,即人在战争中的积极作用,因而也有很多同时期的作品,在塑造英雄方面走得更远,比如高大全式的"金星英雄"形象就是这一时期的产物,也曾饱受诟病。

战后反法西斯战争文学的第二次浪潮则从1950年代中期绵延至1960年代中期。血与火的硝烟渐渐褪去,对战争更深沉的思考和理性评估占据了创作的基本主题。1965年底,肖洛霍夫发表了《一个人的遭遇》,成为这一时期的标志性事件。小说在1957年新年前夕在广播电台播出,无数经历了战争的苏联人伫立街头,含着泪水倾听。在结构上,小说是双重叙述人的讲述,而主题上则思考战争与人的命运的关系,所有作战指挥部的运筹帷幄、所有英雄人物的视死如归、所有外部场景的生死厮杀都不再于故事的中心留置,居于叙述焦点的是战争给普通人和普通家庭带来的巨大阴影和创伤。战争中的普通人和战场上的普通士兵成为战争小说在胜利十年之后乃至二十年的创作实践的突破口。涌现出了以邦达列夫、贝柯夫、巴克兰诺夫为代表的"战壕真实派"作家群体。战争的受难者是这一时期作品的塑造对象,但是由于自然主义描写造成了纸上的"战争恐怖",引起了不小的争议。20世纪60年代末至70年代初期,战争文学经过积累和沉淀,艺术上日臻成熟,主题也从战争战事本身的局限突破至民族表达形式的追求上,优秀的战争文学作品如雨后春笋般涌现——瓦西里耶夫的《这里的黎明静悄悄》和《后来发生了战争》、贝柯夫的《方尖碑》、巴克兰诺夫的《永远十九岁》等,这些作品举重若轻,其主题突破口在于对战争和战役的思考具有抒情性的哲理意味,人物的青春年华和普通人身上的人道主义的光辉居于前位,战争的劫难与生活磨难让位于人物的精神气场,这些作品风靡各国,甚至独步战争影坛数年,在反法西斯战争文学写作上写下了浓重的一笔。

全景战争文学也几乎在同一时期"复活"。"战壕真实"和"司令部真实"的结合使战争文学的主题回到高屋建瓴的史诗之春秋笔法上来,第二次世界大战的两大阵营——同盟国与轴心国的较量,领袖们的挥斥方遒,军事与外交的角逐,英明的最高统帅与英雄的普通士兵之间的互动,以及战争中并不鲜见生活理想的毁灭和奋不顾身的捐躯进场在一部作品中交织,如邦达列夫的《热的雪》、恰科夫斯基的《围困》、西蒙诺夫的《生者与死者》和斯塔纽克的《战争》。以《围困》为例,这是约有100万字的五卷编年史,按照历史的真实过程,将列宁格勒被德寇围困900天期间的军事行动和重大事件完整地写了出来,人物从斯大林及其统帅部一直写到希特勒的德国,从咫尺前线仍从容坚持开工的普通工人一直写到拉多加湖上开辟生命通道的勘测队员。小说的文献性、纪实性兼有,虚构性的艺术也不逊色。宏大的艺术构思和对(无论真实还是虚构)人物"心灵辩证法"(即以托尔斯泰为代表的史诗写作中对人物内心深处的描写)传统的追求托举了战争文学最为伟大的主题特征:人类的尊严不可侵犯,在战争中人类仍要捍卫神圣不可侵犯的尊严。

这里特别要指出的一个战争文学的分类性分支:战争回忆录。在浩如烟海的战后回忆作品中,有很多类似科涅夫①的《方面军司令员笔记》的优秀作品,作者从亲历者的角度,不仅栩栩如生地描绘了个人的军旅生涯,而且运用大量的实例和鲜活史料,来讨论各大战役期间如何正确地选择突击方向和实施突击的时间,如何拟制作战计划。对于在苏德战场善于指挥大军团作战,集中优势兵力打击敌人的这段波澜壮阔军事历史,科涅夫的元帅战争回忆录具有还原军事历史与准确把握历史嬗变并使二者相得益彰的特点。类似的回忆

---

① 伊丹·斯捷潘诺维奇·科涅夫(1897—1973),苏联军事家,苏联元帅。

录还有《罗科索夫斯基元帅战争回忆录》和《巴格拉米扬元帅战争回忆录》等。为摆脱写作上的主观主义,巴格拉米扬元帅"努力像评价自己的行为那样去评判各位军事首长的行动",使战争回忆录的学术研究色彩浓烈。巴格拉米扬的战争回忆录篇幅较大,但并不冗长和枯燥。在大量的将帅回忆录中,这是第一次把三个方面军司令员(斯坚科中将,1942年哈尔科夫战役;瓦图京大将,1944年遭遇战;切尔尼亚霍夫中将,1945年去指挥所途中)阵亡的噩耗像文学描写一样写进军事史的回忆录。"战争不怜悯任何人",相对于具体而翔实的史料,巴格拉米扬显然没有停留下来,"只是长时间说不出话来",悲伤地回忆战友,而是更愿意书写"人类承受力的奇迹",那继承了遗志、转身战斗的身影更令读者动容。战后三十多年,巴格拉米扬记下了每一个因参加强攻柯尼斯堡获勋的军人名单,为那些牺牲后被追授称号的战友难过不已。尽管是严格按照文件材料撰写的目击者叙述,仍然具有震撼人心的感染力。

战后反法西斯战争文学的第三次浪潮与创作方法和创作思维的多维观照有密切的关系。冷战时期,超级大国的对抗和随时可能爆发第三次世界大战以及核战争的恐惧迫使有识之士观察并深究战争的根源和制止、遏制战争的可能性。文学家的思考借以发挥的是对假定性未来的虚拟和道德的终极拷问。艾特玛托夫的《一日长于百年》、拉斯普京的《活着,可要记住》和邦达列夫的《岸》将战争的主题扩大到"全球性思维",因而题材就超出了战争和战争的历史背景,而极力在道德、社会、世界未来和宇宙生态等多方面来思考人类的理性与历史钟摆的困境。这一时期的战争文学就具有了鲜明的反战声音。

四、新现实主义独白:当代战争文学的历史文化语境

当代局部战争的后果和影响没有局限在局部,世界范围的局部战争、高科技战争以及核战争等威胁在反法西斯战争胜利多年之后重新引起人们的警惕。对战争问题的基本看法悄然发生了重大的改变,战争主体的多样化和手段的精确化改变不了战争的本质,文学的当代战争叙事已经把正义与非正义的争论完全留给政治空间,世界范围的"创伤叙事"改变了战争文学的叙写模式;战争中的人是各国文学关注的主题出发点。而这种摹写战争的手法是写作立场和视角的变化连带的体裁与叙述主体的全然更新。2015年诺贝尔文学奖获得者阿列克谢耶维奇的俄语文献文学引起了极大的关注,这位女作家的全部创作背景都是苏联时期的战争史。她的名言是:"世界已经发生翻天覆地的变化,而我们还未真正做好准备。"她的两部文学作品都具有文献纪实的体裁,是她一生锲而不舍地记录"无人愿意倾听的声音"的丰碑。她的写作视野没有受到狭隘国别的限制,而是涉及全部苏联时期的战争过程和历史风云。

《锌皮娃娃兵》及其同类作品《战争的非女性面孔》《我是女兵,也是女人》和《我还是想你,妈妈》的基本特征是战争中的个人史——代入叙事者的立场决定了她的创作与宏大叙事背道而驰。"她在书中毫不畏惧地记录了创伤的细节,读之令人惊异、震悚甚或潸然泪下。她的作品既让人印象深刻又让人心情沉重。"(杨劲,2018:42)她采访的是普通的战争磨难与痛苦承受者的讲述,具有最直观的冲击和从未有过的强烈震撼。她的采访对象包括参加了第二次世界大战的医生、护士,还有伞兵、坦克兵、重机枪手和狙击手,其作品是超过一百万的女兵的记忆,是当代战争中苏联军官、士兵、护士、妻子、情人、父母和孩子的血泪记忆。而这些作品的唯一主题是对战争的质疑,她的作品则被当成批判当代战争的荒谬性的证人与证词。

"新现实主义"作家与作品对当代战争的历史文化语境倾注了更多的写作心血,盖尔曼·萨都拉耶夫的作者形象问题是其创作学上最值得关注的突出现象。他被誉为"新现实主义作家"不是偶然的。2000 年以来,俄罗斯战争文学出现了新的社会伦理思考的倾向,新的(局部)战争文本对多元文化的关注,引起了传统文学主题和战争描写的反思性的蜕变。批评界越来越重视以盖尔曼·萨都拉耶夫为代表的新一代作家群体①的小说创作的历史文化语境、文化价值失落引起的"创伤叙事"的经验以及对神话信仰的溯源意识。系列作品主题惊人的一致,作者形象和主人公形象及其叙述声音一致合流,这些都充分说明,作家在纪实性的"我传"中所要传达的思想感情和理智意识并非某个人物所独有,而是作者对以普通人为代表的人类精神世界和人类新的尊崇,是对人类所期冀的共同文化空间的道德观和世界观的形象化演绎。

结　语

俄罗斯古代战争文学成就斐然,是战争叙事传统的不竭之源;近现代文学的黄金时代和白银时代都总结了战争文学在概括和整合编年史记录方面的巨大成就;当代作家将战场冲突完全让位于战后反思,深刻触及了战争文化的本质,使"真相叙事"成为当代文化间对话的珍贵文本。俄罗斯战争文学的流变史是人类世界观和道德观发展的缩影。

---

①　此类作家及作品还有米·阿列克谢耶夫的《我的斯大林格勒》(2003)、符·博格莫洛夫的《我的生活,或者是你梦到了我》(2009)、谢·阿努福利耶夫和巴·佩佩尔施泰因的《种姓神遗之爱》(2002)、亚·屠格涅夫的《睡觉并且相信——封锁故事》(2007)和博亚尔绍夫的《坦克手,或者"白虎"》(2008)。

参考文献

1. 列·托尔斯泰:《战争与和平》,草婴译,北京:人民文学出版社,1992。
2. 任光宣主编《俄罗斯文学简史》,北京:北京大学出版社,2006。
3. 德·斯·米尔斯基:《俄国文学史》,刘文飞译,北京:人民出版社,2013。
4. 黑格尔:《美学》(第三卷下册),朱光潜译,北京:商务印书馆,1981。
5. 马克思、恩格斯:《马克思恩格斯全集》(第29卷),北京:人民出版社,1972。
6. 王智量、谭绍凯主编《托尔斯泰览要》,贵阳:贵州人民出版社,2006。
7. 孙美玲编选《肖洛霍夫研究》,北京:外语教学与研究出版社,1982。
8. 邱华栋:《亲近文学大师的七十二堂课》,桂林:漓江出版社,2014。
9. 卢卡契:《司格特研究·历史小说的古典型式》,文惠美译。北京:外语教学与研究出版社,1982。
10. 肖洛霍夫:《静静的顿河》,力冈译,桂林:漓江出版社,1986。
11. 李毓臻:《反法西斯战争和苏联文学》,北京:北京大学出版社,2015。
12. 冯玉芝:《〈巴格拉米扬元帅战争回忆录〉评鉴》,载《伟大史诗铁血长歌》(4),北京:学习出版社,2015。
13. 杨劲:《阿列克谢耶维奇获奖在德国》,载《外国文艺》2016年第1期。
14. 盖·萨杜拉耶夫:《一只燕子不成春》,富澜、冯玉芝译,北京:中国青年出版社,2015。
15. 罗曼·罗兰:《名人传》,张冠尧、艾珉译,北京:人民文学出版社,2003。

作者信息:作者信息:冯玉芝,女,山东新泰人,教授,博士,研究方向为俄罗斯文学批评史与小说史;杨淑华,女,国防科技大学国际关系学院教授,博士,研究方向为翻译学。本文为国防科技大学立项课题"军事文化视域下的俄罗斯当代战争文学主题形态研究"(JS17-03-48)的阶段性成果,曾刊载于《外语研究》2018年第5期,有改动。

战争小说的诗意与严谨
——论卡扎凯维奇的《星》

曾思艺
天津师范大学文学院

摘要:卡扎凯维奇的名作《星》是一部充满诗意的、结构严谨的战争小说,抒情色彩、象征手法、新颖别致、浪漫乐观、简洁生动是其诗意的体现,严谨则表现为精心安排事件和人物,使作品贯穿紧密,前后呼应,甚至还写出了战争局势的改变,或是人的改变。

关键词:战争小说;卡扎凯维奇;《星》;诗意;严谨

A Rigorous War Novel with Poetic Flavor
—Kazakevich's *The Star*
Zeng Siyi

Abstract: Written by Kazakevich, *The Star* is regarded as a rigorous war novel imbued with poetic flavor, which is demonstrated by its lyricism, symbolism, originality, romanticism and optimism, brevity and vividness. Its rigor is shown in the careful arrangement of events and characters, making the novel coherent and corresponsive between different parts, and even writing about the changes of plots or characters.

Keywords: war novel; Kazakevich; *The Star*; poetic flavor; rigor

侦察兵在部队作战中发挥着独特而巨大的作用,在苏德战争的后期更是如此:"苏军从步兵团到方面军都配有侦察方面的专家。德军兵力不足的防线常被其单兵或小分队渗透进去,侦察兵和负责牵制的特种部队小组会找出关键目标并摧毁桥梁等薄弱环节。正如 1943 年对奥廖尔突出部发起的'库图佐夫战役'那样，苏军侦察兵针对德军以尽可能少的部队把守前沿阵地的传统战术采取了相应策略。到1944年，这些侦察兵在每场大规模攻势开始前往往都会展开战斗侦察。在突击正式发起前24小时，营连级侦察分队将夺取或扰乱德军的一线防御阵地，从而确保真正的攻势可以直接打击防御方主要阵地。"（戴维·M.格兰茨、乔纳森·M.豪斯，2020：261－262）但在此前的苏联战争小说中却没有专门描写侦察兵的作品。侦察兵出身的作家卡扎凯维奇（Э. Г. Казакевич）填补了这一空白——他曾说过，没有这种军队生活，也许他就不能创作出《星》（《Звезда》）和《奥德河上的春天》（《Весна на Одере》）。（Г. О. Казакевич，1966：413）

埃马努伊尔·卡扎凯维奇（1913—1962）的中篇小说《星》（1947）主要叙述了侦察员特拉夫金（Травкин）中尉在苏军挺进西乌克兰某森林的时候，率领安尼康诺夫（Аниканов）、布拉日尼科夫（Бражников）、马莫奇金（Мамочкин）等6人，渡河深入敌军后方侦察，结果发现德国党卫军第五坦克师"维金"这最精锐的部队偷偷集结在森林里，准备用出其不意的奇袭解除被俄罗斯人封锁着的科威尔城之围，把俄罗斯人切成许多孤立的小股，迫使他们退到两条著名的大河斯托霍德与斯蒂尔，再予以歼灭。侦查小分队的联系代号是"星"，师部则是"地球"。他们把这一情报报告给师部，师部震动了，赶忙报告给方面军司令部，方面军司令部又把它报告给最高统帅部，于是俄军调整了战略部署，增加了森林的坦克部队和炮兵部队，粉碎了德军的阴谋。但是，"星"小组在敌后被敌人发现，人数被夸大后报到敌军司令部，并且从每个营里调出一个连，还出动了师的整个侦察部队，搜捕"星"小组，"星"小组全部英勇牺牲……这部小说由于其较为独特的题材和较高的艺术成就，1948年获得了斯大林奖金，产生了较大的影响。但我国对其专门研究的文章似还未见，本文拟对其进行较为全面、深入的研究，以抛砖引玉。

彭克巽指出："卡扎凯维奇（1913－1962）发表了著名的中篇小说《星》(1947)。它表现了写'战壕真实'的另一种倾向。卡扎凯维奇同涅克拉索夫（В. П. Некрасов）一样富于实战经验，作为侦察兵军官参加了从莫斯科保卫战到攻克柏林的战役。卡扎凯维奇的艺术倾向相当接近于巴别尔（И. Э. Бабель）。他曾说：'我想成为像我描写的生活那样粗犷和深刻、像一条钢轨那样简要和集中。'中篇小说《星》运用简洁、明快的故事体小说的形式，描绘1944年苏军反攻，进逼波兰前线，由特拉甫金中尉率领的一支侦察队（代号为'星'），深入到德寇精锐部队集结的森林中侦察的情形。卡扎凯维奇的文笔像行云流水那样流畅，清晰地展示出战地生活的生动图画。"（彭克巽，1988：192）

尽管这部中篇小说也描写了苏联红军中存在的一些问题，如魁梧的、四肢匀称的费克季斯托夫怕死,为了逃避深入敌后侦察敌情故意在大冷天洗冷水澡让自己感冒咳嗽;侦察兵马莫奇金没有把借老乡的两匹马送归原主而是"暂时"借给一个老农夫使用,以此向其索取各种食品;巴拉什金大尉不仅以粗野和懒散著称,而且心理阴暗,竟然因自己喜爱的女性卡佳热恋特拉夫金而派他去敌后侦察,想借此除掉"情敌"。不过,总体看来,《星》不仅在题材上填补了苏联战争小说的一个空白,在艺术上也颇为成功,其作为战争小说的成功之处,主要表现为它是一部充满诗意的严谨战争小说。其充满诗意主要体现在以下几个方面。

一是抒情色彩。作为一部叙事性的战争小说,这部篇幅不长的中篇小说却具有浓厚的抒情色彩。

有些表现为直接抒情,如:"在森林中漂泊两天以后,再看见伸向朦胧的远方的轨道、臂扳信号机和乌黑的铁路道岔扳子,是多么愉快啊。"这是特拉夫金的侦察小分队深入敌占区,结果不小心被德军发现,在森林里奔跑了两天后,来到一个小火车站附近的感受,这一抒情表达了战士们那种"山重水复疑无路,柳暗花明又一村"的瞬间快乐感。又如:"他们有气无力地走着,不知能不能返防。但重要的不是这个。重要的是,集结在这片森林里、企图偷偷给苏军一记打击、冠有令人生畏的'海盗'之名的精锐的师,是注定要灭亡了。汽车、坦克、装甲运输车,那个戴着凛凛闪光的夹鼻眼镜的党卫军分子,那两个用大车运送活猪的德国人,总之是,所有这些贪吃的、乱喊乱叫的、把周围的树林弄得乌七八糟的德国人,所有这些希勒、米伦康普、加尔盖斯们,所有这些钻营者和弹压者、绞刑吏和刽子手,都在沿着林间大道直接奔向自己的末日,死神已经把它惩罚的手伸到这一万五千个脑袋上来了。"这是侦察分队最后一次在书中出现,他们即将被搜索网越来越小的德军杀死,但这段富有抒情色彩的描述却形象地表达了他们在完成任务后的自豪之情和视死如归的革命豪情。因为,辗转收到他们的情报后,"统帅部立刻明白这件事后面隐藏着一个更严重的东西:德国人企图来一次反扑,阻挠我军向波兰突进。于是,加强方面军的左翼,把统帅部后备队的一个坦克集团军、一个骑兵军和几个炮兵师调往左翼的指示发出了",而"方面军司令部命令空军去侦察和轰炸指定的地区,又给某集团军增加几支坦克和炮兵部队",德军即将被歼灭。当然,也有小说中人物的抒情:"他带着类似真正的妒忌的感情,看着一群乌黑的白嘴鸦在敌我两方的前沿之间逍遥自在地飞来飞去。对于它们,这些可怕的障碍是不存在的。只有它们能道出德军方面发生的一切!他梦想着一只会说话的白嘴鸦,可以做侦察员的白嘴鸦,如果能变成这样的白嘴鸦,他情愿舍弃人的外貌。"这是特拉夫金观察河对岸德军的阵地时的情感,非常真实地表达了红军战士,尤其是侦察员希望像鸟儿一样自由飞翔、超越障碍、痛歼敌人的心情。

小说更多的则是在叙述中饱含感情甚至抒情,如:"每个侦察员的出身和战前生活,全在他们的行为和脾性上留下了印记——西伯利亚人阿尼卡诺夫的农民式的顽强作风,五金工人马尔钦科的机警和精明,港口人马莫奇金的豪放不羁。但过去已经离得非常遥远。他们一心一意打仗,不知道战争还要拖延多久。打仗成了他们的日常生活,这个排变成他们唯一的家庭了。家庭!这是一个奇异的家庭,它的成员享受共同生活并不太久。有的进了医院,还有的走得更远,走到那人人一去不复还的地方去了。这个家庭有过一段代代相传、短促然而光辉的历史。"在叙述这个排每个侦察战士的不同个性时,由他们共同组成的奇异家庭而抒发感情,同时也使前面的叙述带有感情色彩,表现了在革命同志组成的大家庭里的温馨温暖。又如:"穿起伪装衣,紧紧地结好一切带子——脚上的、腹部的、下巴底下以及后脑上面的带子,侦察员摆脱了日常的操劳和大大小小的事务,他已经不属于自己或首长,也无心回忆往事。他把手榴弹和匕首系在腰带上,手枪揣进怀里。他抛开人类的全部常规惯例,置身于法律保障之外,今后只能依靠自己。他把他所有的文件、书信、照片、勋章和奖章交给司务长,党证或团证交给党小组长。于是他抛开自己的过去和将来,只在内心珍藏着这一切了。他没有名字,好比林中的鸟儿。他也完全可以舍弃清晰的人类语言,仅仅用啁啾的鸟叫声向同志们传递信息。他跟原野、森林、峡谷融为一体,变成这些地区的精灵——处境危险的、时刻戒备着的精灵,他的头脑深处只蕴涵着一个念头:自己的任务。一场古代竞技就这样开台,其中只有两个登场人物:人与死神。"前面是客观的叙述,但后面写侦察员"跟原野、森林、峡谷融为一体,变成这些地区的精灵",则充满了抒情色彩,表达了对侦察兵的热爱与赞美之情。

二是象征手法。小说又一富于诗意的表现是运用了象征手法,使得小说含蓄深沉,富有韵味。其中最突出的象征是:侦察小分队的代号"星",师的代号"地球"(一译"土地")。"星"的象征意义颇为丰富,小说中写道:"特拉夫金一次又一次地注视同志们的脸孔。他们已经不是部下,而是相依为命的同志,作指挥员的他感觉他们已经不是跟他有所区别的旁人,而是自己躯体的一部分。如果说在'地球'时他还能赋予他们一项权利,让他们过各自的生活和保持自己的嗜好的话,那么,在这里,在这孤零零的'星'上,他们和他却构成一个整体了。特拉夫金挺满意他自己——增殖到七倍的自己。"显然,"星"在这里是紧密团结如一人的革命侦察兵战士的象征。钱善行进而指出:"情节开展中,'星'和'土地'既是军事行动中通常的代号,又是含意深刻的象征:星照耀着英勇的侦察员们的道路,土地则是祖国的化身,是侦察勇士的坚强后盾和力量的源泉。和瓦西列夫斯卡娅的《虹》一样,《星》不但书名带有明显的象征意义,其具体形象也具有鲜明的象征性。此外,两部中篇的故事都比较奇特、惊险而且极其紧张,它们的主人公都牺牲了,但叙述的基调始终是明朗乐观的,语言同样富有强烈的主观抒情色彩,因此都被认为是优秀的浪漫主义代表作。"(钱善行,1995:28)

三是新颖别致。小说的题材本已新颖别致,描写了此前无人专门描写过的侦察兵,并且在描写时角度也新颖别致,它只巧写侦察小分队的侦察工作,详细描述了侦察的准备工作,深入敌后出乎意料的新发现,以及被敌人发现后在森林中与敌人的几天周旋,但不像绝大多数战争小说尤其是"战壕真实派"那样极力渲染战争的苦难与死亡,甚至侦察兵的牺牲都以虚写的方式交代出来:首先是马尔钦科带领两个工兵到敌方去侦察,特拉夫金守候几天也没有归来;最后是特拉夫金的小分队,师部尤其是卡佳守候了许多天也不见回音……结尾更是富有余味:首先,尽管侦察小分队几天杳无音信,大家都失去了信心,但卡佳"仍然充满着希望和坚定不移的顽强精神,等待着。谁也不再等待了,她还等待着";其次,在1944年夏天苏联红军挺进波兰时曾经想加入侦察小分队的梅舍斯基中尉带领侦察兵走在队伍的最前面,暗示特拉夫金后继有人,也说明红军后继有人。

四是浪漫乐观。在这部小说中,虽然最后侦察小分队的成员全部壮烈牺牲,但整部作品并不低沉、压抑,也不忧郁悲伤,反而充满了浪漫乐观的色彩。首先这当然是因为大形势非常乐观——此时苏联红军已经牢牢掌握了战争的主动权,而且已经开始收复西乌克兰,马上就要解放苏联全境,把敌人赶出国土。其次,这是作家刻意营造的。其表现有三。第一,作家把特拉夫金的七人侦察小分队放在郁郁葱葱、茫茫林海的美丽、清新大自然中展开侦察活动,本身就神秘而充满诗意,具有浪漫气氛。第二,在侦察活动中,作家还刻意描写了自以为隐秘的德军官兵突然发现七人小分队经过身边时认为他们是"绿衣幽灵"的神秘感受,进一步加强浪漫气氛:

> 这时发生了一件可怕的事。他们真的突然撞见三个德国人,三个没有睡觉的德国人。这三人在一辆卡车上面斜倚着,身上裹着被子,正在交谈。其中的一个偶然向附近的森林边缘瞧了一眼,不禁愣住了。有七个装束特别的人排成一种奇异而凄凉的行列,沿着小路静悄悄地、目不旁视地走去,——他们不是人,而是七个穿着宽大的绿色外衣的游魂,他们的脸色非常严肃,在极度苍白中透出一点青绿。
>
> 这些绿衣游魂的神怪外貌,或者是他们在蒙蒙晨雾中的身姿的模糊

轮廓,使那德国人觉得他们是个超现实的、妖魔般的东西。他一下子简直没有联想到俄国人,没有把这个幻象跟"敌人"的概念连在一起。

"绿衣幽灵!"他恐慌地嘟哝道。

第三,通过卡佳对特拉夫金的爱恋和最后的等待,营造浪漫乐观的气氛。在紧张的战斗间隙里,女通信兵卡佳对特拉夫金几乎是一见钟情,而且深深爱恋,而这小伙子虽然在战斗中勇猛善战,却是一个性格内向的人,在面对女性时颇为羞涩腼腆甚至不解风情,一心只想着如何更好地完成任务消灭敌人,从而让少女苦恼不已。但卡佳认定了他,此情不渝。这件事本身就有点喜剧气氛。再加上书中的一些描写,就更有浪漫情趣了,如:"特拉夫金离开以后,卡佳再也坐不住,很快就告辞了。那是一个暖和的月明之夜,只有远方的爆炸声或者孤独的卡车的嘟嘟声,偶尔打破森林中深沉的、完全的寂静。她挺幸福。她觉得今天特拉夫金看她的时候比往常亲切。她想,万能的师长既然对她这样好,一定能说服特拉夫金,让他相信她卡佳并不是什么坏女孩,她也具有值得尊重的优点。她在这月明之夜四处寻觅自己的情人,嘴里轻轻地念着一些古老的词句,几乎像是'雅歌'中的词句,虽然她从没读过或听过'雅歌'。"寂静的森林中暖和的月明之夜,一个感到幸福的少女,情不自禁地哼着爱情歌曲,情调浪漫而乐观。小说的结尾更是耐人寻味,富于革命的浪漫精神:"卡佳恐惧地猛然想起:她坐在这架电台旁边,不断地向'星'呼唤,也许是白费气力。星陨落了,熄灭了。但她怎么能离开这里?如果他说起话来,可怎么办?如果他是隐蔽在某个森林深处,可怎么办?于是她仍然充满着希望和坚定不移的顽强精神,等待着。谁也不再等待了,她还等待着,好在攻势开始以前,谁也不敢撤掉这架电台。"

正因为如此,苏联文学史家叶尔绍夫称这部小说为"浪漫主义中篇小说",并且指出:"'过去的战争的回声'是埃马努伊尔·卡扎凯维奇的浪漫主义中篇小说《星》的感人力量之所在。"(叶尔绍夫,1987:376)陈敬咏也认为《星》"是一部富有抒情和浪漫色彩的作品"(陈敬咏,1992:70)。帕乌斯托夫斯基更认为作家本质上是一个诗人,而且几乎是一出场就十分成熟:"卡扎凯维奇,一个十分有趣的诗人,他带着各个方面都如此成熟的作品加入散文创作之中。"(Г. О. Казакевич, В. Л. Любельский,1966:412)

五是简洁生动。这部小说既描写了师长及参谋们的活动,也描写了苏联红军的进军情景,更详细描写了七人小分队的敌后侦察战斗,与此同时,还描写了青年的恋爱、部队里的某些不良习气。如此丰富的内容,如果放开来写,足足可以写上好几十万字,但卡扎凯维奇却只写了一个短短几万字的中篇小说,因此整个小说一个显著的特点就是简洁。达成简洁的方法,在小说中有以下几种。

第一,描写主人公特拉夫金的方式较为独特而简洁。小说不像许多战争小说那样,由叙述者去面面俱到地描绘主人公的一切,而是从领导、士兵、卡佳、敌人等众多角度描写特拉夫金。在师长谢比钦科上校眼中,他不仅长得好像漂亮的林神,而且是"好小子,特拉夫金"。工兵连长布戈科夫中尉喜欢他的这位同乡,因为他虽然成了有名的侦察员,却仍旧像他们初次会面时一样,是个文静谦虚的青年。侦察兵马莫奇金敬爱特拉夫金,因为他具有马莫奇金本人所缺少的品质:对工作的忘我精神和绝对的大公无私。他不胜惊奇地观察过,特拉夫金怎样精细地分配他们领到的伏特加,给自己斟得少,给其余一切人斟得多。他休息的时间也比大家少。卡佳眼中的特拉夫金则是一个英俊的青年,而且聪明、严肃,有文化,将来会成为学者。在德军眼中,特拉夫金及其侦察小分队则是神出鬼没的"绿衣幽灵"。这种描写人物的方式,既从不同角度表现主人公不同方面的特点,从而在动态中展现其全貌,又避免了叙述者面面俱到的静态描写,相当简洁地一点点展示出人物的性格与品质。

第二,语言简洁。整部小说的语言都颇为简洁,哪怕是写侦察兵经历的极度危险也十分简洁:"侦察员们迈着平稳从容的步子,从惊慌的德国人身边走过。直到在小树林中隐没以后,特拉夫金才急急忙忙朝周围扫一眼,拔腿奔跑。他们迅速冲过小树林,来到一片牧场,惊起沼泽中的鸟儿,进入下一个小树林。他们在这里歇了口气。"小分队进入敌区,发现森林中竟然挤满了德军,他们几乎是从酣睡的德国人身上爬过去一般。爬行了一公里半之后,他们却突然迎面碰上了德国人,他们的沉着冷静使得德国人把他们当作"绿衣幽灵"。这本是可以大肆渲染的,但作家却只是极其简洁地将其描写清楚。即使描写人物的复杂心态,依旧十分简洁,如:乌克兰"老大娘的小儿子确实在绿林中拦路抢劫,大儿子却参加了红色游击队。作为土匪的母亲,她心怀敌意地沉默着,而作为游击队员的母亲,她却殷勤地为战士们敞开了她那小屋的门。她给侦察员端来煎猪油和一瓦罐清凉饮料打打尖,接着,游击队员的母亲又让位给了土匪的母亲;她露出黑沉沉的脸色,在一架占据半个房间的织布机旁边坐了下来。"

总体来看,整部小说无论是叙事还是写景,都点到即止,却又富有韵味。如:"被迫无所作为的日子对侦察员起了极坏的影响,懒散与粗疏这一危险的蜘蛛网已经缠住他们。"又如:"这是一个冷森森、雾蒙蒙的黎明时分,连四处回荡的鸟啼声也透着一股凉气。"甚至在最能体现俄罗斯文学的特点——大力描写优美的风景时也惜墨如金,如:"他们来到一个景色优美的湖泽地区。这里有大大小小的湖泊星罗棋布,湖水清凉,蛙声呱呱,湖边是桦树林子。"又如:"天真是亮了。粉红的光点在湖面荡漾。"

第三,精心结构,使小说整体严谨而又紧凑,形成小说最关键的简洁。

小说的严谨主要表现为精心安排事件和人物,使作品贯穿紧密,前后呼应,甚至还写出了情势的改变,或是人的改变。

小说描写的是在西乌克兰地区苏联红军即将进行的一场战役,重点描写的是为这场战役所进行的侦察活动。但为了使作品不至于单调、松散,作家精心安排了作品的事件和结构。

事件中最主要的当然是侦察活动,这是全书的一根主线。但为了使作品更紧凑,作家特意安排了两匹马的事件。小说开始不久,因为需要,侦察兵找当地百姓借了一些马匹。用完后,让马莫奇金去归还。而马莫奇金为了改善自己和侦察兵的生活,却留下了两匹马,把它们借给一位老农,换取各种食物。在敌后侦察被德军发现后,他深深后悔,并向特拉夫金忏悔了这件事,表示如果能胜利回还,甘愿接受惩罚。小说将近结尾时,还写道上面派来侦察员叶西金大尉调查此事。可以说,两匹马贯穿小说始终,使得小说更富波折,同时也更紧凑。

小说还精心安排结构。在小说的开头专门写道:"师长谢比钦科上校乘坐一辆吉普,追上这样一群侦察员。他慢慢地下了车,站在泥泞的、被破坏过的道路中间,双手抉腰,嘲弄地微笑着。"他对侦察兵没有及时找到敌人送来可靠的情报表示不满。小说的尾声又特意写道:"谢比钦科少将乘坐他的吉普车,追上了一群侦察员。……将军认出那个领头的侦察员是梅舍斯基中尉。他停下车,像平常看见侦察员的时候一样,脸上光彩焕发……"①这两处描写不仅结构上前后呼应,而且还写出了师长谢比钦科从上校到少将的职务提升。

卡佳这个人物的出现,不仅有着增加小说浪漫乐观气氛的作用,有着用爱情来力破小说只有单一的战争描写之单调的作用,而且还有着一定的结构作用。她最初主动追求特拉夫金,只要一有机会,就往侦察兵那里跑。当侦察兵深入敌后,她作为通信兵,总是与他们保持联系。最后,当侦察兵全部英勇牺牲后,她因对特拉夫金饱含深情,依旧在等待。因此,她也是一个贯穿始终的人物,使小说前后呼应,结构严谨。而且,小说还描写了她的改变。最初,她以

---

① 本文所引用的原作文字,均出自卡扎凯维奇:《星》,蒋路译,世界反法西斯文学书系,苏联卷,第6卷,重庆出版社,1994。为节省篇幅,不一一注出。该书目前在我国有同一译者的三个不同版本:时代书报出版社,1949;人民文学出版社,1955;重庆出版社,1994。

老练的小浪漫派自命,在军旅当中,为了一时的好感,或者只是为了解解闷,随便接受人家的亲吻和拥抱,又顺带回报人家——她就把这叫作人生!而后来,在爱上特拉夫金后,她懂得了什么是真正的爱情,非常严肃执着地爱恋着,她不仅拒绝了巴拉什金大尉的追求,而且在别人都不再等待时依旧等待着特拉夫金。

上面几方面的有机结合,使该小说成为一部富于诗意的严谨战争小说,在苏联战争小说中独树一帜。正因为如此,爱伦堡认为:"《在斯大林格勒的战壕里》和《星》——两部不同的作品,它们的区别在哪里?不在于主题:为斯大林格勒而战就像在敌后的侦察兵一样要求同样的英雄主义。不在人物的精神境界:我看到《星》的主人公和涅克拉索夫的工兵们是在同样的土窑里,他们相互了解。这里没有把世界分成两半,而只有艺术的多样。"(Бочаров,1965:23)

参考文献

1. А. Г. Бочаров. Эммануил Казакевич. Изд-во:Сов. Россия,1965.
2. Г. О. Казакевич, В. Л. Любельский. Военный путь Э. Г. Казакевича. Москва:Литературоное наследство,1966.
3. 陈敬咏:《苏联反法西斯战争小说史》。南京:南京大学出版社,1992。
4. 戴维·M.格兰茨、乔纳森·M.豪斯:《巨人的碰撞:一部全新的苏德战争史》,赵玮、赵国星译。南京:江苏凤凰文艺出版社,2020。
5. 彭克巽:《苏联小说史》。北京:北京十月出版社,1988。
6. 钱善行:《常写常新,多姿多彩——前苏联反法西斯小说创作印象记》,载《外国文学评论》1995年第3期。
7. 叶尔绍夫:《苏联文学史》,北京师范大学苏联文学研究所译。北京:北京师范大学出版社,1987。

作者信息:曾思艺,男,湖南邵阳人,教授,博士,研究方向为俄苏文学、比较文学。本文是国家社科后期资助项目《苏联战争小说发展史》(19FWWB014)的系列论文之一,本文曾刊载于《俄罗斯文艺》2021年第2期,有改动。

人性的救赎与毁灭
——论《活下去,并且要记住》中的战争与伦理

徐 冉
国防科技大学外国语学院

摘要:执着于精神和道德探索的俄罗斯作家拉斯普京于1974年发表的中篇小说《活下去,并且要记住》获得1977年苏联国家文学奖。作品主要讲述了卫国战争期间逃兵安德烈及其妻子纳斯焦娜的悲剧。文本围绕战争和家庭两条伦理主线展开,在每条伦理线上主人公都面临纷繁复杂的伦理结。本文通过对伦理结的解构,对主人公的悲剧性命运溯源,并根据处于伦理困境中主人公做出的伦理选择,思考不同伦理选择下的人性走向。虽然两位主人公都以悲剧收场,却在读者心中留下截然不同的回响。安德烈虽然活着,但人性早已毁灭;纳斯焦娜虽然死了,但人性得到救赎。拉斯普京将两位主人公置于战争这一残酷的背景中考验,旨在呼唤俄罗斯人民:活着,要记住热爱土地;活着,要记住热爱祖国;活着,要记住承担公民的义务;活着,要记住永远同人民站在一起。

关键词:伦理结;人性;斯芬克斯因子;伦理两难;伦理选择

The Redemption and Destruction of Human Nature: On the War and Ethics in *Live and Remember*
Xu Ran

Abstract: The Russian writer Rasputin, who is obsessed with spiritual and moral exploration, won the USSR State Prize in literature in 1977 for his novella *Live and Remember*, which was published in 1974. The work mainly tells the tragedy of deserter Andrey and his wife Nasziona during the Great Patriotic War. The text revolves around the two ethical main lines of war and family, and the protagonist faces complicated ethical knots on each ethical line. By deconstructing the ethical knots, this paper traces the source of the protagonist's tragic fate, and considers the trend of human nature under different ethical choices based on the ethical choices made by the protagonist in the ethical dilemma. Although the two protagonists ended in tragedy, they left a completely different response in the hearts of readers. Although Andrey is alive, his human nature has long been destroyed; although Nasziona is dead, her human nature has been redeemed. Rasputin puts the two protagonists to the test in the cruel background of war, aiming to call the Russian people: to live, remember to love the land; to live, remember to love the motherland; to live, remember to bear the obligations of citizens; to live, remember to always stand with the people.

Keywords: ethical knots; human nature; Sphinx factor; ethical dilemma; ethical choice

俄罗斯作家瓦连京·格里高利耶维奇·拉斯普京(В. Г. Распутин)的名字在现代俄罗斯文坛上占据着领先地位,他的创作屹立于从19世纪一系列经典作家到当今民族文学流派代表之中,是整个文学史中不可磨灭的财富。(А. А. Дырдин,2017:18)他的作品往往不聚焦于所描绘的事件,而致力于探索事件背后的精神和道德内涵,以唤醒人们对当代社会中普遍性问题的思考。作品《活下去,并且要记住》(《Живи и помни》)描绘了在战争这一宏大背景下逃兵安德烈(Андрей)苟且偷生及其怀孕的妻子纳斯焦娜(Настена)自杀的悲剧。从古希腊作家索福克勒斯的经典悲剧《俄狄浦斯王》(*Oedipus the King*)诞生至今,人类从未停止过对悲剧的书写,书写悲剧不是规劝人们屈从于命运的摆布,而是帮助人们思考面对不尽如人意的生存境况应当做出何种选择。

在人类文明发展史上,人类在做出第一次生物性选择即获得人的形式之后,还经历了第二次选择即伦理选择。人类的生物性选择并没有把人完全同其他动物即与人相对的兽区别开来,伦理选择才使人类真正把自己同兽区别开来。人类的生物性选择与伦理选择是两种本质不同的选择,前者是人的形式的选择,后者是人的本质的选择。(聂珍钊,2014:267)纵观整个人类文明发展史,自然选择和伦理选择分别决定了人的形式和本质,而微观每个个体,每个人的伦理选择则决定了个人的人性走向。本文将跟随两位主人公的脚步,回到当时的伦理现场,站在主人公的伦理立场上审视其在面对伦理结时做出的伦理选择,以期探索出作品题目所蕴含的深意,以及作者在文本中所深切呼唤的真理。

一、誓言慢慢吞噬着人性

何为人性?人性一直以来都是作家、文学批评家热衷探讨的话题,但由于没有从本质上弄清何为人性,不乏出现对人性概念的误读,而聂珍钊先生对于人性概念的阐释令人如醍醐灌顶。他首先对易与人性相混的概念进行区分,然后再对人性下定义。我们常常追问:"人生来是善的还是恶的?"或者说,"进化论认为我们本质上是善的还是恶的?"这不是对人性的追问,而是对人的天性的追问,其目的是企图弄清楚人的善恶的来源,即人的善恶是先天的还是后天的。(聂珍钊,2015:15)有关性善、性恶以及性不善不恶的争论,其实是在对一个人的属性的争论而不是对人性的争论。这种讨论是有关一个人是善的还是恶的问题,而不是有关一个人的人性是善的还是恶的问题。(16)所谓人性,就是人的道德性,或者说是人的道德属性。一个人是否为有道德的人是由其道德属性决定的。一个人可以作为人的形式存在,但是只有当这个人具有道德属性之后才能被称为一个具有人性的人。(16)通过如此抽丝剥茧般的分析,人性的概念便了然于心。

漫漫人生路上有许许多多的十字路口,我们一次又一次地被置于抉择的境地,个人诉求和社会要求在内心相互拉扯,我们像湖面上漂浮的船只在两岸间游离,无数次力量的权衡,而最终驶向何方或许就在一念之间,而这一念并非偶然的决断,而是早已在内心埋下种子。主人公安德烈在战争伦理主线上面临着是否逃离战场的伦理结,在做出选择之前,他脑海里经历了一番激烈的思想斗争。到了车站上,他放过了一班列车,后来又放过了第二班……安德烈心慌意乱,不知道该怎么办。(拉斯普京,1979:24)但最终他还是选择在列车开动前的最后一分钟跳上了列车。这一选择说明他内心的那颗种子已经发芽,而这种子便是他在上前线时许下的誓言:"胡说!我会活下去的。你们把我埋葬得太早了。等着瞧吧:我会活下去。反正你们是跑不到哪儿去的,会看到我回来的。"(20)虽然到了前线他就放弃了这个期望,因为在战场上,如果运气好才能过上几天安宁的日子,不敢奢望安宁的生活年复一年地延续下去,但是当他受重伤住院,远离了战场,那誓言便开始吞噬他的人性。

在去前线的路上,安德烈怨恨起自己的村子。他由于阿塔曼村上留下来的一切,也就是他被迫与之分离并为之而去打仗的一切,心中生起了无名火,长时期来一直无法平息下去,正是这股无名火使他当初暗自立下誓言,并且这些年来时刻把它记在心头。(拉斯普京,1979:19)由此可见,正是对村子的怨恨才使得安德烈发出那样的誓言,而安德烈本来是个勤劳善良的农村小伙,为何会对自己的村子生出仇恨?这也正是安德烈悲剧性命运的根源:当战争来临之时,他已经不再是个农民,而是要去前线保卫祖国的战士,他的伦理身份已经改变,而他还未厘清个人利益与国家利益之间的关系,没有意识到作为公民的责任感,因此才会把个人与集体割裂开来,甚至无厘头地埋怨起静静流淌的安加拉河来,他埋怨这个他度过青春年华的地方竟对他的离开没有一丝留恋。在拉斯普京看来,自然是人精神成长的必要环节:"或许,自然就存在于人与上帝之间。人在与自然建立联系之前,不会走得很远。她不允许。而没有她的参与和陪同,灵魂不会得到庇佑。"(В. Г. Распутин,1994:88)

正是伦理意识的淡薄导致他在伦理身份改变之后还没有意识到作为公民所应承担的义务,他去参战,不是怀着军人保卫祖国无比崇高的荣誉感,而是像完成一项任务。受重伤在医院时他安慰自己:好了,打仗算打到头了。以后就让别人去打吧。他偿付的代价够多了,他自己的一份已经如数付清。(拉斯普京,1979:22)他想的只是保全自己,赶紧回家,自始至终都以一种被迫参战的态度对待战争。与亲人重逢的念头支撑着他在战场上与世界和解,但当这唯一的希望的小火苗也被无情浇灭之后,他与世界彻底决裂。战争只是他悲剧性命运的催化剂,而真正将他的命运推向死胡同的是薄弱伦理意识指导下发出的誓言。从刚开始实现这誓言的时候起,就使人感到它不是一句空话,它似乎有一股诱人的、确凿可靠的力量,在冥冥之中帮助着安德烈。(19)正是这誓言腐蚀着他的思想,从而引导他做出错误的伦理选择,走上了人性毁灭的不归路。作者用安德烈的悲剧性命运呼唤俄罗斯人民:活着,要热爱土地、热爱祖国,要记住作为公民应承担的义务。

二、人性因子的弱化、兽性因子的强化

在誓言的引导下安德烈做出了错误的伦理选择,将自己的命运推进死胡同,但那时,我们只能说他是一个有罪过的人,而不能说他完全丧失了人性。在安加拉河岸上过冬房中苟且偷生的日子里,他的人性因子不断弱化,兽性因子不断强化,他一步步堕入深渊,最终导致人性的毁灭。从伦理意义上而言,人是一种斯芬克斯因子(Sphinx factor)的存在。

> 所谓的"斯芬克斯因子"其实是由两部分组成的——人性因子(human factor)与兽性因子(animal factor)。这两种因子有机地组合在一起,其中人性因子是高级因子,兽性因子是低级因子,因此前者能够控制后者,从而使人成为有伦理意识的人。(聂珍钊,2011:5)

人性因子即伦理意识，主要由人头体现，其表现形式为理性意志……人性因子虽然不同于人性，但它是人性的种子。只要人性因子存在，它就能够开出人性的花朵。这花朵就是人的人性……兽性因子与人性因子相对，是人的动物性本能的一部分。（聂珍钊，2014:38—39）

有研究者认为安德烈的外貌、语言行为乃至心理变得越来越兽性化，与战争的发生和战争逐渐白炽化有密切的联系。（袁月帅，2020:21）本文将依据文本内容，追踪安德烈人性因子弱化、兽性因子强化的轨迹。

一次，安德烈用猎枪打伤了一只野山羊，按打猎的常理，为减轻猎物的痛苦，会把受伤的羊立即打死。可安德烈并没有这样做，而是站在一旁，看着这只动物临死前怎样痛苦地挣扎。（拉斯普京，1979:60）面对濒死的动物，他竟无动于衷，不但未从心底油然而生人类对于生命的同情，反而生发了一种令人恐惧的虐待生灵的情感。这只野山羊在他眼里只是可以饱腹的猎物而已，为了生存，他对于生命的怜悯之情已经泯灭。扔在过冬房棚顶上的羊肉引来了一只狼，这只狼教会了安德烈狼嗥。安德烈因没有什么办法可以把这头野兽吓跑而十分苦恼，于是，有一次，在盛怒之下把门稍微打开点儿，模仿着狼，嗥叫了一声。这一声使他自己也大为震惊，因为他的声音同狼嗥声竟然如此相似。不过，那也没有什么，无非又从原意上证实了一条真理：与狼为伍，学狼嗥叫。（63）整日与狼为伴、不食人间烟火的日子已逐渐将安德烈身上的人性因子剥离。

"我在这里学会了狼嗥。你要听吗？"没有等她同意，他就站起身来，踏着沉重的步子走到门边，打开门，向前探出身子，但没有立刻嗥叫，而是先开始呜咽，仿佛在调整音调，等调整好了，他就拉长声音，开始尖利地、哀怨地、凄厉得令人毛骨悚然地嗥叫起来，叫声好似一把尖刀在宰割着人。（拉斯普京，1979:100）

离群索居、与人民群众脱离，才使得他人性因子不断弱化，兽性因子不断强化。学会狼嗥是安德烈兽性因子占据上风，从而控制人性因子的标志。

后来，安德烈竟干起了令人唾弃的肮脏勾当。就在不久前，偷人家东西这类事，他连想都不敢想，可现在他却堕落到干起这种勾当来了。（拉斯普京，1979:90）

然而并不是生活无着迫使他去操这种下流行当的。他还多少藏得有一些肉,纳斯焦娜又经常给他弄一点来。虽说贮藏的东西多多益善,再多也不会把口袋撑破,然而使安德烈逐渐堕落到这种地步的,主要是隐秘在他心中、无时无刻不支配着他的委屈心理。正是这种心理使他产生了一种他同样竭力加以隐秘并且从各方面加以伪装的愿望:去跟那些和他过着截然不同的生活的人作对。他们竟可堂而皇之地生活,无须躲躲藏藏,担惊受怕。他哪怕在某件事上能比他们捷足先登,也算出了这口怨气。这样,他就感到,对他们的命运来说,他这人仿佛也起着一定的作用:有他是一回事,没有他又是一回事。(拉斯普京,1979:90—91)

他的思想逐渐扭曲,无力改变自身的命运,心生不满,便转而在他人的路途上增添绊脚石,把快乐建立在别人的痛苦之上,以此来满足自己可怜的存在感,聊慰空洞的心灵。孤独空虚的生活使他突然想起了之前照顾他的哑巴女人塔尼亚。最好能带着她一起跑到天涯海角,离群索居,忘记掉怎样说话,而以侮弄塔尼亚来消愁解闷,侮弄她,再爱抚她一番,然后又侮弄她——她一定会毫无怨言地忍受这一切,只消稍微给她一点点温存,她就会感激涕零了……塔尼亚本来就是个苦命人,受尽了委屈,因此无妨让她再受些委屈……因为罪孽深重的人不怕再去作孽,堕落的灵魂总是要寻找更深的深渊。(拉斯普京,1979:142—143)安德烈已经意识到自己的灵魂正堕入深渊,但他从没想过自我救赎。面对比自己更软弱的弱者,他不是同情、怜悯,而是心生恶念,以强者的姿态欺侮弱者。

梦见磨坊引发了安德烈到那儿走一趟的念头,他搜查了整个磨坊,把有用的东西都带走了。他走出门外,把锁又挂回到大门上。他环顾着四周,忽然起了一个不可抑制的狠毒的念头:想放把火将这个磨坊烧掉。(拉斯普京,1979:151)面对载满美好回忆的磨坊,他搜刮之后竟还要毁了它,这与战争期间侵略者的可耻行径有何区别!安德烈此时不仅脱离了人民,而且背离了人民,站到了人民的对立面上。"五一"节那天,趁村民在庆祝节日,安德烈宰杀了钻出栅栏的小公牛。他直至此刻也不明白,他只是为了要获得肉才杀害牛犊的,还是为了满足从杀害牛犊时起就牢牢地主宰了他整个心灵的某种感情。(182)此时的安德烈虽然还具有人的形态,但已丧失了人的灵魂,空有一副躯壳而已。安德烈人性因子的一步步弱化,最终摧毁了人性之花。拉斯普京呼唤俄罗斯人民:活着,要生活在人民之中,要记住永远同人民站在一起。

三、在伦理两难中挣扎

一直以来,文学批评者将纳斯焦娜的悲剧性命运或是归咎于当个人利益与国家利益冲突时她选择了维护自己的小家,认为这是不符合社会道德标准的。纳斯焦娜一心只想着丈夫,弃集体利益于不顾,抛弃了国家,背离了社会,就会受到惩罚。(王康康,2011:3)或是归咎于她矛盾复杂的心理,因为她在选择爱情还是选择忠诚之间没有做出正确的决定,没有深明大义地去揭发丈夫,而是一味地纵容他一错再错。(刘莹,2018:73)这都是站在道德批评的立场上对纳斯焦娜的伦理选择进行指责。道德批评重在评价行动自身和行动的结果,但是文学伦理学批评不同,它重在探讨行动的伦理道德方面的原因,重在分析、阐释和理解。(聂珍钊,2006:15)本文运用文学伦理学批评方法,对纳斯焦娜的悲剧性命运溯源,以期对她的伦理选择做出新的阐释。

纳斯焦娜面临的伦理结是选择与丈夫站在一起,还是与人民站在一起。这个伦理结也是她悲剧性命运的根源:安德烈错误的伦理选择将她置于伦理两难选择的分岔路口,双重伦理身份使她陷入伦理困境。如果她选择同丈夫站在一起,虽然尽了妻子的责任,却背离了身边的人民;而如果她选择同人民站在一起,虽然尽了公民的义务,却抛却了家庭的责任。

> 伦理两难(ethical dilemma)即伦理悖论。伦理两难由两个道德命题构成,如果选择者对它们各自单独地做出道德判断,每一个选择都是正确的,并且每一种选择都符合普遍道德原则。但是一旦选择者在两者之间做出一项选择,就会导致另一项违背伦理,即违背普遍道德原则。(聂珍钊,2014:262)

从安德烈选择回家的那一刻起,纳斯焦娜的悲剧性命运就已注定,所以无论她做出何种选择都是错的。困于这泥潭之中,她注定是逃不出的,只能不断挣扎,尽管这挣扎是徒劳的,但她心中始终还抱有对幸福生活的殷切渴望。只有安德烈曾给她的灰暗人生带去过短暂的幸福,因此她想放手一搏,试图抓住幸福的小尾巴。对于纳斯焦娜的选择,我们不置藏否,而应给予同情。

置身于伦理困境,纳斯焦娜虽然生活在人民之中,她的心却离人民越来越远。当同村的马克西姆(Максим)从前线回来时,大家纵情歌唱,只有纳斯焦娜不露声色,一言不发。人们还习惯于把她当作自己人,可她却已经成为同他们毫不相干的陌生人了,成为一个不敢对他们的苦和乐做出自己的反应,不敢随声附和他们的谈话和歌唱的人了。(拉斯普京,1979:81)纳斯焦娜因为与人民产生了隔阂,心灵背上了道德枷锁。而当战争胜利时,纳斯焦娜的这种自我矛盾的心理更是达到了极点:听到战争胜利的消息,还在田头那会儿,她的心就已经狂喜不已,现在她那颗心还仍在欢悦着,她渴望到人们中间去,但是却有种什么东西拦住她,劝阻她,说这不是她的节日,胜利不是属于她的,她跟胜利毫不相干。即使最渺小的人也跟胜利有关,但是她却跟胜利无关。(184)正是强烈的伦理意识使纳斯焦娜的内心备受折磨,她的人性呼唤她回到人民中去。

终于,纳斯焦娜迈出了救赎人性的第一步,她开始劝说安德烈去自首。

> "安德烈,还是别这样吧,啊?我们是不是别这样下去了,我们自首去吧?我愿意跟着你随便上哪儿去,不管是去服多么艰苦的苦役,——你去哪儿,我也去哪儿。再这样下去,我受不了啦。你也受不了,你瞧瞧自己,成了什么样儿!你把你自己搞成什么样子啦!谁告诉你说是要枪毙的?战争已经结束了……就这样人已经死得够多的了……"(拉斯普京,1979:227)

但好心劝说的纳斯焦娜却被安德烈无情推开,安德烈甚至用自杀威胁她。最终,作者将纳斯焦娜人生的小船置于湍流之中,让她来不及细细思量就下意识地做出选择。安加拉河上的纵身一跃,使她终于逃离了人世的困境,踏入她寻求已久的幸福梦境。面对找不到出路的未来,死亡或许是她最好的归宿,她终于可以卸下伪装,做回自己,用生命实现人性的救赎。

用妇女形象来表达作者的道德理想是俄罗斯文学的传统,在《活下去,并且要记住》中,拉斯普京沿袭了这一文学传统,塑造了纳斯焦娜这一俄罗斯传统女性形象。拉斯普京笔下的纳斯焦娜勤劳、热爱土地、热爱人民:

> 她喜欢在日出前就踏着露珠出工,站在一块草地边沿,把手里的大镰刀贴近地面,接着就向草丛挥去,先割个样子来看看,以后就不停地挥呀,挥呀,整个身心都陶醉在青草割下来时发出的响亮的咔嚓咔嚓声中。她也喜欢在午饭后割草,倾听那一片如同呻吟的咯吱咯吱的脆裂的响声,那时候暑热尚未消退,休息过后,懒洋洋地倔强地伸展双臂,来回挥动着镰刀,越干越来劲,竟忘了是在干活,而以为是在游戏……总之,她喜欢割草期间从开始到结束、从第一天到最后一天的全部活动。(拉斯普京,1979:248)

而拉斯普京却赋予这一俄罗斯优秀女性形象以悲剧性命运,旨在为俄罗斯人民敲响警钟:活着,生活在人民之间,心也要与人民同在,要记住永远同人民站在一起。

结　语

本文首先对安德烈的悲剧性命运溯源：当他的伦理身份改变之后，伦理意识的淡薄使他做出了错误的伦理选择，从而将自己的命运推进了死胡同。并对安德烈毁灭人性的过程进行剖析：回家之前，誓言吞噬着他的人性；回家之后，离群索居、与人民脱离的生活使他身上的人性因子不断弱化，兽性因子不断强化，最终摧毁了人性之花。然后对纳斯焦娜的悲剧性命运溯源：安德烈错误的伦理选择将她置于伦理两难的困境之中。并对纳斯焦娜救赎人性的过程进行追踪：她首先劝说安德烈去自首，并愿同他一起接受惩罚，但被安德烈断然拒绝。在人民面前伪装并背离人民的生活使纳斯焦娜饱受道德枷锁的摧残，她解不开这伦理结，便选择结束生命以实现人性的救赎。

作品名为《活下去，并且要记住》，但全篇都未出现这些字眼，直至尾声处纳斯焦娜耳边回响的一首古老歌曲：活着是甜蜜的，活着是可怕的，活着是可耻的。（拉斯普京，1979：252）活着，要记住什么？为什么活着是甜蜜的，又是可怕的、可耻的？作者所深切呼唤的答案就寓于作品的字里行间：活着，要记住热爱土地；活着，要记住热爱祖国；活着，要记住承担公民的义务；活着，要记住永远同人民站在一起……只有记住这些，活着才是快乐的、幸福的、有意义的，否则，活着是可怕的、可耻的、毫无意义的。在这部战争文学作品中，拉斯普京没有对战争场面过多着墨，而是将两位主人公内心没有硝烟的战争娓娓道来。将作品置于宏大的背景下，却精心雕琢最细腻的人心，从而使读者能够从远处旁观主人公所做出的历史选择，并于无声处激起读者内心沉寂已久的对人生意义的思索。这不仅是对那个时代俄罗斯人民的叩问，也是给生活在未来的人们敲响的警钟。

参考文献

1. В. Г. Распутин. Собрание сочинений в 3 т. Изд-во：Молодая гвардия，1994.

2. А. А. Дырдин.《Невоенная》повесть Валентина Распутина《Живи и помни》. Ульяновск：Вестник УлГТУ，2017.

3. 拉斯普京：《活下去，并且要记住》，丰一吟等译，上海：上海译文出版社，1979.

4. 刘莹：《试析小说〈活着，并要记住〉中的人物形象》，载《现代交际》2018年第11期。

5. 聂珍钊：《文学伦理学批评：基本理论与术语》，载《外国文学研究》2010

年第 1 期。

6. 聂珍钊:《文学伦理学批评:伦理选择与斯芬克斯因子》,载《外国文学研究》2011 年第 6 期。

7. 聂珍钊:《文学伦理学批评:人性概念的阐释与考辨》,载《外国文学研究》2015 年第 6 期。

8. 聂珍钊:《文学伦理学批评与道德批评》,载《外国文学研究》2006 年第 2 期。

9. 聂珍钊:《文学伦理学批评导论》,北京:北京大学出版社,2014。

10. 聂珍钊:《文学伦理学批评及其他——聂珍钊自选集》,武汉:华中师范大学出版社,2012。

11. 王康康:《大世界里的小人物——解读〈活着,并且要记住〉女主人公》,载《沈阳教育学院学报》2011 年第 5 期。

12. 袁月帅:《拉斯普京中篇小说〈活下去,并且要记住〉中的伦理困境及伦理选择研究》,浙江大学 2020 年硕士论文。

作者信息:徐冉,女,河南驻马店人,硕士研究生,研究方向为俄罗斯文学与文化。

谁的巴勒斯坦:《不速之客》的空间与记忆书写

敬南菲

杭州电子科技大学外国语学院

摘要:巴勒斯坦空间在阿拉伯和犹太两个民族的记忆框架里,承载着不同的宗教信仰、文化传统与身份认同。《不速之客》中阿拉伯人"纳克巴"(Nakba)灾难创伤记忆和暴力回归,与犹太人"应许之地"文化记忆统摄下大屠杀后返乡复国的神话尖锐对立,反映了记忆作为心理地理中介变量塑造空间感知与地方依恋的强大驱力。小说对集体记忆建构性的披露、对个人暗恐与官方宏大记忆叙事之间张力的呈现,又暗示斗争双方反思集体记忆、容纳他者记忆、超越复仇循环的可能。

关键词:巴勒斯坦;大屠杀;纳克巴;创伤;暗恐

Whose Palestine? The Writings of Space and Memory in *An Unwelcomed Guest*

Abstract: *An Unwelcomed Guest* writes about how the place of Palestine carries completely different religious beliefs, cultural traditions and identities in the memories of Arabs and Jews. Based on the analysis of the contradiction between the traumatic memories of Arab refugees and the narratives of Jewish revival, this article explores the relationship between spatial production and collective memory as well as the tension between personal uncanny memory and public memory narratives, provides a cultural and psychological interpretation of the conflict between the two, and probes into the possibility of recovery from trauma.

Keywords: Palestine; holocaust; Nakba; trauma; uncanny

引 言

半个多世纪以来,高速、深度全球化的现实引发了历史、地理、文学研究范式的转换。地理学研究的人文转向、文学研究的空间转向、历史学研究的记忆转向相继出现,推动各学科突破固有研究对象,跨界探索空间、记忆、文学的叠互动:段义孚系列著作《经验透视中的空间与地方》《恋地情结》《恐惧的风景》细致阐述文学经典如何烛照地方情感,奠定了风景与文学研究的方法论基础。加斯东·巴什拉(Gaston Bachelard)在《空间的诗学》中指出,文学为空间现象学提供了充实丰富的语料,唯有诗能表达超越物理时间的内心瞬间体验。"为了进入最高级的区域……必须倾听诗人。"(巴什拉,2013:113)文学的记忆研究与记忆的文学研究是新的学术热点。文学学者称当下的文学研究已视记忆和回忆为核心范式(Nünning et al.,2006:6);记忆专家如阿斯曼夫妇(Jan Assmann & Aleida Assmann)则旁征博引文学经典,着眼文学在塑造身份记忆、刻写身体记忆等方面的作用。西蒙·沙玛(Simon Schama)的鸿篇巨制《风景与记忆》融合大量史料、风景画与文学文本,论证风景是从神话、记忆以及夙愿的沉淀中构建起来的传统,风景研究需要发现隐藏于表面文本之下的神话和记忆脉络。(沙玛,2013:14)赛迪欧斯·戴维斯(Thadious Davis)在《南方风景:种族、地域和文学的地理》中利用种族之轴线贯穿地理、记忆与文学,剖析南方诗歌的历史意识与政治诉求:文学中的种种抗争,都是某种意义上"记忆与遗忘的抗争"。(Davis,2011:60)

受此启发,本文从空间、历史、记忆等文学、社会学、心理学、地缘政治视角,对美国犹太作家乔纳森·佩普尼克(Jonathan Papernick)的短篇小说《不速之客》(*An Unwelcomed Guest*)进行分析解读。爱德华·萨义德(Edward Said)指出:"地理、记忆和虚构之间的相互作用跟巴勒斯坦的例子非常契合。它印证了至少两种记忆、两种历史虚构、两种地理想象之间极其频繁、紧张的冲突。"(萨义德,2014:269)《不速之客》就是一部浓缩阿以冲突的佳作。故事时间和空间虽仅由几个小时与一个住宅构成,但其远景图框是巴勒斯坦三千余年的时空。犹太人的居住权受到阿拉伯原屋主挑战的叙事线,呼应了今天日益壮大的难民家园回归权(Right of Return)运动。犹太人与阿拉伯人的房产之争,折射了阿拉伯难民的创伤记忆和暴力回归,与犹太民族"应许之地"记忆统摄下的大屠杀后返乡复国神话相对立。作品对集体记忆建构性的披露、对个人暗恐①与官方宏大记忆叙事之间张力的呈现,又暗示了斗争双方反思集体记忆、容纳他者记忆、超越复仇循环的可能。

一、失乐园空间与"纳克巴"受害记忆

美国犹太人约西和怀孕的妻子移民以色列不久,住在耶路撒冷东区以色列政府提供的安置房内。一天夜里约西醒来,发现家里客厅里坐着一个自称是房屋从前主人的阿拉伯人泽阿德。他要约西和他下棋,规定获胜一方才有权发声。二人的空间记忆言说就此展开。泽阿德赢了第一局后,说了一连串阿拉伯村庄的名字:拜伊塔布、拜特·马希尔、哈瓦、雅拉什、利夫塔、马利哈、苏巴。(Papernick,2011:35)特别是代尔亚辛村②"这个美丽的小村庄,有橘子树、柠檬树、杏仁树和椰枣树。和其他村庄一样,它也从地球表面被抹去了。你们拿着枪和迫击炮破门而入……向房屋投掷炸弹,用机枪袭击我们,屠杀我们……你们捆住我们的手,剥去我们的衣服,把我们放在卡车上从街道驶过示众"(Papernick,2011:35—36)。正如德国学者阿斯曼所言,沉默的废墟"只能借助在记忆中保存的传承故事才能发出声音"(阿斯曼,2015:374)。泽阿德的诉说旨在征召它们以缺席在场的方式,铭记阿拉伯人称为"纳克巴"的大灾难,即 1948 年至 1949 年以色列建国战争期间,犹太武装团体占领土地、捣毁乡村,令数十万人沦为难民,使巴勒斯坦阿拉伯社会政治、经济、文化全面崩塌的系列事件。

"纳克巴"严重打击了阿拉伯人的信心,"泛阿拉伯"想象共同体岌岌可危。巴勒斯坦社会急需发展出一种新的集体记忆凝聚民族认同。随着难民四处流徙,以受害者为核心的灾难叙述传播开来,在流亡阿拉伯人中引起共鸣,成为巴勒斯坦集体记忆和民族认同的一个契机,亦是抵抗以色列行动合法化的起点。(Khoury,2019:94)被焚毁的乡村渐渐发展为法国历史学家皮埃尔·诺拉(Pierre Nora)所称记忆之场(lieux de mémoire):实在残余物包裹着"一种铭记的意识,是一个时代的见证……是一个被磨光了所有特征的社会中的特殊链接……团体成员的识别记号逐渐趋向相同和统一"(Nora,1989:12)。乡村废墟残余物包裹着铭记创伤的意识,是阿拉伯难民时代的见证,其表征的"纳克巴"创伤记忆,将阿拉伯难民群体统摄于失去家园的命运之下,使得贫富

---

① 德语 Das Unheimliche 一词有多种中文译法,本文原文引用,不做统一。

② 1948 年 4 月 9 日,以色列恐怖组织伊尔贡和斯特恩集团以剿灭阿拉伯武装分子为由,将耶路撒冷附近的代尔亚辛村中 250 名阿拉伯居民杀害。阿拉伯媒体对屠杀事件的过分渲染导致大批阿拉伯人逃离家园,成为巴勒斯坦社会崩溃的转折点。

悬殊与阶层差异让位于同质的"纳克巴"受害者认同。"纳克巴"不仅是巴勒斯坦阿拉伯人的现实困境,也是一种依赖集体记忆建构的民族起源神话。

需要指出的是,集体记忆是个体与符号、个体与个体、个体与群体互动改造、传递、演变而成的"常识性共识"(管健、郭倩琳,2020:74),它并非惰性消极的存在,而是一种积极的活动,是一个过去事件在其中被选择、重构、保留、修改,并被赋予政治含义的过程:记忆由事件亲历者传递给非亲历者时,后者进行与之一致的记忆提取,在群体成员记忆信息共享中获得关联性和连续性。经过非亲历者筛选的记忆又进入信息流通,被群体成员再次获取并挪用。如此周而复始,直到无差别集体记忆被全体成员接受,个人记忆与集体记忆融合。泽阿德是住在耶路撒冷的城市中产阶级,并未经历代尔亚辛屠杀,他独特的个人化记忆如今已被集体记忆所塑形,他诉说的创伤记忆,是代表阿拉伯民族性村庄"各阶层难民的压倒性叙述"(艾仁贵,2013:45)。

《不速之客》中人物的创伤记忆不仅共时、水平地在城市和乡村的难民之间流通,还历时、垂直地代代相传,形成了群体文化积淀。阿斯曼夫妇提出的"交往记忆"(communicative memory)理论特别强调群体成员交往时传递的情感,界定了他们记忆的内容和范围。年轻一代的记忆往往受到年长一代的塑造,以父辈权威为特征的阿拉伯文化尤甚。代际同辈效应(generational cohort effect)研究表明,人们对青春期后期以及成年早期发生事件的记忆存在记忆高峰。(Koppel & Berntsen,2015:68)面对诸如"我的儿子会烧毁你的庄稼,拆掉你的屋子,吃你孩子的血肉"(Papernick,2011:44)、"儿子一哭我就打他的脸,告诉他不要软弱,你是阿拉伯人!"(45)等仇恨教育的反复植入,泽阿德的儿子尤西夫接受了本不属于他的"山顶,血迹斑斑的山顶,海水哭泣哀求"(45)的创伤记忆。虽然尤西夫离开耶路撒冷时年纪尚幼,创伤记忆在发生当时并未被对象化,但如前所述,他在成长过程中已从家庭和集体记忆中抽离出追认记忆并将之内化为"真实"的受害记忆,报复心理将他异化为杀害无辜胎儿的残暴加害者。尤西夫的行为反映了目前阿以冲突中的一个顽疾,即年轻一代巴勒斯坦阿拉伯人面对持续的权利丧失和流离失所,将历史记忆沉淀定型为对立认同的象征表达,沉湎于以色列加害—阿拉伯受害的心理机制中,以适应和抵制当前环境。巴勒斯坦难民无法接受更为开放的教育,更加重了灾难记忆极端化,酝酿出代际传承越来越褊狭的苦果。

与依靠语义提取形成的村庄集体记忆不同,泽阿德对耶路撒冷旧居的记忆是个人的"失去的或被破坏的生活关联崩裂的碎块。但它的历史并没有过去,仍保存着物质上的残留物"(阿斯曼,2016:357)。这种记忆以身体为介质,扎根于过去的时空,一旦身体重返往日空间,这些"物质上的残留物"就会开启尘封的记忆,让人"从过去重新拾回长久遗忘的东西,生活在它那被忆起的私密性的回荡之中"(特纳,2003:526)。在怀旧情感滥觞的个人记忆之场,家具、墙、房间、摆设等要件共同构成稳定空间,是泽阿德存在于世的确凿证据:"那时窗前有一棵石榴树。我儿子尤西夫喜欢爬进去。"(Papernick,2011:31)他不断指认"我父亲生在现在你坐的地方","我生在你睡觉的那个房间。我的第一个儿子尤西夫,黑黑的那个,也生在那儿"。(31)空间的世代居住演变为泽阿德的家族意识、家乡意识和根深蒂固的记忆。海德格尔所称的诗意栖居,为泽阿德的自我认知提供了延续性的现象学基础。

然而泽阿德记忆中的家宅,并不是千篇一律的房间结构图,而是按照他的个人意愿组合各种空间与权力关系形成的印象,受制于又超越建筑物实体。"对往日的了解使我们学会重塑自己。通过对我们自身经验的了解,我们也能重新设计往日,并取代始终处于被改变或丧失的往日。"(李凡、朱竑、黄维,2010:62)正因为如此,泽阿德把对消失空间的深切思念幻化为一种完美的空间想象。重构的家园记忆被封装在1948年之前的时光胶囊里,起着"停止时间,阻碍忘记的工作,建立事物的阶层,使死亡不朽"(Nora,1989:19)的作用。但他越是沉迷于想象中完美的过去空间,就越会感到与当下场景形成反差的巨大撕裂,形成无力跨越过往与现实之间鸿沟的挫败感,从而触发新的创伤。

二、"应许之地"空间与大屠杀灾难记忆

既然空间可书写、可叙说、可阅读、可体验,那么记忆景观就不是静止的场所,而是可以被不断构建的、开放的、动态的空间,成为不同社会群体主动阐释和争夺构建权的领域。《不速之客》中,犹太人约西的空间感知是"应许之地"文化记忆框架下,复国主义叙事与大屠杀情结交织的产物。将民族记忆与地方和领土相连,让前者变成种族景观,后者变成历史故土,完成记忆领土化,是民族想象共同体存在的基本前提。而犹太民族人地关系集体记忆的不同之处在于宗教维度的引入。他们将民族起源地锚定在《希伯来圣经》中描述的"应许之地",在宗教神话中获取合法性的依据,并用神圣诫命的方式要求以色列人不断记忆。《希伯来圣经》要求以色列人"记忆"之处多达169次(Yerushalmi,1982:5),可见"应许之地"在"保留并纪念"的律令下被构建和延续(阿斯曼,2015:23),成为流散犹太人共同的精神指归。刘洪一指出:"在犹太民族被迫离开他们的祖国以后,巴勒斯坦的天空和土壤、雨水和甘露、圣地的树林和果实仍然继续地反映在当今犹太人的祈祷及宗教节日中。"(刘洪一,1995:68)或许可以说,正因为流散隔断了犹太人与犹太地的物理联系,才需要用《圣经》这一"随身携带的祖国"置换地形学层面的先祖之地,铸就犹太人"应

许之地"认同的坚固防线。宗教历史学家雅各布·纽斯纳(Jacob Neusner)甚至提出,"圣殿对以色列人最大的贡献也许是它的毁灭"(Neusner,2003:33),意在强调犹太人凭借研习犹太典籍、按诫命生活、定期庆祝节日等操演,在流散中延续甚至深化了犹太古代空间记忆。"应许之地"精神家园的观念已进入犹太人的集体无意识。

当泽阿德问约西为什么来到耶路撒冷时,他不假思索地背诵出《圣经·诗篇》第137首:"耶路撒冷啊,我若有一朝忘记了你,情愿我的舌头枯涸得贴于上膛,情愿我的右手凋残"(Papernick,2011:34),并"理所当然"地补充说,"这片土地是上帝赐予亚伯拉罕的,亚伯拉罕是犹太人的祖先,我们在这里,因为这里是上帝应许给我们的"(34)。他还谈道:"记忆流淌在我的血液中。上帝在西奈山上发布十诫的时候我在。我记得犹太人从亚伯拉罕时期就住在希伯伦。"(43)每种文化都会形成一种"凝聚性结构"(Konnektive Struktur),经验和回忆被历史、传统、习俗等方式固定(阿斯曼,2015:23),起到联系过去与现在,规范行为、空间的作用。个体在自我认同的时候,会有意无意地参照这一结构,把本人经历范围以外发生的事件也纳入深层记忆,支撑自我认知。在约西看来,无论今天的耶路撒冷与古老的大卫王都城有何不同,这座城市对他而言都是具有清晰边界的犹太领土空间,一个可以在历史的断裂和遗忘中与祖先建立联系的空间。

"应许之地"的梦想,随着1948年以色列民族国家建立成为现实。虽然犹太民族主义者为此已进行了半个世纪的努力,但直到"二战"期间纳粹大屠杀悲剧发生后,这一愿望才终于实现。"吞没了数百万欧洲犹太人的大屠杀,证明了建立一个国家对于解决犹太人无家可归的问题的必要性。"(布雷格曼,2009:45)约西说:"我们被逐出西班牙时我在。我和前辈们一样四处流浪。我记得隔都的反犹暴行和屠杀。"(Papernick,2011:43)和尤西夫一样,约西并没有经历过父辈被迫害的遭遇,但反犹主义集体记忆框架将过去的场景和历史融入此时此刻,影响他的判断。虽然在电视上看到过肮脏的难民营和痛苦的面孔,但大屠杀集体记忆从情感上限定了约西个体记忆的范围和视角:"约西知道,许多阿拉伯人在1948年和在'六日战争'期间逃离以色列。但更令他刻骨铭心的,是赫梅利尼茨基屠犹惨剧、巴比亚尔犹太人大屠杀和奥斯威辛集中营。"(52)事实上建国初期的以色列政府并不愿正视犹太人的流散历史,对大屠杀采取缄默回避的态度。直到1961年艾希曼审判幸存者对大屠杀恐怖细节的揭露,这种沉默才被打破。此后以色列认识到大屠杀灾难记忆植入国族认同的重要性,利用学校教育、媒体宣传、纪念场馆等多种方式将大屠杀记忆国家化、机构化、仪式化。犹太哲学家埃米尔·法肯海姆(Emil Fackenheim)

提出被称为第 614 条戒律的绝对律令"真正的犹太人禁止给予希特勒死后的另一个胜利……他们必须记住奥斯威辛的受难者,以免记忆消失"(Rodkey & Miller,2018:569),给大屠杀记忆蒙上宗教神学的色彩。

除了大屠杀灾后重生,以色列国家起源神话还包括犹太复国主义关于犹太民族与先祖之地的联结叙事。从复国主义(Zionism)用锡安山这一古代以色列空间为自己命名就可看出,领土的发现、征服、防御是现代地缘政治背后的主要动力。犹太民族运动对巴勒斯坦地区领土历史化和历史属地化的诉求是一种记忆建构神话,它将历史经验从上下文中移除,并将其重新塑造为一种永恒叙事,以支持群体的自我形象。复国主义者对巴勒斯坦多民族繁衍生息的事实视而不见,宣扬犹太人来到巴勒斯坦是"一块没有土地的民族"来到"一块没有民族的土地",甚至在国歌中宣告:"回到锡安和耶路撒冷的土地上,在我们自己的土地上成为自由的民族。"(布雷格曼,2009:45)造成以色列建国是来到虚位以待处女空间的假象。以色列还要自相矛盾地去除"并不存在"的阿拉伯地名,"不承认他们的精神所有权以及他们的地理名称"(Benvenisti,2000:14),60 年代出版的第一张希伯来地图上,绝大部分前阿拉伯居住区都已被希伯来名称取代(Assmann,2018:289)。

应许之地框架下犹太人大屠杀劫难后复兴建国的集体记忆,导致部分以色列人对阿拉伯人缺乏同情:"与大屠杀相比,1948 年以色列建国的独立之战怎么会是邪恶的呢?人们怎么能将巴勒斯坦难民短暂而有限的困境同两千年流亡的极度痛苦相提并论呢?"(拉克,1992:727)玛格丽特·阿特伍德(Margaret Atwood)在批判集体记忆选择性时说:"我们习惯于记住别人对我们做的可怕的坏事,而忘记我们自己所做的坏事。对伦敦大轰炸仍然记忆犹新,而德累斯顿的轰炸则被轻描淡写。"(Atwood,1997:8)承受"纳克巴"灾难的物理空间代尔亚辛,与亚德·瓦舍姆(Yad Vashem)大屠杀纪念馆空间相距不到一英里。如果天气晴朗,参观纪念馆的游客可以看到代尔亚辛曾经存在的地方。以色列诗人阿沃特·耶苏伦(Avot Yeshurun)将这种情形表达为:"两次大屠杀直视对方的面容。"(Masalha,2003:32—33)但亚德·瓦舍姆大屠杀纪念馆是世界政要和人民前往悼念的以色列国家记忆场所,而代尔亚辛则没有任何标记,它被遮盖了面目,隐去了姓名。约西只知道那里是一个精神病院。即便走亲戚时去过附近一两次,约西也"从来没有看到过代尔亚辛的踪迹"。(Papernick,2011:29)

三、暗恐:集体记忆压抑下个人记忆的微光

宏大的建国复兴叙事和大屠杀记忆危机感主导着约西的空间感与恋地情

结,他对阿拉伯人恐怖袭击的焦虑被压抑到无意识当中,但这焦虑并未消失,而是以"暗恐"形式浮现,因为创伤压抑的需要伴随着想要揭示这种创伤的冲动。"暗恐"是弗洛伊德在德国心理学家恩斯特·詹池(Ernst Jentsch)学说基础上阐发的一个与创伤有关的概念。弗洛伊德认为创伤经历对人的心理影响表现为两种对立的形式:一是意识审查机制对焦虑的压迫,二是对这种压迫的反抗。"暗恐"是压抑以"神秘而恐怖的东西"之形式复现,在现实体验中和小说中同样存在,根本特征在于"隐秘的、熟悉的……受到压抑,最后仍然显现出来"(弗洛伊德,2001:300)。具体地说,个体过去遭遇的创伤被压抑至潜意识,对这些不再现身于意识中的事物之熟悉度降低。但当这些事物以其他相似面目再次出现时,就会导致个体对该事物产生似曾相识的恐惑感。(王素英,2014:133)小说中泽阿德家族源源不断地填满房屋空间、伤害约西和其妻子的情节,就是约西目睹阿拉伯自杀爆炸后,压抑创伤心理的复现:"他想起贾法街上被烧毁的巴士残骸、碎玻璃、散落在街上的尸体……空气中还弥漫着烧肉的刺鼻气味。他想起工人们正在清理内拉利大楼顶上狮子雕像上人的血肉。"(Papernick,2011:48)

迫使约西压抑的暗恐浮出的是阿拉伯人,这正是压抑与复现缠斗的结果。塞托说为了对付"过去","现在"采取遗忘策略;而"过去"善用记忆的残余反攻。这些反攻分子往往是陌生人,是异族分子。(Certeau,1986:3—5)陌生人是我们熟悉的,作为陌生人的他者就是自我意识中的暗恐。克里斯蒂娃在《我们自己的陌生人》中专章论述暗恐理论时就主张,暗恐揭示的人的同质性,正是他异性。"人从自己身上投射出它所经历的危险或不愉快的东西,使它成为一个异类的不可思议和恶魔。"(Kristeva,1991:183)"我们"将"非我"的个人或群体视为外在的他人并对其产生厌恶,其实是人通过压抑与"我"自己疏远。他者因此既在"我们"之外又在"我们"之内,是"我们"的复影。所以,"纳克巴不仅是受害者巴勒斯坦人的创伤,也是以色列人的创伤。暗恐使我们更全面地了解被压制的集体创伤记忆,以及一直困扰着我们以色列人的各种鬼魂"(Even-Tzur,2016:309)。代尔亚辛废墟之上耸立着以色列的精神病院,村庄虽然换了希伯来名字,但干涸的水井、荒芜的橄榄园等残余物无言地诉说着阿拉伯人曾经的在场。著名的基布兹自然历史博物馆倚靠阿拉伯村庄的墙体修建,以色列政府经营的旅游场所范围内有多处村庄的遗迹。这一切都如阿隆·孔菲诺(Alon Confino)所言,"为了每天压制纳克巴的记忆,必须一次又一次地将其带回以色列的意识中"(Confino,2019:22)。虽然在意识层面,约西的记忆被日常政治所压制遮蔽,但暗恐以复影的形式不时出现,直指"我"乃至"我"生存的文化之中的恐惧、焦虑、不安的生成根源和历史。(童明,2011:

115)消失的阿拉伯村庄,对位被纳粹摧毁的数万个欧洲犹太人社区;电视新闻里肮脏的难民营和痛苦的面孔,何尝不是奥斯威辛营中犹太人的模样?对阿拉伯民族遭受灾难的否认,如同一面镜子,映射出当年欧洲社会对犹太人遭遇的漠然。阿拉伯人是被纳粹驱逐的犹太人复影,占据阿拉伯人家园的犹太人约西,是纳粹分子,是"不速之客"的复影。

最后,小说从约西夜里醒来,发现家里出现神秘的"不速之客"开始,到越来越多的阿拉伯人穿墙越壁在此聚集,再到他们顷刻间消失结束,这一超现实的情节可以解读为整个故事是约西的一场噩梦。梦是暗恐复现的常见表现形式:记忆的社会属性让人每一次有意识的行为都受其调控,可以深入到我们最为私密的经验之中并赋予其意义和结构。只有在睡梦中,社会结构对内心世界的干预才会有所放松(阿斯曼,2016:19)。暗恐既然是压抑在无意识中的创伤复现,就不可能在意识状态下被感知,只有在梦这样无意识的"法外之地"才能躲过审查。虽然莫里斯·哈布瓦赫(Maurice Halbwachs)强调"对于那些发生在过去,我们感兴趣的事件,只有从集体记忆的框架中,我们才能重新找到它们的适当位置,这时,我们才能够记忆"(哈布瓦赫,2002:172),但他也承认,在人类的体验中存在"梦"这个特殊领域。不是植根在社会情境与结构之中,而是具有与醒时生活完全不同的特征。总之,记忆受到社会框架制约,并不意味着框架化了的记忆是记忆的全部。在记忆与遗忘的过渡地带,在诸如梦境这样意识与无意识的边缘,在"那些充满过多歧义、充满了太多暧昧和晦涩的包孕性时刻"(敬文东,2006:86),会隐约透出个人记忆的微光,对集体记忆的权力控制进行抵制。文学作品的意义,就在于捕捉并借助这稍纵即逝的微光时刻,从被压抑的个人记忆深渊中片刻逃离,书写出不同于集体记忆宏大叙事的篇章,"把艺术的镜子摆在回忆与遗忘这个社会进程的面前"(阿斯曼,2016:478)。

结　语

佩普尼克生于加拿大,现定居美国,曾在以色列生活多年,亲身感受过战争及创伤的迁延不愈,所以能从"亲历者""旁观者"双重视角,带着距离意识审视现实。泽阿德和约西都视对方为威胁自己住宅空间地位的"不速之客",他们关于巴勒斯坦的空间记忆表面看来存在明显冲突:前者由失去故土、骨肉分离、无家可归的痛苦经历构成,后者被经过大流散、大屠杀后的返乡重建叙事所框架。然而这两种记忆在本质上并无区别,都是挑选、渲染有利于本族认同的事件,建构自我记忆,并尽力抹除对方记忆中最重要的因素:阿拉伯人否认纳粹大屠杀,犹太人无视战争给阿拉伯人带来的人道灾难。故事结局表明,如果双方固守自己狭隘的集体记忆视角，就会陷入受害者身份之争和循环复仇的泥沼。既然犹太人和巴勒斯坦阿拉伯人已经在历史、地理和政治等各方面交织缠绕，也许可以尝试承认他人历史的存在，依照对方的认识来反观自身。所以作者安排阿拉伯人和犹太人在他们都视为自己家宅的空间里相遇，互观互鉴，彼此倾听，表达了作者对构建包容共存、理解互信的空间记忆，进而治愈创伤的期待。故事并未以皆大欢喜的结局告终，说明在集体记忆激烈冲突的情况下，建立超越种族和历史的记忆共同体十分艰难。可是倘若人们永远囿于本族记忆的牢笼，争端的解决更遥遥无期。

参考文献

1. Assmann, A. "One Land and Three Narratives: Palestinian Sites of Memory in Israel". *Memory Studies* 11.3 (2018): 287—300.

2. Atwood, M. *In Search of Alias Grace*. Ottawa: U of Ottawa P, 1997.

3. Benvenisti, M. *The Buried History of the Holy Land since 1948*. Berkeley: U of California P, 2000.

4. Certeau, M. "Psychoanalysis and Its History". *Discourse on the Other*. Manchester: Manchester UP, 1986: 3—16.

5. Confino, A. "The Holocaust and the Nakba: Memory, National Identity and Jewish-Arab Partnership". *Palestine-Israel Journal of Politics, Economics, and Culture* 24.3/4 (2019): 20—28.

6. Davis, T. *Southscapes: Geographies of Race, Region, and Literature*. Chapel Hill: U of North Carolina P, 2011.

7. Even-Tzur, E. "'The Road to The Village': Israeli Social Unconscious and The Palestinian Nakba". *International Journal of Applied Psychoanalytic Studies* 13.4 (2016): 305—322.

8. Khoury, N. "Postnational memory: Narrating the Holocaust and the Nakba". *Philosophy & Social Criticism* 46.1 (2019): 91—110.

9. Koppel, J. & D. Berntsen. "The peaks of life: The differential temporal locations of the reminiscence bump across disparate cueing methods". *Journal of Applied Research in Memory and Cognition* 4.1 (2015): 66—80.

10. Kristeva, J. *Strangers to Ourselves*. New York: Columbia UP, 1991.

11. Masalha, N. *The Politics of Denial: Israel and the Palestinian Refugee Problem*. London: Pluto Press, 2003.

12. Neusner, J. *From Politics to Piety: The Emergence of Pharisaic Judaism*. Eugene: Wipf and Stock Publishers, 2003.

13. Nora, P. "Between Memory and History: Les lieux De Mémoire". *Representations* 26. Spring (1989): 7—24.

14. Nünning, A., M. Gymnich & R. Sommer. *Literature and Memory: Theoretical Paradigms, Genres, Functions*. Tübingen: Francke A. Verlag, the University of Michigan, 2006.

15. Papernick, J. *The Ascent of Eli Israel and Other Stories*. New York: Arcade Publishing, 2011.

16. Rodkey, D. & E. Miller. *The Palgrave Handbook of Radical Theology*. London: Palgrave Macmillan, 2018.

17. Yerushalmi, H. *Zakhor: Jewish History and Jewish Memory*. Seattle: U of Washington P, 1982.

18. Zertal, I. *Israel's Holocaust and the Politics of Nationhood*. New York: Cambridge UP, 2005.

19. Zurayk, C. *The Meaning of the Disaster*. Beirut: Khayat's College Book Cooperative, 1956.

20. 阿莱达·阿斯曼:《回忆空间:文化记忆的形式和变迁》,潘璐译,北京:北京大学出版社,2016。

21. 阿伦·布雷格曼:《以色列史》,杨军译,上海:东方出版中心,2009。

22. 艾仁贵:《Nakba:现代巴勒斯坦的难民问题与创伤记忆》,载《史学理论研究》2013年第2期。

23. 布莱恩·特纳:《社会理论指南》,李康译,上海:上海人民出版社,2003。

24. 管健、郭倩琳:《共享、重塑与认同:集体记忆传递的社会心理逻辑》,载《南京师大学报(社会科学版)》2020年第5期。

25. 哈布瓦赫:《论集体记忆》,毕然、郭金华译,上海:上海人民出版社,2002。

26. 加斯东·巴什拉:《空间的诗学》,张逸婧译,上海:上海译文出版社,2013。

27. 敬文东:《从侧面攻击大历史》,载《读书》2006年第11期。

28. 李凡、朱竑、黄维:《从地理学视角看城市历史文化景观集体记忆的研究》,载《人文地理》2010 年第 4 期。

29. 刘洪一:《犹太精神》,南京:南京大学出版社,1995。

30. 皮埃尔·诺拉:《记忆之场——法国国民意识的文化社会史》,黄艳红等译,南京:南京大学出版社,2015。

31. 萨义德:《虚构、记忆和地方》,载 W. J. T. 米切尔主编《风景与权力》,南京:译林出版社,2014。

32. 童明:《暗恐/非家幻觉》,载《外国文学》2011 年第 4 期。

33. 王东美:《个人—集体:社会记忆的心理学视域》,载《天津社会科学》2020 年第 5 期。

34. 王素英:《"恐惑"理论的发展及当代意义》,载《当代外国文学》2014 年第 1 期。

35. 沃尔特·拉克:《犹太复国主义史》,徐方、闫瑞松译,上海:生活·读书·新知三联书店上海分店,1992。

36. 西格蒙德·弗洛伊德:《论神秘和令人恐怖的东西》,载《论文学与艺术》。北京:国际文化出版公司,2001。

37. 西蒙·沙玛:《风景与记忆》,胡淑陈、冯樨译,南京:译林出版社,2013。

38. 扬·阿斯曼:《文化记忆:早期高级文化中的文字、回忆和政治身份》,金寿福、黄晓晨译,北京:北京大学出版社,2015。

39. 扬·阿斯曼、陈国战:《什么是"文化记忆"?》,载《国外理论动态》2016 年第 6 期。

作者信息:敬南菲,女,重庆人,教授,博士,主要研究方向为美国犹太文学。本文系教育部人文社科规划基金项目"美国犹太作家以色列书写的空间诗学研究"(19YJA752010)的阶段性成果,曾刊于《解放军外国语学院学报》2022 年第 5 期,有改动。

论克莱谢尔回忆小说三部曲中的大屠杀记忆与创伤叙事

唐 洁

西安外国语大学欧洲学院

摘要：德国当代女作家乌尔苏拉·克莱谢尔回忆小说三部曲对犹太民族、吉卜赛民族、政治流亡者、德国民众在纳粹大屠杀中所遭遇的苦难与创伤进行深入剖析,从多重维度展现战争与杀戮带给受害者的创伤记忆。本文试图在创伤理论和文化记忆理论框架下,结合德国在纳粹时期及战后初期的历史语境对克莱谢尔小说三部曲中的创伤记忆书写展开细致解读,探究战争和纳粹大屠杀给犹太流亡者造成的创伤记忆、吉卜赛民族的身体创伤记忆以及战争幸存者经历的二次创伤与身份认同危机。

关键词：乌尔苏拉·克莱谢尔;纳粹大屠杀;创伤记忆;创伤叙事

The Memories of Holocaust and Traumatic narrative in Krechel's novel trilogy

Tang Jie

Abstract: The German contemporary female writer, Ursula Krechel, represents the traumatic experiences of the Holocaust in her novel trilogy from multiple dimensions, focusing not only on the Jewish victims, but also the Sinti and Roma, the political refugees and the lower and middle bourgeois classes in Germany. Under the framework of trauma theory and cultural memory theory, this article attempts to make a detailed interpretation of the traumatic memory of Krechel's trilogy in the historical context of the Nazi period and the early postwar period in Germany, so as to explore the effects of traumatic memories of the war and the Holocaust for Jewish refugees, the physical trauma of the Gypsy nation, as well as the secondary trauma and identity crisis experienced by the war survivors.

Keywords: Ursula Krechel, Holocaust, Traumatic memories, Traumatic narrative

乌尔苏拉·克莱谢尔(Ursula Krechel,1947—)于20世纪70年代初步入文坛,先后发表了十二部诗集,是德国当代颇具影响力的女诗人。除了诗歌创作,克莱谢尔还陆续推出了学术随笔、散文、戏剧剧本和广播剧等作品。她在2008年发表的小说处女作《上海,远在何方?》,以富有诗意的语言和触动人心的艺术表现力深受评论界好评,接连荣膺莱茵高文学奖、约瑟夫·布莱特巴赫奖、德国批评奖和杜塞尔多夫文学奖等众多文学奖项,并被译介到世界各地。2012年,克莱谢尔推出《上海,远在何方?》的姊妹篇《地方法院》,再次在德语文坛引起轰动和广泛关注,并于当年一举斩获德国图书奖。2018年,克莱谢尔继而推出回忆小说三部曲的终结篇《幽灵列车》,并于2019年凭借充满历史底蕴的文学创作赢得让·保罗文学奖。评审委员会在颁奖词中说道:"乌尔苏拉·克莱谢尔善于捕捉在战后德国所遗忘的声音,并挖掘出那段被人们刻意回避的历史记忆。克莱谢尔多年以来,孜孜不倦地搜集和研究历史文献,通过文学记忆对创伤、罪责和驱逐进行艺术加工。她的作品丰富了德语文学,并对其产生了不可忽视的影响。"①

乌尔苏拉·克莱谢尔作为战后新一代作家的代表,既非犹太人也非纳粹大屠杀的亲历者。她在查阅和研究大量相关历史文献的基础上,采取虚实结合的叙事方式,对犹太民族、吉卜赛民族、政治流亡者等群体在纳粹大屠杀中所遭遇的苦难与创伤进行深入剖析,从多重维度展现战争与杀戮带给受害者的创伤记忆,并揭示出德国战后重建过程中掩盖的纳粹受害者赔偿问题与身份危机,既承载着深厚的历史底蕴,又饱含着对现实的尖锐警示。《上海,远在何方?》通过犹太人流亡上海的经历真切地再现犹太难民的集体创伤记忆;《地方法院》延续了上一部小说的主题,表现出犹太难民从流亡地返回德国的生存境遇,揭示出战后德国经济奇迹掩盖下的受害者赔偿问题和身份认同危机;在《幽灵列车》中,克莱谢尔将聚焦点从犹太人转向了德国社会的"边缘人"——吉卜赛民族,小说透过吉卜赛流动艺人阿尔方斯·多恩一家的家庭创伤记忆

---

① Jean-Paul-Preis geht an Ursula Krechel für ihr Lebenswerk. https://www.bayern.de/jean-paul-preis-2019-geht-an-ursula-krechel-fr-ihr-lebenswerk (11.11.2019)

映射出吉卜赛民族在纳粹德国和战后社会的悲惨境遇。本文试图在创伤理论和文化记忆理论框架下，结合德国在纳粹时期及战后初期的历史语境对克莱谢尔小说三部曲中的创伤记忆书写展开细致解读，探究战争和纳粹大屠杀给犹太流亡者造成的创伤记忆、吉卜赛民族的身体创伤记忆以及战争幸存者经历的二次创伤和身份认同危机，从而凸显克莱谢尔回忆小说的独特性。

一、犹太民族的流亡记忆与创伤叙事

犹太民族自形成以来就面临着杀戮与驱逐，犹太人的历史是一部千年流散史。犹太民族的创伤记忆始终伴随着犹太民族的苦难历史。希特勒上台后，纳粹政权将反犹主义推向了极致。在乌尔苏拉·克莱谢尔的笔下，身陷死亡绝境的犹太人远渡重洋，在遥远的中国或远离欧亚大陆战火的拉丁美洲找到落脚之地。上海，这座当时置于殖民管辖之中且不需要签证的东方大都市成为犹太人最后的避难地。从1938年到1941年，大约2万多名德国和奥地利犹太人远涉重洋来到上海。大部分犹太难民将上海视为"等候室"或者"中转站"，打算时局好转时移居美国或其他国家。然而事与愿违，小说的主人公都在"等候室"流亡多年，直到战争结束后才得以返回欧洲家园。

克莱谢尔在《上海，远在何方？》伊始引用了两个流亡者的谈话：

"去上海。"
"什么？那么远啊？"
"远在何方？"（克莱谢尔，2013:2）

驱逐和流亡改变了人们原本的生活，流亡者的精神受到极大的创伤。圣经《旧约》里见证了犹太人在一次被驱逐后的创伤经历："我们坐在巴比伦的河边，一想到锡安就哭了。我们把琴挂在柳树上。因为掠夺我们的人要我们唱歌，抢夺我们的人要我们作乐，说：'给我们唱一首锡安的歌吧！'可是我们怎么能在外邦唱耶和华的歌呢？"（Fricke, 2004: 155）这种突如其来的骤变摧毁了根植于原文化背景下的基础，古老的歌曲在新的环境下已不再是过去的旋律。流亡期间和流亡之后的经验改变着新的世界观和自我认识，即对本我的侵蚀和对他者的靠近。

德国心理创伤研究专家戈特弗里德·费舍尔（Gottfried Fischer）和彼得·里德瑟（Peter Riedesser）将创伤定义为："心理创伤在威胁性情境和个人抵御能力失衡的情况下产生，受创个体伴随着强烈的无助感并认为自己失去保护，表现出一种对自我以及对世界认知的持续性颠覆。"（Fischer/

Riedesser,1998:79)乌尔苏拉·克莱谢尔笔下的犹太人在流亡之前受到纳粹暴行的肆意蹂躏,在死亡边缘苦苦挣扎;历经磨难到达远离家乡的流亡地,又再次陷入无所适从的绝望境遇,这对于流亡者而言无疑是创伤性的心理烙印。陶西格(Tausig)是小说《上海,远在何方?》中的主要人物之一,原本是维也纳的一名年轻律师。纳粹上台后,为了躲避随时可能降临的死亡威胁,陶西格夫妇不断寻找逃离维也纳的出路,最终登上了前往上海的"乌沙拉莫号"邮船。在前往上海的轮船上,犹太难民担心"圣路易斯号"噩梦会再次上演,九个星期的海上之旅充满忧虑与无望。陶西格先生几乎自始至终都戴着太阳镜,他不愿让别人看见自己太阳镜后面掩藏的泪水。在经历了提心吊胆的九个星期后,流亡者们终于抵达了这座神秘莫测又令人望而生畏的远东第一大城市——上海。陌生的环境和巨大的物质、文化生活差异令陶西格无所适从、忧心忡忡。一个奥地利律师难以在异国他乡找到一份合适的工作,他的努力得不到认可,没有人需要他。纳粹的迫害与驱逐使陶西格感到深深的恐惧,与孩子的分离、远离家乡的痛苦和对陌生环境的不适始终伴随着他在异乡的流亡生活,身份的迷失成为压垮他的最后一根稻草,陶西格一病不起,再也无法恢复健康。克莱谢尔用"移植"一词精妙地刻画出陶西格的强制性流亡以及流亡后的困惑与迷失:"你能移植他吗?你能想象出他被移植后的情形吗?你无疑会被那一蹴而就的情形所蒙蔽。一只沉甸甸的大手将一个人从他家里,从他的城市里拖出来,抓住他,又将他放置到另一个地方,另一片大陆上。"(克莱谢尔,2013:3)

在到达流亡地之后,犹太难民受到不同社会准则的影响。文化移入的程度(适应新文化环境的程度)取决于在流亡地居住的时间、家乡和流亡地的文化差异、移民时的年龄、家庭的语言习惯、环境如学校及家庭相关成员的文化移入程度。心理创伤学中将其定义为"文化移入压力(文化移入障碍)"(Fischer/Riedesser,1998:242-243),文化移入压力会直接影响创伤经验的治愈。大部分犹太难民抵沪后居住在虹口临时搭建的难民营,拥挤不堪。亚热带潮湿气候和萧条破败的居住环境、巨大的语言与文化差异、贫穷与失业使犹太难民的流亡生活产生费舍尔和里德瑟所称的"移民压力"现象(即因强制性流亡形成的创伤经验),这种"移民压力"会造成流亡者身体状态虚弱、睡眠困扰、食欲不振、恐惧、不安、压抑、充满敌意、产生受害妄想症、缺乏信任、无目的漫游、交际障碍等。(Fischer/Riedesser,1998:156)小说所描写的流亡者有着各自不同的经历,寻求生存的方式也不尽相同,却无一例外地承受着一次又一次的身体与心理创伤:他们部分或全部地丧失了与社会和家庭的联系、地域和文化层面的家国故土和几乎所有的物质保障,呈现出典型的"移民压力"现象。《上海,远在何方?》中的叙述者拉扎鲁斯,流亡上海前因共产党员身份被关押入狱,后因犹太身份被运输到达豪和布痕瓦尔德集中营,饱受身心摧残。被释放后,拉扎鲁斯在意大利登上了开往上海的轮船。在录音带里他记录下同样从欧洲流亡到上海的犹太难民的生存故事:"他们被从自己的国家驱赶出来,像一堆废物被弹射出来,倾倒在一个陌生的世界里。"(克莱谢尔,2013:58)拉扎鲁斯用开书店卖书的收入购入了一台二手收音机,能够在遥远的上海收听到德语电台。每当他听到用熟悉的德语播报的德国新闻时,记忆便将他拉回到过去:"仿佛他就不曾有过环半球旅行;仿佛他就留在了被捕之前、蹲监狱之前、达豪之前、布痕瓦尔德之前的柏林。心灵创伤没有时间概念,它从来都没有逝去,每时每刻都会重现。收音机使得昔日的心灵创伤历历在目。"(克莱谢尔,2013:172)

由于中国和欧洲在语言、文化、气候、宗教、伦理道德等各个方面的巨大差异,犹太难民在主观上始终有一种临时中转的过客心态,另外,客观上中国的战乱也使寄居地无法长治久安,维持生存一直是犹太难民面临的最大挑战。(潘光,2017:164)

二、无法愈合的"身体印记"与文学再现

身体作为记忆的载体,将受害者最痛苦的创伤记忆封闭其中。从这个角度来讲,创伤记忆是一种持久的身体记忆,文学作品通过再现身体创伤记忆突破创伤"难以言说"的叙事困境。在《幽灵列车》中,克莱谢尔细致地刻画出纳粹对吉卜赛儿童身体的侵犯与暴行以及儿童在成年后反复出现的创伤回忆。身体成为再现儿童创伤与创伤叙事的重要工具。1933年至1945年间总计约50万吉卜赛人遇难,除了在第三帝国的灭绝营中遭到大规模屠杀,许多吉卜赛人因强制绝育、强制劳工或人体医学实验丧生或致残。

吉卜赛流动艺人阿尔方斯·多恩的大女儿凯蒂是纳粹强制绝育政策的受害者之一,实施绝育手术时她还未成年,身体创伤带来的创伤记忆成为凯蒂永远挥之不去的噩梦。"种族法"颁布后,凯蒂在家乡特里尔收到纳粹政府寄来的信,她被要求去医院进行强制绝育。"医生要求凯蒂脱下裙子和内裤,登上高椅,张开大腿。他使劲将她的阴唇拨开,把一个冰冷的东西塞进阴道里,她大声喊叫起来。不要这么敏感,医生说。凯蒂并非敏感,她还是个孩子,一个有着父母和兄弟姐妹的孩子。"(Krechel,2018:61)纳粹对儿童身体的暴虐并未结束,一段时间过后凯蒂被再次要求去医院。医院要求凯蒂在"自愿接受绝育手术"的表格上签字,凯蒂默不作声。一个尚未成年的孩子在突如其来的残酷事实面前表现出茫然与手足无措。从医院出来时,凯蒂小脸紧绷着,捂着肚子,疼得直不起腰。绝育手术对凯蒂造成了难以忘却的生育创伤,这种身体创伤记忆在凯蒂的生活中以闪回的方式反复出现,使凯蒂一次又一次经历痛苦。创痛反复侵袭,使创伤主体难以返回正常的生活轨道。时间在受创的那一瞬间冻结,创伤经历成为创伤主体记忆中的一道符咒,经常在脑海中闪现。一件看似毫无关联的小事,也可能勾起曾经的创伤记忆。她对身体变得异常敏感,对身体缺陷的羞愧感萦绕在日常生活中。凯蒂在照顾新出生的妹妹时经常以泪洗面,"她将手放到裙子下面,触摸着自己的下体,感到愤怒和急迫,仿佛她有权力要求为她负债累累的身体去寻找隐藏在生殖器里缺失的答案"(Krechel,2018:318)。看到小孩和孕妇凯蒂也会陷入伤痛和恐惧之中,因为她再也无法成为一个母亲,这对于传统的吉卜赛家庭是致命的打击。凯蒂所经受的身体创伤成为一种"抹不去的影像":

  凯蒂不能做的事情:
  坐有轨电车。封闭的车辆,与陌生人坐在一起,会让她陷入恐慌。
  看见孕妇。她开始哭泣。
  吃饭很快。她将食物吞进肚子,就像有人要从她的盘子里抢走食物。
  排队。她步履蹒跚,失去知觉。她紧紧抓住站在旁边的人。那个人将她的手甩掉。她感到难堪,或许她生病了。
  朗读,流利地朗读。(Krechel,2018:374)

  "创伤受害者最痛苦的记忆封闭在其身体之中,因为创伤没有经过意识的处理、消化和理解,记忆在身体层面符码化,之后身体反复重现原来的经历。"(师彦灵,2011:189)凯蒂的创伤记忆存在于身体中,身体的残缺使创伤记忆得以再现,小说通过对凯蒂的身体书写再现难以言述的创伤经历。创伤的潜伏性导致创伤症状通常过一段时间才会出现,并以身体形式表征。凯蒂对封闭的空间感到恐惧,甚至在人群拥挤的地方失去知觉,种种创伤症状通过身体表现出来。凯蒂会嫉妒孕妇或者做母亲的人,甚至会嫉妒自己的母亲。她常常去公园看别人的孩子,目瞪口呆地凝视每一辆婴儿车:"每一辆婴儿车都是一个旋转木马。每一辆婴儿车都是一列幽灵列车。婴儿车没有刹车。只要一推,就会往前。"(Krechel,2018:463)婴儿车会让她联想到过去的经历和无法做母亲的遗憾。与创伤事件相关的因素会刺激受创者身体复现创伤记忆,身体成为铭刻创伤经历的活的文本。凯蒂经常弯下腰,捂着肚子,疼痛突然燃烧,肚子被割裂。纳粹分子永远剥夺了凯蒂做母亲的权利。"这是我无法得到的孩子。人们用这把刀将我的输卵管切断了。"(Krechel,2018:467)身体创伤给受创儿童留下了无法愈合的伤痛,也将创伤留下的痕迹与伤疤永久地储存在受害者的记忆之中。

三、犹太幸存者的二次创伤与认同危机

在德语文学史上关于纳粹受害者的书写中,被更多提及的是受害者在二战期间经历的残酷迫害,却很少有作家关注到战后德国重建过程中和经济腾飞背后所掩盖的受害者赔偿和身份认同危机。克莱谢尔在回忆小说三部曲中向世人再现纳粹受害者战后令人心酸的真实命运。作家在接受采访时指出:"战后只有百分之五的流亡者重新回到纳粹统治过的德国。这可能是因为流亡者对纳粹残余势力心有余悸,可能是因为他们担心无法重新融入德国。"①在她笔下,无论是流亡上海的拉扎鲁斯、布里格、陶西格,还是流亡古巴的克罗尼茨,都属于那百分之五的回国者。战后初期的德国满目疮痍,社会濒临崩溃,生存问题已经让德国普通民众难堪重负。"无力悲伤"的德国人渴求重建家园,而无暇思索大屠杀幸存者所背负的痛苦。这场史无前例的人类浩劫成为讳莫如深的话题,大部分德国人对纳粹暴行采取了"心照不宣的沉默"。当流亡者怀抱重建德国的美好希望,历经千辛万苦回到祖国时,纳粹时期的恐惧感和无助感再次袭来,"边缘人"的困境令流亡者再次陷入孤独和迷失的创伤痛苦之中,随之引发的身份认同危机无疑给战争幸存者造成了严重的二次创伤。

德国精神病学家乌尔里希·文茨拉夫(Ulrich Venzlaff)细致描述了许多第三帝国政治受害者的命运,他们在战争结束后承受着胃病、头痛、恐惧、无精打采、压抑、脆弱敏感等身心折磨;战争幸存者游走于社会冷漠和毫无存在意义的边缘,过着一种悲伤的生活。文茨拉夫认为,这并非突发性神经症状。早在联邦赔偿法对他们进行保护之前,纳粹受害者就已经遭受了长期的精神伤害;此外,长年累月的迫害也不能和偶尔性的事故相提并论,无论是在频率还是在程度方面都是一种新的经历。物质生存的毁灭,长期遭受侮辱与歧视、诽谤、任意拘留、审讯和虐待,长期的迫害使他们身陷绝境,进而导致交际能力的丧失、对歧视和侮辱的深刻记忆,并引发孤独、失去自我价值、内心空虚和恐惧等症状。(Brunner,2011:52—53)

克莱谢尔在《地方法院》中以小说的形式续写了《上海,远在何方?》中犹太流亡者归国后的身份困境和二次创伤,讲述了德国犹太法官克罗尼茨结束流亡返回家乡后的生存境遇。克莱谢尔在《地方法院》开篇引用了圣经《约翰福

---

① 引自笔者与作家访谈。

音》中的一句名言:"他来到他的世界里,可是这个世界的人却不接纳他。"(克莱谢尔,2016:2)与沉浸在过去战争回忆中的人们相比,归国流亡者充满了对未来的憧憬,克罗尼茨抱着重建一个民主新德国的美好愿望归来。当克罗尼茨1948年返回德国后,他希望能够重新恢复法官工作,然而他的入职请求却遭到了重重阻挠,拒绝的理由竟因为自己的无国籍身份。流亡古巴时,他在完全不知情的状况下被纳粹政府剥夺了德国国籍。现在战争已经结束,他满怀希望地回到祖国,却仍然被排除在德国人之外。克莱谢尔对此写道:"一切都摇摇晃晃,没有稳固的立足之地。离去是震惊,归来也是震惊。"(克莱谢尔,2016:38)克罗尼茨的归来和最终无法找到归来的感觉相互呼应,构成了这部小说表现的主线。

为了离散的家人能够早日重聚,为了争取多年来所遭受的精神和财产损失补偿,为了失去的尊严,克罗尼茨递交了一封又一封的申请,成为像克莱斯特小说《米夏埃尔·科尔哈斯》主人公一般的悲情"英雄"。克罗尼茨坚持不懈争取正义和公正的抗争被视为实现民主梦想和自我身份认同的尝试。克罗尼茨四处碰壁,他对自己的国家感到越来越陌生,这是一次"内心的流亡",甚至比魔幻般的古巴流亡还要令人压抑和绝望。已经遗忘的第一件事情的创伤可能因为第二件事具有相同的诱因或某种相似性而引发回忆。当创伤主体在外界刺激下回忆起创伤经历时,常常会心跳加速,头脑眩晕,甚至身体会出现疼痛,例如腹痛、胃疼、关节刺痛等症状。长期的精神压力和过度的刺激再一次导致克罗尼茨身体系统的紊乱,原本尚未愈合的伤痕又一次被深深划开。

"克罗尼茨强烈的身体反应像阴影一样流传下来了。有人慢慢地靠近了!克罗尼茨告诉自己,一次次打击越来越近。他告诉自己,我屡屡遭受着它们的折磨。他的医生证明他心力衰竭、血液流通受阻、行走不稳、摇摇晃晃。是的,世界在他脚下摇晃,或者他的脚在地上摇晃,他对此没有了真正的感觉。"(克莱谢尔,2016:358)

犹太幸存者在试图重新融入德国社会的探寻中迷失了自己,失去了他人和社会的认同感,陷入了一种孤独与茫然的境地。这种身份认同的危机也是创伤的一种表现形式。二次创伤通过离奇的重复发生,创伤成为一段重复的历史见证,大屠杀后的二次创伤不仅见证了一段历史,并且见证了历史的持续性发展。对于大屠杀的幸存者而言,创伤并没有成为过去的记忆,而是一段持续性创伤经历,始终伴随着他们的生活。

克罗尼茨寻求公正的抗争在宣读基本法中达到了高潮,也直接导致了其法官生涯的结束。司法当局以克罗尼茨虚弱的身体状况无法胜任工作为借口,让其提交一份退休申请。濒临精神崩溃的克罗尼茨不得不接受被强行赶出法院的残酷现实,伤痛加剧。作为一位法官,克罗尼茨有捍卫公正的义务,而在现实中,克罗尼茨经历了许多不公正待遇。这种具有讽刺意味的经历使他对法律无可争辩的尊严产生深深的怀疑。他对久别重逢的家庭感到陌生,也对德国社会和他的职业越发感到陌生。小说的结局令人心碎,法官克罗尼茨为主持公正而做出的一切努力都是徒劳。对德国司法体系的绝望不仅导致他身体状况严重恶化,也使他陷入身份危机的漩涡。对法律的公正性以及至高荣誉的追求,在克罗尼茨追寻身份重构的历程中扮演着重要的角色,归乡者最终只能无可奈何地接受命运的安排,倒在痛苦的绝望中。正如克莱谢尔所言,地方法院为克罗尼茨打开了一个世界,而他又从这个世界里被驱赶出来了。小说通过对克罗尼茨创伤记忆的细致描写,展现出千千万万受到纳粹迫害的幸存者在战后所经历的身份危机。

结　语

克莱谢尔笔下的创伤人物寻求生存的方式虽各有不同,却无一例外地承受着战争和纳粹大屠杀事件带来的恶果。个体创伤记忆通过讲述,使更多人分享和认同,进而演化为集体记忆。小说通过对创伤记忆的重构与再现映射出犹太民族和吉卜赛民族在纳粹时期和战后德国的真实写照。截至2019年,德国已拥有1300万移民,成为全球第二大移民国。然而,大规模的移民使新纳粹主义分子有了可乘之机,种族歧视问题死灰复燃。乌尔苏拉·克莱谢尔接连借用小说形式,从民族、家庭、政治、宗教等多重维度揭示纳粹大屠杀造成的集体创伤记忆,让其文学作品参与建构更广泛意义上的文化创伤,使人们铭记历史,避免悲剧重演,恰如克莱谢尔所言:"尊重历史,正视现实,让历史记忆的明灯永远照亮有良知的心灵。"①

参考文献

1. Brunner, José. "Gesetze, Gutachter, Geld-Das Trauma als Paradigma des Holocaust". In José Brunner, Nathalie Zajde (Hrsg.): *Holocaust und Trauma. Kritische Perspektiven zur Entstehung und Wirkung eines Paradigmas*. Göttingen: Wallstein Verlag, 2011.

2. Caruth, Cathy. *Unclaimed Experience: Trauma, Narrative and*

---

① 引自笔者与作家访谈。

History. Baltimore and London: Johns Hopkins University Press, 1996.

3. Fischer, Gottfried and Peter Riedesser. *Lehrbuch der Psychotraumatologie*. München: Ernst Reinhardt Verlag, 1998.

4. Fricke, Hannes. *Das hört nicht auf. Trauma, Literatur und Empathie*. Göttingen: Wallstein, 2004.

5. Krechel, Ursula. *Geisterbahn*. Salzburg: Jung und Jung, 2018.

6. Kühner, Angela. *Trauma und kollektives Gedächtnis*. Gießen: Psychosozial-Verlag, 2008.

7. Schenk, Michael. *Rassismus gegen Sinti und Roma. Zur Kontinuität der Zigeunerverfolgung innerhalb der deutschen Gesellschaft von der Weimarer Republik bis in die Gegenwart*. Frankfurt am Main: Peter Lang, 1994.

8. Solms, Wilhelm. "Zigeunerbilder deutscher Dichter". In *"Zwischen Romantisierung und Rassismus". Sinti und Roma 600 Jahre in Deutschland*. Stuttgart: Landeszentrale für politische Bildung, 1998.

9. 阿莱达·阿斯曼:《回忆空间:文化记忆的形式和变迁》,潘璐译,北京:北京大学出版社,2016。

10. 刘玉:《创伤小说的记忆书写》,北京:科学出版社,2019。

11. 潘光:《来华犹太难民研究(1933—1945):史述、历史与模式》,上海:上海交通大学出版社,2017。

12. 师彦灵:《论身体与创伤再现和治愈的关系》,载《科学·经济·社会》2011年第1期。

13. 乌尔苏拉·克莱谢尔:《上海,远在何方?》,韩瑞祥译,北京:人民文学出版社,2013。

14. 乌尔苏拉·克莱谢尔:《地方法院》,韩瑞祥译,北京:人民文学出版社,2016。

作者信息:唐洁,女,陕西汉中人,上海外国语大学文学博士,西安外国语大学副教授,研究方向为德语文学。本文受教育部人文社科研究项目"20世纪来华犹太裔德语作家中国书写研究"(21YJC752015)资助。

七年战争视角下莱辛《斐洛塔斯》中的战争寓言

史敏岳

南昌航空大学外国语学院

摘要：七年战争在德意志地区第一次使传统的王朝和家族利益斗争具备了民族和国家色彩。德语文学的参与在舆论和意识形态领域展开了争夺。但莱辛的战争剧是一个特例：它反驳了同时期文学对战争的鼓吹和美化，又没有落入启蒙文学的和平主义窠臼。《斐洛塔斯》作为一则戏剧形式的寓言，通过王储斐洛塔斯被俘的两难境地，揭示了当时战争意识形态的逻辑悖论，批判了同时期文学中简单的敌我对立的伦理观念，解构了围绕着腓特烈二世的战争神话。莱辛的战争寓言推崇一种战争理性，指出任何政治共同体都不可能放弃以暴抗暴，但将战争神圣化无助于不同政治群体实现冲突中的共存。就战争认知而言，该剧的意义恰在于认识到了战争的解决既不能没有以暴抗暴的准备，也不能没有向冲突方提供契机，回归合作的意愿。

关键词：七年战争；莱辛；战争寓言；《斐洛塔斯》

On Lessing's *Philotas* as a political fable about War Logic from the Perspective of the Seven Years' War

Shi Minyue

Abstract: During the Seven Years' War, for the first time, the traditional struggles for dynastic interests began to get a color of nationalism in the German region. German literature, participated in the war, started a struggle in the fields of public opinion and ideology. Nevertheless, Lessing's drama constitutes a special case in the war-time: it refutes the advocacy and beautification of warfare in the contemporary war literature, without falling into the pacifism of Enlightenment literature. Lessing revealed the logical paradox of the war ideology at that time and criticized the simple conception of foe-friendship. His work is intended to promote a rationality of war, pointing out that although no political community can give up using violence to resist violence, the sanctification of war does not help different political groups to coexist in conflict. The significance of *Philotas* lies in the realization that the resolution of war cannot be resolved without the preparation and willingness to resist violence, nor can it fail to provide an opportunity for the conflicting parties to return to cooperation.

Key words: The Seven Year's War; Lessing; war fable; *Philotas*

引 言

欧美学界研究七年战争(1756—1763)主要围绕着两个焦点:其一是在北美展开的盎格鲁—法兰西的国际竞争,其二是普鲁士王腓特烈二世及其欧陆敌人之间的冲突(Danley,2012:23)。在19世纪及以后的日耳曼语言文学研究当中,后者常被认为与18世纪德语文学的发展密切相关,直到21世纪还有学者研究腓特烈二世的战争活动与德语文学之间的关系(如 Bertschik & de Bruyn,2014)。自20世纪初以来,德国的文学研究界日益重视七年战争的"媒体战争"属性,文学对七年战争的反映与思考进入文学研究的视野(如 Adam & Dainat,2007)。与此相比,国内对18世纪德语文学中战争维度的关注略显不足,相关研究较少。

事实上,自近代以来的任何战争必然都会变成媒体的战争,从而变成一个媒体问题。七年战争在这方面尤其突出,它不仅在普鲁士引起了知识分子中关于民族与国家的讨论,包括齐默曼(J. Zimmermann)的《论民族自豪》(*Vom Nationalstolze*,1758)和阿伯特(Th. Abbt)的《论为祖国而死》(*Vom Tode fürs Vaterland*,1761),而且在德语文学中产生了巨大的影响。在德语戏剧舞台上,战争引发了热烈的爱国主义讨论,体现了战争所强化的"君主制的爱国主义"(Krebs,2007:295);在德语诗歌上,E. 克莱斯特(E. Kleist)与格莱姆(L. Gleim)的战争诗构成了军事题材文学化的典型,通过战争书写歌颂了腓特烈二世和普鲁士军队。七年战争在同时代媒体中的反映证明,战争为18世纪中叶的德意志市民知识分子提供了一种认同的契机,一种通过支持或反对而对某位君主或某个民族的归属感(Bohnen,2006:29),因此围绕着腓特烈二世军事活动而展开的爱国主义话语成为战争文学的主流。歌德曾在《诗与真》

中描述自己年幼时如何倾向于普鲁士的胜利,他甚至将普鲁士的胜利称作"我们的胜利":"我和父亲一起为我们的胜利而高兴,喜欢抄写胜利的颂歌,但几乎更喜欢抄写嘲讽敌方的诗歌,不论其韵律如何平庸。"(Goethe,1999:47)歌德的回忆印证了当时市民知识分子的一种普遍心态,即投入战争所代表的公共事务之中,产生一种特殊的认同情感。

与其他德意志知识分子一样,莱辛的生活与创作也深受七年战争影响。七年战争的结果是普鲁士侥幸存活,而萨克森和其他受战争波及的地区损失惨重。作为萨克森人,莱辛对这场战争的看法不可能充满热情,但他对战争狂热的距离感并非来自作为萨克森人的民族认同,而是来自他的启蒙立场。在七年战争的视角下,莱辛的战争剧带有政治寓言的色彩,揭示了当时战争意识形态的悖论。

一、《斐洛塔斯》作为七年战争文学的特例

莱辛与格莱姆关于战时爱国主义的争论说明前者对七年战争的思考如何冷静和独特。友人 E. 克莱斯特的战死,格莱姆和拉姆勒(K. Ramler)等人对腓特烈的神化,构成了莱辛对七年战争的特殊体验(Weber,2006:104)。1759年2月14日,莱辛就《普鲁士掷弹兵之歌》致信格莱姆,表现出对当时盛行的爱国主义话语的距离:"关于对祖国的爱,我完全没有概念(很抱歉,我也许不得不向您承认我的羞耻),它对我而言最多是一种我很乐意缺少的英雄主义的弱点。"(Lessing,1997:311)然而,19世纪德意志民族主义意识形态的建构导致德国的日耳曼学对莱辛与战争狂热之间的距离视而不见;莱辛被描述为"热心的爱国主义者",《明娜·封·巴恩赫姆》被推崇为"七年战争之后德意志民族的一份胜利宣言"(Baumgarten,1894:223)。而在当时的"七年战争文学"选集中,莱辛的《斐洛塔斯》(*Philotas*,1759)被和其他文人带有战争英雄主义色彩的作品放到了一起,列为中学生的阅读书目。显然,这样的归类是时代对莱辛的误读。

1756年8月29日,腓特烈二世进军萨克森,不宣而战,试图以先发制人的打击逆转当时不利于普鲁士的同盟关系,七年战争开始。显然,入侵萨克森的行为违背了当时的国际法,但它之所以能够得到辩护,是因为在17和18世纪,古典的正义战争(bellum iustum)学说早已成为一句空话,国际法的实践发展出了战争权利学说(ius ad bellum),强调国家发动战争的权利——大国权力平衡成为最重要的原则,使得国家允许以权力平衡为目的进行先发制人的预防性战争(Möller,1989:28)。在某种程度上,这一状况模糊了战争的罪责问题,削弱了文学美化战争的道义负担。另外,战争作为德意志知识分子不能直接参与的国家事务,对18世纪德语市民文学产生了一种新鲜的美学吸引力。在这两种因素的共同作用下,文学自觉或不自觉地成了鼓吹战争的工具。在战争初期,格莱姆的颂歌代表了文学建构战争意识形态的典型:他从一个底层掷弹兵的视角出发,把普鲁士的战争美化为一种英雄主义的壮举,以一种修辞化和情绪化的方式来书写战争,却将战争的动机和罪责问题抛在一边。而到了战争的中后期,一种特殊的爱国主义话语将腓特烈在军事劣势之中为保全普鲁士而进行的斗争赋予正义性,在开明专制的体制下呼吁爱国热情:齐默曼和阿伯特是典型的例子。甚至到了18世纪末,亲历了七年战争的阿欣霍尔茨(J. von Archenholz)在写《七年战争史》时,还认为"从来没有一场战争比这场战争更加正义"(Kunisch,1996:19),赞美腓特烈主导的七年战争中的民族热情。

作为启蒙主义者,莱辛很难认同这种狂热的战争激情。他出版格莱姆的颂歌,并加以积极的评价,完全是出于美学的立场。他在前言中回溯了日耳曼吟唱英雄事迹的巴尔德诗歌传统(Bardendichtung),把格莱姆作品中现实战争与诗歌的结合视为一种文学创新。在莱辛最初的理解中,这些战争诗是对洛可可恰情文学的一种突破,而爱国主义只是一种修饰,是战争题材的附庸。而当他看到这些诗歌包含着一种文学的转向,即转向所谓"祖国文学"(Vaterlandsdichtung)时,他立刻意识到,七年战争中的这些文字所暴露出的核心问题是一种和启蒙理性相悖的政治的爱国主义,其中所隐藏的危险之源,是市民知识分子在看待军事和政治问题上的情感化倾向。因此,他在和格莱姆通信时指出,后者的战争诗中,爱国者的身份喧宾夺主,超越了诗人,并且在比较民族的爱国主义和启蒙的世界主义两种思想的过程中,他选择了后者:"也许在我身上,爱国者也并没有遭到扼杀,但在我的思维方式中,狂热的爱国者是我所最不渴求的,因为狂热的爱国主义会教我忘记自己还应当是一个世界公民。"(Lessing,1997:305)

因此,在七年战争的语境下,《斐洛塔斯》带有非常明显的现实政治评论的色彩,是莱辛对同时代战争文学的回应。莱辛在剧中塑造了一位为了战争的胜利而选择自杀的王子,却并不是为了宣扬战时的牺牲精神,而是为了与其他战争文学所赞美的爱国主义和牺牲精神相对化,为七年战争的神话袪魅。正因如此,莱辛采用了一种戏剧寓言式的写法。全剧用散文写成,不分幕次,面向的受众显然不是戏剧观众,而是战争文学的读者。戏剧所表现的战争不在当代,而是在一个架空的历史中,与现实形成一种批判的距离。莱辛的谋篇布局说明,他试图用一部架空的战争剧建构一个战争的模型,给同时代的读者提供一个思考七年战争的不同视角。

二、斐洛塔斯牺牲背后的英雄主义与战争悖论

在莱辛的这部悲剧中，交战双方的国王原本是少年时的朋友，剧中并未交代战争的起因，但斐洛塔斯一味认为自己是正义的一方。战乱之中，斐洛塔斯因求胜心切而不与余部配合，为敌军所掳。而敌方的王子也被扣为人质。在敌军帐中，斐洛塔斯受到敌方国王阿里代乌斯（Aridäus）的善待，但他对自己的被俘终究无法释怀，视为耻辱。他一心要成为英雄，因此敌方越优待他，敌方国王越尊重他，他内心就越感到煎熬和痛苦，越认为这是对自己的羞辱。为了解决争端，他提议双方约定交换人质，分别换回自己国家的王子。阿里代乌斯为使对方确信斐洛塔斯并未丧生，遂派遣与斐洛塔斯一同被俘、深得对方国王信任的老兵帕梅尼奥（Parmenio）去传达消息，择日交换人质。斐洛塔斯表面应允，内心却考虑自杀，一则为了实现成为英雄的理想，二则为了避免自己的父亲为了赎回他而丧失已取得的战果。单独与帕梅尼奥争论之后，斐洛塔斯说服他让国王于次日之后再来赎人，以便为自杀争取时间。当阿里代乌斯引斐洛塔斯去见各位军官之时，后者假意称没有佩剑，不符合王子身份，要求佩剑之后方能见客。他得剑之后，随即自杀。阿里代乌斯为斐洛塔斯之死而痛哭，表示愿意为了赎回儿子而不再为王，全剧就在他的急切愿望中结束，留下一个开放式的结局。

斐洛塔斯的形象显然为英雄主义蒙上了一层可疑的色彩，不仅无法展现战争英雄的伟大，反而暴露出其幼稚可笑。被俘之后，斐洛塔斯向敌方将领斯特拉托（Strato）大诉其苦："我可以向你哀叹我的命运，只有你能够完全理解我。"(13)这说明斐洛塔斯初涉战事，就把自己看作与久经沙场的斯特拉托相同的战斗英雄，表现了他的虚荣与高傲。他长篇大论地描述自己在战斗之前如何紧张兴奋和渴望建功立业，又如何被俘，受到命运的打击，乃至因此而大哭："我要哭，我不得不哭，就算我怕因此而被你蔑视。但请不要蔑视我！——你竟要转身离开吗？"(14)这种情绪化的表达体现了斐洛塔斯急切地渴望被人倾听，被人认可，但又无能为力，最终只能将英雄主义的挫折化作低级的情绪宣泄——哭泣。这本质上是心理学上的退缩机制（Regression），证明了斐洛塔斯仍是一个极不成熟的青年，他的幼稚与雄心完全不相称，也证明了他身上英雄主义的可笑。

在战争中，这种英雄主义不仅滑稽，而且危险，因为它将自我毁灭视为成就英雄的前提。以此为出发点，斐洛塔斯在战时急于求胜："我一人似乎就能进攻整支军队，抱着必死之心冲向敌人的武器。"(14)被俘之后又安于求死："早死难道是一种不幸？"(26)在悲剧的开端，斐洛塔斯激烈地不愿接受被俘的

事实,感到敌方按照礼仪善待人质的行为是一种"恐怖的怜悯",甚至认为自己负伤不够严重:"医生说,伤口并不致命,以为就能使我宽慰——卑鄙,伤口本应致命才好!"(11)他所希望的正是通过自己的死而使其父亲不至于失去战争的筹码,也成就自己的英雄使命。

可见,斐洛塔斯的英雄主义是表面和片面的英雄主义,它来源于青年的幼稚和偏执。他认为自身的儿子和王子的双重身份是对立的,他与老兵帕梅尼奥的对话可以证明:"儿子已经向你交代妥当,但王子尚未开口。——儿子必然感性,王子却必须权衡。"(23)作为儿子,他愿意遵从交换人质的建议,回家与父亲团聚;作为王子,他必须阻挠交换人质的计划,因为这会使国王失去已经取得的战果,从而造成国家的损失。这两种选择,一种属于家庭伦理的范畴,另一种则属于国家利益的范畴,在斐洛塔斯看来,只有后一种选择才是成就英雄主义的道路。七年战争时期许多文人所宣扬的英雄主义,就是这种简单的牺牲精神。而莱辛的文本恰恰表明,无论是斐洛塔斯的英雄主义,还是战争时期宣扬的牺牲精神,都是片面和矛盾的。

正是在这种片面的英雄观念的驱使下,斐洛塔斯的好战言论让阿里代乌斯感到震惊:"我们有罪或者无罪的问题可以受到无穷的误解和美化。只有众神那明察秋毫的眼睛能够看到真实的我们;只有众神的眼睛可以审判我们。但众神的审判是通过最勇敢者的宝剑而说出的。让我们听完这血腥的裁断!我们为何要怯懦地从这至高无上的法庭转向更低的裁判所?难道我们的拳头已经疲倦,要让如簧的巧舌来替代?"(30)这种英雄主义不问是非和道德问题,鄙夷理性的谈判,把战争看作最终裁决的法庭,把武力视为解决争端的唯一手段。阿里代乌斯从这种英雄主义中看到的是"可怕的未来",断言斐洛塔斯将给臣民"带来堆积的桂冠,也带来无尽的不幸"(30),担忧这种英雄主义必然导致无止境的战争。阿里代乌斯反对这种分裂的英雄主义,与斐洛塔斯论辩之后,他总结道:"君主若不是父亲,又算什么君主,英雄若无人性之爱,又何谈英雄!"(31)关于英雄主义的论辩,包含着莱辛对战争意识形态的质疑,也包含着他对"英雄"和"人"的反思:既然开明专制经常使用父子关系的隐喻来描述君主与臣民的关系,那么就说明情感及伦理与政治权衡是不能截然分开的,同样,一种把人性排除在外的英雄主义,也只能是一种虚假的英雄主义。

通过对英雄主义的反思,莱辛消解了斐洛塔斯自杀背后的牺牲精神和悲壮意味。这种消解之所以有说服力,并不仅仅是因为修辞,更是因为莱辛巧妙地构造了一个对称的战争模型,揭示了斐洛塔斯自杀背后战争逻辑的悖论。首先,交战双方所面临的条件是对等的,双方都面临着交换人质的压力。同时,双方国王既是父亲,又是君主,还是军事统帅;两国王子既是儿子,又是王储,还是前线士兵。于是在这种交融的视角之下,同一场战争中就存在三种关系:人性范畴的父子关系、政治范畴的君臣关系、军事范畴的兵将关系。在父子关系的视角下,斐洛塔斯的牺牲不符合人伦,违背了人性情感;在君臣关系的视角下,王储代表着国家政治血脉的延续,因此王储的牺牲不符合政治理性;只有在兵将关系的视角下,斐洛塔斯的牺牲才有现实意义,因为它能够巩固战果,换来军事上的优势。然而,在莱辛的构思中,这三种视角是交叉的,这就非常直观地展示了战争本身的悖论,或者说展示了"战争逻辑中存在的手段和目的之间的混乱"(Ter-Nedden,2016:221)。作为儿子和王储,斐洛塔斯是这场战争的目的,关系到国家的存续,而作为士兵,他又是战争的手段,这种情况使得牺牲是否有意义的问题变得复杂:战争手段的牺牲是有意义的,但战争目的呢?因此,作战双方之所以要交换人质,并非缺乏敢于牺牲的英雄主义精神,而是这种战争悖论本身的必然后果。

在七年战争的语境下,这种战争悖论是结构性的。开明专制的意识形态宣扬一种慈父一般的君主形象,臣民的福祉是国家的目的。如果战争以国家利益为目的,那么臣民就是战争目的,但同时,战争意识形态又要求臣民为君主的战争牺牲,使得臣民成为战争的手段。这两者如何兼容?莱辛的《斐洛塔斯》就构成了这种现实情况的一种深刻的譬喻,它说明在18世纪开明专制的政治结构之下,英雄主义和牺牲精神必然面临着这种无法克服的战争悖论,落入意义的空虚。

三、政治启蒙与战争神话的解构

莱辛塑造的斐洛塔斯形象在某些特质上很容易让人联想到处于战争神话中心的腓特烈二世。斐洛塔斯对进攻的急切渴望,与腓特烈二世在七年战争之初的攻势形成对照,而剧中的某些词句,则直接影射这位君主:"历史教导我,一个女里女气的王子,往往会成为一个好战的国王。"(30)王储时期的腓特烈二世曾写下《驳马基雅维里》,推崇启蒙哲学,而正是这样一位看似文弱的王储,继位之后却立即发动了第一次西里西亚战争。而七年战争无疑是腓特烈二世战争神话的顶峰。当同时期的战争文学致力于编织一种战争神话的时候,莱辛却通过质疑英雄主义和揭示战争悖论,导演了一出政治教育剧的典范。

斐洛塔斯的视角反映了战争中一方以自我为中心的视角,他将自我牺牲的精神无条件地绝对化,认为自己的死可以带来战争的胜利,却没有跳出这种被英雄主义所蒙蔽的单维视角。在斐洛塔斯濒死之时,阿里代乌斯说道:"战争没有结束,王子!——你尽管牺牲吧!但是带上这个折磨人的思想:你这不谙世事的男孩竟相信,所有的父亲都和你的父亲一样柔弱。——不是所有父亲都如此！我就不是！我的儿子对我又有什么意义？你以为,他不会也像你一样,为了自己父亲的利益而死？"(34—35)这样的结局使得斐洛塔斯的牺牲变得毫无意义,它既没有终结战争,也没有带来任何转机。在许多战争文学中,平庸的牺牲剧情都致力于无条件地神化英雄的牺牲精神,并通过事实上的胜利(军事征服)和道德上的胜利(牺牲精神)解决冲突,这无疑是一种文学和政治上的神话建构。但莱辛的剧本表明,斐洛塔斯的牺牲是片面视角的后果,实际上既不可能解决戏剧的冲突,也不可能解决现实的冲突。莱辛的这部政治教育剧要做的,正是消解这种由战争文学建构起来的神话,消除人们对战争的错觉和受到的蒙蔽,从而达到政治启蒙的目的。

在莱辛笔下的战争模型中,冲突本应通过交换人质而得到解决,但斐洛塔斯的自杀行为打破了这种平衡,为再启战端提供了契机。这篇寓言导出了一种直观的认识:没有政治理性的爱国牺牲意愿不可能结束战争,缔造和平,而庸俗的牺牲情节只能构建战争神话,无助于解决冲突。因此,莱辛塑造了国王阿里代乌斯的形象作为斐洛塔斯的对立面,作为政治理性的代表。斐洛塔斯的父亲率先发起战争,而斐洛塔斯却执意认为正义在自己的一方,而且罔顾事实地相信自身所谓的"正义",因为"作为儿子和士兵,除了我父亲和统帅的观念,我没有其他观念"(29)。这种拒绝事实、拒绝思考的战争态度是神化战争的基础,是一种简单的、绝对的、情绪化的战争观;与此相反,阿里代乌斯指出"国王之间被迫进行的战争并非私人间的敌意"(15),一切战争都是"不幸的战争"(29)。阿里代乌斯的战争态度奠定了全剧的基调,包含着三点认识:战争是无可避免的(被迫进行);战争应当是一种理性的行为(排除私人间的敌意);无论以何种形式出现的战争,都是不幸的(消解战争的神圣性)。前一点使《斐洛塔斯》的战争观区别于乐观的启蒙和平主义思想,后两点则构成了对包括当时的战争文学在内的战争宣传机器的批判。

显然,莱辛的批判解构了战争神话,但这种政治启蒙的意图并不是贬低牺牲精神,因为莱辛的战争观念与启蒙的和平主义有着本质的区别。1750年前后的欧洲哲学家经历了七年战争造成的"启蒙景观中的文化转向"(Starkey,2012:27),虽然批判军国主义,但也不认同和平主义,莱辛亦然。早在17世纪,格劳修斯就认为和平主义设置了过高的道德标准,对各国的实际行为没有任何影响(刘小枫等,2011:35)。没有任何一种政治的共同体可以完全放弃以暴抗暴,因此为国家利益而甘冒生命危险的人,必须得到尊敬,而不是嘲讽。如果一个国家的公民都拒绝履行这样的义务,作为政治共同体的国家即将不复存在。因此,《斐洛塔斯》尽管是对"为祖国而死"的战争宣传的一种讽刺,但讽刺的真正对象不是牺牲精神本身,而是缺乏政治理性的战争意识形态。体现在文本上,就是斐洛塔斯在剧中仍是一个高贵的形象。莱辛对他的塑造不是为了引起读者的反感与嘲讽,而是意在引起读者的同情。斯特拉托说:"王子,你的修养,你青年的优雅本当表现出更温和的秉性。"(12)其中就隐含着为斐洛塔斯的态度而感到惋惜的意思。在这个意义上,莱辛笔下的斐洛塔斯是一个受到错误英雄主义的诱惑,被蒙蔽了的青年,而揭穿这种诱惑,破除这种蒙蔽,则是莱辛此剧政治启蒙意义之所在。

综上所述,莱辛在剧中所表达的现实关切并不在于支持或者反对战争,因为无论是支持还是反对,都失之片面与肤浅,与莱辛意义上的启蒙观念相冲突。相反,莱辛所关心的,是在承认战争有时无可避免的情况下,如何克服战争,恢复和平。显然,斐洛塔斯式的牺牲精神不可能带来和平,只有阿里代乌斯所代表的排除绝对敌我对立关系的政治理性,才能够使战争双方从冲突回归合作。

结　语

七年战争所引起的战争神话是一种特殊的时代现象。一方面,德意志市民知识分子在腓特烈二世的战争中找到了民族和国家的认同感;另一方面,在开明专制的政治现实下,德意志远远没有形成真正的民族和国家。战争意识形态要求市民具有为国牺牲的精神,但又无法为其所鼓吹的爱国主义提供一个真正可以托付的政治实体,因此必然面临着无法克服的结构性矛盾。所谓"君主制的爱国主义"就是这一背景下的特殊产物,它将腓特烈二世作为政治认同的对象,把普鲁士的战争作为一种正义事业来宣扬,从而回避了爱国主义与君主制之间的张力。这种战争意识形态简单地鼓吹为祖国而死,盲目地赞美牺牲精神,把战争塑造为一种崇高的行为。同时期的战争文学对这种战争神话的构建起了推波助澜的作用。莱辛的《斐洛塔斯》站在政治启蒙的立场,对七年战争的神话进行了祛魅。通过这篇戏剧形式的政治寓言,莱辛回应了当时战争文学中的爱国主义话语,揭示了特定情形下战争的逻辑悖论和无意义,为同时代的人们审视七年战争提供了一个新视角。但同时,莱辛没有贬低牺牲精神在政治共同体之中的作用,而是以阿里代乌斯式的政治理性对其进行补充,表达了一种既不放弃暴力对抗,也时刻准备回归合作的战争理性,以此达到利益冲突的政治体之间的共存。由此,莱辛既没有耽于18世纪永久和平的迷思,也没有遁入七年战争爱国思潮的神话,而是立足现实,演绎了一部充满战争理性和人道思想的政治教育剧,凸显了战争文学本应具备的书写战争、思考战争、认识战争的认知功用。

参考文献

1. Baumgarten, Hermann. "War Lessing ein eifriger Patriot?" *Historische und politische Aufsätze*. Ed. Hermann Baumgarten and Erich Marcks. Straßburg: Karl J. Trübner, 1894.
2. Bertschik, Julia, and Wolfgang de Bruyn. *Der Schatten des großen Königs. Friedrich II. und die Literatur*. Hannover: Wehrhahn, 2014.
3. Bohnen, Klaus. *G. E. Lessing-Studien. Werke-Kontexte-Dialoge*. München: Wilhelm Fink, 2006.
4. Danley, Mark. "Introduction. The 'Problem' of the Seven Years War". *The Seven Years War. Global Views*. Ed. Mark Danley and Patrick Speelman. Boston: Brill, 2012.
5. Goethe, Wolfgang. *Werke. Hamburger Ausgabe in 14 Bänden*. Bd. 9. München: C. H. Beck, 1999.
6. Kunisch, Johannes. *Aufklärung und Kriegserfahrung: klassische Zeitzeugen zum Sieben-jährigen Krieg*. Frankfurt am Main: Deutscher Klassiker, 1996.
7. Krebs, Roland. "Die Wirkung des Siebenjährigen Kriegs auf das französische und deutsche Theater". Ed. Wolfgang Adam, and Holger Dainat. *"Krieg ist mein Lied". Der Siebenjährige Krieg in den zeitgenössischen Medien*. Göttingen: Wallstein, 2007.
8. Lessing, Gotthold Ephraim. *Werke und Briefe in zwölf Bänden*. Bd. 4, Bd. 11/1. Frankfurt am Main: Deutscher Klassiker, 1997.
9. Möller, Horst. *Fürstenstaat oder Bürgernation. Deutschland 1763—1815*. Berlin: Siedler, 1989.
10. Starkey, Armstrong. "'To encourage the others': The Philosophes and the War". *The Seven Years War. Global Views*. Ed. Mark Danley and Patrick Speelman. Boston: Brill, 2012.
11. Ter-Nedden, Gisbert. *Der fremde Lessing. Eine Revision des dramatischen Werk*. Göttingen: Wallstein, 2016.
12. Weber, Peter. *Literarische und politische Öffentlichkeit. Studien zur Berliner Aufklärung*. Berlin: Berliner Wissenschafts-Verlag, 2006.
13. 刘小枫等:《格劳秀斯与国际正义》,北京:华夏出版社,2011。

作者信息：史敏岳，男，浙江象山人，南昌航空大学德语系讲师，北京大学德语语言文学博士，研究方向为近现代德语文学。本文为2020年江西省高校人文社会科学研究项目"文化学视阈下启蒙时期德语文学战争书写研究"（WGW20203）的阶段性成果。

奥斯威辛之后的救赎
——《铁皮鼓》中的战争书写

侯景娟

河南大学外语学院

摘要：德国作家君特·格拉斯的小说处女作《铁皮鼓》以主人公奥斯卡击鼓回忆的方式，围绕奥斯卡一家的经历，展现了19世纪末期至20世纪中期但泽地区一群普通市民的真实生活场景，折射出二战前后整个德国的社会风貌。小说没有直接的宏大战争场景描写，而是抓住了对于作家个体与德国社会群体都具有特殊意义的两个要素：但泽和小市民，从一个侧面完成了一次文学上的救赎。这部小说也因而成为奥斯威辛之后写诗的典型代表。

关键词：君特·格拉斯；《铁皮鼓》；但泽；市民

Salvation after Auschwitz
—War writing in *Tin Drum*

Hou Jingjuan

Abstract: *Tin Drum*, the first novel by German writer Günter Grass, shows the real life scenes of a group of ordinary citizens in Danzig area from the end of the 19th century to the middle of the 20th century, and reflects the social situations of the whole Germany before and after the Second World War. The novel does not directly describe the grand war scene, but captures two elements of special significance for both the writer and the German social group: Danzig and the citizens, which completed a literary redemption from one side. Therefore, this novel has become a typical representative of poetry writing after Auschwitz.

Keywords: Günter Grass; *Tin Drum*; Danzig; citizens

引　言

德国著名哲学家阿多诺的名言"奥斯威辛之后写诗是野蛮的"曾激起德国内外批评界的多角度探讨,引发一系列争议。毋庸置疑,阿多诺在此敏锐地提出了文明与野蛮的问题。传统上,文学作为文明的产物,是野蛮的对立面,阿多诺一反这一传统,指出了文学与野蛮在某种程度上的同一性。这个论断提出的背景是,阿多诺想要追问,在面对人类历史上惨绝人寰的奥斯威辛悲剧时,德国引以为傲的诗与思在其中究竟起了什么作用。人们不得不面对的事实是,二战期间文明没能阻止野蛮,甚至有时沦为野蛮的帮凶。由此,这句名言更深层次的意义在于,揭示当下文化存在的意义。具体地说,就是二战之后写诗的目的首先就是要认清历史、反思历史。

与日本相比较,从哲学家雅斯贝尔斯深刻的二战罪责剖析,到德国总理勃兰特在犹太人纪念碑前的历史性下跪,德国的二战反思历来得到世界各国的肯定。然而正如阿多诺的那句话所传达出的,文学是战后德国反思的重要力量。事实上,德国人的反思也曾经历过一个漫长的过程,在战后初期的德国社会中存在这两种对立文化"一边是罪责和民主人文主义的官方公共文化,通过合法刊物受到盟国的认可,以流亡者和雅斯贝尔斯等自由派为中心。另一边是一种倔强的沉默文化,以经济来确保荣誉"(Assmann,1999:112)。在普通德国人对二战历史保持缄默的战后初期,正是文学充当起了打破沉默、唤醒民众的中坚力量,而这其中,格拉斯的《铁皮鼓》可谓开风气之先者。正如著名历史学家伯蒂格所说,《铁皮鼓》的横空出世"在阿登纳时代那种沉闷到窒息的气氛中像惊雷一样炸响,将慢条斯理和注重内心的 50 年代文学一下子扫掉"(Böttiger,2012:232)。

《铁皮鼓》是德国作家君特·格拉斯于1959年出版的小说处女作,也是格拉斯迄今最受世界各国读者欢迎的作品。小说聚焦于二战,但却很少直接地去描写宏大战争场景,而是以 30 岁的主人公奥斯卡在疗养院的病床上伴随着鼓声追忆往事的形式展开,围绕奥斯卡一家的经历,展现了 19 世纪末期至 20 世纪中期但泽(Danzig)地区一群普通市民的生活场景。凭借包括《铁皮鼓》在内的《但泽三部曲》,格拉斯荣获了 1999 年诺贝尔文学奖。在颁奖词中,《铁皮鼓》获得了这样的评价:"格拉斯这部小说处女作中的每一页,都令人回想起作者战前幼年时代曾在但泽小镇上度过的生活,正是对这个战争灾难前夕的往时回忆使他涌现出创造力量。"(毛信德,2013:585)这段点评敏锐地指出了该小说脱颖而出的原因,即作者在小说中以但泽回忆和对小市民生活来表现二战这个特殊历史时期。这两点的选择都不仅出于作家本人的记忆,而且对于整个德国社会来说同样具有典型的代表性。换言之,作家笔下还原出的但泽地区小市民的真实生活,折射出了二战前后的德国社会。

一、但泽记忆

但泽是德语的称谓,今天使用的是这座城市的波兰语称谓格但斯克(Gdańsk)。它是一座港口城市,位于波罗的海沿岸,维斯瓦河入海口的三角洲地区,是波兰最理想的出海口,也是联结东普鲁士地区和德国大部分地区的咽喉要道。由于特殊的地理位置,自1308年条顿骑士团征服该市以后的600多年间,它一直是德意志和波兰两大民族之间反复争夺的焦点。一战后的《凡尔赛和约》将但泽从德国划出,辟为自由市,经济上则划入波兰关税区,成为波兰出海口。但从当地人口构成来看,但泽最初的居民是波兰斯拉夫人,自从14世纪初以来,城市的主要人口为德意志人。据1923年的人口统计,当时的居民中超过95%为德意志人,波兰人和其他民族的比重只有不到5%。从当地居民的职业来看,早在8—9世纪,大多数但泽人就以手工业和渔猎为生,16—18世纪但泽发展成为欧洲手工业和文化艺术中心之一。但泽历史上特殊的地理位置,政治、经济上的不同归属,以及人口结构、文化传统等等造成了这座城市一种特殊的复杂性,不言而喻会令但泽人产生不同于普通城市人的身份认同。

1927年,君特·格拉斯就出生于但泽这样一个典型的小手工业传统家庭。他的祖父弗里德里希·格拉斯(Friedrich Grass)一战后租住在但泽朗富尔近郊,在那里他经营着一家细木工场。劳碌而少语就是祖父留给君特·格拉斯的印象,后来格拉斯在学习石刻和雕塑时所表现出的心灵手巧可以追溯到童年时期祖父的言传身教。格拉斯的父亲威廉·恩斯特·格拉斯(Wilhelm Ernst Grass)由于健康原因幸免于参加一战,起先在一个办事处实习,后来做了纸品代理商。格拉斯的母亲海伦妮(Helene)的父亲文岑茨·科诺夫(Vinzenz Knoff)是铁匠,在海伦妮16岁时就去世了,海伦妮的母亲伊丽莎白·克劳泽(Elisabeth Krause)则依靠经营一家很小的商店为生。海伦妮起初在连锁商店"国王咖啡"(Kaiser's Kaffee)做学徒,后来在母亲的小店做帮工,婚后则盘下了住所附近的食品店来经营。后来格拉斯的父亲辞去了工作,与母亲共同经营食品店维持一家生计。格拉斯小时候家庭经济拮据,居住环境狭小,这给格拉斯带来很大影响。父母和格拉斯兄妹一家四口仅拥有一套56平方米的房子,其中大约14平方米还被划出来用作商店,格拉斯和妹妹只能在起居室窗台下的壁龛自由活动。狭窄而缺少私人空间就是格拉斯的童年记忆,这些体验在他后来的作品中曾反复出现。

在《铁皮鼓》及其之后的两部小说中,格拉斯真实还原了他本人生活中的许多细节。这三部小说讲述的都是发生在但泽的故事,那里的维斯瓦河、街道、殖民地商店、圣心教堂等等都完全依照真实情况再现于小说中,而生活在但泽的人物也成为格拉斯小说的人物原型。一位但泽日耳曼学者米罗斯拉夫·奥索夫斯基(Miroslaw Ossowski)考证出《铁皮鼓》中的"钟表匠劳布恰特、寡妇克鲁茨斯基、战争英雄,甚至还有一个音乐家梅恩"(Neuhaus,2012:35-36)都是但泽真实存在的居民。可以说,这三部小说共同建构起了格拉斯记忆中的故乡但泽,正是在这个意义上,英国日耳曼学者约翰·雷狄克(John Reddick)将这三部小说合称"但泽三部曲"(45)。

毋庸置疑,格拉斯的但泽书写是出于对故乡的纪念,但又不仅如此。作为"但泽最著名的儿子"(拉什迪,1998:285),格拉斯对但泽怀有深厚的感情,但泽人的身份对于他的影响甚至伴随一生。"1945年,我也丧失了出身中任何东西都无法取代的部分,我的故乡但泽。我不可能对这种丧失满不在乎。"(格拉斯,2008:326-327)不难理解,这里所说的丧失具有两层含义:表面上指的是经历了战争破坏、战后重建的但泽,呈现出与之前不一样的面貌。尽管格拉斯自从1958年写作《铁皮鼓》开始,几乎每年都会再返回家乡,但后来再看到的那个但泽,早已不是他心中的故乡但泽了。格拉斯童年时期的那个家乡但泽已经不复存在、无处可寻了。从另一个层面上看,可以体会到对于那个在青年时期就离开家乡的格拉斯,这种失去带给他的是身份的焦虑与情感的不安。不仅是在"但泽三部曲"中,而且在格拉斯后来许多小说、诗歌等作品中,格拉斯都在反复地回忆家乡但泽。这种以文学书写来寻找失去的故乡并非格拉斯文学独有,而是许多具有相似经历的作家们不约而同的选择,比如米兰·昆德拉的布拉格、乔伊斯的都柏林,当然也包括鲁西迪的孟买等,这样的情感经历正是那些离开家乡迁居异地群体的共同体验。正如英国著名小说家萨尔曼·拉什迪(Salman Rushdie)所指出的那样,格拉斯"是移民文学的主要中心人物,而移民也许是20世纪的中心人物或决定性的人物。像很多移民一样,像很多丧失了一个城市的人一样,他在他的语言中找到他的城市……"(拉什迪,1998:285)从这个意义上说,极具个人特色的但泽书写使作品更容易引起众多失去故乡者的共鸣。

事实上,但泽是整个德国的一个缩影。"在我看来,我的故乡但泽作为生动形象的例子,足以记录下德国罪行的开始及其发展。在柏林、莱比锡、纽伦堡、法兰克福以及杜塞尔多夫发生的事情,在但泽也同样发生了,只不过由于它的自由市的地位而推迟了一些。"(格拉斯,2008:214)格拉斯的但泽书写,不只是一个移民者对故乡怀念之情的表达,更加重要的在于,它们表达了作者的政治态度,即对二战的深刻反思。正如诺伊豪森所指出的那样,"但泽三部曲"是"将政治上无法挽回的失去以文学的方式保留"(Neuhaus,2012:44)。

二、作为施暴者与受害者的小市民

根据父亲一方的手工业者家庭背景,以及母亲一方的乡村平民出身,可以判定格拉斯来自小市民阶层。小市民阶层在当时德国社会中,是一个为数众多同时却又"失语"(39)的阶层,这种特殊性是由德国独特的社会发展历史所造成的。小市民(Bürger)一词一般指向城市居民,他们产生于德国自11、12世纪的封建化进程中,并随着13、14世纪德国城市的发展而壮大,其中小手工业者作为主要群体出现。尽管德国同样受到18世纪如火如荼的工业革命的影响,一些较有经济实力的市民阶层逐渐成为工业资产阶级,但在那个刚刚结束众多封建小邦国割据、直到1871年才完成自上而下统一的德国,工业资产阶级尚未成为独立的经济和政治实体,小手工业者依然占大多数。从19世纪起,这个以小手工业者为主的"广大的、未成形的小市民阶层"(Vormweg,1988:129)就被德国的工人阶级政党排除在外,这个既不属于资产阶级,也不属于无产阶级的阶层没有自我意识,处境十分尴尬,因而长期以来十分渴望获得经济、政治地位。

奥索夫斯基考察了但泽1936年至1937年的居民,判定当时真实的但泽正是这样一个由"雇员、铁路工人、战争受害者及残疾人、领取养老金者、手工工匠和雇工"组成的"小市民和无产阶级的氛围"(Neuhaus,2012:35—36)。在格拉斯小说塑造的但泽生活画卷中,一群这样的普通小市民正是其中心人物。这样的写作对象是格拉斯有意为之的,并不仅仅是为了忠实于但泽的现实状况,更是为了准确传达自己的思想。在格拉斯与法国著名社会学家布尔迪厄的电视对谈中,格拉斯坦言:"我们的著作有一个共同点:我们都从下面讲故事。我们不站在人们的头上或从胜利者的立场讲话;我们在各自的专业里以站在失败者一边而闻名,站在那些被排斥者或社会边缘者的一边。"(Zeit,1999:49)格拉斯在此直言了自己的写作姿态,即要站在普通人立场上,为普通人,甚至是失败者发言。对于二战的反思,格拉斯没有构建宏大的场景,战争形势的发展乃至战后发生了翻天覆地变化的社会生活,只是被淹没在日常生活中的只言片语,而居于描述中心的是生活于其中那些普普通通的小人物。格拉斯细腻的笔触,以一种润物细无声的方式,真实还原了正处于那段特殊历史时期的但泽小市民的日常点滴。

当然,小说中表面上这种平淡、冷静的叙述并非意味着作家对二战历史漠不关心、无动于衷的态度,相反地,正如格拉斯自己曾明确指出的那样,整个"但泽三部曲"的叙述是由罪责动因决定的(Arnold,1978:7—9)。以《铁皮鼓》为例,小说中塑造的形形色色的人物形象,就可以分为受害者与施暴者两类。

《铁皮鼓》中出现的受害者常常等同于犹太人。充当了奥斯卡与现实隔离媒介的铁皮鼓,大多购自玩具商人马尔库斯。马尔库斯是一个普通的犹太商人,既精明、圆滑,又善良。给他带来厄运的是他的犹太人身份,臭名昭著的"水晶之夜",在纳粹分子闯入之前,马尔库斯选择了自杀,这是他在估计了自己将会面临的侮辱后,在极度孤立无助之下,所采取的维护自己最后尊严的方式。另一个犹太人是战后接管奥斯卡家殖民地商店的犹太幸存者法因戈德先生。法因戈德的所有亲人都死于纳粹集中营,他本人之所以能活下来,是因为他要充当营地消毒员,对那些被残害的犹太人的尸体进行"氯处理"(Grass,1999:524)。从表面上看,法因戈德在死亡的威胁下成为屠杀自己亲人的帮凶,其实质则是对纳粹灭绝人性的暴行入木三分的控诉。

在奥斯卡生活环境中的家人和邻居中,格拉斯塑造了多个不同程度的施暴者,是对二战负有罪责的人。

邻居小号手迈恩是"水晶之夜""卖劲的"残害犹太人的冲锋队员之一。他想要戒掉酒瘾过清醒的生活,自我救赎的方式却是虐猫,事情败露,遭到邻居告发和法庭的罚款,因为"不人道地虐杀动物"被开除出冲锋队。此后他"穿上了皮马裤,戒掉了杜松子酒,只能头脑清醒地、响亮地吹奏,所以再无美妙可言"(254)。在这个人物身上,我们看到的是是非颠倒、秩序混乱的纳粹时期德国社会。小号手迈恩本应是一位追求真、善、美的艺术家,本应带给人精神的愉悦和享受,但他却是一个性情残忍的刽子手,无论是对动物还是对人。高尚的艺术家和凶残的杀人凶手在秩序混乱的纳粹社会畸形地合二为一。杀人的刽子手没有受到任何惩罚,却被虚伪地谴责虐猫行为的"不人道"。人不如猫的颠倒深刻揭示出,犹太人不只受到身体的摧残,尊严也遭到践踏。迈恩想要通过戒酒来摆脱现状,追求"清醒"的生活,结果是戒掉酒瘾,让自己变得更好之后,获得的社会认可反而不如从前,这是又一处的颠倒。格拉斯对迈恩的揭露和批判事实上直指纳粹时期社会秩序的颠倒,"这个秩序既不顾忌个体的需求,也不制止犯罪行为,更多的是不惜代价的甚至是对不同意见者的灭绝"(Rothenberg,1976:13),其结果只能是整个社会道德的沦丧和人性的缺失,是人类文明的倒退。

另一个暴力分子是奥斯卡的朋友赫伯特·特鲁钦斯基(Herbert Truczinski)。他是一个国际性小酒馆的服务生,为了维护那里的和平,他用以暴制暴的方式制止冲突,结果不但得不到感激,还给自己的背上留下了多处伤疤。赫伯特的愿望是好的,却缺少智慧和方法,最终以笨拙的方式恰恰导致了和平的反面,更重要的是,他没有从过往中吸取教训,不断重复着错误,直至打死人,不得不离开酒馆。此后他成为博物馆看守人,在那里遭遇历史上多次带来死亡的尼俄柏雕像,而赫伯特明知危险却靠近雕像,最终难逃死亡宿命。赫伯特没有从历史中吸取教训,这是他的悲剧根源。由此格拉斯直指德国历史的错误,也就是说,格拉斯在此想要警醒德国人,警惕打着和平的名义实施暴行,防止历史的灾难重演。

还有一种小市民,他们表面上看起来并不能立即被认定为施暴者,或者说被认定为有罪者,在法西斯执政期间,他们没有十分坚定的政治立场或者对政治没有兴趣,但却随着大多数的小市民一起被卷入了战争,成为纳粹政权实际上最广大的依靠力量。奥斯卡的父亲马策拉特和表舅扬就是这样随大流的小市民。

马策拉特是一个典型的小市民,对生活充满热情,热衷于吃,"是一个懂得把感情转化为浓汤的诀窍的富有热情的厨师"(Grass,1999:47)。在一张照片上,伤兵马策拉特在陆军医院的化装舞会上扮作了"挥舞着长把勺子"(62)的厨师。马策拉特以厨师服代替军人制服的形象出现,刚一出场,就令人明显感到了一种反差。挥舞勺子的动作传达出了一种愉快情绪,厨师的装扮代表着马策拉特内心对日常生活的热爱,也表明他对舒适生活的满足和一种最基本的个人生理需求的满足,同时,这也就解释了在另一张照片上,身穿军装的马策拉特则"显得悲观"(62)的原因了。但现实生活中,马策拉特从未真正穿过厨师制服,相反,后来在纳粹上台后,马策拉特又穿过褐衫。在这里,有一个细节值得注意,从"党帽"到"褐色衬衫"再到"褐色的马裤和皮靴",他的这套制服是慢慢买齐的,并且满足于在一周之内仅仅是"周日去体育馆旁边的五月操场参加体会时穿一次"(146)。马策拉特没有反抗纳粹,而是在1934年就入了纳粹党,那是纳粹上台不久,势力还不太强大的时候,就随随便便地参加了纳粹组织。他没有清晰的是非、道德观念,同时也没有什么政治抱负,不是狂热的纳粹分子,只是把贝多芬像换成了希特勒像,口头禅是"任务是任务,喝酒是喝酒!"(146)作为老资历的纳粹党员,他却没有"扶摇直上",而"只混上了一个支部领导人"。(146)这种随大流的行为从本质上也是为了舒适、安宁生活的一种让步,为了维护这一点,生活中的马策拉特甚至容忍了妻子阿格内斯和其表兄扬的婚外情。马策拉特热衷于"吃",最终也死于"吃"。二战即将结束时,俄罗斯军队进入但泽,躲在地下室的马策拉特发现了上装翻领上别着的党徽。眼看就要躲过搜查时,奥斯卡看似无辜地将徽章重又递还给马策拉特,为免被俄军发现,马策拉特吞下徽章而亡。表面上看,这个纳粹分子死于希特勒帝国的失败,在另一个层面上,则更是奥斯卡这个反抗者对那些二战时期随大流的德国人罪责的控诉和审判。事实上,正是二战中的那些大多数的不反抗,甚至盲目追随才使希特勒罪恶政权有了强大的支撑。此外,值得注意的一点是,下厨做饭常常是女性较为擅长,在一个家庭中往往也由女性担任厨师角色,因而常常为家人烹饪的角色使马策拉特具有了一些女性化特征。

  身体羸弱的扬与马策拉特同样不热衷政治,他的性格特点是感性化,行为常常受到感情的驱使。扬从小喜欢集邮,这似乎宿命式地注定扬不会通过入伍前的身体检查成为士兵,而是在邮局工作,成为一个"波兰邮政局秘书的讲究礼服"下的"卡舒贝乡下佬"(63)。对于他的外貌,小说中是这样描述的:"体质羸弱、走路有点驼背的年轻人,凭一张鹅蛋脸,相貌漂亮,也许太甜了一点,一双碧蓝的眼睛,足以使当时年方十七的我母亲爱上了他。"(45—46)身体羸弱表明他在生理上不适应当时的社会,不具备参与社会主流政治生活和斗争的先天条件。用"鹅蛋脸",尤其是"甜"这些体现女性外貌的典型字眼来描写一个小伙子,暗示了扬的女性化特征。女性化这一点,甚至在"那双使他的面孔像女性一样匀称的、与众不同的眼睛"(63)这句中被明确点出。抛开身体羸弱的外因,扬本人与马策拉特一样不热衷政治,他的行为常常受到感情的驱使。阿格内斯不顾扬和安娜的反对,执意要嫁给"德意志帝国公民"马策拉特。为了报复,扬入了波兰籍,改换了工作机构,进了波兰邮政局。扬的这一系列对自己的未来将会产生重大影响的动作却不是深思熟虑的结果,而是出于"一时心血来潮"。而参加波兰邮局保卫战,及至最终付出生命代价的整个事件的起因,对于扬,表面上似乎也只是一个偶然状况。预感到危险的扬本来已经溜出了波兰邮局,但由于奥斯卡的要求,甚至被迫承认"瞧着我的是你母亲阿格内斯。或者是我自己瞧着自己"(279),从而被奥斯卡成功地以阿格内斯的名义要挟,迫使扬重新回到邮局。从"出汗和拼命吸烟"(281)到"缩成一团,不见脑袋,趴在那儿,浑身不停抖动"(295),扬在还没有进入邮局大门时就恐惧不安,到战斗打响之后仍然是鸵鸟般的只想逃避。扬明知返回邮局会有危险,却出于感情而涉险,在临死前仍然用玩卡斯特牌来逃避现实,"不论军民用什么招数,取笑也罢,残酷对待也罢,都不能把他从施卡特牌上引开"(319)。正如小说中所指出的那样,纸牌房屋是扬的"永恒王国",又是一座"空中楼阁"(319)。

  追求舒适和感情用事代表了当时德国小市民阶层的典型心态,追求舒适使人们不愿去改变和反抗,更愿意为了方便而直接选择从众,情感主导下则使人们丧失理性和冷静,容易轻信纳粹的宣传鼓动,这就是当时构成纳粹政权最广泛基础的施暴者形象。在此,格拉斯想要表明的是,不是什么妖魔鬼怪,也不是神的缘故导致的这场灾难,周围的那些普通人才是始作俑者。正是大众这些看似无恶意的心理和行为，才使纳粹最初以无害的面貌出现，此后一步一步，不易察觉地牢牢掌握了政权。正如有批评者所指出的那样："格拉斯试图表明，灾难既非大雪从天而降那样突然爆发，也非以凶神恶煞的面目出现，更多的是长时间的准备和由人类的忽略导致。"(Rothenberg,1976:15)

结　语

20世纪50年代的德国社会中，普遍盛行着歪曲历史事实、压制人们思想的做法，纳粹被妖魔化，德国民族被塑造成可怜的、被诱惑的民族，德国人以此来为自己开脱罪责。弥漫在德国文学场中的"那种孤芳自赏，那种事后想提供一种抵抗文学，而且时不时地以民族良知的身份出现的做法"(格拉斯:54)也是格拉斯坚决拒斥的。用文学的手段，他的文学书写，就是从普通人的视角出发来还原历史，让人们最终认清历史的真实，为这个由于破坏与失落而毁灭的世界祛除恶魔是格拉斯这种独特的战争书写的内在动力和根本目的。正如他自己所说："我的批判首先针对的就是对国家社会主义的妖魔化。如果我可以借助我的书《铁皮鼓》《猫与鼠》和《狗年月》来阻止这种妖魔化，并且详尽地揭示小市民的特性，那么，我将感到心满意足。"(54)从这个意义上说，格拉斯以文学的方式完成了一次奥斯威辛之后的救赎。

参考文献

1. Arnold, Heinz Ludwig. *Gespräche mit Günter Grass*. In Günter Grass, München: Text+Kritik, 1978.

2. Assmann, Aleida und Ute Frevert. *Geschichtsvergessenheit Geschichtsversessenheit: Vom Umgang mit deutschen Vergangenheiten nach 1945*. Stuttgart: Deutsche Verlags-Anstalt,1999.

3. Böttiger, Helmut. *die Gruppe 47, als die deutsche Literatur Geschichte schrieb*. München: Deutsche Verlags-Anstalt，2012.

4. Grass, Günter. *Die Blechtrommel*. Gottingen: Steidl Verlag, 1999.

5. Neuhaus, Volker. *Günter Grass: Schriftsteller-Künstler-Zeitgenosse, eine Biographie*. Göttingen: Steidl, 2012.

6. Rothenberg, Jürgen und Günter Grass. *das Chaos in verbesserter Ausführung: Zeitgeschichte als Thema und Aufgabe des Prosawerks*. Heidelberg: Carl Winter Universitätverlag,1976.

7. Vormweg, Heinrich. *Blechtrommler for ever*. In Arnold, Heinz

Ludwig. *Günter Grass*, Text+Kritik: Zeitschrift für Literatur. München: Text+Kritik GmbH, 1988.

8. *Alles seitenverkehrt*, "Zivilisiert endlich den Kapitalismus! -Der Literaturnobelpreisträger Günter Grass und der Soziologe Pierre Bourdieu im Gespräch". die Zeit, vol. 52, 1999.

9. 君特·格拉斯:《与乌托邦赛跑》,林笳、陈巍等译,上海:上海译文出版社,2008。

10. 毛信德等编译《诺贝尔文学奖颁奖词与获奖演说全集》,浙江:浙江工商大学出版社,2013。

11. 萨尔曼·拉什迪:《论君特·格拉斯》,黄灿然译,载《世界文学》1998年第2期。

作者信息:侯景娟,女,陕西宝鸡人,副教授,研究方向为德国现当代文学。本文为教育部产学合作协同育人项目"外语专业外国文学课教学改革与研究型教学模式建构研究"(201901129019)、河南大学本科教学改革研究与实践项目"新文科视域下非通用语种专业外国文学课课程体系改革与实践研究"(HDXJJG2020-146)的阶段性成果。

印度两大史诗中的战争与民族精神

闫元元
国防科技大学外国语学院

摘要：印度史诗《摩诃婆罗多》和《罗摩衍那》通过刻画英雄人物在战争中的传奇故事和英勇经历，生动反映了印度文化中的达摩精神、业报思想和种姓制度，对印度民族精神的塑造产生了深远影响。史诗通过对战争正义性的强调，颂扬了印度人对"达摩"的坚守，对仁慈、善良、宽容等品质的推崇，通过解释不同人需要坚守不同的达摩，也为战争中不可避免的残酷行为进行了哲学和道德上的辩解；战争中业报故事、对道德和"悲悯"之心的强调，督促教徒们要恪职尽责，表现了印度文化对道德的尊崇和对正义的尊重；史诗故事对种姓制度的维护，试图树立一种阶序化的英雄观，在一定程度上塑造了印度人安于命运、无意竞争的民族精神。

关键词：史诗；《摩诃婆罗多》；《罗摩衍那》；战争；民族精神

The Wars and National Spirits in the Two Great Indian Epics
Yan Yuanyuan

Abstract: The two great Indian Epics, *Mahābhārata* and *Rāmāyana*, about the legends and brave acts of heroes in wars, vividly reflect the spirit of dharma, the law of Karma and the caste system in the Indian culture, having exerted a profound and lasting influence on the shaping of Indian national spirits. By emphasizing the justice in wars, the epics extol Indian people's insistence on "karma" and admiration for such qualities as mercy, goodness and tolerance. The theory that different people should stick to different karmas offers a philosophical and moral justification for the inevitable cruelties in wars. The stories of Karma and the emphasis on morality and sympathy prompt people to accomplish their duties and demonstrate Indians' respect for morality and justice. The vindication of the caste system in the two epics tries to establish a hierarchical concept of heroes, to some extent, results in Indians' usual resignation to the fate and their lack of competitive spirit.

Keywords: epics, *Mahābhārata*, *Rāmāyana*, war, national spirit

引 言

史诗是一种古代叙事长诗,一般记录人类早期阶段的民间传说或歌颂一个民族某个英雄的功绩,反映当时的重大历史事件。很多民族都有自己独特的史诗。黑格尔认为:"史诗就是一个民族的'传奇故事','书'或'圣经'。每一个伟大的民族都有这样绝对原始的书,来表现全民族的原始精神。"(黑格尔,1996:115)战争为史诗提供了最理想的故事情境,是最适宜史诗的题材之一。作为人类早期的一种重要文类,史诗对表现民族精神和民族自豪感发挥了重要作用。美国学者理查德·罗蒂(Richard Rorty)在《筑就我们的国家》(*Achieving Our Country*)一书中强调了民族自豪感的重要性:民族自豪感有如个人的自尊,是国家自我完善的必要条件,过分的民族自豪感可能激发好战情绪或者导致帝国主义倾向,就像自尊心太强会产生傲慢的态度。但是,如果一个人自尊不足,他就很难展现自己的道德精神。要体现民族自豪感,需要艺术家"讲述富有启迪性的故事,叙说自己民族过去的历史事件和英雄人物——任何国家都必须忠于自己的过去和历史上的英雄人物。每个国家都要依靠艺术家和知识分子去塑造民族历史的形象,去叙说民族过去的故事"(Rorty,1998:3)。作品应"描写一个民族经历过什么,又试图成为什么,不应该只是准确地再现现实,而应该是努力塑造一种精神认同(moral identity)"(Rorty:13)。人类文明早期创作的史诗就集中展现了各民族的民族精神。而《摩诃婆罗多》和《罗摩衍那》这两大史诗是印度古代神话、英雄传说和历史故事的总汇,主线故事是发生在古代印度的大型战争,通过刻画英雄人物在战争中的传奇故事和英勇经历,描绘了当时的社会生活和民族精神。这两部史诗深深影响和塑造了印度的民族精神,大部分印度人对其中的战争故事和英雄人物可谓耳熟能详,其蕴含的民族精神早已融入印度人的血脉之中。

一、印度两大史诗及史诗中的战争

德国学者温特尼茨(M. Winternitz)认为,《摩诃婆罗多》成书于公元前4世纪至公元4世纪之间,其原始形式可能是《胜利之歌》,经过僧侣、宫廷歌手和民间游吟诗人的吟诵和传播,体量不断扩大,逐渐形成了十万颂的庞大规模(季羡林,1991:50)。《摩诃婆罗多》全书分为18篇,讲述了印度古代婆罗多王族的两房堂兄弟为了争夺王位继承权,将整个北印度诸王国卷入一场庞大战争的故事。持国和般度是象城的两兄弟。持国是兄长,自幼双目失明,般度取代长兄成了国王。持国育有百子,称为俱卢族;般度生有五子,称为般度族。般度死后,持国登基执政。般度长子坚战成年后要求继承王位,遭到持国长子难敌的强烈反对。经过多方协调,持国将国土的一半分给般度族。般度族苦心经营自己的国土,建造了辉煌的天帝城。难敌心生嫉妒,设下赌局,使坚战输掉了国土、妻子、兄弟和自己。持国出面干涉,释放了般度族兄弟。难敌邀请坚战再次赌博,输者流放森林十二年,并在第十三年隐姓埋名一年。坚战再度告负,被迫与妻子、兄弟到森林流亡。十三年期满后,般度族要求归还国土,难敌表示拒绝。双方都开始寻找盟友,一场大战在俱卢之野爆发。战争残酷而又激烈,双方军队几乎伤亡殆尽。只有般度族五兄弟幸免于难,坚战在统治大地三十六年后,带领四个弟弟及共同的妻子黑公主登山升天。

据金克木的考证,《罗摩衍那》大约成书于公元前4世纪至公元2世纪(刘安武,2015:17)。全书有24000颂,共分为7篇,讲述了印度古代阿逾陀王子罗摩被流放森林,妻子悉多被魔王罗波那掳走,罗摩通过结交盟友,南下攻入楞伽城,杀死魔王,救出妻子,后来流放期满,回国登基的故事。战争部分从史诗的第三篇《森林篇》开始,魔王罗波那用计引开罗摩及他的弟弟罗什曼那,趁机掳走悉多。当时罗摩缺兵少将,选择与猴国流亡王子妙项结盟,并协助妙项杀死其兄国王波林后获得军队。猴国大将哈奴曼深入楞伽城侦察,摸清了罗波那的底细,而罗波那的弟弟维毗沙那选择背叛兄长,投奔罗摩,成为罗摩的内线。猴国军队过海后包围了楞伽城,经过多日大战,罗摩射杀罗波那后救出了妻子。最终,罗摩带兵回国,弟弟婆罗多让出王位,罗摩登基称王。

从主线故事来看,印度两大史诗均是英雄史诗。印度传统将《摩诃婆罗多》称为"历史",而将《罗摩衍那》称为"最初的诗"。古代印度的"历史"不能与现代意义的"历史"等量齐观,而是一种将历史与神话传说混在一起的"历史传说"。对于《摩诃婆罗多》中描写的战争到底是真实的历史还是虚构的神话,印度学界长期以来都有争议。《罗摩衍那》中的战争亦是如此。印度学界通过一些考古发掘,推断《罗摩衍那》并非完全虚构,有着一定的历史基础。从印度古代历史来看,《罗摩衍那》与雅利安人向东和向南迁徙的历史背景是契合的,而《摩诃婆罗多》则反映了孔雀王朝建立之前的北印度列国纷争。在这一时期,印度的民族、宗教和文化逐步成形。

俄罗斯文学评论家别林斯基指出,在一个民族的幼年时期,其"生活主要是表现在豪迈、大无畏和英勇精神中",战争能"唤醒、激发并鼓起一个民族的全部内在力量",对"以后的全部生活发生影响",因而自然为长篇史诗提供了丰富的素材。(别林斯基,1980:46)印度两大史诗描绘的战争故事,生动地表现了印度的民族精神,其在上千年的吟唱和传颂过程中,更是进一步影响了印度民族身份的形成和塑造。印度人经常用"多样性中的一致性"来形容自己的民族特性。印度宗教、语言、种姓、人种等方面充满了多样性,但一致性是什么,学者们众说纷纭,莫衷一是。无论如何,达摩精神、业报思想和种姓思想无疑是印度民族精神中最具有一致性的组成部分,这些思想在《摩诃婆罗多》和《罗摩衍那》两部史诗的战争故事中都得到了生动的展现。

二、战争与达摩

印度史诗虽然描写了残酷的战争,但背后却反映了印度文化对"达摩"的追求。根据印度教经典规定,一个印度教徒要努力完成四大人生目标:达摩(dharma)、利(arth)、欲(kama)和解脱(moksha)。对于"dharma"这个概念的翻译,中国古代译经人认为汉语中没有与其对应的词语,因此将其音译为"达摩"。季羡林也主张使用"达摩"这样的译法。他在《罗摩衍那》的第一篇《童年篇》的注解中提出了这样的观点:"达摩意思分为两类,一类是'一切存在的事物',佛经所谓'万法皆空'的'法',就是这个意思;一类是'法规''规律',指的是万事万物的内在法则,有点类似中国的道,西方的 logos。《罗摩衍那》中的'达摩'都是第二个意思。"(刘安武,2015:120)印度传统观念认为,世界是一个循环,由许多个劫波构成。每个劫波又可以分为圆满时代、三分时代、二分时代和争斗时代,而产生大史诗的时代背景是人类世界已经进入了争斗时代。在这个时代,魔王、邪神纷纷到人间投生,到处兴风作浪。为了消灭恶魔,天神也纷纷下凡或者投生人间,要在充满罪恶的世界上重建秩序,推行教化,倡导个人履行天职,让达摩精神重新成为人间正法。

黑格尔指出,史诗描绘的英雄们在战争中浴血奋战,出生入死,展示出骁勇善战、英勇无畏、高尚无私等崇高的品质和精神。这些品质和精神逐渐成为英雄所在民族的集体意志和精神的化身和代表,在该民族的历史进程中发挥了重要作用(黑格尔,1996:137)。坚战和罗摩这两位史诗英雄所代表的达摩或正法,正是印度民族精神的充分展现。他们为了坚持达摩,避免冲突和战争,选择隐忍后被流放森林。但后来,当战争不可避免时,同样是为了坚持达摩,他们又义无反顾地投入战争。他们对待战争的态度,展现了印度人对"达摩"的坚守,对仁慈、善良、宽容等品质的推崇。他们既是战场上的英雄,又理所当然地被视为达摩精神的化身。

在《摩诃婆罗多》中,坚战成为代表达摩的人物,称号法王、无敌和正法之子。他自幼师从仙人学治国术,时刻以正法为准则,身体力行。他分得一半国土之后,经营有方,将都城建设得富丽堂皇。面对难敌摆下的赌局,坚战明知是陷阱,但作为王族和刹帝利,他恪守达摩,不轻易拒绝别人的挑战。在输掉了赌局之后,坚战严格按照约定,带领族人去森林流放,因为守信也是刹帝利的重要达摩。在森林流放期间,他的兄弟和妻子鼓励坚战报仇雪恨,坚战却强调宽容才是最高尚的美德。有一次,坚战的四个弟弟喝了药叉看守的魔池水,先后失去了生命。药叉让他从四个中选择一个复生,他选择了偕天,而非本领强大的亲弟弟阿周那或怖军,因为偕天是他父亲另一个妻子的儿子,他对两个母亲一视同仁,让她们都能有一个儿子活在世上。他的公正无私感动了药叉,药叉不仅让他的弟弟们复活,还赐予他其他恩惠。坚战的公正和仁义是达摩精神的典范,寄托了史诗作者对理想社会和完美人格的追求和期盼。

在《罗摩衍那》中,罗摩既是一个具有神性的英雄,也是达摩的代表。罗摩自幼勇敢而富有神力,帮助仙人消灭了破坏祭祀的恶魔,迎娶了美丽的新娘悉多。他本来是太子,但为了不破坏父亲给小王后许下的誓言,甘愿流放森林。在流放期间,罗摩庇护林中修道士,杀死了肆虐一方的罗刹。悉多被罗波那掳走以后,他悲伤欲绝,四处寻找,发现踪迹后,直奔罗波那居住的楞伽城。经过多次战斗,罗摩先后杀死了罗波那及其同伙,救出了被囚禁多日的妻子悉多。罗摩对父亲的孝、对妻子的爱、对臣民的仁、为将的勇、为君的德,使其成为印度古代社会的理想君主。

坚战和罗摩本可以选择不被流放,但为了坚持达摩,他们主动选择流放森林十余年,过着苦行生活。但正是在流放的时光里,两位英雄的地位从云端跌落到了尘埃,他们在人生的低谷期恪守各自的达摩,将厄运视为对达摩的考验,但当他们发现只有战争才是问题的最终解决之道时,毅然选择了战争,并凭借自己的勇力和智谋成为战争的胜利者。虽然达摩思想倾向于和平与隐忍,但是印度史诗作者绝非简单迂腐的唯道德论者,他们对人性和人类社会的复杂性有着十分深刻的认识,过于强调达摩必然带来行动上的束缚。他们转而解释来自不同种姓的人需要坚守不同的达摩,身为刹帝利就必须参加战斗,从而为战争中不可避免的杀戮、欺骗和阴谋行为进行一种伦理上的辩解。在史诗《摩诃婆罗多》中,般度族和俱卢族两军对阵,般度族将领阿周那却陷入了职责与道德冲突的困境:一方是自己率领的般度族盟军,另一方是站立着一众亲友的俱卢族大军。黑天教导阿周那坚守自己的达摩,不用有过多道德的负担,他讲道:"自己的职责即使不完美,/也胜似圆满执行他人职责;/从事自己本性决定的工作,/他就不会犯下什么罪过。"①作为刹帝利,阿周那需要做的就是勇敢参加战斗,消灭敌人。如果他考虑会伤害亲友而逃避自己的职责,会犯下更大的错误。黑天还告诉阿周那:"你出于自私心理,/决定不参加战斗,/这是错误的决定,/原质将会约束你","即使困惑,不愿行动,/你也将不得不行动"(毗耶娑,2010:160)。这是一种典型的行动哲学,行动时不必拘泥于儿女情长的道义,只要能够完成自己的职责和使命,便可以达到宗教上的解脱,而不会担负道德上的罪恶。

三、战争与业报

在印度古代传统社会中,控制国家和军队的王族和武士多为刹帝利。如何让执掌国家政权的刹帝利来维护婆罗门和其他社会群体的利益,甚至在残酷的战争中保障婆罗门利益不受侵犯,业报思想无疑是一种宗教思想利器。业报思想发源于比两大史诗更早时期的"奥义书"之中。"奥义书"的作者们认为,人死只是肉体的消亡,而灵魂可以转世得到再生。而转世的灵魂如何再生,则取决于前生的业(karma)。两大史诗接受了这种观念。在《摩诃婆罗多》的《和平篇》中,毗湿摩向坚战讲授了"解脱法"。他说道:"灵魂受到过去的业的束缚。人自己做出的业强大有力,牵引灵魂走向另一个身体。"(毗耶娑,2006:382)但获取一个好的业果、来世得到好的转世并非终极目标。毗湿摩在《和平篇》中继续说道:"善行也消失,恶行也离去,由此一切业果毁灭,无所执着,看到伟大的梵。"(毗耶娑,2006:396)他鼓励人们虔信大神,依靠恪守来亲证灵魂,最后实现解脱,摆脱轮回之苦。史诗作者鼓励刹帝利王族信仰大神,恪守达摩,追求解脱,让其畏惧业报的力量。印度两大史诗中有多则这样的故事,刹帝利王族成员杀害婆罗门或从事不义战争,最终遭受业报惩罚,以此警示信徒要恪职尽责,坚守自己的达摩。

在《罗摩衍那》中,年轻的十车王误把一名正在河边打水的婆罗门苦行者当成了饮水的野兽,放箭射死了他。苦行者的父亲诅咒十车王将来也会因为

---

① 参见毗耶娑:《薄伽梵歌》,黄宝生译,北京:商务印书馆,2010,第157页。在张保胜版的《薄伽梵歌》(北京:中国社会科学出版社,1989)中,同一段引文译为:"自己的达摩虽然有些弊病,也较善施他人之达摩优胜,履行他人之达摩确有危险,遵从自己的达摩虽死犹荣。"(张保胜译,1989:197)"职责"和"达摩"应为同一词语的不同译法。

失去儿子而哀痛至死,后来十车王果真因为儿子罗摩被流放森林伤心而死。十车王行为的业力产生了等效的业果,让他遭受了厄运。女苦行者吠陀婆弟在雪山修苦行时,被十首王罗波那发现,企图对她施暴,她苦苦哀求,但罗波那不为所动。他伸手抓住了女苦行者的头发,正准备剥落她衣服时,女苦行者点火自焚。临死前她说自己转世后一定会报复罗波那。这位女苦行者转世为美丽的悉多,后来被罗波那在森林中劫走。她的丈夫罗摩一路追寻妻子,最终杀死了罗波那。吠陀婆弟前世的业力,在她的来世产生了效果,她不仅转世成了公主,觅得了佳婿,还借夫君之手杀死了前世仇人。

在《摩诃婆罗多》中,谋士黑天及其族人遭遇了灭族的惨剧,他们的厄运源自黑天此前的不义之举,使俱卢族将士惨遭杀戮。作为毗湿奴大神化身的黑天,为般度族出谋划策,站在更高的"立场"上来看待和解释达摩,鼓励般度族使用违反达摩的手段杀死敌方。俱卢之战结束以后,大地血流成河,持国的妻子甘陀利带领女眷到战场凭吊死去的亲人。她很快明白了黑天才是幕后的主导,于是诅咒他和他的族人遭遇同样的悲惨结局。大战结束36年后,黑天的族人喝酒嬉戏,随手抓起灯芯草互相刺杀,结果灯芯草变为铁杵,黑天一族彻底覆亡。

在《摩诃婆罗多》中,德高望重、武艺超群的毗湿摩之所以战败,主要原因是他年轻时的不当行为。毗湿摩曾为自己的弟弟抢亲,携走了邻国公主安芭。安芭心中早有意中人,毗湿摩不得已把安芭送了回去,但安芭的意中人认为她失去了贞洁,拒绝与她成婚。安芭走投无路,一怒之下自焚,转生为遮罗国公主束发,并和一个药叉交换了性别,成为男子。毗湿摩固执己见,坚持认为束发还是原来的公主,恪守不和女性交战的誓言。阿周那躲在束发身后,放暗箭将其射倒,毗湿摩伤重被迫退出了战斗。束发用前生的业力,转世后终于报了前世之仇。

这些业报故事显示了业报思想的现实功用,但史诗作者对于业报思想有着更深的体悟。战争必然带来杀戮,杀戮产生不幸和痛苦。印度古代哲人认为世间皆苦,"人就是这样产生,具有躯体和思想,各种肢体产生于过去的业,痛苦贯穿开始、中间和结束。(人们)应该知道痛苦伴随执拗和傲慢而增长,懂得阻止它们,就能获得解脱"(毗耶娑,2006:385)。业报轮回如"时间之轮,无始无终","日日夜夜流转,犹如各种季节依次运行"(毗耶娑,2006:380)。世间之人面临业报的强大力量,显得渺小而又无力。史诗中的英雄在轮回中受业力左右,命运起起伏伏。黑天虽是毗湿奴大神的化身,他的行为也符合达摩和职责,但却因缺少了对生命的敬畏之情和悲悯之心,最终也难逃业报的惩罚。业报的运转使众生的命运显得既无力又无常,但通过善行、善念获得解脱则向人们提供了摆脱痛苦的途径,也为因果循环的故事增添了悲天悯人的味道。那些强横一时的恶魔、力量强大的勇士、心机算尽的谋士,最终难逃业报的惩罚。那些恪守达摩的弱小个体,凭借善业复仇成功,并获得美好的来世。残酷的战争中处处显露悲悯和同情,这种悲悯之心是印度两部史诗的重要情怀之一,消解了恪守达摩带来的无奈与不义,深层次展现了史诗对道德的推崇和正义的尊重。世间皆苦,战争带来的成功比不上获得解脱、亲近大梵的喜悦,获得解脱才是人生的终极目标,这奠定了印度民族精神中重精神、轻物质的思想格调。

四、战争与种姓

在印度社会中,一个人从生到死,吃饭喝水,穿衣住行,娶妻生子,都要受到种姓法规的支配。印度两大史诗既是印度的英雄史诗,也是重要的印度教宗教典籍,婆罗门通过颂唱史诗中的英雄故事来宣传种姓思想,教导世人恪守种姓法规。种姓制度是一种社会阶序,但战争往往能够改变甚至颠覆原有的社会秩序。两大史诗中的战争规模巨大,波及社会的各个阶层,不少其他种姓的人员也参与战争的进程之中。史诗中有一些出身低微的人,他们渴望像刹帝利英雄那样英勇杀敌,从而逾越种姓的鸿沟,改变自己的命运。史诗作者把种姓思想嵌入战争故事之中,给从事战争行为的低种姓英雄一个悲剧的结局,从而教诲低种姓民众服从种姓职责,不要试图改变自己的命运。

低种姓英雄迦尔纳惨死战场就是这样一则宣扬种姓思想的典型悲剧故事。在《摩诃婆罗多》中,般度五子的母亲贡蒂还未出嫁时学到了召唤天神的咒语,年轻的她出于好奇召唤了太阳神与其交合,生下了迦尔纳。她怕受到家族的指责,偷偷将婴儿放入篮子,扔到河里漂流而去。下游的一名车夫之妻捡到了这名弃婴,把他抚养成人。少年迦尔纳勇力超群,但却因为养父母是首陀罗而饱受欺凌。他拜德罗纳为师,学习武艺,德罗纳嫌弃他种姓低,拒绝教授他使用法宝。他隐匿身份,又拜持斧罗摩为师,学习如何使用梵天法宝,后来他的种姓身份被师父发现,持斧罗摩诅咒他的法宝在战斗中失灵。迦尔纳的父亲太阳神赐给他一副长在身体上的铠甲。一位心怀叵测的婆罗门来化缘,要求迦尔纳将铠甲施舍给他。迦尔纳当时已经是军队将领,他认为担任将领是刹帝利的工作,而向婆罗门施舍是刹帝利的达摩之一,毅然而然施舍了自己的宝贝。战争爆发之后,迦尔纳的法宝失灵,失去铠甲的他被阿周那的利箭射中了头颅,不幸丧命。迦尔纳为人正直,堪称道德完人,唯一的错误便是僭越了种姓法规。史诗作者给他安排了惨死的结局,警示低种姓必须恪守本分,不要妄图违背自己的达摩。

两大史诗中的战争背景与北印度雅利安诸王国的征服与迁徙的历史高度重合。雅利安人进入印度河与恒河平原之后，发动了征服当地部落的漫长战争。种姓既是一种制度，也是一种身份，处于雅利安人四种姓体系之外的部落并不具有种姓身份。按照印度宗教经典的规定，这些没有纳入印度教社会的群体属于不可接触者阶层，种姓印度教徒与其交往会玷污身体和灵魂。在《摩诃婆罗多》的一则故事中，提到了一个森林部落尼沙陀人，他们不具有种姓身份，属于不可接触者阶层。尼沙陀王子独斫听闻婆罗门教师德罗纳本领高强，从远处赶来向他学习射箭。德罗纳当即拒绝了独斫的请求，碰壁的独斫返回森林以后，用泥土塑了德罗纳的泥像，每日向他祭拜，独自潜心学习射箭。几年以后，独斫的箭术变得十分高超，超过了般度族五子中箭术最强的阿周那。在一次森林狩猎中，独斫与阿周那相遇，向其展示了自己的箭术。阿周那自叹学艺不精，心中暗生嫉妒。德罗纳得知这一情况之后，亲自到森林找到独斫，表示愿意接受独斫为自己的弟子。独斫满心欢喜，表示愿意按照规矩献上拜师礼。德罗纳只要他的右手大拇指，独斫无奈砍下了自己的拇指交给德罗纳。失去右手拇指的独斫再也无法拿稳长弓，自然无法与阿周那匹敌。后来，身为神箭手的独斫在战斗中反而死于他人射出的利箭。

一则则故事披上了达摩和业报的外衣后，掩盖了宣扬种姓思想的故事中本来蕴含的不公、欺骗甚至罪恶，使作恶者获得了道德上的解脱，从而使针对低种姓和不可接触者的欺骗和杀戮成为维护社会制度的正当之举。印度种姓制度好似一架通向来世幸福安康的阶梯，高种姓现世的幸福与低种姓现世的痛苦被归因于前世所积累的业力，现世中任何企图改变或僭越种姓制度的行为都违反达摩，不具备宗教和道德的正当性。只有恪守本种姓的达摩，才能积累善业，才有可能在来世转世投胎到高种姓家庭。印度历史中几乎没有成规模的农民起义，底层民众大多安天乐命，缺乏"王侯将相，宁有种乎"的斗争精神，企图通过现世的修行博得来世的好运。在这方面，史诗故事发挥了潜移默化的作用。经过千百年的熏陶，种姓思想对印度民族精神的影响已深入骨髓，深刻影响了印度的社会体制、宗教与人际关系，安守本分、不求变革的思想也成为潜藏在印度民族精神中的一股暗流。

结　语

每个民族都有自己的文化传统和独特的民族精神。两大史诗中体现的达摩、业报以及种姓思想等观念，早已深深融入印度民族精神之中，对印度人民的民族性格、精神气质产生了深刻影响。如今，一个体量巨大的现代印度已经成为当代世界的重要国家之一。印度独立后，与几个邻国之间多次发生战争或军事冲突,其实际行为与圣雄甘地倡导的和平与非暴力思想大相径庭。印度人民党上台执政后,将印度两大史诗纳入了建构民族叙事的话语体系之中。所以,研究印度两大史诗的战争和民族精神,不仅具有较高的学术价值,更具有较大的现实意义。我们可以看到印度古代英雄对道德和正义的坚持,也可以发现他们对杀戮的无罪辩解,从而增加了我们评判印度民族精神的维度。因此,印度两大史诗绝对堪称深入观察印度民族精神的绝佳窗口。

参考文献

1. Rorty, Richard. *Achieving Our Country*. Cambridge, Mass.: Harvard UP, 1998.

2. 别林斯基:《别林斯基选集》(第三卷),满涛译,上海:上海译文出版社,1980。

3. 黑格尔:《美学》(第三卷下册),朱光潜译,北京:商务印书馆,1996。

4. 季羡林主编《印度古代文学史》,北京:北京大学出版社,1991。

5. 刘安武:《印度两大史诗研究》,北京:中国大百科全书出版社,2015。

6. 毗耶娑:《薄伽梵歌》,黄宝生译,北京:商务印书馆,2010。

7. 毗耶娑:《薄伽梵歌》,张保胜译,北京:中国社会科学出版社,1989。

8. 毗耶娑:《摩诃婆罗多》(五),黄宝生等译,北京:中国社会科学出版社,2006。

作者信息:闫元元,男,副教授,博士,研究方向为印度语言文学。本文曾刊载于《解放军外国语学院学报》2020年第6期,有改动。

大江健三郎《掐掉嫩芽,杀死坏种》的战争叙事

兰立亮

河南大学外语学院

摘要:作为大江健三郎的第一部长篇小说,《掐掉嫩芽,杀死坏种》承继了作家创作初期"书写日本人的监禁生存状态"这一主题。通过对该作叙事视角、叙事空间的主题建构功能进行考察可以发现,第一人称叙事视角体现了小说"凝视与反凝视"的权力对抗关系;封闭的山谷村庄这一空间设置呈现了"支配与被支配"的权力关系构图。小说关于逃亡的创伤叙事暗示着对中心文化浸淫的封闭异托邦的逃离,体现了作家力求利用"边缘"这一隐形结构来构建时代整体性的伦理指向。《掐掉嫩芽,杀死坏种》的个体叙事体现了大江健三郎对小说叙事的积极探索,表现了作家对战争这一疯狂暴力的批判和对战后主体性回归的呼唤。

关键词:大江健三郎;《掐掉嫩芽,杀死坏种》;个体叙事;主体建构

The Narrative of War in *Nip the Buds, Shoot the Kids* by Oe Kenzaburo

Lan Liliang

Abstract: As the first full-length novel written by Oe Kenzaburo, *Nip the Buds, Shoot the Kids* follows the theme of "Writing about the Japanese's living condition in the closed wall" in the early stage of the writer's creation. By investigating the narrative point of view and the theme construction function of narrative space, we can find that the first-person narrative perspective reflects the power antagonism between "gazing and anti-gazing" in the novel; the enclosed space of the village in the valley has the power of order, existing a power relationship between "dominating and being dominated". The novel's traumatic narrative about escaping implies the escape from the enclosed space immersing in the central culture, which reflects the writer's efforts to use the invisible structure of "edge" to construct the ethical orientation of the era as a whole. The individual narratives in *Nip the Buds*, *Shoot the Kids* embodies Oe's advocacy of individual subjectivity, showing Oe's critique of the insane violence of war and his calling for the rational return.

Key words: Oe Kenzaburo; *Nip the Buds*, *Shoot the Kids*; individual narrative; subject construction

《掐掉嫩芽,杀死坏种》(『芽むしり仔擊ち』,1958年)是大江健三郎第一部长篇小说。小说讲述了第二次世界大战末期,为躲避敌军轰炸,一群感化院少年被疏散至一个位于山谷中的小村庄后发生的故事。由于村里发生瘟疫,他们被村民抛弃,在孤立无援的情况下建立了自己的共同体。但是,这一共同体最终在村民归来后被迫解体,成员屈从村民的淫威而集体沉默,坚贞不屈的"我"不得不在村民的驱逐下朝村外逃亡。小说以悲剧告终,但作家却认为,通过创作这部小说,自己能够以一种直率的形式将少年时期无论是甜美还是辛酸的记忆在小说意象中释放出来,坦言这部小说"是最令我感到幸福的作品"(大江健三郎,1975:252)。也就是说,《掐掉嫩芽,杀死坏种》直面惨淡的人生,生动地呈现了战时日本人的精神生态,是一部源于作家战时生活体验的激情之作。在叙事上,别具一格的边缘人物视角、意味深长的空间设置、哀婉凄楚的叙事格调,使这部小说所体现的战争反思和主体性叩问主题绽放出了璀璨夺目的人性之光。

一、自我与他者:凝视与反凝视

刘小枫指出,现代的叙事伦理包含着人民伦理的大叙事和自由伦理的个体叙事,"人民伦理的大叙事的教化是动员,是规范个人的生命感觉;自由伦理的个体叙事的教化是抱慰,是伸展个人的生命感觉"(刘小枫,2004:10)。《掐掉嫩芽,杀死坏种》就是一部讲述曾为不良少年的"我"在战后这一时代语境中的生命故事。

感化院是对失足少年进行改造的地方,对"我"来说,这一空间本身就意味着对人身自由的禁锢,感化院的高墙构成了文本中具体有形的"墙",意指被囚禁之人与外部自由世界的隔离。疏散地"山谷村庄"虽然不同于感化院的高墙,但取而代之的却是一种更深的禁锢。村民和感化院少年之间的隔阂使山谷村庄无论在地理上还是精神上都成为一个封闭的空间,在这一空间中,"我们"成了被凝视的他者。

> 我们这一群像被猎获的怪兽一样的异国人在众人盯视的眼皮下,最安全的办法就是变得像花草木石一样,没有眼睛、没有感情,成为只供人观赏的一件物品。正因为弟弟执拗地反盯着村里人,他的面颊有时就要遭受村妇卷着黄褐色的大舌尖啐出来的唾液,有时还要挨小孩子的石头。(大江健三郎,1995:118)

在此,"我"的弟弟在小说第一章暂时成为第一人称回顾性叙述的视点人物,因为"我们"被物化,只有通过弟弟的眼光来呈现"我们"所处的境况。因为弟弟与"我们"不同,他并不是因为犯罪,而是为了疏散被父亲送至感化院的,所以并没有受到过感化院的规训和惩罚,尚未习惯他人的凝视。"它(凝视——笔者注)通常是视觉中心主义的产物,观者被权力赋予'看'的特权,通过'看'确立自己的主体位置,被观者在沦为'看'的对象的同时,体会到观者眼光带来的权力压力,通过内化观者的价值判断进行自我物化。"(陈榕,2006:349)在村民压迫性的凝视之下,"我们"这些感化院少年被剥夺了主体性,将自我物化为"只供人观赏的一件物品"。天真无邪的弟弟"执拗地反盯着村里人",显然被村民视为挑战他们的权威,势必会遭受来自村妇和村里孩子的暴力。通过被凝视者被塑造为他者这一权力运作结果,大江健三郎揭示了凝视背后的权力规训和压迫。"我们"都无法摆脱代表国家权力的村民带有歧视色彩的凝视对自我的控制,但对自由的向往又促使"我们"反凝视,这充分体现在南这一人物对南方的向往和多次逃跑这一行为上。小说第一至第三章全面采用了"我们"这一非自然叙事形式,与村民("他们")泾渭分明地区分开来,本身就具有与山谷村庄村民共同体对抗的性质。"在绝大多数现代叙事作品中,正是叙事视点创造了兴趣、冲突、悬念,乃至情节本身。"(马丁,2005:159)"我们"这一第一人称复数叙事,由于其所指人数模糊不定,从而具有较大的灵活性,"我们"一开始仅指感化院少年,之后,弟弟、朝鲜少年李、逃兵、少女等分属不同群体的人陆续加入了进来,最后形成了与村民对立的少年共同体。石原千秋指出,小说叙事在"我们"与"我"之间自由穿行,"这使《掐掉嫩芽,杀死坏种》的视点结构不稳定,'我'的实质几乎没有涉及,这一点象征着只要'我们'包含'我'就行了"(石原千秋,2013:110)。的确,从表层看来,第一人称复数叙述属于一种想象的集体身份,是讲述少年共同体集体记忆的叙事装置。或许可以说,使用第一人称复数叙事就是为了强化感化院少年这一群体与村民这一群体的对立,是一种反凝视的表现形式。"就意识再现(即对人类意识的映射)而言,第一人称复数叙述显然把作为个体的'我'的意识与作为集体的'我们'的意识推到了关注的最前沿。鉴于第一人称复数叙述者指称范畴的模糊性,由此导致了其'意识'再现的潜在冲突性。"(尚必武,2010:19)从逻辑上看,在第一章"抵达"和第二章"第一次劳动"中,由于"我们"这一复数叙事形式的大量使用,"我们"的声音与意识压制了第一人称单数叙述者"我"的声音和意识。但从第三章"传染病流行和村民逃难"开始,随着村民躲避瘟疫从村庄撤出,"我"开始从权力的规训眼光中解脱出来,主体意识开始觉醒,获得了观察和讲述的个人主体性,逐渐从"我们"这一群体叙事视点中解放出来,"我们"这一群体视点叙事也开始转为第一人称单数"我"的个体叙事。

在村民撤离之后,摆脱了村民凝视的个人主体性开始萌芽,与外界隔绝的山谷村庄这一封闭空间为文本中人物肉体和精神的历练提供了广阔的舞台,成为少年们获得个体成长的自由天地。第七章"捕鸟和雪节"描写了相当于少年们成人仪式的狩猎活动。弟弟因捉到一只漂亮的野鸡而获得了同伴的赞叹,"一边大笑一边不厌其烦地反复讲述他的历险记"(大江健三郎,1995:214)。在朝鲜少年李的提议下,"我们"举行了村祭,村祭犹如"我们"的通过仪礼,象征着"我们"获得了精神成长。在村祭用的火堆旁,"我"觉得自己和李、南三人"已经快是大人了"(217)。由此,"我们"之间开始建立一种带有温情色彩的连带关系。"在这部作品(指《掐掉嫩芽,杀死坏种》——笔者注)中,那种可称得上是完美的爱与友情的世界被呈现出来,我不能不感受到那种新鲜的感动,犹如汩汩涌出的清冽的甘泉一下子滋润了干涸的心灵。"(松原新一,1967:65)正如松原新一指出的那样,少年之间的连带关系与村民和感化院少年之间的敌对关系形成了鲜明的对照,反衬了战争期间人与人之间的隔膜和成人社会的弊端,淋漓尽致地凸显了被战争异化的成人世界。在此,将"我们"和"他们"差异化的叙事模式很好地体现了形式对小说主题的建构作用。

王新新等将《掐掉嫩芽,杀死坏种》和大江健三郎另一部小说《饲育》(1958年)放在一起进行了深入考察,认为两部小说均体现了作家的战后再启蒙意识,即大江健三郎在战后闭塞的社会状况下试图通过文学书写来唤醒日本人个人主体性的努力。"正是这种战后再启蒙意识,构成了《饲育》《拔芽击仔》(指《掐掉嫩芽,杀死坏种》——笔者注)的主题,构筑了大江早期文学的重要特质之一。"(王新新,2006:115)可以说,《掐掉嫩芽,杀死坏种》的叙事视点设置和小说个人主体性叩问这一主题表达有着密不可分的关系,大江健三郎通过"我们""我"的叙事,既再现了少年们的共同体意识,也呈现了"我"的个体意识。通过对少年共同体之间连带关系的形成和崩溃过程的描绘,大江健三郎批判了二战期间日本国家极权主义对个人主体性的压抑，体现了对边缘群体的人文关怀，表达了恢复个人主体性的强烈愿望。

二、作为乌托邦/异托邦的空间二重性

矶贝英夫认为，这部小说"全篇涌现出积极的意象，给人一种犹如被净化般的鲜明印象。以直率的形式放飞'少年时代记忆'的表达，也是能够极为顺畅地理解的语言，可以说，它是一部美丽的现代童话"（礒贝英夫，1971：126）。正如矶贝英夫指出的那样，大江健三郎借助具有童话色彩的乌托邦的营造和解体，来影射日本战后的政治状况和个体的生存状态。同时，山谷村庄这一空间还具有对现代文明进行反思的异托邦属性。

法国思想家福柯（Michel Foucault）将空间视为一种权力关系网络，指出异托邦尤其指社会中带有偏离性而独立于此在空间的空间。"在所有的文化，所有的文明中可能也有真实的场所——确实存在并且在社会的建立中形成——这些真实的场所像反场所的东西，一种的确实现了的乌托邦，在这些乌托邦中，真正的场所，所有能够在文化内部被找到的其他真正的场所是被表现出来的，有争议的，同时又是被颠倒的。这种场所在所有场所以外，即使实际上有可能指出它们的位置。因为这些场所与它们所反映的，所谈论的所有场所完全不同，所以与乌托邦对比，我称它们为异托邦。"（福柯，2006：54）在福柯看来，乌托邦、异托邦的建构都源于现实的不完善，但就本质而言，异托邦是现实社会里由权力阶层或官方规划的一种空间，或是经由社会成员的想象投射而形成的一种空间，具有对现代文明进行深刻反思的多元属性。"山谷村庄"发挥着福柯意义上的危机异托邦的空间功能，可以为处于战争危机状态下的感化院少年提供保护。同时，它还具有监狱异托邦性质的囚禁和监控功能。山谷村庄这一异托邦的双重属性，深刻揭示了异托邦呈现与秩序建构的内在关联。以村长为代表的山谷村庄的权力主体为维护自身的同质文化空间秩序，对"我们"展开一系列排他性的规训措施，因此，山谷村庄这一封闭的空间不仅仅是单纯的地理空间，其本身还存在着"支配与被支配"的权力关系。山谷村庄垂直的地理布局呈现了其中存在的权力秩序。村中普通村民的住宅位于最底层，然后是学校、寺院，村长家位于顶端，"这座本村唯一的正规建筑在我们面前庄严地炫耀着道德的秩序"（大江健三郎，1995：220－221）。也就是说，山谷村庄体现了以村长为首的权力等级关系。如果说以东京为中心的国家权力支配着位于社会边缘的山谷村庄的话，山谷村庄之中也存在着村民对感化院少年、日本人对朝鲜人部落的支配。与民主主义相对，极权主义是一种专制独裁的统治形态，其特征便是利用暴力手段迫使他人服从领导者的个人

绝对权威。小说第九章"村民的归来和士兵的惨剧"及最后一章"审判与驱逐"中，村民对逃兵和感化院少年的残暴行径可以说就是一场在山谷村庄上演的极权社会暴力惨剧。通过对具有强烈连带感的新共同体在专制社会面前分崩离析过程的描绘，大江表达了对压抑人性的专制主义的强烈批判。

石桥纪俊指出，山谷村庄这一封闭空间中"支配与被支配"的权力关系图景与生死问题直接相关，小说开头描写了山谷村庄由于近日来的暴雨和水库决堤而处于下落的空间布局之中。这一空间布局使山谷村庄作为下落＝死亡相邻的场所而存在。"所谓山谷村庄中的生活，相对于承接着崩溃与下落、死亡意象的垂直轴，'意外错综复杂'的水平式生活空间被横向持续地建构了出来。在垂直作为极限的倾斜面中，形成了为生活而存在的水平面，这就是支撑《掐掉嫩芽，杀死坏种》所架构的山谷村庄的日常空间性。"（石橋紀俊，1999：61）也就是说，与象征权力的上面空间相比，死者被埋葬在日常生活水平面的下方。"我们"来到山谷中的第一次劳动就是埋葬尸体，这一行为可以被看作将死者这一异质的他者封闭在地下空间的仪式。"我们也惧怕先前的伙伴从土里复活，在只剩下小孩子的封闭的村庄里猖獗肆虐，所以双脚使劲地在他的坟头狠踩一通。"（大江健三郎，1995：183）对少年们来说，死者是可怕的存在，即便死者生前曾是自己的伙伴。为了防止死者灵魂出来作祟，少年们通过用力踩土来表现自己对死亡世界的拒绝。在第四章"封闭"中，"我"感伤地叙述了自己对死的想象："也许正是从那两具死尸飞出的无数细菌把狭小的山谷的空气变得湿淋淋的汗潮，而我对此全然束手无策。"（大江健三郎，1995：172）在"我"看来，瘟疫来自死者的世界，是死者对生者世界的威胁和侵犯。村里的大人离开后，少年们凭借自己的力量同仇敌忾地抵挡死者世界的侵袭，在此过程中共同体成员间的连带关系得以加强。与瘟疫这一天灾相比，战争这一人祸导致了人性的异化，村民回归后以暴力形式摧毁了少年们的乌托邦，使山谷村庄再一次蜕化为篡改历史的异托邦。小森阳一认为，小说的故事世界存在着多个二元对立，但未必就构成了金字塔形的等级制度，"也就是说，'我们'与'他们'的差异，以国家层面的内容和国家内部的'村庄'这一共同体层面的内容之间产生错位的形式表现了出来"（小森陽一，1997：33－34）。代表国家权力的感化院在疏散的问题上不断地被一个个村庄拒绝，对他们来说，这些村庄"是顽固地拒绝、排斥外来人的汪洋大海"（大江健三郎，1995：120），国家逻辑和村庄共同体逻辑在此并未相互接受。特别是在感化院教官为护送第二批人离开村子后，村民为躲避瘟疫集体逃离村庄，任这些少年自生自灭，这一行为在战争期间可以被视为对国家权力的公然蔑视，也是村民在归来后试图采用暴力强迫少年们对这一事实保持沉默的深层原因。也就是说，山谷村庄这一边缘空间本身即带有一种反抗中心权力的属性，虽然其采用的仍然是和国家一样的暴力手段。在此意义上，山谷村庄自然就具有了丰富的文化意蕴，它既是瘟疫横行之时感化院少年幸福的乌托邦世界，又是战争时期暴力交织的异托邦，还是反抗中心权力的边缘地带。通过对少年乌托邦建立与解体的描绘，大江控诉了战争对人的异化，以直观形象的空间艺术形式表现了战争时期日本人的思想状况。在这一点上，山谷村庄可以被视为一个空间关系网，它是战时日常现实之中存在的带有冲突性质的异域，是具有政治寓言性质的异质空间。

在《掐掉嫩芽，杀死坏种》中，大江健三郎将战后自我重建这一精神空间融入山谷村庄这一场所之中，使之不仅成为叙事必不可少的场景，也体现了作家表意的叙事技巧。《掐掉嫩芽，杀死坏种》中生死共存、意象丰富的山谷村庄既是感化院少年在瘟疫肆虐之时从被村民监视、压制中解放出来的伊甸园，也是一个村民归来后真相被掩盖的人性泯灭、伦理失常的世界。在这样一个世界中，村民这一他者对"我们"是一种威胁和禁锢，这种威胁与禁锢在感化院少年和村民之间竖立起一堵无形的墙。在此意义上，小说描写的象征监禁状态的山谷村庄这一意象背后，则是大江健三郎对存在主义意义上的主体自由选择、他者及世界的偶然性和荒诞性等哲学命题的小说化。大江健三郎不惜运用大量笔墨描写山谷村庄严酷的生存环境，重点突出空间的压迫感，特别是设置了瘟疫的入侵，向读者呈现了带有原始意义的乌托邦转变为被暴力和死亡气息笼罩的异托邦的过程。

山谷村庄这一空间双重属性的设置，呈现了空间书写对小说主题的建构作用，小说通过对空间属性的变化，对洪水、瘟疫以及人和动物死亡的描绘，意在向世人发出生态预警，呼唤现代理性的回归。地理空间属性的变迁呈现了成人世界的权力图谱，揭示了在这一排他性异质空间里，"我们"很难逃脱被歧视、被排斥的命运。《掐掉嫩芽，杀死坏种》借山谷村庄这一反场所的乌托邦存在与异托邦的质疑本性前瞻性地表达了对日本战后政治体制的冷峻思索和深度审视。无论是乌托邦营造还是异托邦书写，都是大江健三郎介入现实、干预历史的一种手段，体现了作家对暴力的批判和恢复个人主体性的渴望。

三、空间的逃离：创伤书写与伦理诉求

从小说情节发展来看，逃跑、逃亡贯穿了这部小说的始终。从小说第一句"因为两个伙伴半夜里逃跑了，害得我们一直到天亮也没有出发"（大江健三郎，1995：117）到小说结尾"我咬着牙站起来，向着更加黑暗的树林、更加黑暗的草丛奔跑"（255），首尾一致地展现了小说个人解放的主题。

在前往山谷村庄的途中，"我们"看到了预备役士兵为寻找一个逃兵搜山的情景。逃兵的行为从某种意义上来说与南和另一名感化院少年的逃跑行为不同,显然是一种对国家权力的公然反抗。士兵坚信战争会以日本失败告终,认为"只要国家投降了,我就可以获得自由"(大江健三郎,1995:218)。但是,以逃跑形式消极抵抗战争的士兵最后被村民用竹枪扎破肚子交给了宪兵队,南二人的逃亡也以失败告终。在此意义上,逃亡可以被看作一种对严酷社会现实进行抗争的手段,是为自我生命寻找新的可能性的尝试。沈修卿指出,"'我'很难摆脱'支配'和'被支配'这一二元对立结构。因为这种'支配'和'被支配'结构无限交织在一起,即便二者关系发生逆转,'支配'和'被支配'这一结构也不会完全消失。'墙壁'就是那试图超越但却无法超越的'支配'和'被支配'的结构,是那由于错综复杂的二元对立关系的持续而无法超越的现实"(沈修卿,2005:71)。现实的严酷使人生变得徒劳而失去意义。小说对从村民魔掌中逃出的"我"的现实处境并未提及,尽管逃离了山谷村庄,但"我"在战后这一精神空间之中是否获得了个人解放这一点也没有明示。也就是说,小说中的逃亡可以被看作一种双重行为。它既可以理解为一种逃避行为,又可以理解为一种主体性求索精神。为掩盖村庄共同体曾抛弃感化院少年这一罪恶事实,村长和村民采用暴力手段使少年共同体噤声,不屈服的"我"拒绝与村民同流合污。在这种非此即彼的二元对立面前,孤军奋战的"我"唯有逃亡。

> 我从心狠手辣的村民的魔爪中逃脱,在夜间的森林里疲惫奔逃。我不知道怎么办才能免遭杀害。我甚至不知道自己还有没有继续奔逃的力气。我现在不过是一个筋疲力尽、悲愤填膺、饥寒交迫的小孩。起风了。风中传来紧逼而来的村民的脚步声。我咬着牙站起来,向着更加黑暗的草丛奔跑。(大江健三郎,1995:255)

在小说结尾,大江健三郎并没有为"我"的逃亡赋予一种光明色彩,与屈服于村民暴力、为保全自身向村民共同体妥协的伙伴相比,"我"独自一人朝着村庄外部"更加黑暗的草丛奔跑"。在这一点上,大塚英志指出,与那些将战后说成是虚妄的人相比,大江健三郎更加激进,这体现在他准确地预见了"战后"的艰巨性,还体现在他塑造了一个独自朝着"战后"这一"村庄话语"的外部迸发的少年这一点上。(大塚英志,2006:282)《掐掉嫩芽,杀死坏种》的结尾不像一般回忆体小说那样最终回到了叙述的现在,小说在"我"逃亡行为的进行之中戛然而止,犹如电影画面般给读者强烈的震撼,暗示着苦难的继续。在此意义上,这部小说也可以视为"我"讲述人生之难的创伤叙事。

从整体来看,这部小说基本上采用了回忆的"我"正在经历事件的视角进行叙述,但叙述之中偶尔呈现了叙述者站在当下这一时间点上的回顾性叙述。"这是个杀人狂的时代。战争使集体的疯狂像永恒的洪水一样,泛滥在人类情感的各个角落、身体的全部毛孔以及森林、街道和天空。"(大江健三郎,1995:121)这一冷静而富有知性的叙述肯定不会出自一个少年之口,明显是叙述者"我"立足当下追忆往事的视角,是站在已经回归到战后日常生活这一时间点上对战争这一集体疯狂进行批判的视角。经历了战争苦难的"我"并没有将逃离山谷村庄后的时间空白纳入叙述之中,只是以过去正在经历事件的视角,一味地强调自己是一个小孩。关于这一点,川边纪子认为,"'我'希望通过'被保护'同世界建立联系。而且,在这个'杀人狂时代',感化院少年脱离了成人保护几乎就意味着'死亡',这应该就是'我'自始至终都将自己定位于受保护的孩子这一愿望的根据"(川边纪子,2004:42)。从另外一个角度来看,生活在战后的"我"希望自己能够保持童真,并利用这种童真来抵抗尔虞我诈的成人社会。因此,成年叙述者"我"的声音被仍为感化院少年的"我"的声音遮蔽,这一点充分体现了大江健三郎人物视角设定的深层动机。"只要将战后民主主义视点投射到战时,其作品世界必须是结构上带有幻想性质的封闭的内容。……为将战后视点架构于战时之中,必须保持主人公的'童真'。那就是具体地将其设定为与战争无关。"(片冈启治,1973:108-109)通过过去正在经历事件的儿童的视角,小说淋漓尽致地呈现了战时国家权力对人性的异化和戕害,加大了对战争和暴力批判的力度。

因此,《掐掉嫩芽,杀死坏种》的"逃亡"叙事,浓墨重彩地将生存之难摆在读者面前,用心灵之坦诚激起读者从对战争的反思之中获得某种思想的启迪。第一人称"我"这一聚焦自我精神空间的个体叙事模式,通过对生命不能承受之重的战时记忆的呈现,展现了个体饱受精神磨难、焦灼迷惘的精神世界,从而使小说淋漓尽致地表现了战时国家权力对人性的异化和戕害。

面对苦难和残酷的生存环境,"我"的逃亡充满了无奈,因为无论怎样挣扎,都无法冲出权力的牢笼而改变自己的命运。《掐掉嫩芽,杀死坏种》展示了充满苦难与挣扎的人生,体现了大江健三郎对现实生命存在的思考。《掐掉嫩芽,杀死坏种》中"我"和南的"逃亡"反映了这种寻找精神家园的努力,但是从人物的生存境遇以及由此所展现的人性来看,都反映了作家的失落,这也是小说没有一个光明结局的原因。

《掐掉嫩芽,杀死坏种》中的空间逃离,既充满诱惑又充满悲剧性,它具有广阔的历史文化内涵,折射出20世纪50年代日本知识分子的深层心理焦虑,凝聚了大江健三郎对命运的沉思和对人生理想的探寻,具有强大的浓缩性和放射性。所以,逃亡不仅指向这一行为本身,更重要的是直指战后日本知识分子的生存状态和精神困境,这也是作家对现实紧张关系的一种表达方式。矶田光一指出,如果可以将《掐掉嫩芽,杀死坏种》中呈现的童话世界说成大江健三郎的"伊甸园"的话,那么,战后对他来说就是"失乐园"时代。(磯田光一,1971:85)也就是说,从乐园被放逐的大江健三郎,站在社会和时代的边缘,通过逃亡向读者诉说战后长大成人的"我"那种矛盾、复杂、充满迷茫与困惑的内心世界,传达了战后一代知识分子内心的焦虑。站在弱小者"我们"一方的作家的边缘意识,成为他保持主体自觉和灵魂自由的一种写作心态。在此意义上,认为大江健三郎对"中心与边缘"的认识源于 20 世纪 70 年代与山口昌男文化人类学的接触这一观点就值得重新思考,在《掐掉嫩芽,杀死坏种》中,这一认识的萌芽就已经出现,反映了大江健三郎试图利用这一结构来构建时代整体性的伦理诉求。

结　语

从以上对《掐掉嫩芽,杀死坏种》的叙事视角、空间结构以及逃亡的文化心理学分析可以看到,大江健三郎通过鲜活而感伤的第一人称回顾性叙事,使小说蕴含着一种刻骨铭心的生存之痛和对暴力强烈的控诉。同时,小说地理空间的设置体现了中心与边缘对立的权力关系构图,生动再现了主人公试图逃离现实生活,但又无法寻找到心灵的家园,精神时刻面临着分裂危险的生存困境。"战争文学以某一次或几次战争为背景,描写战争中的军人、军队和战斗,或描写受战争影响和冲击的普通人的生活,同时也关注战争对战后社会生活的影响。"(胡亚敏,2021:5)可以说,《掐掉嫩芽,杀死坏种》因其对深受战争影响和冲击的普通人生活的描绘以及对战争影响的战后社会生活的指涉表现出大江健三郎对战争的反思。哀婉感伤的第一人称复数叙事和匠心独运的空间设置生动地表达了作家对战后现状的不满,再现了战后这一社会转型时期日本知识分子那种痛苦、内省和不断求索的灵魂。在逃亡主题和生存之痛的执着表达背后,是作家对个人解放的呼唤和个人主体性的执着追问。在此意义上,《掐掉嫩芽,杀死坏种》的个体叙事使这部小说具有一种厚重的历史感,呈现出令人回味无穷的悲剧审美效果。

参考文献

1. 石橋紀俊:「大江健三郎「芽むしり仔擊ち論」——生成する記憶」,載『日本アジア言語文化研究』1999 年第 6 号。
2. 石原千秋:『教養として読む現代文学』。東京:朝日新聞出版,2013。
3. 礒貝英夫:『芽むしり仔擊ち』,載『国文学』1971 年第 1 号。

4. 磯田光一：『大江・江藤における伝統と近代』，載『国文学』1971年第1号。

5. 大江健三郎：『厳粛な綱渡り』。東京：株式会社文藝春秋，1975。

6. 大塚英志：『初心者のための「文学」』。東京：角川書店，2006。

7. 片岡啓治：『大江健三郎論——精神の地獄をゆく者』。東京：立風書房，1973。

8. 川辺紀子：『「芽むしり仔擊ち」論——子供であることを願う意志』，載『言語・文学研究論集』2004年第4号。

9. 小森陽一：『「芽むしり仔擊ち」——差別と排除の言説システム』，載『国文学』1997年第3号。

10. 沈修卿：『大江健三郎「芽むしり仔擊ち」——「支配」と「被支配」の関係を超えて』，載『都大論究』2005年第42号。

11. 松原新一：『大江健三郎の世界』。東京：講談社，1967。

12. 陈榕：《凝视》，载赵一凡、张中载、李德恩主编《西方文论关键词》，北京：外语教学与研究出版社，2006。

13. 大江健三郎：《感化院少年》，郑民钦译，载叶渭渠：《大江健三郎作品集 死者的奢华》，北京：光明日报出版社，1995。

14. 福柯：《另类空间》，王喆译，载《世界哲学》2006年第6期。

15. 胡亚敏：《战争文学》，北京：外语教学与研究出版社，2021。

16. 华莱士·马丁：《当代叙事学》，北京：北京大学出版社，2005。

17. 刘小枫：《沉重的肉身——现代性伦理的叙事纬语》，北京：华夏出版社，2004。

18. 尚必武：《讲述"我们"的故事：第一人称复数叙述的存在样态、指称范畴与意识再现》，载《外国语文》2010年第1期。

19. 王新新等：《抒写人性觉醒 表现个体独立——试论作为启蒙文本的〈饲育〉和〈拔芽击仔〉》，载《东北亚论坛》2006年第2期。

作者信息：兰立亮，男，河南南阳人，副教授，博士，研究方向为日本近现代文学。本文为教育部产学合作协同育人项目"外语专业外国文学课教学改革与研究型教学模式建构研究"(201901129019)、河南大学本科教学改革研究与实践项目"新文科视域下非通用语种专业外国文学课课程体系改革与实践研究"(HDXJJG2020-146)的阶段性成果。

解读大江健三郎文学作品中的文化内涵——"生"

陈宝剑 王 蕊

北京外国语大学北京日本学研究中心；淮北师范大学外国语学院

摘要：从人道主义的角度出发，大江健三郎将维护世界和平、保持社会和谐的主题融入自己的文学作品中，这一主题的出现使得其文学作品获得了世界范围内的认同，给读者带来了极大的思想冲击和灵魂震撼。本文结合大江健三郎的生平经历和主要作品，较为全面地分析和解读大江文学中所体现的深刻文化内涵——生，即与残疾儿的共生、个人的再生、与全人类的共生，为广大读者更好地了解大江文学作品中包含的人文情怀和和平意识提供借鉴。

关键词：大江健三郎；文化内涵；"生"

An Interpretation of the Cultural Implication—"Living" in Oe Kenzaburo's Literary Works

Chen Baojian　Wang Rui

Abstract: From the perspective of humanitarianism, Oe Kenzaburo integrates the subject of maintaining world peace and social harmony into his literary works, which has made his literary works recognized worldwide and brought great ideological impact and soul shock on readers. Based on Oe Kenzaburo's life experience and main works, this paper comprehensively analyses and interprets the profound cultural implication embodied in his literary works—living, namely, the harmonious living with disabled children, personal regeneration, and the symbiosis with all mankind, so as to provide references for readers to better understand the humanistic feelings and peace consciousness contained in his literary works.

Keywords：Oe Kenzaburo；cultural implication；"living"

自大江健三郎1994年获得诺贝尔文学奖以来,国内外的学者才开始真正着手研究他的文学作品。到目前为止,大江健三郎先后发表的小说、随笔等有200余篇,如此多的作品展现了大江健三郎丰富的文学世界,他所关注的残疾儿、核武器、环境、和平等社会问题,也为我们提供了一个崭新的视角。

大江健三郎作为著名的人道主义作家,一直以来对残疾儿、核武器、监禁、性等社会问题给予了高度的关注。其中残疾儿问题作为全世界普遍关注的焦点,很好地体现在了大江健三郎的文学作品中,并作为素材,使得大江健三郎创作了诸如《万延元年的足球队》《个人的体验》《广岛札记》等一系列代表作品,成为继川端康成之后第二个获得诺贝尔文学奖的日本作家。关于大江文学作品中的"残疾儿"主题,共生是不得不提及的重要理念。不管是与残疾儿的共生,还是与全人类的共生,共生意识的存在使得大江文学有了新的升华,并且成为其文学创作的原点,让读者产生强烈的共鸣。当然,有了共生,就不得不提再生。共生与再生相辅相成,很好地体现在了大江的文学作品中。

在广岛遭受原子弹爆炸之后,大江健三郎曾多次前往广岛,并通过多次的广岛之行,完成了《广岛札记》一书,向广大读者传达了他内心的人道主义精神和和平意识。《广岛札记》中体现的人道主义精神和和平意识对于大江健三郎及其文学创作来说,都具有十分重要的意义。大江健三郎通过"广岛"这个透镜,给我们带来了极大的思想上的冲击和灵魂上的震撼,同时,也向我们提出了其文学作品中所体现的深层文化内涵——"生"的含义。关于大江健三郎所提出的"生"的含义,本文将从与残疾儿的共生、个人的再生、与全人类的共生这三个方面进行分析和探讨。

一、与残疾儿的共生

残疾儿的诞生,对一个父亲来说,必定是一个巨大的打击。但是,大江健三郎却把残疾儿的降生看作一个"危机",即"危险加契机"。"危险"是指因为儿子残疾给生活带来的种种不便,所谓的"契机"则是指因为残疾儿子带来的生活的变故和磨难,反而有些时候成为生活中的宝贵财富。正是因为这种变故才让大江健三郎找到了文学作品创作的原点,即"人生经历与感悟的融合",这也是大江健三郎文学创作的主要素材。

《个人的体验》是大江健三郎结合个人经历所创作的长篇小说,是他诺贝尔文学奖的获奖作品之一。《个人的体验》中的主人公——鸟,可以说是大江健三郎的化身。鸟是一个梦想去非洲旅行的27岁的青年,他在妻子生产的时候,却在四处寻找去往非洲旅行的地图。鸟在两年前,25岁在读研究生的时候就结婚了,婚后的鸟却对这段婚姻非常不满,一直过着烂醉如泥的酒鬼生活,之后有所好转。在义父的介绍下,他成为一所预备校的教师。他虽已长大成人,但在心理上却还未成熟。虽然他是一家之主,但是缺少对家庭的责任感和认同感。孩子出生之后,鸟被医生叫到医院,告知医院的诊断——孩子先天性头盖骨损坏,无法正常生长发育。对此,鸟感到非常无助。为了摆脱残疾儿子对鸟的拖累,也为了能与鸟一起去非洲旅行,鸟的情人火见子建议鸟把儿子交给一位私人医生处理。鸟在经受了巨大的内心煎熬之后,放弃了这一罪恶计划,并且下定决心承担起对妻子和残疾儿子的责任,把儿子从私人医生那里转到大学医院接受手术。而且,鸟为了孩子将来的生活考虑,决定去做涉外导游。在回忆这段经历的时候,鸟这样说道:"在孩子还没有救出之前,我如果因为突遇交通事故而死去的话,那迄今为止,我所度过的27年的人生都将变得毫无意义。"(大江健三郎,1964:57)可以说,在经历了这次严峻的考验之后,鸟的心理才真正走向了成熟。所以,当火见子指责鸟的决定的时候,鸟说:"我是为了我自己。我不想做一个遇事就逃避责任的男人。"(186)鸟意识到自己不应该逃避问题,而要好好地守护这个残疾儿,担负起自己作为父亲的责任。

通过鸟的这一决定,大江健三郎隐晦地透露出了他与恩师萨特的存在主义截然相反的人生态度。他在清华大学进行演讲时,曾这样描述当年的想法:

  当我想通过和这个孩子的共同生存去重新塑造自己作为作家的生存方式时,我才渐渐地认识到,自己的家庭中有这样一位智力有障碍的孩子,对我而言,是意义极为深刻的必然。在这个孩子降生的时候,我通过自己曾经有过的动摇和痛苦,以及自己对现实的把握能力的丧失,不得不重新去检讨两件事情。其一,如同刚才已经讲过的那样,我经历了那样的少年与青年时代,之后,进入大学去学习法国文学,在我的精神形成过程当中,法国文学作为坐标轴也发挥了巨大的作用。其中,萨特老师是最为有力的指南针。但是,身患残疾的儿子出生后的几个月里,我最终明白迄今为止我坚信已经在我内心中积累起来的精神训练,实际上没有丝毫用处,我必须重塑自己的精神。(大江健三郎,2000:35)

在对残疾儿子的教育问题方面,大江健三郎认为,不仅要在物质上给予残疾儿子比较多的照顾,而且要在精神上做到平等对待,要把残疾儿子培育成一个有一技之长的人。大江健三郎在选择接受残疾儿子出生的事实后,给儿子取了一个非常富有象征意义的名字——大江光。在大江健三郎和妻子齐心协力的引导下,大江光在福利工厂求得了一个职位,做到了自力更生。更令人钦佩的是,大江光最后竟然走进了连正常人都难以攀登的艺术殿堂,成了一位非常著名的作曲家,并发行了两张被听众评价很高的 CD。而大江健三郎为了儿子的前途甘愿放弃自己的发展,他想在大江光自立之时,结束自己的作家生活,全心全意地支持儿子的发展,这无疑是父爱的最高境界,"父爱如山"大致如此。瑞典皇家文学院在大江健三郎获得诺贝尔文学奖时的颁奖词是这样写的:"人生的悖谬、无可逃避的责任以及人的尊严等这些大江从萨特那里获得的所有哲学要素贯彻作品的始终,形成了大江文学的一个显著特征。"(大江健三郎,1995:300)大江健三郎之所以能取得如此傲人的成绩,与他对残疾儿这一弱势群体的关爱的经历是分不开的。对此,大江健三郎曾发自肺腑地感叹道:"在我的作家生涯中,有三分之二的时间是用在写我那残疾的长子上,写关于他的、我所知道的事情,也写他心中如黑暗宇宙般辽远空阔的、我所无法知晓的事情。"(大江健三郎,2000:138)毋庸赘言,正是因为有了大江文学的帮助,才有了作曲家大江光;反之,如果没有残疾儿大江光,也就没有了足以震撼读者心灵的大江文学。

  在大江健三郎看来,残疾儿是社会的弱者,他们无法独立地生存下去。他们虽然是社会的一员,但是在追求最大利润和效率的资本主义社会,他们的存在必然会成为社会的矛盾以及不合理的牺牲。因此,和残疾儿共生表明了大江健三郎对弱者的同情。与普通人相比,残疾人更应该得到尊重。在《个人的体验》的最后,主人公鸟向他的义父表明自己要做涉外导游,意味着鸟选择了堂堂正正地生活下去,为了残疾儿子的将来,勇敢地生活下去,担负起作为父亲的责任。如果不和残疾儿共同生活下去,必然会出现可怕的结果,而且作为父亲的他还会受到良心的谴责。大江健三郎在此强调,选择和残疾儿共生是必然的结果,只有这样,鸟才能获得心灵的救赎,才能够真正踏实地生活下去。

  总之,大江健三郎所提倡的与残疾儿共生的本质就是要求人们互相尊重、互相理解、互相宽容。大江健三郎本人以及作品中的主人公鸟选择和作为社会弱者的残疾儿共生,其本身就意味着他们对生命的尊重。当然,这也可以说是一种人道主义行为。在笔者看来,在某种意义上,这或许也可以理解为大江健三郎和平意识的一种体现吧。

二、个人的再生

  大江健三郎作品中具有自传色彩的主人公正是借助于与残疾儿的共生,才实现了其个人的再生,可以说共生是再生的前提条件,如果没有共生,就难以实现再生。人类正是通过和周围人的共同生活,才实现了自我的再生。与共生相比,再生是人类存在的更高级的精神境界,具有明显的理想化的色彩。大江健三郎的早期作品一直致力于探索苦闷状态下的个人的再生问题,然而在发现残疾儿这一文学主题之后,大江健三郎确立了他文学创作的原点,找到了再生的希望。

不管是大江健三郎,还是他作品当中的主人公(如《个人的体验》中的鸟、《万延元年的足球队》中的根所蜜三郎),都是通过和残疾儿的共生才实现了个人的再生。正如前文所述,大江的长篇小说《个人的体验》的主人公鸟,是一个残疾儿的父亲,他无法忍受自己去非洲旅行的愿望破灭的事实,在面对医院的做手术可能能救孩子的建议和想让孩子自生自灭的想法之间犹豫、徘徊、迷茫、不知所措。面对残疾儿,鸟特别烦闷、懊恼和痛苦。在犹豫不决的时候,他去找了情人火见子,并且与她发生了性关系。在经历了各种烦扰之后,他最终决定让孩子接受手术,与残疾儿共同生活。残疾儿的出生照射出鸟心灵的残疾,最后促成鸟走过心灵的炼狱,选择与残疾儿共生。这一选择,仿佛刹那间让鸟告别了青春和幼稚,真正走向了成熟。与此同时,作为一位父亲,鸟自己也踏上了一条再生之路,获得了精神和灵魂的再生。可以说,在《个人的体验》中的鸟以两种形象存在:一种是要亲手杀死孩子的鸟,一种是认识到自己的责任,接受这样的残疾儿并想将他养育成人的鸟。前者的鸟,在面对残疾儿这个危机的时候,丧失了他原本的善良和质朴,选择逃避事实,这一点固然可以理解,但是要把自己的孩子杀死的话,就真的是丧失人性了,这里的鸟是人性丧失的象征。后者的鸟,因为有火见子这面镜子的存在,他最终意识到了自己的错误和愚蠢,选择接受残疾儿这一事实,这里的鸟可以说是人性回归的象征。大江健三郎对于前者的鸟持批判的态度,而对于后者的鸟则给予了极大的褒奖和赞誉。

在现实生活中,大江健三郎和主人公鸟有相似的经历。在大江健三郎对文学创作比较迷茫的时候,即他正处于人生低谷的时候,患有脑部功能障碍的长子大江光降生了,他对此感到非常痛苦和烦恼。但是,他最终选择超越这种烦恼和不幸,将危机转变为机会,并且好好地把握住它。最终,在生活上,大江健三郎把大江光培育成了一名作曲家,自己也成了一名比较成功的父亲;在文学上,大江健三郎超越残疾儿降生的不幸,将其作为自己文学创作的主题,创作了大量与残疾儿相关的优秀作品,甚至获得了诺贝尔文学奖。也就是说,大江健三郎正是通过和残疾儿大江光的共生,才获得了自我精神的再生。关于这段经历,大江健三郎这样说道:"在孩子出生之前,大概是一年多之前吧,我就一直觉得有种危机感,一个巨大的危机在我心里孕育着,然后,我就觉得它就以这个孩子的形式,变成了现实。"(黑古一夫,2008:106)此外,在《小说のた

くらみ、知の楽しみ》一书中,大江健三郎也说过:

> 这个孩子生下来就很惨,虽然到现在为止只活了几周的时间,但是,谁也无法推翻他曾经活过、存在过的事实。如果真的有神灵存在,那么,所有的神灵也都不能否定这样一个事实。如果当时我确实这么想过的话,现在我也能准确地回忆起来。我当时的想法是,我不是别人,就是一个年轻的父亲,我要成为一个证人,证明这个可怜的孩子他曾经活过、存在过。当有一天我离开这个世界的时候,这就是我自己的文学。(大江健三郎,1983:231)

大江健三郎面对残疾儿降生的不幸,并没有悲观放弃,反而走上了一条与残疾儿共生的道路,正因为如此,才让他获得了文学和人生、生命和精神的双重再生。所以,我们人类在面对困难或者陷入苦闷境遇的时候,唯一的办法就是勇敢地面对这种困难和苦闷,勇敢地与之作斗争,只有这样,才能够在纷繁杂乱的现实生活中,很好地生活或者说生存下去。

三、与全人类的共生

在残疾儿大江光降生之后,残疾儿主题在大江健三郎的文学创作中就一直占据着重要的位置,也起着至关重要的作用。大江健三郎与他笔下的主人公们都通过和残疾儿的共生,获得了个人精神的再生。而通过对残疾儿主题的延伸,大江健三郎把他文学创作中的文化关怀和人文情怀,从个人的再生拓展到与全人类的共生这样一个文化命题中去。再生虽然是人们所追求的精神境界,但是它只是个人的精神追求,而共生才是人类社会生活中亟待解决的重要问题。可以说共生与人类的生存状况息息相关。如果没有共生,人类文化和社会文明根本不可能发展到今天。

大江健三郎参加了 1988 年 9 月 5 日至 9 日在东京举办的第 16 届康复国际世界大会,并在会议上发表了题为"从文学思考康复问题"的演讲。在这次演讲中,他发表了如下的讲话:

> 25 年前,我的长子出生,他患有严重的脑部功能障碍。这是一次事故。然而,现在,对于现在作为作家的我来说,最本质的主题就是在我的生涯中该如何和我的残疾儿子,和全家人共同生活的问题,关于这一点我必须承认。而且,我对这个世界和这个社会所抱有的想法,都通过和残疾儿子的共同生活表现了出来,这不能不说是确切的事实。(大江健三郎,

1995:65)

诚如大江健三郎所讲述的那样,残疾儿主题已经在大江文学中占有不可或缺的位置。在某种程度上可以说,大江健三郎在文学创作上的成功,是得益于这一残疾儿主题的存在。大江健三郎在进行残疾儿主题的作品创作时,非常关注与残疾儿的共生问题以及由共生所引发的个人的再生的问题,在对这些问题进行探究的同时,也对与全人类的共生和人类社会未来的命运问题非常关注,这是毋庸置疑的。通过残疾儿主题的创作,大江文学中和平意识的文化内涵获得了进一步的升华——由与残疾儿的共生转向个人自我的再生,由个人自我的再生延伸至与全人类的共生。

人类未来命运如何,人性又如何,作家对于人类未来的命运又该扮演什么角色,承担什么责任。关于这些问题,大江健三郎曾和中国著名小说家、诺贝尔文学奖得主莫言有过一场21世纪的对话,在这场对话中,他这样说道:

> 我成为作家将要40年了,如果大家问我,作家生活在他自己的国家该去承担怎样的责任呢？对此,我从来都没法给出一个真正的回答。因为我自己所研究的领域,是作为一个作家该如何创造出一种方法进行创作,我认为作为作家必须要找到彼此之间的共同点或相似点,这是作家不得不做的自觉性工作。今年我已经67岁了。莫言先生比我年轻20多岁,未来的道路还有很长。对我而言,作家是什么样的存在呢？倘若真有什么责任的话又会是怎样呢？从现在起,我终于开始去认真思考。现在,我能把它做个简单的归纳。那是德国著名作家托马斯·曼曾经说过的话。他说,所谓作家,就是想象、构筑未来的人性——我们假设现在是21世纪开始的话,那么就是想象、构筑21世纪中叶,抑或是21世纪末的人性会是怎样的。我出生并工作在托马斯·曼所思考的未来世界里,21世纪日本人会有何种人性？又会遇到何种困难呢？这是我正在考虑的问题。(大江健三郎,2000:24)

此外,在《我在暧昧的日本》这一作品中,大江健三郎也谈到了对人类未来的关心,他说:

> 我们中的大多数在不久的将来就会死掉,作为这些人中的一员,难道我们不应该思考一下未来的21世纪吗？难道我们不应该去思考我们该如何在21世纪的世界文明中生存下去吗？我们迎着21世纪,应该爱惜

属于我们自己的文明,应该好好地保护它,让它很好地发展,当然我们应该期望它有所改良,至少,我们不应该去破坏它,我们希望就这样原原本本地把它留给我们的后代,我们抱有这样的希望而活着。难道我们不该这样希望吗?（大江健三郎,1995:89）

大江健三郎所讲述的以上这两段文字真实地表达了他对与全人类共生问题的关注和对人类未来命运的关心。大江健三郎通过描绘和残疾儿的共生,将自己从残疾儿降生的苦闷中解脱出来,与此同时,他也在思考与全人类共生的问题,并且致力于创建一个全人类共生的社会,在这个社会里人们互相尊重、互帮互助、相互关爱。诚然,大江健三郎能够将作品关注的焦点从与残疾儿的共生转向个人的再生,再从个人的再生拓展到与全人类的共生,这本身就表明大江文学所具有的强烈的时代性和使命感以及他本人博大的人文情怀和人道主义精神。

总之,与全人类的共生以及对人类社会未来的关心,很好地显示了大江健三郎人道主义的文化关怀和人文情怀,真实地体现了他内心的和平意识。

结 语

大江健三郎一生一直在从事文学作品的创作,直到今天仍然笔耕不辍。大江健三郎时刻不忘自己作为作家、作为人道主义者的社会责任,总是用关切的目光注视着周围发生的一切。他通过自己的一生向全世界的人们演绎了一个丰富多彩、充满关爱的作家形象,同时也通过自己的文学作品向读者传达了一个人道主义者对和平的向往,对战争的憎恶,对全人类尤其是残疾儿、残疾人的关注。

本文主要分析了大江健三郎文学作品中所体现的深刻文化内涵——生,即与残疾儿的共生、个人的再生、与全人类的共生。大江文学中诸如监禁状态、性、政治、环境等其他讯息在本文中都没有涉及。因此,本文不能说是大江文学论,更不能说是大江健三郎论,只是从人道主义的视角对大江文学的一个方面略做探讨。

参考文献

1. 大江健三郎:『個人的な体験』,東京:新潮社,1964。
2. 大江健三郎:『小説のたくらみ、知の楽しみ』,東京:新潮社,1989。
3. 大江健三郎:『あいまいな日本の私』,東京:岩波書店,1995。
4. 大江健三郎:《个人的体验》,王中忱译,北京:光明日报出版社,1995。

5. 大江健三郎:《广岛札记》,刘光宇等译,北京:光明日报出版社,1995。

6. 大江健三郎:《北京讲演二〇〇〇》,许金龙译,载《世界文学》2000年第6期。

7. 大江健三郎:《大江健三郎自选随笔集》,王新新译,北京:光明日报出版社,2000。

8. 黑古一夫:《大江健三郎传说》,翁家慧译,北京:中国广播电视出版社,2008。

9. 李春杰:《论大江健三郎笔下边缘人的自我解救》,载《文艺争鸣》2014年第12期。

10. 王丽华:《大江健三郎文学中的"核"主题》,北京外国语大学博士学位论文,2016。

11. 冯立华:《大江健三郎的文学世界》,吉林大学博士学位论文,2018。

12. 兰立亮:《大江健三郎〈个人的体验〉的镜像叙事与身份认同》,载《重庆科技学院学报》2021年第4期。

作者信息:陈宝剑,男,山东安丘人,北京外国语大学北京日本学研究中心博士生,淮北师范大学外国语学院讲师,研究方向为日本文学;王蕊,女,山东枣庄人,北京外国语大学北京日本学研究中心博士生,淮北师范大学外国语学院讲师,研究方向为日本文化。本文为国家社科基金青年项目"大江健三郎文学中的共同体思想研究"(19CWW005)的阶段性成果。

日本文学作品中的"战争新娘"群像

余 聪

广州工商学院外语学院

摘要：第二次世界大战结束后，以美军为首的46万占领军来到日本，直至1956年占领军才完全撤离日本。十二年间的独特风景给日本带来了文明改革，也让数万名"战争新娘"应运而生。"战争新娘"的生活印记在部分日本文学作品中得以保留。本文从文学视域对"战争新娘"的群像进行梳理，结合历史语境，分析"战争新娘"文学形象的成因，探究其所昭示的现实意义。

关键词："战争新娘"；历史语境；现实意义；集体失语症

Group Portraits of "War Brides" in Japanese Literary Works

Yu Cong

Abstract: Since World War II came to an end, 460 thousand allied forces, headed by American army, occupied Japan. It was not until 1956 that the occupying forces completely withdrew from Japan. The unique scenery in the 12 years has brought great changes to Japan, and also brought tens of thousands of "war brides" into being. Their lives are also recorded in some Japanese literary works. This paper combs the group images of "war brides" from the perspective of literature, combined with the historical context, analyzes how these "war brides" literary images come into being, and explores the practical significance of the literary images of "war brides".

Key words: war bride; historical meditation; practical significance; collective aphasia

1945年8月15日,第二次世界大战结束。8月28日,美军的先遣部队在日本横滨厚木机场登陆。同年9月6日,美军陆续进驻46万人,英国为首的盟军也有37000人之多。在美军基地周边城市与这些大兵们恋爱、结婚、生子的日本女性据说有5至10万人之多。这些人被广义定义为"战争新娘",她们跟美军恋爱联姻以后,有的跟随丈夫去了国外,有的留在了日本。她们大多在相当长的一段时间里,因为身份标签被歧视而小心翼翼地过着颠沛流离的生活。一些敏锐的作家捕捉到了这一边缘群体,并将她们写进自己的作品中去。本文将对此进行梳理,并试图分析造成她们悲惨形象的原因。

一、"战争新娘"形象的文学滥觞

在日本文坛上,从《零的焦点》(1959)、《非色》(1963)、《贝蒂的庭院》(1972)(笔者译,原名『ベティーさんの庭』)、《破烂博物馆》(1972—1974)、《人性的证明》(1975)、《有知更鸟的小镇》(1979)(笔者译,原名『モッキングバードのいる町』)、《寂寥郊野》(1993)到《匿花》(『隠れた花』,日本国书刊行会出版,小林政子2014年译,原作为美国作家赛珍珠发表于1952年的小说 The Hidden Flower),以"战争新娘"为主人公的作品集中在20世纪70年代。

在这些作品中,有关注追随丈夫远渡美国或者澳大利亚的"战争新娘",也有关注留在日本生活的"战争新娘"。作品中有在异国生活的艰辛,有对故国的思念或者排斥,也有描写她们老年生活的孤独,还有对这一特殊身份的躲闪和否认。

此外,还有几部颇具影响力的影视作品。如山口淑子主演、福克斯公司制作的好莱坞大片《日本战争新娘》(1952)。此影片在美国上映时名为 Japanese War Bride,在日本上映时名为『東は東』。该片主要描写了渡美"战争新娘"的故事。山口的表演在美国备受好评,《朝日新闻》曾对此进行过介绍。还有索纶·荷阿斯导演的纪录片《八重樱物语》(1989),取材于六位远渡澳大利亚的日本"战争新娘"。该导演在此纪录片的基础上,以虚构的日本"战争新娘"绫为主人公的剧情电影《AYA》(《绫》)于1990年9月7日在加拿大首映。此外,还有1998年在日本上映的电影《幸惠》,原名『ユキエ』,由松井久子导演。

在日本现代文学及影视作品中围绕"战争新娘"这一主题的作品不算丰富,然而这些作品一经问世,便引发社会的普遍关注。作家们通过对"战争新娘"的书写,向读者呈现出占领期的日本社会现状,尽可能地还原她们受战争影响的生活实态。

二、文学视域下的"战争新娘"群像

1. 种族歧视下的斗士

1963年,有吉佐和子蜚声文坛的经典佳作《非色》在《中央公论》上连载发表,并于次年8月8日由中央公论社发行其单行本。该作品堪称日本描写"战争新娘"的第一声。小说主要以纽约为舞台,描述了漂洋过海、远赴美国的四位"战争新娘"在美国种族歧视下困苦艰难的生活状态。第二次世界大战结束后,笑子在基地附近为占领军开设的临时酒吧工作,结识了她的终身伴侣——黑人托姆。两人婚后,美军陆续撤离日本,笑子也搭乘轮船追随丈夫来到了美国纽约的黑人聚集区。在中餐厅工作时她邂逅了在船上结识的几个同样身份的伙伴——丽子、志满子、竹下子。小说围绕这四位"战争新娘"在美国因为种族歧视而艰辛生存的故事展开。

笑子来到美国后才意识到美国和托姆都不是她想象中的那个完美形象,因为丈夫的黑人种族和自己的"战争新娘"身份,两人受尽各种不公待遇,但笑子为了自己也为了孩子,选择正视现实,积极面对。"木偶新娘"丽子,人如其名,年轻貌美,当她从纸醉金迷的美国梦中清醒过来时,她并没有像笑子那样向现实妥协,而是选择自欺欺人地用一个谎言去掩盖另一个谎言,生活在自己编织的金色美国梦境中,用私藏的工资购买奢侈品并拍照寄回日本家中。丽子的结局如她表演的"木偶新娘"一样,泪洒纽约,魂断美国。

大庭美奈子的《破烂博物馆》以美国阿拉斯加为舞台,分为三个短篇:《养狗的女人》《杂货修理匠的婆娘》《长满了酸栗子的小岛》,获得1975年度第14届"女流文学奖"。小说塑造了饱受战争伤害的流亡女性,来自俄国的玛利亚和来自日本的阿亚。阿亚在日本遭到东大毕业的前夫抛弃,同样婚姻不幸的美占领军拉斯,通过阿亚在美军基地做翻译工作的哥哥结识了她。出于同情,他主动提出收养阿亚的孩子并和阿亚结婚,两人婚后一起来到阿拉斯加北部一个小镇过着贫穷的日子。阿亚的前夫贵信因看上了有文化有钱财的女医生,为了过上"上等人"的生活,抛下了在医院刚生完孩子的阿亚。这件事深深伤害了阿亚,她对当时日本社会道德的沦丧和物欲横流的现象十分抗拒。因此,她在女儿的教育上采取彻底去和化,不说日语,不吃日本料理。几十年后阿亚和前夫在日本重逢,看着西装革履混迹于"上等人"社会的前夫,她依然是意难平,最后还是回到了阿拉斯加。

1993年,吉目木晴彦的小说《寂寥郊野》在《群像》一月号上开始连载刊行,并于同年由讲谈社发行单行本,斩获第109届芥川奖。2005年由周启明在《外国文艺》第2期上发表了中译文。作品主要描写了渡美"战争新娘"幸惠在异国的悲惨故事。

幸惠年轻时与占领军理查德·格利菲斯结婚,后来二人曾经幸福地生活于美国南部巴顿鲁治市的乡村。孩子独立以后,老夫妇二人相互扶持过着平淡而幸福的生活。理查德受雇于一家石油公司,主要负责机械的检查和修理工作。来自日本的妻子幸惠,作为敌国的公民,因为备受歧视而生活得如履薄冰,长期以来的精神压力导致她不幸患上了阿尔茨海默病。幸惠脑海里残存的记忆大多来自被歧视的不安和孤独,她开始重新使用日语,夫妇二人在语言交流上时有龃龉,因此晚年生活尴尬困顿。该作品于1998年改编为电影《幸惠》,在美国上演,并成为日本文部省特选作品和厚生省推荐作品,轰动一时。吉目木晴彦说,小说中"包含着我少年时代的许多记忆"。

2. 流亡中的他者

森礼子的姐姐由于跨国婚姻移民美国一个小镇,她去美国探亲,在姐姐家住了一个月。1979年,森礼子根据其所见所闻创作了《有知更鸟的小镇》,并因此获得了第82届芥川奖。

提起知更鸟,更多人会想起电影《杀死一只知更鸟》(1962年)。"知更鸟什么也不做,只要唱歌就能让我们得到享受。"知更鸟也因此用来代指无罪的弱势群体。小说《有知更鸟的小镇》以日本"战争新娘"圭子为主人公。小说中45岁的圭子渡美已经24年多了,丈夫杰夫是爱尔兰三代移民,三个儿女都已独立,圭子退休,开始领取终身养老抚恤金,因此生活上倒也衣食无忧。在第二次世界大战结束前夕,圭子的父母却双双命丧黄泉。战后的圭子供职于美国占领当局管理下的电话局,因此认识了美国士兵杰夫,二人结婚后圭子移民美国,定居在一个有知更鸟的小镇。与她往来的也大多是跟她一样嫁给美国人的日本女性。

故事以这个小镇为舞台,各式人物竞相登场。作者以细腻的笔触鲜明地刻画出背井离乡飘落在外的日本妇女内心的孤独和复杂的心绪。其中有一位日本"战争新娘"简,她的丈夫到朝鲜期间,她因管教孩子太严厉反被孩子辱骂。后来她失手把孩子打死,被判刑七年,刑满释放后,丈夫已有新欢,大家也都不原谅她。因为相似的身份,圭子对简暗中施以帮助。圭子的生活平淡无奇,只要遇到女友回日本,她便黯然伤神。故事的结尾写她观看印第安人过节祝祭的场面后突然感悟,这不是复仇的祝祭,而是望乡的祝祭。这是怀念被白人文明夺去了灵魂的故乡的祝祭。欢快的节日气氛骤然间勾起了绵绵的乡愁。

作者坦言创作该作品不只是为了满足读者对于他国奇风异俗的好奇心,而主要是为了镌刻出人类的悲伤。作为第82届芥川奖的评选委员,吉行淳之

介认为,这部作品具有"使人感到窒息的力量","使人看到了被投入大箱子里的毫无指望的人生"。(谭晶华,1980:71)

1972年,山本道子的短篇小说《贝蒂的庭院》登陆文坛,并于同年斩获第68届芥川奖。该部作品主要描写跟随退役占领军士兵回到澳大利亚的日本"战争新娘"贝蒂对祖国的思念之情。贝蒂原名柚子,出生在日本四国农村,因为在立川基地附近工作结识了澳大利亚籍的占领军士兵麦克,两人婚后回到澳大利亚。麦克在政府机构工作,两人过着波澜不惊的小康生活。贝蒂周围还有五六个和她一样身份的"战争新娘",她也经常有机会遇到日本人,但是"战争新娘"的特殊身份总给人以"特殊职业女郎"的误解,她为此深感困惑。贝蒂自踏上澳大利亚的土地以后,就再也没有回过日本,看着丈夫身边的白人女秘书,她逐渐感到自己与丈夫的渐行渐远,她开始格外思念祖国和四国的一草一木。

3. 留在本土的遁形者

松本清张的著名推理小说《零的焦点》(1959)以金泽和东京的立川基地为舞台,通过一个普通的日本妇女板根祯子寻找新婚不久就失踪的丈夫的故事开篇,引出了两位占领期的"流莺"——田沼久子和室田佐知子。板根通过缜密的查找发现了蛛丝马迹,最后查出真正的犯人而揭晓实情,女主人公室田佐知子为隐瞒自己曾经的"吉普女郎"身份而进行连环杀人灭口。

关于这篇小说的主题,作者在尾声中作了如下的说明:"由于(日本)吃了败仗,日本妇女饱受迫害。时至今日,这创伤不仅未愈合,而且一遇风浪,好了疤的伤口重新流出令人心酸的脓血来,使一个昔日身心饱受美军蹂躏的日本妇女,如今沦为戕害善良的罪人。"(刘妍、斐丹莹,2001:500)

1975年,《野性时代》连载的《人性的证明》于次年由角川书店发行单行本,至2010年在日本发行量达770万,蝉联各大文库的畅销书榜单,获第三届角川小说奖。该小说于1977年由松山善三改编为电影《人证》(*Proof of the Man*)在日本首映,佐藤纯弥担任导演,并于次年获得日本影艺学院最佳作曲奖提名。该小说描写了一位著名时装设计师兼家庭问题评论家八杉恭子的悲剧人生。八杉恭子为了保住名利地位,隐瞒自己曾经是"战争新娘"的经历,不惜杀死千里来寻母的亲生儿子约翰尼。刑警栋居以草帽为线索,展开案件调查工作,最后以人性唤醒了八杉恭子的良知,让其低头服罪。

日本文学作品中的"战争新娘"大多聚焦于海外新娘,严格来说,对本土新娘进行书写的作品仅限于森村诚一的《人性的证明》。对海外新娘的采访汇编成书出版,甚至拍成纪录片问世,但是对本土的新娘纪实调查却难得一见。究其原因,应该与《人性的证明》中的八杉恭子一样,作为"战争新娘"本人及其家属,由于社会偏见恨不得抹去身上这段经历的印迹,更不可能让社会学者采访并公之于众。

文学作品中的"战争新娘"多以悲剧形象示人,而纪实作家林熏、安富成良等利用文化人类学的研究方法,通过大量的田野式调查,对赴美各地区的"战争新娘"进行采访,呈现给读者的"战争新娘"们的实际生活状态大多与小说相背离,如高津文美子在《某战争新娘的半生》中说,至今为止,在美国所遇见的日本"战争新娘"大多开朗,积极进取,适应能力很强,善于接受新事物。

又如江成常夫摄影作品《100位战争新娘》中多张全家福一样,幸福快乐者居多。这一方面是由于调查的年代与小说作品的问世时间相差了三四十年,小说以1963年的《非色》和1975年的《人性的证明》为例,故事均发生在20世纪,而纪实作品最早见于2002年林熏出版的作品《战争新娘:跨越国境的日本女性的半个世纪》;另一方面也是由于二者所关注的"战争新娘"群体的不同,小说《非色》和《人性的证明》中的五位"战争新娘"有三位嫁给了黑人美军士兵,一位嫁给了西班牙波多黎各裔美军士兵,另一位嫁给了意大利裔美军士兵,而纪实作品却大多以白人妻子为采访对象,而且这两部小说中的美国军人均居住在美国纽约的哈莱姆区,而纪实作家们所采访的对象,却大多居住在各个小城镇。

20世纪中叶,美国种族歧视问题极其严重,屡见黑人被无端欺凌谋杀之报道,令人毛骨悚然。歧视问题肯定会殃及他们带来的战败国的妻子。另外美国的贫富差距也是令人咂舌,其中抢占印第安人地盘的白人大多居于社会顶端。同为美国人的妻子,"战争新娘"对生活状态的满意度,由于其丈夫的肤色和财富的多寡、爱情忠诚度的高低不同,统计结果肯定也会千差万别。

三、历史语境下的"战争新娘"群像分析

1. 日本文明史上无言的悲歌

二战结束后,日本社会一片混乱,物质生活得不到保障,出入于基地的那些单身大兵们有海外的食物补给,身强力壮,宣扬民主和文明。随着战败,日本国土上迎来了以美军为主的占领期。面对常年驻守在日本领土上的四五十万人的联军,日本政府唯恐联军对当地的日本女性施暴,便在1945年8月18日提出《外国驻屯慰安施设整备》(RAA),并以占领军为对象设立了公娼制度,但是翌年1月便废除了。因此作为公娼的女性们只好沦为私娼。此类卖淫妇被蔑称为"榔榔女郎"(street girl)或者"单打一"(only)(李德纯译。《广辞源》中的解释为:第二次世界大战后,固定和一名特定外国人保持关系的卖淫女)。在当时的街头,到处充斥着娇小的日本女人依偎在高大的外国人怀里

的镜头。

作为战败国的国民,与敌国的占领军联姻,并在当时经济落后的日本社会上轻易获取阔绰的生活资源,始终让同胞们耿耿于怀。另一方面,由于与美军士兵们的近距离接触,"战争新娘"们的穿衣打扮常常显得与普通日本女性不同,她们的衣着打扮与所谓的"梆梆女郎""吉普女郎"们看上去极为相似。这也是"战争新娘"们被误解的客观原因之一。

随着日本经济的高速发展,日本国民的自尊心膨胀起来,在传统"耻"文化的支配下,日本社会认为"战争新娘"的存在破坏了日本人血统的纯正和社会的稳定,所以大多对"战争新娘"乜斜而视,因此身为"战争新娘"的八杉恭子背负着这种耻辱,愈加陷入不安之中。约翰尼是在美国教育下成长的孩子,在日本经济高度发展的当今,他带着象征美国文化的躯体再次来到日本与生母重逢,给八杉恭子心灵带来美国文化与日本文化第三次碰撞的强烈冲击。在这次文化的碰撞中,八杉倍加珍惜目前的日本文化赋予她的绚丽名人形象,因此为维护日本"耻"文化定义下的成功者的生活,她不惜手刃了自己的亲生儿子约翰尼。

占领军的到来,让5至10万的"战争新娘"应运而生。竹下修子在其著作《国际婚姻的社会学》中,从民间社会学的角度,分四个方面分析了日本"战争新娘"产生的社会要素,即经济原因、人口学因素、异族的魅力以及美军与日本女性的物理近距离和社会层面的接近。

美军撤退以后,美国陆续颁布了《战争新娘法》《麦克卡兰-沃尔特移民与国家法案》,在这些政策的支持下,大量"战争新娘"怀揣文明民主的金色美国梦远渡美国。到美国以后,"战争新娘"的身份与严重的种族歧视比起来,并不至于让她们想方设法隐瞒自己的身份,另外,由于人种的客观原因,也很难实现隐瞒。在相对开放的环境中,那些走过艰难生活的"战争新娘"们对于社会学家的采访反而更容易接受,并且大多都带着"我"战胜了那些苦难的成就感。

表1:作为美国公民的妻子移民美国的日本女性年度人数

年份	人数	年份	人数
1947	14	1963	2,745
1948	298	1964	2,653
1949	445	1965	2,350
1950	9	1966	1,991
1951	125	1967	1,821
1952	4,220	1968	1,845
1953	2,042	1969	1,842

续表

年份	人数	年份	人数
1954	2,802	1970	2,104
1955	2,843	1971	2,023
1956	3,661	1972	1,626
1957	5,003	1973	2,077
1958	4,841	1974	1,773
1959	4,412	1975	1,376
1960	3,557	1976	1,504
1961	3,176	1977	1,125
1962	2,667	合计	69,699

（资料来源：美国移民局年度报告1947—1977，转引自林熏：2002）

据林熏在2002年的报告中所载，赴美的"战争新娘"人数在5至8万人，此外还有远赴意大利、加拿大和澳大利亚的"战争新娘"。关于日本"战争新娘"的确切数字很难得到一个精确的统计。结合表1，我们也可以了解到成千上万的"战争新娘"在移民美国的道路上困难重重。尽管如此，还是不断有美国军人同日本女性完婚。关于美日联姻在美国的影响，在描绘占领期日本的《东京爱情》等小说、《日本战争新娘》等好莱坞电影以及《星期六晚报》《美国杂志》《美国信使》《生活》《纽约时报》等报纸杂志中比比皆是。

在日本国民的印象中，"战争新娘"大多是为了个人的幸福而舍弃父母抛弃日本国籍的女子，实际上在这种偏见的掩盖之下，人们常常忽略了她们在美国也有过着悲惨生活的可能，正如有吉佐和子在《非色》中所描写的四位赴美"战争新娘"的遭遇。

综合上述笔者搜集到的零散报道信息来看，赴美"战争新娘"的历史足迹清晰可见，她们在乱世中生存，有些被当作"梆梆女郎"遭人误解，有些为了追逐自己的爱情而远赴美国寻夫，如《非色》中的丽子等，有些为了自己的混血儿能拥有正常的成长环境，逃离因其身份而备受欺凌和歧视的日本社会，如《非色》中的主人公笑子。

2. 集体失语症

至今"战争新娘"这一名词在日本的各大词典上均未被收录。笔者在日本长崎随机采访了一些当地居民，从2岁到70岁年龄段之间，仅有两位年纪较长者表示听说过。一位是佐贺年届七旬的华裔老太太，一位是笔者在长崎大学交换留学期间的指导教师胜俣隆教授。

据胜俣隆先生回忆，在他本人就读的神奈川县箱根町立箱根明星中学校，有各种肤色的同学，班里有一位名叫Jimmy的美国白人，还有很多黑人，甚至还有一位名叫谭忠明的中国孩子。沉浸在对少年时代回忆中的胜俣隆先生不禁动情地感慨道："现在想来，那些美国白人和黑人同学也许就是'战争新娘'的孩子啊。"据先生回忆，当时学校明文规定不许歧视有色人种学生，倒是周围的人们对这些孩子们难免窃窃私语。他们中的大多数人日语流畅，而且学习成绩较好，多数都升上了高中。2008年3月31日，明星中学校停办，与仙石原中学、汤本中学整合成立箱根町立箱根中学校。

胜俣隆先生提及的神奈川县，既是吉目木晴彦的出生地，也是日本杰出摄影师江成常夫的出生地。吉目木晴彦谈到其创作《寂寥郊野》时说道，小说中"包含着我少年时代的许多记忆"。江成常夫1936年出生于神奈川县，从东京大学毕业后，在每日新闻社就职，后辞职前往纽约，曾出版《纽约的一百个家族》，三年后，再次赴美，以美国的"战争新娘"为题材，采访100多位"战争新娘"，并将她们的照片与她们的时代证言汇编成书，引人深思。

与日本国民的漠视遥相呼应的是，"战争新娘"们大都也在努力遗忘自己的身份。作为"战争新娘"本人，《非色》中的林笑子在决定去美国时，曾在邮筒面前质问自己，为什么托姆不把自己当作"战争新娘"轻易遗弃。在她们自己看来，因为是"战争新娘"，所以被轻易抛弃也是理所应当的。《人性的证明》中的八杉恭子更是从一开始就唯唯诺诺，不敢跟自己的家人讲述自己与威尔逊已有事实婚姻。即使是在威尔逊回到美国多年以后，她始终对自己的这段经历讳莫如深。总之，大多数日本人对"战争新娘"抱有偏见，他们提到"战争新娘"，便会不由自主联想到"榔榔女郎"。在日本人眼中，同样是与外国人通婚，日本战时对朝鲜"皇民化"运动下倡导的"内鲜结婚"是为了得到更纯正的日本血统，而战败后与美国占领军们结婚的"战争新娘"却玷污了日本纯正的血统。关于血统的两次官方言论冠冕堂皇却自相矛盾，同样是国际婚姻，前者为粉饰帝国主义侵略行径，后者为掩饰战败国向战胜国的谄媚行为。这正是日本的"耻"文化制约了人们对于血统的道德评判标准之表现。恰如本尼迪克特在《降服后的日本人》中所说的那样："善意政策在日本推行的成功，恐怕没有其他国家可以比拟。在日本人看来，这种政策使冷酷的战败事实去除了屈辱的表象，促使他们实施新的国策。"

但凡去除屈辱的表象，日本人便能做到为即将到来的占领军们奉献本国年轻貌美的姑娘。作为战败国，他们虚心接受新的国策，但并未打算接受带有屈辱痕迹的"战争新娘"及其混血儿。待到日本经济高速发展的20世纪70年代中期，如森村诚一《人性的证明》中的八杉恭子，为掩饰其曾经作为"战争新娘"的经历，不惜手刃自己的亲生儿子约翰尼。约翰尼自幼随父回到美国，接受美国的教育和文化的熏陶。当象征着美日结晶的儿子为完成生父的遗愿返回经济高速发展的东京,等待他的竟然是来自日本生母的刺刀。战败时低头做事,对"富裕的美国"心向往之,一旦经济腾飞,便试图表达对过去的否认,这也是日本国民性中欺软怕硬的一种表现。

他们用了四十年去淡化这段历史悲歌,直到20世纪80年代,"战争新娘"才开始向社会公开自己的身份。又过了10年,时间跨度到90年代后半期,才有了以林熏和安富成良为代表的一批学者,将她们纳入研究的视野。这种研究的局限性在于仅仅将其视为全球化背景下的人口移动或者是一种特殊的国际联姻,这也直接造成了对留在日本本土的"战争新娘"的忽略和漠视。究其研究成果,也大多流于对移民的"战争新娘"的生活素描,并没有太多涉猎作者们的历史观。

《非色》的主人公是一群漂洋过海的"战争新娘"。作品通篇以纽约为主要舞台,对她们后半生的遭遇泼墨颇多,却鲜少涉及小说主人公们的前半生身份——"战争新娘"的身份,或许作者不想被后人诟病。小说问世后引起人们的关注,但是对造成笑子等人厄运的前半生的经历却几乎无人触及。正如日本战后派文学作品大多通过战争带给本国的伤害来反对战争,比如大量原爆文学的产生。可以说这些都反映了日本这个民族对"战争新娘"史实的有意回避,体现了日本国民对侵略战争的集体失语症。

日本是一个善于统计的民族,然而对于"战争新娘"和混血儿数量的统计,却出现如此大的出入。尤其是厚生省于1953年公布的混血儿数据,竟然与美国赛珍珠基金会的调查数据相差三至五倍,这不禁令人对日本官方数据质疑。一个美国作家的基金会在日本的调查成果,比日本政府还要精确。厚生省的虚报、漏报现象引人深思。日本官方为何刻意隐瞒混血儿的数量,究其原因,混血儿是日本文明史上一段不光彩的存在。在日本"耻"文化的掣肘之下,官方羞于张扬"战争新娘"和混血儿身上承载的日本战败之阴影。

结　语

在战后70多年的历史长河中,以"战争新娘"为主题的作品不过十余部,日本政府和国民对这段历史是尽量回避和失语的。然而这些有限的作品一经诞生便迅速成为话题,并多次获得各种文学奖项。因此,对日本文学作品中关于"战争新娘"的研究,对于揭露日本民族对战争的集体失语症现象及隐身于其后的国民性来说不啻为大有裨益。

参考文献

1. 池田功:『日本近代文学に描かれた国際結婚の研究——「内戦結婚」

と「戦争花嫁」を中心に」，載『明治大学人文科学研究所紀要』2011 年 03 期。

2. 井上謙、半田美永、宮内淳子：『有吉佐和子の世界』，東京：翰林書房，2004。

3. 岩佐将志：『戦争がうみだす「異邦人としての他者」：日本人「戦争花嫁」を事例として（特集 他者問題研究事始）』，載『関西学院大学先端社会研究所紀要』2009 年 03 期。

4. 林かおり、田村恵子、高津文美子：『戦争花嫁——国境を越えた女たちの半世紀』，東京：芙蓉書房出版，2002。

5. 森村誠一：『人間の証明』，東京：角川書店，2004。

6. 森禮子：『モッキングバードのいる町』，東京：新潮社，1979。

7. 安富成良：『アメリカ本地の戦争花嫁と日系コミュニティ——学術研究プロジェクト「海を渡った花嫁たち」での聞き取り調査を中心に」，載『JICA 横浜海外移住資料館研究紀要』2010 年 05 期。

8. 安富成良、スタウト・梅津和子：『アメリカに渡った戦争花嫁』，東京：明石書店，2005。

9. 本尼迪克特：《菊与刀》，黄道琳译，贵阳：贵州人民出版社，2010。

10. 森村诚一：《人性的证明》，丁国祯等译，北京：群众出版社，2012。

11. 松本清张：《零的焦点》，金中、章吾一译，北京：群众出版社，1999。

12. 谭晶华：《〈模仿鸟生活的城镇〉获第八十二届芥川奖》，载《外国文学报道》1980 年第 2 期。

13. 吴菲、任常毅：《并非因为肤色——对有吉佐和子的〈非色〉的后殖民女性主义解读》，载《北京第二外国语学院学报》2007 年第 8 期。

14. 刘研、斐丹莹：《外国文学史话（东方近现代卷）》，长春：吉林人民出版社，2001。

15. 一七：《森礼子获日本第 82 届芥川奖》，载《外国文艺》1980 年第 3 期。

16. 余聪：《"战争新娘"的历史沉思》，长春：东北师范大学硕士论文，2015。

作者信息：余聪，女，河南息县人，讲师，硕士，研究方向为日本近代文学。本文为广州工商学院 2021 年科研项目"生态女性主义理论下的有吉佐和子社会问题小说"广州工商学院项目（KA202122），改编自本人 2015 年东北师范大学硕士毕业论文《"战争新娘"的历史沉思》。

论岭南革命战争小说创作的艺术自觉

黄明海

四川民族学院文学院

摘要： 以文学叙述革命战争,不仅是证明历史存在的真实,更是以时间的久留唤醒历史的遗忘,重构个体对历史的价值认知。岭南是中国近现代革命的策源地和重要活动空间,革命传统和革新意识的世代承续,与特殊的地理位置相融契,形成独具风格的"岭南叙述"。红色娘子军题材的创作为革命女性树碑立传,形式多样且影响空前。司马文森、杜埃、吴有恒、金敬迈、雷铎、何继青等作家的创作呼应时代动态,同时具有描绘地域风情的审美品格和注重心灵探索的艺术自觉。晚清以降,革命战争多在南方孕育,北伐难成而星火依旧,岭南革命战争文学叙述与占主流的北方战争文学,共同构成中国当代文学的一个重要分类。

关键词： 革命战争小说；岭南叙述；地域风情；心灵探索；艺术自觉

On the Artistic Consciousness of Lingnan Revolutionary War Novels Creation

Huang Minghai

Abstract: To narrate the revolutionary war in literature is not only to prove the reality of historical existence, but also to awaken the forgetfulness of history and reconstruct the individual's value cognition of history. Lingnan is the birthplace and important activity space of China's modern and contemporary revolution. The revolutionary tradition and innovation consciousness are inherited from generation to generation, integrated with the special geographical location, forming a unique "Lingnan narrative". The novel creations about the Red Detachment of

Women commemorates and praises revolutionary women, with various forms and unprecedented influence. The works of Sima Wensen, Du Ai, Wu Youheng, Jin Jingmai, Lei Duo, He Jiqing and other writers echo the trend of the times. Also, these creations have the aesthetic character of depicting regional customs and the artistic consciousness of paying attention to spiritual exploration. Since the late Qing Dynasty, most revolutionary wars were bred in the south, and the northern expedition was difficult to complete, but there was still output sparks of fire. The narration of Lingnan revolutionary war literature and the mainstream northern war literature together constitute an important classification of contemporary Chinese literature.

Keywords: revolutionary war novels; Lingnan narrative; regional customs; spiritual exploration; artistic consciousness

晚清以降,中华民族经历一百多年惨痛而悲壮的历史进程,从鸦片战争开始屡遭列强侵犯,历经太平天国运动、中法战争、甲午战争、八国联军侵华战争、辛亥革命、第一次世界大战、第一次国内革命战争、第二次国内革命战争、抗日战争、解放战争,到新中国成立后的抗美援朝战争、对越自卫反击战等内外战争,在当下对其回顾与审视,其间关乎家国、党争、胜败与生死,自有诸多评说。而以文学叙述革命战争历史,不仅是证明历史存在的真实,更是以时间的久留唤醒历史的遗忘,重构个体对于历史的价值认知。本文的立足点正是在中国革命战争小说叙述当中,过滤出"岭南"独特的人文地理,探究岭南革命战争小说的创作概貌及其艺术自觉。

一、岭南革命传统与小说创作

岭南是中国近现代革命的策源地和重要活动范围,广东、香港、澳门、海南、广西以及云南东部和福建西南部等地均在此列。1839 年林则徐在广东虎门海滩销毁鸦片,唤醒爱国志士反对外来侵略的决心和意识,维护民族尊严和利益,由此直接引发第一次鸦片战争,很大程度上推动了中国近代史的发展。甲午战争中为国捐躯的民族英雄邓世昌即广府人,至今在广州仍保留有邓世昌纪念馆和衣冠冢。康有为、梁启超等人发起戊戌变法,孙中山领导辛亥革命,动摇了中国封建统治和思想文化。"黄花岗七十二烈士"中,有广东籍 40 人、福建籍 20 人、广西籍 6 人、四川籍和安徽籍各 3 人,绝大多数出身岭南,涵括了军人、教员、学生、商人、教士、工人、农民等身份。这些为革命献身的血性青年，深知起义凶险，为了信念和责任仍然从容赶赴，表现出大无畏的英雄气概与爱国情怀。又如"左联五烈士"之一的冯铿出生在潮州，且是其中唯一的女性，亦是民国时期潮汕地区著名的作家。这些革命传统、革新意识和精神内质世代承续，并与特殊的地理位置相融契，形成独具风格的"岭南叙述"。

新中国诞生伊始，小说创作迎来繁荣期，这与新中国成立初期文艺界开展的文艺理论论争有着密切关系，比如文艺与政治的关系问题，文艺作品能不能以小资产阶级作为主角，如何创作新英雄人物的讨论等。随此理论准备的充实与指导，一批表现革命战争题材的小说创作大量涌现。然而，翻阅中国现当代文学史会发现，诸如袁静和孔厥的《新儿女英雄传》、徐光耀的《平原烈火》、柳青的《铜墙铁壁》、孙犁的《风云初记》、杜鹏程的《保卫延安》、刘知侠的《铁道游击队》、吴强的《红日》、曲波的《林海雪原》、梁斌的《红旗谱》、杨沫的《青春之歌》、罗广斌和杨益言的《红岩》等一批表现革命战争题材的经典小说，其中多数作家来自北方，即便是南方作家，也曾在革命战争中辗转陕甘宁边区或解放区，作品多体现北方风情。与之相比，学界对岭南革命战争小说的关注显得尤为不足，仅有欧阳山的《一代风流》评介较多，其他作品鲜有提及，这与其整体创作实绩并不吻合。因此，本文主要关注的是除欧阳山以外的岭南作家关于革命战争题材的小说创作，对其初步打捞并予以概说。

若将目光深入岭南的广阔天地，细数20世纪50年代以来革命战争小说创作实绩，便能发觉它们的丰饶及其独特意义。笔者按照这些小说出版或发表的时间先后顺序大致统计，难免挂一漏万，但求窥其一斑。除了欧阳山的《三家巷》(1959)、《苦斗》(1962)、《柳暗花明》(1981)、《圣地》(1983)和《万年春》(1985)外，还有吴之的《破晓之前》(1957)，萧玉的《高粱红了》三部曲《当乌云密布的时候》(1959)、《战鼓催春》(1963)和《紧锁关山》(1982)，梁信的《碧海丹心》(1959)和《龙虎风云记》(1978)，吴有恒的《山乡风云录》(1962)、《北山记》(1978)和《滨海传》(1980)，司马文森的《风雨桐江》(1964)，金敬迈的《欧阳海之歌》(1965)，陆地的《瀑布》第一部《长夜》(1980)和第二部《黎明》(1984)，雷铎的《男儿女儿踏着硝烟》(1983)和《子民们》(1991)，陈残云的《热带惊涛录》(1983)，何继青的《横槊捣G城》(1984)、《遥远的黎明》(1986)和《只不过是一瞬间》(1986)，章明的《海上特遣队》(1985)，杜埃的《风雨太平洋》三部曲(1985、1988、1998)①，郭小东、晓剑的《红色娘子军》(2004)，谭光荣的《英雄

---

① 杜埃的《风雨太平洋》第一、二部由花城出版社分别于1985年、1988年出版。1993年创作第三部时病危，口述部分篇章由其夫人林彬记录并续写，1996年完稿。1998年菲律宾《世界日报》全文刊载第三部。珠海出版社2002年出版《风雨太平洋》三部曲。

了》(2007)和《欧阳海》(2011),陈雪的《东征！东征！》(2011),熊育群的《己卯年雨雪》(2016),邓一光的《人,或所有的士兵》(2019),等等。此外,陈残云的电影文学剧本《羊城暗哨》(1954)和《南海潮》(1963),梁信的电影文学剧本《红色娘子军》(1959)、《特殊任务》(1977)、《从奴隶到将军》(1978)等,在中国当代文学史和电影史上具有突出贡献。黄庆云的儿童文学作品《一支枪》(1950)、《奇异的红星》(1956)、《从小跟着共产党》(1958)、《活跃在粤赣湘边的小鬼连》(1958)、《刑场上的婚礼》(1985)等独辟蹊径,以轻快的基调反映革命斗争传统和美好道德情操,对儿童的培养教育起到良好效果。

通过粗略梳理可以看到,岭南革命战争小说创作主要集中在20世纪50—80年代。究其原因或是基于作家经验,诸如欧阳山、杜埃、陈残云、司马文森、金敬迈、吴之、萧玉、梁信、吴有恒、雷铎、何继青等人都曾行走在战争前线,后来多数到广州军区工作。他们拥有切身的革命体验和生活积累,加上新中国成立后相对稳定的社会环境,以及相关文艺理论问题的厘清,使他们迫切希望将累积已久的素材和情感倾注笔端,同时满足广大人民群众的阅读需求。特别是新时期以来的革命战争小说,既承接"十七年文学"的"红色经典",又具有新的探索,突破了以反映战场、歌颂战争为主的范式,还原"人"在战争中的命运,思考个体生命的存在价值。这些小说无不蕴含爱国主义和英雄主义气概,塑造了一批性格鲜明、家喻户晓的文学形象,同时尽可能突显民族风格和地域特色,呈现出创作上的艺术自觉。

二、红色娘子军题材创作的经典转化

谈及岭南革命战争题材创作,绕不开"红色娘子军"——正式番号为"中国工农红军第二独立师第三团女子军特务连"。关于"红色娘子军"的称谓,目前资料显示出自刘文韶在1957年创作的报告文学《红色娘子军》;1959年海南琼山籍作家吴之、杨嘉、李秉义三人执笔完成琼剧《红色娘子军》;梁信1958年开始创作电影剧本初稿《琼岛英雄花》,到1960年最后一次修订时定名为《红色娘子军》;随后改编成芭蕾舞剧、话剧等形式,2004年由郭小东、晓剑改写成同名长篇小说。革命历史经由民间口耳相传、作家笔墨润色,各自演绎而成"经典"。

吴之早年参加红色少年连,随后加入琼崖纵队,新中国成立后撰写《中国人民解放军琼崖纵队发展史》《永远不倒的红旗》,创作《破晓之前》《红色少年连》等小说。其中,长篇小说《破晓之前》讲述了1942年琼崖抗日游击队和人民群众反"蚕食"斗争的故事。小说出版于1957年,时任广东作协党组书记周钢鸣评价其"是一部海南抗日游击战争的艺术写照",《中国解放区文化史》评价其填补了海南解放区文学的空白。梁信在创作电影文学剧本时,考虑到幕景场地设置、镜头的推拉切换造成不同的视听效果,更加注重营构精致的画面感,渲染故事细节和情绪氛围。作者将海南岛特有的地理风貌融入革命战争的残酷与悲壮,以及革命英雄主义和现实主义的基调,使场景设置处于压抑与紧张的状态中,又充溢着一种刚性品质。作为一部"定制"的电影文学剧本,这种文学设计贴合时代叙述的背景,受到阶级斗争性质的框定,同时受限于电影的时长和容量。而郭小东、晓剑在长篇小说中增设了一条新的线索,即以娘子军后代的现代女性目光观照革命历史,审视战争故事,勾连起"过去"与"现在"的文化冲突和思想轨迹,情境描述也因此呈现出多元视角。

正如小说中常青让琼花在地图上找出海南岛这个情节一样,以全国甚至全球视野来辨识海南岛,它所有的涵养都取决于自身,并且反作用于自身。海南岛偏居南海一隅,与雷州半岛隔峡相望,至今仍在往东南方向漂移,牵连内陆而相对独立。岛上地形四周低平、中间高耸,以五指山、鹦哥岭为隆起核心,向外围逐级下降,层级结构分明,孕育出南渡江、昌化江、万泉河三条河流。热带季风气候使岛上全年光温充足、雨量充沛,热带雨林繁茂,动植物资源丰富。这便是娘子军生活和战斗的地方,其地理环境与人们熟知的《保卫延安》《林海雪原》等小说描绘的全然不同。人们在这里繁衍生息,在海岛的平原或山地种植农作物、捕鱼或打猎,每种生存方式都与地理息息相关。倘若能够自力更生、勤俭持家,过上世外桃源般的小农生活并非难事。但只要资本积累、欲念贪生,海南岛同时具备产出"地方霸主"和"斗争势力"的一切有利条件。正是在此背景下,经由这种地理样态浸染的群落及其性格养成,决定了这支"红色娘子军"的成形。

娘子军的典型无疑是吴琼花这个人物形象。就像鲁迅在《我怎么做起小说来》中所说,人物的模特"没有专用过一个人,往往是嘴在浙江,脸在北京,衣服在山西,是一个拼凑起来的角色"(鲁迅,2005:525),梁信创作电影剧本时也曾思考:生活中千千万万个"吴琼花"如何演变融合成"这一个"吴琼花?他从生活中选取原型,以一个地主家的丫头作为主人公,表现她在敌我斗争、自我斗争两条线索中完成"女奴——女战士——共产主义先锋战士"的三级跳(梁信,2006:291)。琼花从开始一腔怒火、苦大仇深,转变为后来的意志坚强、有勇有谋,不禁让人想起《青春之歌》中从个人反抗走上革命道路的林道静,但是稍做比较,便能发现二者的差异。首先,两人身份地位不同,琼花出身于穷苦人家,林道静则是没落地主家庭的小知识分子。其次,两人的遭遇以及面对遭遇的反应不同,琼花的亲人被害,自己沦为女奴,想要逃跑当女兵报仇;林道静遭后母虐待,受人欺骗,走投无路以死作为反抗。最后,两人的革命成长道路不同,琼花参加娘子军,经过多次自我思想斗争,将个人仇恨上升到阶级斗争,最终成为信念坚定、纪律严明的革命队伍领袖;林道静则在卢嘉川、林红、江华三个"引路人"的帮助下,经过长期改造和艰苦磨炼,从一个小资产阶级知识分子成长为无产阶级先锋战士。

除此以外,考虑到当时描写"爱情"仅限于无产阶级内的爱情,如同《青春之歌》中"革命+恋爱"的模式,并且要以体现高尚的革命同志关系为主,梁信在电影剧本的定稿中淡化了琼花和常青的"爱情"细节。而小说版对于人物塑造和情感表达更具延展性与探索性,指出娘子军首先是普通的女性身份,然后才是战士身份,就像小说中常青的解说:"不能让她们由于条件艰苦而忘记了自己还是豆蔻年华的女人,不能让她们只知道拼杀而失去正常生活的欲望。"(郭小东等,2004:141)年轻的生命本性和革命信仰交叠,形成一种多向度的人类精神。琼花和常青、红莲和阿牛、雅琴和林风,他们在血色浪漫中为革命增添了人性的光辉。

诚如小说题记所言:在新民主主义革命时期,广东省为革命光荣牺牲的女英烈有2400多名,其中琼崖地区1700多名。更何况还有那些不在册、不具名的娘子军,许多不为人知的档案尘封着令人敬佩而沉痛的历史真相。这些模糊的统计数字,实际上远远无法衡量当时处在中国社会最底层的劳动妇女所做出的革命壮举。岭南作家为这群革命女性树碑立传,形式多样且影响空前,尤其是梁信的创作成果颠覆性地开启了中国红色革命的女性发声,并被作为海南革命斗争史的原初版本,其历史虚构的精神性真实已经成为历史现实的部分(郭小东,2018:A09)。这些语言文字尊重生命个体,同时也在某种意义上将富于人文精神的"岭南叙述"汇入世界战争文学行列。

三、描绘地域风情的审美品格

如果说有关红色娘子军题材的创作,叙述的只是一个特殊群体的革命成长经历,以及较小规模的战争场面,那么,司马文森、吴有恒、陈残云、杜埃、雷铎、何继青等岭南作家的小说,则以战争风云和异域风情相结合的形式,正面反映了较大规模的革命战争场面,并且在表现一些岭南偏远地区或"南洋"革命战争题材方面具有开拓性意义,呈现出独树一帜的审美品格。

司马文森出生在"侨乡"泉州,少年时期因家境困顿,一度流落菲律宾谋生,随后回国参加革命,加入左联,创办《文艺生活》,担任香港《文汇报》总主笔兼社长,被称为"职业革命家"。漫长的地理跨越及深厚的生活体悟,为其创作营构了内外交糅的叙述空间。他的《风雨桐江》讲述了1935年中央红军北上长征后,福建沿海地区的革命组织遭叛徒出卖而被破坏,侨乡人民在党中央指示下,把斗争中心转移到农村,发动群众建立革命根据地,武装击退敌人进攻。小说中关于刺州城的地理勾画细腻生动,市井描写富于生活气息。这部小说和杜埃的长篇同以"风雨"为题,战争场面多,叙事节奏快,阶级立场鲜明,是革命战争小说的典型佳作。司马文森在20世纪60年代后期遭受迫害离世,《风雨桐江》被列为"毒草"小说,更能反证其人其文的重要价值。

作为中国大陆连接南洋的重要地段,岭南是兵家必争之地。革命战争时期,活跃在海外的岭南华侨筹资出力、里应外合、屡建功勋。陈残云的《热带惊涛录》描写了几位到南洋谋生的中国青年,在生死存亡中为运送珠宝捐献给国内抗日力量,排除万难辗转回到祖国的经历。杜埃的《风雨太平洋》讲述的是太平洋战场上菲律宾华侨与当地人民并肩抗击日本侵略者的故事。1942年菲律宾华侨抗日游击队成立,小说即以这支队伍的活动为主线,叙述战士英雄事迹和中菲人民友谊。时隔40多年,杜埃以其旅菲经历、生命体验和史料积累,让这段少有人知的异域革命历史浮出水面。阳翰笙为此在小说的序言中这样评价:"在我国的文学创作中,反映海外华侨组织武装与当地人民一道共同进行正义斗争的鸿篇巨制,《风雨太平洋》还是第一部。……从某种意义上讲,《风雨太平洋》开拓了我国文学创作的新的领域。"(杜埃,1985:4-5)从"文学地理"(梁启超,2011:76)的角度来看,岭南背靠五岭山脉,面向广袤海洋,经受两种不同文明的熏染,造就了小说中别具风格的南洋书写。陈残云和杜埃以身居岭南的作家的地理感知和精神血脉认同,描摹华侨群像事迹,是对革命战争题材创作的一种突破。

吴有恒的长篇小说多以解放战争时期华南地区的斗争生活为题材,坚持革命现实主义创作原则,将历史真实性和艺术典型性有效统一起来。《山乡风云录》讲述了1947年秋,华南地区一支游击队为配合全国大反攻,奉命挺进那横山区,解放被反动土豪控制的桃园堡。在小说的引子中,作者把革命战士比作满山遍野的山稔子:"'生命是死不了的。'我有时会感于这种植物的顽强的活力,并用这样的话去称赞我所知道的一些永生的人们。"(吴有恒,2009:2)可以看到小说对革命英雄事迹的描写感人至深:林可倚、刘三保、谈兰竹三位共产党员在石洞村遭遇敌人围堵时放火焚楼,在烈火中高唱《国际歌》;忠养点长公两次被抓,惨遭毒打,但他不屈不挠,英勇就义;邓祥政委牺牲后,游击队战士和农民自发送丧,老农民何奉说"辞灵话";还有刘琴、双生女二婶、三升米大婆等女性,盘阿兆、徐双成、小灵、春花等青年,在极度艰难的环境里像山稔子那样顽强生长,为革命积蓄力量。

这部小说叙述张弛有度,在战争场景中间穿插风光描绘,同人物塑造和情节发展的跌宕起伏互为谐调。比如老陈与老梁等人第一次会面,"他站在路口上,远望那横山主峰高插云霄,群山左右奔腾,起伏环绕,这时晓日初出,满天红霞,薄雾方收,水汽弥漫,这那横山也似比从前更生动,更有朝气"(吴有恒,2009:16—17)。游击队进驻那横山区,带去解放的曙光,巍峨的那横山也以朝气蓬勃的姿态迎接他们的到来。战役后山乡却是另一番景象:

  十月小阳春,天气乍寒乍暖,乍寒时宿草欲衰,乍暖时新芽又发。敌人在盘寨村杀人时,正凄风冷雨,这以后几天,忽又气暖如春,那洒过死难的人们的鲜血的旷地上,便开遍了黄花。那是一种蔓地丛生的野菊花,最粗生,花期很长,能开到明年百花灿烂的季节。(吴有恒,2009:199)

  从敌人在凄风冷雨中暴行肆虐,到战斗平息后转而气暖如春,山乡展现出它本有的安宁祥和。洒过鲜血的旷地上遍开的野菊花,或是借用毛泽东《采桑子·重阳》中"战地黄花分外香"的涵义,不仅舒缓了战争的惨烈与悲壮,还预示着革命斗志生生不息。从这些意境的营构中,可以看出小说刚柔相济的审美品格。

  如果说抗日战争、解放战争的胜利使中国人民摆脱侵略,开辟了历史新纪元,那么对越自卫反击战的胜利,则在重要关头提升了国际威望,为"四化"建设提供了稳定环境。原广州军区司令员许世友曾被任命为广西边防部队总指挥,带领年轻战士住猫耳洞、浴血奋战,牺牲的将士长眠在西南边境,有幸从战场归来的军人,肉体和心灵无不烙印伤痕,多数仍将归于平凡。历史叙述的责任落到一些有良知的创作者身上,雷铎、郭光豹、何继青、郭小东等岭南作家都曾艺术地呈现出这场战争,为革命战争小说题材的开拓留下了宝贵遗产。

四、注重心灵探索的艺术自觉

  文学始终是人学,创作的内部与外围,文本的内容与形式,均取自作家经验的迸发或抑制。"文学作品的'主观性'不是一种缺陷,事实上,正是它的'主观性'言及了地点与空间的社会意义。"(迈克·克朗,2005:40)人是"风景"的主角,又是"风景"的缔造者。"风景"将不同空间联系在一起,使地方与国家、个人与集体、战争与和平等关系组合有了更深刻的隐喻。因此从某种意义上讲,创作人物和风景描写都渗透着作家的"主观性",尤其是对人物心灵的探索,在革命战争小说中具有丰富的内涵。

  细读《山乡风云录》会发现,第一人称"我"不时出现在叙述中。比如下面这段议论:

那横山啊那横山！千百年沉睡的那横山，你这次是要欠伸而起了吗？我这一段叙述，本意是要向读者们介绍几个人物，他们是将在这寂静的山乡卷起翻天覆地的革命风云的。……这些人将怎样唤醒千百年沉睡的那横山呢？风云欲卷，江山不闲，也许我说的这些人，并没有卷起这山乡风云，而只是风云卷起他们吧？（吴有恒，2009：17）

值得注意的是，这里的"我"并非小说人物，初看疑是作家本人，然而作家在引子和后记中都曾谈到，他写这支游击队的故事，只是写小说，不是写历史，不一定真有其人其事。因此，小说中"我"的出现化身为叙述者，倾注了作家对历史风云和人情世故的思考，引导读者进入更加深广的心灵世界。同时，这种第一人称叙述又不同于五四时期"自叙传"式的纵情宣泄，而形成一种似真似幻、夹叙夹议的艺术效果，这在同时期的革命战争小说中也较为少见，可视为一种具有现代意识的文体特征。

金敬迈的《欧阳海之歌》曾代表文学主流话语，讲述了出生在偏远山村的贫农子弟欧阳海，成为伟大的共产主义战士、著名英模、爱民模范，在平凡岗位上"用自己光辉的行为回答了时代提出的问题"（金敬迈，1966：87），在当代中国极具轰动效应，一度教育和鼓舞了几代青年。小说融汇作家政治信仰与个人情怀交织的创作激情，具有浓郁的部队生活气息，尤其是结尾处欧阳海推开惊马的"四秒钟"描写，近万言的议论抒情洋洋洒洒、荡气回肠，充分展现英雄的崇高境界。而在"政治地理"（梁启超，2011：76）的崩乱与重建中，作家的命运荣辱也与时代一起沉浮。正如金敬迈接受访谈时称这部小说是从"灵魂里面流出来的"，是"冒着杀头的危险"在"抒发自己内心真实的情感"（金敬迈等，2019：148-149）。这不得不触发我们重新思考，作家在讴歌英雄时更复杂的心灵探索。

有关对越自卫反击战题材的创作者中，雷铎是杰出的一位。他1968年参军，上过前线，又曾就读于解放军艺术学院文学系，加上出身潮州那种古朴传统和现代精神交汇的地理风气，融进他的文笔书画与传奇人生，使其在走南闯北中书写着家国情怀。《从悬崖到坦途》讲述战斗英雄、一等功臣刘勇同志走过的曲折道路。早年由于父亲的成分问题，刘勇遭人歧视，沾染恶习，觉得"人生就像走在沙漠里"，渺茫无望。一次因打架被关禁闭让他幡然醒悟，主动到边远农村插队，并在父亲嘱咐下阅读《青春之歌》《红岩》等书籍，后又参军打仗。这便是刘勇人生的重要转折，"从前像一匹烈性野马，'四人帮'把我推到了悬崖边上，党和人民又把我挽救过来了"（雷铎，1983：555）。标题"从悬崖到坦途"一方面是社会历史进程的表征，另一方面更是个人精神地理的跋涉与跨越。这部作品采用第一人称回忆式的叙述手法,语言富有生活气息,那些饱含深情的生活细节引人注目,比如社员送别参军的刘勇,往他挎包里塞红鸡蛋,山路开满红杜鹃和金樱花;战争间隙,父亲来信写道一家人围在地图边上听无线广播,密切关注战事;上战场前,刘勇给女友写最后一封信时,透露出对爱情与使命、个人与国家的思索。这些细节逸出残酷血腥的战场,表明战争牵连着社会的方方面面,同时增强了小说的真实性与深广度。

这种刻画生活细节、注重心灵探索的创作手法在《男儿女儿踏着硝烟》中表现得更为突出。小说着重描写了三位青年军人的成长岁月和战斗经历,以及他们之间的微妙关系。连长侯筱聪和副连长鲍啸曾是要好的兄弟,后因特殊时期政见不和,鲍啸用砖头砸晕侯筱聪。护士杨玲曾与鲍啸相爱,由于种种原因与侯筱聪结合,鲍啸为此还打了杨玲一巴掌。他们各自带着伤痕在战场上生死与共,经受情绪的煎熬、血与火的燃烧。小说分别以三人视角交替叙述,倾诉彼此心声,又以爱情线索串联起个人记忆与社会历史,描绘战场生活细节,"使人觉得战争不只是恐怖、流血、死亡,而还有美、人生、生活"(刘白羽,1995:304)。这与同时期徐怀中的《西线轶事》、李存葆的《高山下的花环》等小说一道突破了战争文学的传统模式,开拓了新的艺术空间。

除此之外,像何继青的《遥远的黎明》《只不过是一瞬间》等小说具有强烈的意识流性质,能够充分调动个人感官,不受客观时间和地理空间束缚,将人物心灵与经验记忆、现实风景自由地勾连起来,从而使叙述具有更多的主观视野和审美内涵。这些创作技法既受到当时国内外文学思潮影响,也凝聚着作家自身的艺术探索。

结　语

言说革命战争是中国现当代文学的重要母题,由于讲述故事的年代差异,创作与评论所反映的革命图景和时代镜像各有侧重。总体而言,晚清以降革命战争多在南方孕育,北伐难成而星火依旧,因此南方空气里始终残留"一种凝重夹有血腥的味道,它和已经弥散的硝烟一起,和许许多多的战场故事一起,混合在现实与文学之中"(郭小东,2017:07),直至当下依然时常嗅到诸如南海争端等气息。本文论及的岭南作家的革命战争小说,既有惊心动魄的斗争场面、慷慨悲壮的生死离别,又有绚丽多彩的地域风光、纯朴美好的乡风民俗,体现出良好的艺术自觉。相较于北方战场改变革命形势的重要地位,以及由此形成的创作题材优势,岭南革命战争小说的厚重感与细腻性共存,它们共同构成了中国当代文学的一个重要分类。

参考文献

1. 杜埃:《风雨太平洋(第1部)》,广州:花城出版社,1985。
2. 杜颖:《"红小鬼"11年琼崖战斗故事》,载《海南日报》2014-11-24(016)。
3. 郭小东:《雷锋的编年史》,载《汕头日报》2017-09-17(07)。
4. 郭小东:《战地黄花分外香——评金敬迈、梁信、张永枚的文学贡献》,载《南方日报》2018-12-22(A09)。
5. 郭小东等:《红色娘子军》,广州:花城出版社,2004。
6. 金敬迈:《〈欧阳海之歌〉的酝酿和创作》,载《人民文学》1966年第4期。
7. 金敬迈、申霞艳:《〈欧阳海之歌〉是被写成这样的》,载《文艺争鸣》2019年第4期。
8. 雷锋:《从悬崖到坦途》,载《中国报告文学丛书》(第三辑第四分册),武汉:长江文艺出版社,1983。
9. 梁启超:《中国地理大势论》,载摩罗、杨帆编选:《太阳的朗照:梁启超国民性研究文选》,上海:复旦大学出版社,2011。
10. 梁信:《从生活到创作——吴琼花形象的塑造经过》,载《梁信文选》(卷3),广州:广州出版社,2006。
11. 刘白羽:《关于〈男儿女儿踏着硝烟〉的通信》,载《刘白羽文集》(第五卷),北京:华艺出版社,1995。
12. 刘文韶:《采写报告文学〈红色娘子军〉的回忆》,载《中共党史资料》2004年第2期。
13. 鲁迅:《我怎么做起小说来》,载《鲁迅全集》(第四卷),北京:人民文学出版社,2005。
14. 迈克·克朗:《文化地理学》,杨淑华等译,南京:南京大学出版社,2005。
15. 吴有恒:《山乡风云录》,广州:广东人民出版社,2009。

作者简介:黄明海,男,安徽安庆人,讲师,博士,研究方向为中国现当代文学。本文曾刊载于《岭南师范学院学报》2020年第3期,有改动。